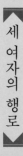

세 여자의 행로

주세죽 --------------
함흥(1901)-상해(1920)-경성-블라디보스토크(1928)-모스크바(1928)-
상해(1932)-모스크바(1934)-크질오르다(1938)-모스크바(1953)

모스크바
세바스토폴
크질오르다
블라디보스토크
안동
함흥
태항산
평양
연안
경성
고베
남경
상해
요코하마
무한
계림
타이페이

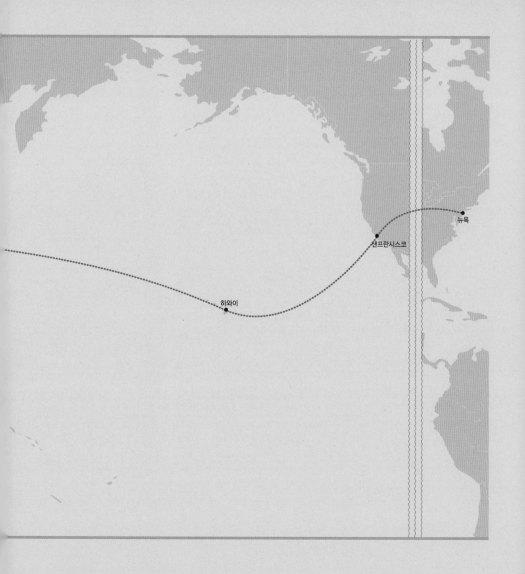

뉴욕

샌프란시스코

하와이

허정숙 •••••••••••••••••

경성(1902)-고베(1918)-경성-상해(1920)-경성-모스크바(1923)-경성-뉴욕(1926)-경성-
타이페이(1933)-남경(1936)-무한(1938)-연안(1939)-태항산(1939)-연안(1944)-평양(1945~1991)

고명자 ••••••••••••••••

경성(1904)-모스크바(1926)-경성(1929~1950)

세여자 *2

세여자 * 2

20세기의 봄

조선희 장편소설

한겨레출판

/ 2권 /

11

한바탕 기나긴 백일몽

-1939년 경성

장마가 시작되고 있었다. 아침 녘에 잠시 비를 뿌리던 하늘은 비구름이 물러가면서 곧 염천이 되었다. 푹푹 찌는 무더운 날씨였다. 명자는 방문을 활짝 열어놓고 책을 보다가 목덜미에 흐르는 땀을 씻으러 마당으로 나왔다. 우물가에서 주인아주머니가 방망이를 팡팡 두들기며 빨래를 하고 있었다. 명자는 우물물을 길어 목과 팔에 끼얹었다. 깊고 어두운 우물에서 나온 물은 심심산골의 계곡물처럼 서늘했다. 그때 정오의 사이렌이 울렸다.

주인 아낙이 빨랫방망이를 내던지고 벌떡 일어나 두 손을 아랫배에 모으고 고개를 숙였다. 방망이는 허공을 날아서 화단가에 부딪치고 나동그라졌다. 곱게 내려놓아도 될 텐데 굳이 내동댕이치는 아낙의 속마음이 훤히 들여다보였다. '정신총동원조선연맹 경성부 산하 서대문정 지부 애국반 반원'으로서 한 치의 어긋남 없이 행동해 타의 모범이 되겠다는 마음가짐을 명자 앞에 시위해 보이겠다는 수작이었다.

아낙은 도무지 명자가 무슨 생각으로 사는지 이해할 수 없었다. 자고로 여자라면 우수한 2세를 낳아 훌륭한 국민으로 기르는 것, 그것이 현모양처로서 국가와 사회에 이바지하는 길 아니던가. 그런데 나이도 제법 든 여자가 혼자 살면서 허구한 날 책이나 보고 앉았다. 여자가 혼인도 안 하고 자식도 안 낳는 것처럼 불충한 일이 또 있을까. 아낙이 고개를 숙인 채 구시렁댔다.

"나 같은 사람은 네 식구 살림에다 남편 가게에 점심 해 나르면서 연맹활동까지 몸이 열 개라도 모자랄 지경인데…."

사이렌이 울리는 동안 주인 아낙은 길게 묵념의 예를 올렸다. 명자는 조심스럽게 대야의 물을 버리고 슬리퍼를 소리 나지 않게 끌면서 방으로 들어왔다. 잠시 후 문밖에서 아낙의 목소리가 들렸다.

"새댁, 안에 기시우?"

문을 열자 아낙이 툇마루에 걸터앉더니 전단지 한 장을 내밀었다. 그녀는 문맹이었다.

"그것 좀 읽어보시우."

전단지는 국민정신총동원연맹 경성지부가 지나사변 2주년을 맞아 배포한 행동지침이었다. 오늘이 7월 7일, 지나사변, 그러니까 중일전쟁이 발발한 지 2년째 되는 날이다. "7월 7일을 기억하라"는 제목으로 시작하는 전단지를 명자는 소리 내어 읽었다.

감개무량한 7월 7일! 신동아 건설의 성업聖業은 차츰 완성의 목표에 가차와지고 있다. 이리하야 흥아대업의 의의를 재인식하고 내선일체의 각오를 다지는 데 국민정신을 총동원할 때다.

이제 사변 2주년을 맞아 시국인식의 철저화와 동양 신질서 건설에 매진하는 각오를 더욱 굳게 하고자 한다. 다음 7개 사항을 각 애국반장은 주민들에게 각별히 주의시키고 이행할 것.

1, 집집마다 국기를 달 것.

2, 오전 8시에는 조선신궁에서 기원제를 거행할 터인데 각 애국반장은 반원 5명 이상을 거느리고 참예할 것.

3, 정오에는 각각 그 있는 곳에서 전몰장병의 영명을 추도하고 출정장병의 무운장구를 기원하고 소화 13년 7월 7일에 어하사하옵신 칙어를 봉독할 것.

4, 오후 5시에 날씨가 좋거나 나쁘거나 경성운동장에서 지나사변 2주년, 연맹창립 1주년 기념대회에 전원이 참가할 것.

5, 곤고결핍困苦缺乏에 견디도록 정신을 함양하기 위해 각 가정에서 일채주의一采主義를 실행하고 벤또도 주먹밥으로 할 것.

6, 황군의 신고를 생각하고 술과 담배를 먹지 말 것. 식당에서 점심을 먹을 경우 15전 정도의 것으로 할 것.

7, 자숙자계自肅自誡하는 마음으로 가무음곡歌舞音曲은 일체 금할 것.

"5시부터 대회라는데 다들 구경 간다고 난리라우. 비행기 띄우고 전쟁 시범을 한다우."

내용도 알면서 짐짓 명자에게 전단지를 낭독시킨 것이다.

"이따가 경성운동장에 같이 안 가실라우? 우리 막내, 고보 끝나고 오면 같이 갈라는데."

막내 얘기에서 목청이 커진다. 막내아들은 아낙의 희망이었다. "고보 다니는 우리 아들이라우!" 하고 싶은 마음에 그녀는 곧잘 막내를 앞세우고 다녔다. 큰아들은 소학교 다니다 말고 목수일 하는 아버지의 조수가 되었으며 시집간 두 딸은 엄마처럼 학교 문턱도 밟아보지 못했다. 남편은 큰아들 데리고 작은 목공소 하면서 손수 이만한 집도 지었으니 자수성가했다 할 수 있었다.

"제가 오늘 저녁 약속이 있거든요."

"에구, 저걸 어쩌나. 그럼 좀 이따 나하고 연맹에 나가보지 않으실라우? 전선에 보내는 위문품 보따리 싸는데 손이 달려서."

"제가 오늘 시내에 볼일이 좀 있어놔서."

낙담한 아낙이 입꼬리가 축 처져서 돌아섰다. 닫힌 창호지 문 바깥으로 아낙이 우물가에서 그릇을 씻는지 쌀을 씻는지 달그락거리는 소리가 들려왔다. 오늘따라 라디오 볼륨을 유난히 크게 올려놓고 있었다. 명자는 공연히 불안해져서 옷을 주섬주섬 챙겨 입었다. 오후 5시 약속이지만 좀 일찍 나가서 서점에서 책도 보고 수예점도 들르자고 마음먹었다.

종로 기독교청년회관 앞길은 예나 지금이나 젊은이들로 붐볐다. 명자는 청년회관 입구에 서서 남자를 기다렸다. 한때 온통 하루해를 보냈던 종로통이지만 이제 행인들 숲에 아는 얼굴은 없었다. 명자는 청춘의 한 시절이 자신의 당당했던 어깨를 비껴가버렸음을 실감했다.

나무판을 어깨에 비끄러맨 엿장수가 가위를 절그렁거리며 지나간 뒤 길 저쪽에서 헐렁한 양복 차림의 청년이 전단지를 뿌리며 걸어왔다. 전단지는 행인들이 주워가기도 하고 길바닥에 떨어져 밟히기도 했다. 그녀는 가슴이 두방망이질하면서 온몸이 후끈 달아올랐다. 청년은 당장 순사가 달려온다 해도 뒷골목으로 도망치거나 하는 일은 절대 없을 것처럼 표정이 결연했다. 명자는 문득 10년 전 경인선 열차 안에서 "피압박 노농 대중은 궐기하라"고 외치던 남자 얼굴이 떠올랐다. 청년이 지나간 뒤 허리를 굽혀 조심스럽게 전단지 한 장을 집었다.

"3·1만세는 천추에 씻을 수 없는 역사의 오점이다!
  - 지나사변 2주년을 맞는 우리의 마음가짐"

제목부터가 어리둥절했다. 대략 훑어보니, 기미년 독립만세운동은 부끄러운 일이며 이제라도 잘못을 반성하고 우리의 형님이자 스승인 일본인들에게 용서를 구해야 하며 앞으로 뼛속 깊이 천황의 신민이자 모범적인 일본인이 되도록 노력해야 한다는 내용이었다.

남자는 약속 시간 20분쯤 지나 도착했다. 학교서부터 바삐 걸어온 듯 이마에 땀방울이 송글송글 맺혀 있었다. 그는 안국동에 있는 여고보 선생이었다. 둘은 종로 뒷골목 냉면집으로 들어갔다.

"오늘은 집에 있을걸 그랬어요. 아까 황금정에 갔다가 밟혀 죽는 줄 알았어요. 신궁 참배객들인지 남산에서 사람들이 한도 끝도 없이 밀려오고 또 밀려가고 완전히 인산인해였어요."

"나도 조금 전에 황금정 지나왔어요. 신궁 말고도 지나사변 2주년이라고 여기저기서 워낙 행사들이 많으니까."

둘은 물냉면을 시켰다. 가격표를 보니 15전이다.

"총동원연맹에서 15전짜리 먹으라 했는데 딱 맞췄네요."

"하하. 그보다 비싼 거 먹으라 했으면 큰일 날 뻔했습니다. 제가 당분간 초긴축을 해야 하거든요. 학교에서 선생들 월급 5할을 일률적으로 떼어서 지나사변 국채를 사버렸거든요. 이제 방학이니까 그나마 다행이죠. 집에 틀어박혀서 책만 읽으면 되니까. 하숙비 제하면 데이트자금도 간당간당해요."

남자는 음식을 시키고 나서 한숨 돌리면서 손수건으로 얼굴의 땀을 닦았다.

"나도 지금 용산 조선군사령부에서 오는 길이에요. 오전에 기념식 끝나고 아이들하고 위문품 포장하고 위문편지 써서 넣고 나서 선생들은 대부분 전사자 가정 위로 방문 갔고 우리는 위문품하고 국방헌금 전달하러 조선군사령부에 갔지요. 마감 시간 되니까 줄이 엄청 길어져서. 명자 씨가 길가에서 기다리는 생각하니 속이 바짝바짝 타가지고."

그를 만난 것은 명자가 서대문에 부엌 딸린 단칸 셋방을 얻은 얼마 뒤였다. 감옥살이하고 양친을 여읜 뒤 명자는 우울증에 빠져 있었다. 그녀는 단골로 드나들던 인사동 서점에서 그를 처음 보았다. 서점 주인이 둘을 소개했다. 그는 상처했고 두 아이는 시골 부모님께 맡겨두고 있었다. 그 역시 일본 유학 시절 공산주의에 빠졌지만 인생을 거는 모험을 하지는 않았다. 그는 첫눈에 호감이 가는 스타일은 아니었지만 몇 번 만나면서 편해졌고 정들었다. 명자도 누군가가 절실히 필요할 때였다. 낡은 책을 읽다가 책갈피에서 바짝 마른 진달래 꽃잎을 발견한 것 같다 할까. 지나간 어느 봄으로부터 배달돼 온 이 꽃잎은 낙엽 뒹구는 스산한 늦가을의 그녀에게 얼마간 위로가 되었다. 그는 명자와 결혼하고 싶어 했다.

냉면집을 나섰을 때 거리가 술렁이고 있었다. 탐조등 불빛이 어두워지는 하늘을 휘젓는 가운데 전투기들이 날고 있었다.

집주인 아낙은 지금쯤 어디선가 막내아들 앞세우고 이 스펙터클을 관람하고 있을 터였다. 둘은 영화나 한 편 보기로 하고 단성사로 갔다. 극장 앞은 한산했고 현관에 안내문이 붙어 있었다.

"지난사변 기념일을 맞아 자숙자계하는 취지에서 휴관합니다."

둘은 단성사 현관문 앞에서 돌아섰다.

"영화 볼 팔자가 아니네. 아무래도 날을 잘못 잡은 거 같아요."

사변 전에는 식민지 백성일지언정 평범하고 일상적인 생활을 할 수 있었다. 하지만 지금 조선 사람들은 총만 안 들었다 뿐이지 매일매일 전쟁을 치르고 있다. 둘은 전차 타고 서대문으로 왔고 남자는 명자를 집 앞까지 바래다주고 돌아갔다. 안채는 아직 주인댁이 돌아오지 않은 듯 조용했다.

명자는 툇마루를 딛고 문간방으로 들어가 허공에서 대롱거리는 전구를 켰다. 조그만 방 안이 밝아지면서 옷가지와 이불 따위가 눈에 들어왔다. 초라한 살림이었다. 모스크바공산대학 시절 단야와의 신혼살림은 더 간소했지만 초라하지는 않았다. 또한 형무소에선 하루 세 번 시찰구로 들여보내주는 콩밥을 먹고 지냈지만 외롭지는 않았다. 감옥 바깥에 그리고 다른 방에 있는 동지들과 가늘지만 질긴 끈으로 연결돼 있었다. 하지만 전향서를 쓰면서 동지들과 조직과 신념과 그 모든 것들로부터 절연당했고 아버지마저 세상을 뜨면서 가족은 해체되었다. 매달 큰올케에게 생활비 받으러 가기 싫어서 시작한 것이 자수를 놓아 수예점에 파는 일이었다. 종로의 수예점 여자는 명자가 자수를 들고 갈 때마다 칭찬으로 침이 말랐다.

"손님들도 이제는 서문댁 자수를 알아본다니까요. 안방마님들이 어찌나 눈들도 높고 입맛들도 까다로운지. 서문댁 자수는 화려하면서도 기품 있다고 좋아들 해요. 누구한테 전수받은 솜씨인가요? 보통학교 가사시간에 배운 솜씨는 아닐 것 같은데."

명자는 대답 대신 그냥 웃었다. '화려하면서 기품 있는', 어머니가 입에 달고 살던 말이었다. 어머니는 명자가 보통학교 들어가기 전부터 자수를 가르쳤다. 아직 여물지 않은 손가락이 바늘에 무수히 찔렸고 수예가 하기 싫어 별채나 다락에 숨기도 했다. 그때는 그것이 나중에 생계 수단이 되리라고는 꿈에도 생각지 않았다.

서른여섯 살 독신의 삶도 그녀가 꿈꾸던 삶은 아니었다. 어차피 어긋나버린 인생인데 이제 와서 양순한 여고 선생의 후처가 되어 전실 소생에다 내 아이도 낳아 올망졸망 키우며 살아서 안 될 것도 없지 않은가. 하 수상한 세월에 그저 피붙이끼리 기대고 보듬으며 살아가는 거다. 전향도 한 마당에 거리낄 것이 무어란 말인가. 남자가 채근할 때마다 그녀는 무슨 뾰족한 대책이라도 있는 듯 이리 빼고 저리 빼고 했다. 명자는 내일 아침 눈을 뜨면 당장 이 쓸쓸한 살림을 접고 그를 찾아가리라 작정했다. 마음이 달아오르자 밤은 길고 지루했다.

"안에 계십니까?"

이른 아침 희뿌연 창호지 문 밖에서 들리는 건 낯선 남자 목소리였다. 아침부터 무슨 물건 팔러 온 행상일까. 아니면 우체부일까.

"고명자 양, 계신가요?"

남자 목소리는 좀 더 가까이서 들려왔다. 핏줄이 얼어붙는 느낌이었다. 그 목소리를 그녀는 알고 있었다. 방문을 열었을 때 키가 자그마한 검은 양복의 남자가 툇마루에 바짝 붙어 서 있었다. 한때 명자를 담당했던 종로서 형사였다.

"서에 가주셔야겠습니다."

"무슨 일인가요?"

"그 얘길 여기서 할 수는 없고. 옷 갈아입을 거면 얼른 갈아입고 나오쇼."

남자 쪽에서 방문을 닫았다. 황당했다. 지난 5년 동안 그녀는 정치나 사상과는 담쌓고 지냈다. 자수나 놓고 우울증이나 달래는 처지에 종로서 형사가 관심 가질 만한 일은 없었다. 작년부터 전향자연맹이니 시국대응전선사상보국연맹이니 창립식에 오라느니 시국강연에 오라느니 우편물들이 날아들었는데 한 번도 안 나갔더니 그 때문인가. 아니라면, 혹시 여고보 선생 하는 남자친구가 모종의 조직사건에 관계한 걸까. 종잡을 수 없었다. 그녀는 속옷을 가방에 챙겨넣고 나섰다. 마당을 돌아 나오는데 부엌문 열린 틈으로 주인 아낙의 얼굴이 재빠르게 지나갔다. 아침에 황거요배皇居遙拜 안 한다고 저 여자가 고발한 건가?

여러 해 만에 다시 오는 종로서는 모든 게 낯설었다. 그녀는 여

16

기서 남자친구를 맞닥뜨리는 일만은 없길 바랐다. 경찰서 복도를 걸어갈 때 명자는 온몸의 신경이 쭈뼛쭈뼛 섰다. 그녀가 안내돼 간 곳은 쪽창이 하나 달려 있는 조사실이었다. 탁자 맞은편에 앉은 형사가 첫 질문을 던졌을 때 명자는 귀를 의심했다.

"김단야 만났나?"

"예에?"

"김을 만났냐고."

"그 사람을 어떻게 만나요?"

"당신과 만났다는 거 다 알고 있으니 딴청 부릴 생각은 마라."

"조선박람회 있던 해에 본 게 마지막이에요. 그런데 지금 조선에 들어와 있나요?"

형사는 끈질기게 다그쳤다. 사상범 전과가 있는 경우는 언제든 예비검속을 할 수 있고 명자의 경우 전향 이후 뚜렷이 당국에 협조한 실적이 없기 때문에 위장전향으로 간주해 다시 실형을 살릴 수도 있다. 고문으로 입을 열게 만들기 전에 순순히 부는 게 좋을 거라 협박도 했다. 하지만 명자로서는 입을 열 번 열어도 할 얘기가 없었다. 형사만큼이나 그녀도 단야의 소식이 궁금했다.

"그이가 확실히 조선에 들어온 건가요? 언제 들어왔지요? 지금도 코민테른 일을 하고 있는가요? 살아 있기는 한 거죠?"

그녀가 도리어 질문 공세를 펴자 형사는 짜증을 냈다.

"지금 나를 심문하겠다는 건가?"

형사는 그녀를 조사실에 남겨두고 나가더니 한참 뒤에 돌아왔다. 태도가 한결 부드러워졌고 존댓말도 썼다.

"음, 김단야가 작년 말에 국내에 잠입했다는 첩보가 있소. 국제
공산당의 밀명을 받아 들어와서 지금 지하로 다니면서 조직을 지
도하고 있소. 경성과 지방을 드나들면서 공작하고 있다는 증거들
을 우리 측이 입수하고 있소. 이제 됐소?"

형사는 그녀가 단야를 못 만났다는 사실을 믿는 눈치였다. 그는
명자에게 과거의 동지들과 연락해 단야와 접선을 시도하도록 주
문했다. 전보나 편지라도 받게 되면 반드시 연락 달라고 했다. 형
사는 당부의 말을 이런 멘트로 마무리했다.

"그것은 사면의 은사를 받은 전향자의 마땅한 의무요."

형사는 경찰서 정문까지 따라 나와 그녀를 배웅했다.

경찰은 그녀의 남자친구며 수예점 일이며 모두 파악하고 있었
다. 주인아주머니가 미주알고주알 보고하는 걸까. 하기야 요즘처
럼 경성 주민을 행정구역 단위로 묶고 열 가구마다 애국반으로 엮
어서 관리하는 판에 정체가 알쏭달쏭한 노처녀 하나가 어느 집에
세 들었는지 누구와 데이트하는지 알려 들면 모를 리 없는 것이다.

분명한 건 앞으로 미행이 있으리라는 사실이었다. 하지만 그녀
는 미행을 따돌리는 방법을 알고 있었다. 일주일이나 열흘쯤 집에
서 한 발짝도 안 나가면 대개는 나가떨어지게 돼 있다. 전에도 써
먹은 수법이다. 명자는 주인 아낙 앞에서 허리 아픈 시늉하면서
시장을 대신 좀 봐달라고 부탁했다. 그녀는 매일 방에서 뒹굴며
책도 보고 수도 놓았지만 머릿속은 온통 단야 생각이었다. 며칠
전만 해도 잊힌 이름이었건만 과거로부터 튀어나오자 놀라운 속
도로 머릿속을 점령해버렸다. 만일 그가 경성에 들어와서 바로 그

녀를 찾아왔다면 그녀는 알량한 셋집도 양순한 여고보 선생도 훌훌 털어버리고 따라나섰을 것이다. 하지만 그의 소식을 형사의 입을 통해 듣게 되다니. 눈 감으면 그리움이, 눈을 뜨면 배신감이 밀려왔고 이불 위에서 몸을 뒤척일 때마다 애증이 교차했다.

국내에 들어왔으면서 왜 날 찾지 않았을까. 상해에서 다들 내가 전향한 걸로 알고 있다더니 그래서일까. 옛정이 시효를 다한 것일까. 내 20대는 김단야의 기획이었는데 자신의 기획에 대한 책임감이 고작 그 정도였던가. 내가 전향서 쓰기 전에 어떤 일을 당했는지, 전향 후에 어떻게 살아왔는지 그가 알까. 그녀는 단야가 국경을 도로 넘어가기 전에 기어코 만나리라 작정했다.

열흘 만에 조심스럽게 대문을 나와 골목 어귀까지 가보았다. 수상한 그림자는 보이지 않았다. 단야를 수소문하는 일은 막막했다. 옛날 동지들과 연락을 끊은 지 오래였다. 그녀는 먼저 10년 전 단야와 은신했던 마포 도화동 집부터 찾아갔다. 한때 공산당 재건위원회의 아지트에는 낯선 사람들이 살고 있었다. 그녀가 숨어 지내던 인사동 집 역시 주인이 바뀌어 있었다. 그녀는 월급이 반토막난 남자친구가 반강제 칩거생활을 하고 있는 하숙을 찾아갔다. 마지막 순간까지도 주저한 발걸음이었다.

양순하고 성실한 이 남자는 선뜻 나서주었고 사흘 만에 몇 가지 요긴한 정보를 물어다 주었다. 유학 시절 친구들로부터 도움을 얻었다 했다. 그가 종이에 꼼꼼히 적어 온 정보에 따르면 박헌영 김형선 권오직은 아직 감옥에 있고 공산당 재건위와 메이데이 사건으로 감옥에 간 모스크바대학 동창생들은 대개가 출감했다. 김단야에 관해 아는 사람은 없었다. 명자는 그에게 모스크바대학 동창생 한 사람의 연락처를 부탁했다.

며칠 뒤 그녀는 번잡한 혼마치 카페에서 동창생을 기다렸다. 맞은편 테이블에서는 가운데 가르마의 하이칼라 머리에 경성제대 교복을 입은 남학생 셋이 카드놀이 하면서 여급에게 "아가씨, 여기 삐루 한 병 더!" 하고 소리쳤다. 카페 입구에 농장생이 들어섰을 때 질풍노도의 10년 세월이 가로놓였음에도 명자는 그를 단박에 알아보았다. 둘은 인사 대신 그저 담담한 웃음을 주고받았다. 그는 법정에서 보았던 마지막 얼굴 그대로였다. 다만 표정과 말투를 차분하게 가라앉힌 것이 세월인지, 좌절인지, 감옥과 고문인지 알 수 없었다. 뭐 하고 지내냐 물었더니 그는 대답을 얼버무렸다. 단야에 대해서는 "모른다"고만 짤막하게 대답했다. 명자는 그에게서 경계의 빛을 읽었다. '내가 지금 밀정 노릇 하러 나온 줄로 알고 있잖아.'

무리는 아니었다. 그녀는 화나지도 않았다. 다만 차분히 자초지종을 설명했다. 메이데이 사건으로 들어가서 고문받은 일과 전향서 쓰고 나온 일, 단칸 셋방에 살면서 자수를 팔아 끼니를 잇고 있는 것, 그리고 최근 종로서 형사의 방문을 받게 된 일까지. 그의 얼굴이 차츰 붉어졌다. 그는 단야에 대해서는 진짜 아무것도 아는 바가 없으며 좀 알아봐야겠다고 했다.

며칠 뒤 그로부터 만나자는 전보가 왔다. 그녀는 단야가 문밖까지 바짝 다가온 느낌이었다. 이제 문만 열면 그를 볼 수 있을 것이다. 조선인 거리인 종로보다는 오히려 일본인 지역인 혼마치가 감시의 시선으로부터 안전했다. 알짜 자영업자인 서대문 주인댁도 요새 쌀밥 먹기 힘든 눈치고 종로통 상점들도 하나 건너 하나씩 비어 있는 판에 혼마치만은 이상한 호황 무드로 출렁거렸다. 전쟁은 다수를 굶주리게 하지만 배를 불리는 사람도 있는 건 진리였다. 동창생과는 카페 앞에서 만났다. 피차 커피값도 부담스러운 형편이었다. 다시 만났을 때 그는 예의 다정다감한 태도로 돌아가 있었다. 하지만 첫마디는 낙심천만이었다.

"김단야 선배가 조선에 들어오셨다는 건 낭설이에요."

"그럼… 종로서에선 왜 그렇게 알고 있는 걸까요."

"서툰 밀정이 오보를 냈겠지요. 친구 하나도 누가 경성 시내에서 김단야를 봤다더라 하는 얘길 들었답니다. 워낙 홍길동 같은 분이라."

"김단야 씨는 지금 어디 있죠? 혹시 소식 들은 거 있나요?"

"그게 종잡을 수 없는데요. 상해에 계시다고도 하고 모스크바라고도 하고. 어쨌든 요새는 만주 상해가 일본에 넘어가고 블라디보스토크 한인들도 중앙아시아로 많이들 가버려서 코민테른 조선위원회도 유명무실해진 거 같소."

과거와 현재 사이의 깨진 시간 조각들이 그녀의 머릿속을 어수선하게 배회하고 있었다. 동창생이 그녀의 안색을 살폈다.

"그러면 허정숙 씨나 주세죽 씨하고도 서로 연락이 없습니까?"

"네."

"허정숙 선생은 최창익 씨하고 중국으로 갔어요. 한 3년 됐나?"

"그랬군요. 금시초문이에요."

"주세죽 선생 얘긴 혹시 들었어요? 시베리아에서 죽었다…"

"예?"

그녀의 두 눈이 천천히 충혈되었다. 더 이상 아무 이야기를 할 수 없었다. 황금정 전차 역에서 둘은 헤어졌다. 어깨가 축 처져서 돌아서는 명자에게 그가 악수를 청했다.

"어찌 됐든 간에 우리 서로 연락은 하고 지냅시다."

다음 날부터 그녀는 집 안에 틀어박혔다. 꼼짝 않고 있노라니 어느 저녁 남자친구가 찾아왔다. 그는 명자가 단야를 만났는지 못 만났는지 궁금한 나머지 신경쇠약에 걸릴 지경이었다. 이야기를 듣고 난 남자는 그녀에게 극진한 위로의 말을 했다. 위로의 언사는 모종의 다행감으로 약간 들떠 있었다. 위로의 말이 대략 동어 반복으로 흐를 즈음 남자는 단야를 비난하기 시작했다.

"남자들은 이기적인 동물이에요. 혁명사업 한다면서 이용하는 거예요. 오거나이저들은 기본적으로 사람을 그렇게 보는 경향이 있어요. 사실 나도 주의자들이 앞뒤가 다른 데 실망해서 운동을 떠났던 거요. 조선공산당운동 했던 사람들도 마찬가지예요. 자기 도 책임질 수 없는 얘기를 가지고 대중을 선동한 거지요."

얘기가 이상한 방향으로 튀고 있었다. 한 자발적인 전향자의 전향 간증을 그녀는 잠자코 듣고 있었다. 그것을 무언의 동의로 여겼음인지 남자의 목소리가 점점 자신감을 얻어가고 있었다.

"모스크바 유학 보낸 것도 다 계획적인 거죠. 고도의 포섭전략 이라고 할까. 결국 몸 바치고 목숨 바치고. 순진한 여자들을 세포 로 써먹고 나서 버리는 거예요. 결국 김단야라는 작자가 명자 씨

인생을 완전히 망쳐놓았잖아요."

남자의 연설은 절정에서 중단되었다.

"그만하세요. 그리고 나가주세요."

그녀는 눈을 감은 채 양쪽 관자놀이를 두 주먹으로 눌렀다. 자신의 위로사가 너무 나가버렸음을 뒤늦게 깨달은 남자는 과한 표현들을 주워 담아보려고 몇 마디 더욱 무리한 말을 보태고서 쩔쩔매다가 떠났다.

그녀는 방을 나와서 우물가로 갔다. 8월의 공기는 저녁나절에도 무덥고 끈끈했다. 그녀는 우물 깊숙한 곳에서 찬물을 몇 바가지 퍼서 얼굴과 목과 팔과 다리를 씻어내렸다.

김단야라는 작자 때문에 인생을 망쳤다는 건 처음 듣는 얘긴 아니었다. 어머니나 오빠들이 늘 하던 얘기였다. 그녀 인생이 고독과 비참에 갇혀버렸다는 생각이 들 때 명자는 어머니를 거역하고 나온 것을 후회했다. 모스크바공산대학 다닐 때는 마르크스의 역사과학이 승리할 거라 믿어 의심치 않았다. 그때는 시야가 그토록 투명했는데 지금은 한 치 앞조차 흐릿하다. 한때는 골방에 틀어박혀 자수나 놓는 처지라 해도 역사를 바라보는 삶이란 그렇지 않은 삶보다 하나의 차원을 더 가지고 있다고, 그것이 정신적 노예 상태에서 자신을 구원한다고 생각했다. 하지만 지금은 그것조차 흐릿해졌다. 다만, 단야와의 사랑이 커다란 물음표가 되어버렸다. 그때는 서로 사랑한다고 믿었는데 정말 그랬을까. 그렇게 믿고 싶었던 것 아니었을까.

명자는 두문불출 사흘 만에 짐가방을 들고 경성역으로 나왔다.

신의주행 열차표를 샀다. 해외여행 허가를 얻기는 불가능했고 신의주에서 편법을 찾아보기로 했다. 일단 상해로 갔다가 단야가 없으면 모스크바로 가기로 했다. 한 달이 걸릴지 1년이 걸릴지 알 수 없는 여행이었다. 목숨을 버리게 될지, 건져서 돌아올 수 있을지 알 수 없는 여행이었다. 하지만 정숙이나 세죽이나 단야나 다들 그렇게 다녔다. 가방 안에는 어머니의 순금 쌍가락지와 금비녀를 팔아서 마련한 여비와 '武運長久(무운장구)' '戰時保國(전시보국)' 같은 글자를 수놓은 머리띠와 손수건도 한 묶음 들어 있었다. 요새는 수예점의 주문도 꽃이나 나비 베갯잇이나 십장생 병풍 따위가 아니라 이런 것들뿐이다.

신의주에 내린 명자는 만감이 교차해 역전에 한참을 그대로 서 있었다. 신의주는 모스크바 유학길에 부푼 가슴으로 하루 묵어갔던 곳이지만 재판소와 검사국을 오가며 인생의 나락을 경험했던 곳이기도 했다. 모스크바 유학 떠날 때 월경越境을 도와주었던 여관을 그녀는 기억하고 있었다. 여관은 그 자리에 있었고 주인 여자도 할머니가 되어 거기 있었다. 여관에서 하룻밤 묵고 난 다음 명자는 주인 할머니에게 용건을 이야기했다.

할머니는 한참 만에 남자 하나를 데려왔다. 남자는 자기하고 다음 날 부부 행세를 해서 봉천에 가자면서 기차표 두 장 살 돈과 경찰에게 뇌물로 줄 돈을 달라고 했다. 명자가 기차표값과 여분의 돈을 주고 나서 '武運長久' '戰時保國' 손수건 묶음을 꺼냈다.

"그게 뭐요?"

"경성에서 잘 팔리는 건데. 이걸 뇌물로 주면 안 될까요. 아니면 돈으로 바꿔 쓰시던가요."

"나 원 참 아주머니도. 난 또 뭔가 했네. 그까짓 것 출정식에나 쓰지 전쟁터에서야 총 맞으면 붕대로 처매는 데나 쓸까."

다음 날 오겠다던 남자는 하루가 지나고 이틀이 지나도 오지 않았다. 명자가 어떻게 된 거냐고 따지면 여관 할머니는 "그 우라질 놈한테 또 당했네. 늙은이를 등쳐먹다니. 에이, 벼락 맞아 뒈져뿌리라" 하고 욕을 해댔다. 하지만 교활한 노파도 남자와 한통속인 게 분명했다.

"만주고 뭐고 중국 천지가 다 전쟁통인데 그 불구덩이에 뭣 하러 기어들어 갈라고 그래? 생때같은 사람들이 버러지처럼 죽어나간다는데. 징병이니 징용이니 끌려가다가도 도망칠 판인데. 군인들이 여자만 보면 처녀건 할머니건 덤벼들어 요절을 낸대. 악머구리 같은 놈 만나서 돈 날리고 목숨 건졌다 셈 치고 그냥 경성으로 돌아가시우."

노파의 충고는 어디까지 진심이고 거짓인지 종잡을 수 없었다. 명자는 여관에서 며칠 더 지내면서 봉천행 열차편과 상해 가는 배편을 알아보았다. 하지만 암담한 소식뿐이었다. 신분을 위장해 압록강 건너는 것까지는 어찌해볼 수 있겠는데 만주부터는 일본군과 국민당군대와 홍군 빨치산과 군벌 잔당들이 서로 총질을 해대고 있어 누구 총알에 죽을지 알 수 없었다. 모스크바는 더욱 아득했다.

명자는 신의주에서 일주일 동안 속만 끓이다가 다시 경성행 열차를 탔다. 여비도 털리고 희망도 잃고 지쳐버린 육신은 열차에 오르자 해면처럼 늘어졌다. 아침에 신의주를 떠난 열차가 경성에 도착할 때까지 명자는 내내 잠만 잤다. 경성역에 내렸을 때는 땅 거미가 지고 있었다.

명자는 역사를 나와 광장에 서서 어두워가는 북쪽 하늘을 바라보았다. 인왕산 뒤로 북쪽 하늘에 노을이 비끼고 있었다. 단야는 저 노을 너머 어딘가 있을 것이다. 가까운 곳일까. 아득히 먼 곳일까. 다른 여인의 품에 안겨 있을까. 나만을 그리워하고 있을까. 그해 겨울 도화동 떠날 때가 단야하고 마지막이 되었구나. 그게 마지막인 줄 알았더라면 그렇게 떠나보내지는 않았을 텐데. 혁명가의 아내랍시고 짐짓 씩씩한 척했으니 단야가 내 그리움을 어찌 알 것인가.

오래 살수록 목숨도 질겨지는 법이다. 나이 스물에는 목숨이 꽃잎처럼 가볍고 인연도 연처럼 가벼웠다. 그때는 그토록 쉽게 연줄을 놓았건만 한번 손을 떠난 연은 가뭇없이 멀어져 가버리고 말았구나.

굵은 눈물이 한 방울 뺨을 타고 흘러내렸다. 명자는 홀쭉해진 가방을 들고 터덜터덜 걸어서 염초청교를 건넜다. 열차를 오래 탔더니 다리는 붓고 허리가 아프다. 내 나이 얼마인가. 서른하고도 여섯, 허리 아플 나이도 되었군.

서대문 집 문간방은 떠날 때 그대로 그녀를 맞았다. 그녀는 한 바탕 기나긴 백일몽을 꾼 기분이었다. 명자는 문득 모스크바 유학 떠나기 전 종로통에서 늙은 관상쟁이가 했던 말이 떠올랐다. 한평생 무지개를 쫓아다닌다고. 스무 살 처녀에게는 그 말이 근사하게

만 들렸었다.

명자는 이제 두 남자를 모두 떠나보냈다는 생각이 들었다. 이제 그녀는 혁명가의 애인도 아니고 여고보 선생의 약혼녀도 아니다. 엄마의 딸도 아니고 조직의 멤버도 아니다. 명자는 지난 시대를 막 졸업한 것이다.

신의주에서 돌아온 다음 날 종로서 형사가 찾아왔다. 그는 일주일 동안 뭘 했냐고 물었다. 어머니 위패를 모셔놓은 부여의 절에 다녀왔다고 둘러댔다. 그는 보호관찰소에 신고도 없이 경성을 떠났다고 화를 냈다. 그는 김단야로부터 연락이 없었는지 물었다. 없었다 하자 더 캐묻지 않았다. 다만, 자수 놓는 일은 돈벌이가 어떤지, 본가로부터 생활비 지원을 받는지, 학교 선생과는 결혼할 생각인지 관심을 보였다. 명자는 기분이 썩 좋지는 않았다. 1920년대, 몇 차례 조선공산당을 만들고 수백 명이 감옥에 들어갔을 때 누군가 했던 말이 생각났다. 고기가 솥 안에서 놀고 있었구나.

명자는 집을 옮길 때가 되었다는 생각이 들었다. 국민정신총동원연맹 애국반원의 집을 일단 벗어나고 싶었다. 다음 날 주인아주머니에게 방을 내놓으시라고 말할 참이었다.

하지만 이튿날 아침 주인아주머니는 그런 따위의 사소한 민원에 귀 기울일 경황이 없어 보였다. 명자는 주인아주머니의 통곡 소리에 잠을 깼고 안채의 소란은 아침나절 계속됐다. 우물가에서 세수하는 동안 그녀는 사태를 파악했다. 주인댁 막내아들이 북지北支로 나가는 지원병에 자원한 것이다. 주인 아낙이 궐기대회다 강연회다 막내아들 데리고 다니는 것이 위태위태해 보였는데 마침내 올 것이 온 것이다. 아들은 엄마가 상상도 못 할 만큼 진지했다. 고보생의 뜨거운 피가 선전 구호들에 정직하게 반응한 것이다. 아낙의 울음소리가 낭자하고 남편의 노기등등한 고함 소리가 문틈으로 삐져나왔다. 그녀는 이사 얘기를 꺼내기는커녕 주인댁 시선을 피하느라 전전긍긍하며 하루를 보냈다.

형사가 다녀간 며칠 뒤 저녁 무렵 중년 남자 둘이 찾아왔다. 두 남자 모두 어딘지 낯익은 얼굴이었다. 머리가 벗겨져 나이 들어 보이는 거구의 남자는 문간에 선 채 자신을 박희도라고 소개했다. 그녀는 귀를 의심했다. 박희도라면 3·1만세 민족대표의 한 사람으로 기독교운동의 원로 아닌가. 잘은 모르지만 근래 들어 총독부하고 일을 같이하고 있다는 기사를 본 것 같다. 명자는 황송해서 옷 매무새를 매만졌다. 박희도는 함께 온 남자를 김한경이라 소개했다. 어디서 봤더라, 기억을 더듬을 때 그가 먼저 말을 꺼냈다.

"여성동우회 하실 때 여러 번 뵈었습니다. 그때 저는 혁청단 집행위원이었지요."

"아, 그러시죠. 나중에 일본에 건너가셨다고 들은 것 같은데 아닌가요?"

"아니, 맞습니다. 조선공산당 일본총국 일 때문에 7년 징역 살고 나왔지요. 다 지난 일이지만."

대수롭지 않게 내뱉는 7년 징역이란 말에 그녀는 은근히 압도되는 기분이었다.

"오면서 보니까 근처에 다방은 눈에 띄지 않던데. 실례가 안 된다면 방으로 들어가서 이야기하면 좋겠소마는."

박희도가 말했다.

"방이 누추한데 괜찮으실런지요. 여기 잠깐만 기다려주세요. 제가 얼른 들어가서 좀 치워야겠어요."

방 안에 자리 잡고 앉으면서 박희도가 인사치레를 했다.

"불시에 들이닥쳐서 면구스럽소이다."

그는 "듣던 대로 미모가 여전하시다"는 덕담으로 시작해 모스크바 유학이나 사상활동이나 젊은이다운 의협심이라고 높이 평가한 데 이어 본인도 3·1만세로, 〈신생활〉 사장 시절의 필화로 여러 해 성상을 감옥에서 보냈지만 돌이켜보면 모두 인격 도야의 과정이었다며 그동안 그녀가 겪어온 고초에 심심한 위로의 말을 건넨다음 "이렇게 많이 배우고 경력도 훌륭한 인텔리 여성이 집에만 계시는 건 국가적 손실"이라 못 박고서 자신도 이제 "늙고 병든 몸이나마 민족을 도탄에서 건져내는 데 미력이라도 보태려고 매일 아침 침침해진 눈을 씻고 또 씻는다"고 고백한 뒤 자신이 올 초에 뜻한 바 있어 "우리 민족이 앞으로 나아갈 길을 밝히는 등불과도 같은 월간지를 창간했는데 김한경 선생처럼 기라성 같은 인재들이 참여하고 있다"고 운을 떼고 나서야 "고명자 선생 같은 분이 동참해주시면 천군만마를 얻은 듯 힘이 날 것"이라고 마침내 방문 목적을 밝혔다. 박희도가 말을 마칠 즈음 김한경이 가방에서 책을 몇 권 꺼내 그녀 앞에 밀어놓았다.

〈동양지광東洋之光〉.

동양의 빛, 제목이 그러했다. 민족의 앞길을 밝히는 등불에 어울리는 제목이었지만 세상과 담쌓고 살아온 그녀로서는 금시초문이었다. 그녀는 조심스럽게 한 권 집어서 펼쳐 보고는 깜짝 놀랐다.

"일어로 돼 있네요?"

"아, 예. 어차피 이제 조선이나 일본이나 반도나 내지나 구분 없이 한 나라 아닙니까. 또 요새는 일본어도 많이 보급돼서 식자층에서는 일어 사용이 자유로우니까 조선인이나 일인이나 같이 보고 같이 생각하자는 그런 취지올습니다. 소생이 사장을 맡고 있고 여기 계시는 김한경 선생이 편집부장을 맡아주셨는데 본인은 편집에 일절 관여 않는다는 입장입니다. 다만 저희 편집진에 여성분이 없어놔서 고명자 선생이 참여하셔서 주로 부인 문제쪽으로 전문적인 식견을 보태주십사 하는 것이 소생의 소망입니다마는."

그녀는 좀 생각해보겠노라 했고 두 남자는 책을 두고 갔다.

책장을 열어보니 맨 앞에 박희도의 권두언이 실려 있었다.

"조선인의 행복은 오로지 일본제국의 충실한 신민으로서만 실현될 수 있다. 조선인의 행복은 국민적 의무에서도 국가적인 자격에서도 완전히 일본인이 되는 것에 있다. 신일본주의 아래 내선일체가 되어 내지인과 조선인이 통일 결합될 때만 조선인은 영원한 번영을 기대할 수 있다."

머리가 어지러웠다. 그녀는 민족의 앞길을 밝히는 등불들을 책상 밑으로 밀어넣었다. 정말 이사를 가야겠다는 생각이 들었다. 예전엔 우물가에서 아주머니와 수다 떨고 음식도 나눠 먹고 했는데 요새는 방에만 틀어박혀 있으니 감옥살이가 따로 없다. 그녀는 기회를 보아 주인 아낙에게 이야기하리라 작정했다.

하지만 두 남자가 다녀간 바로 다음 날 새벽부터 안채가 소란스러운 것이 명자는 왠지 계획이 또다시 어긋날 것만 같은 불길한 예감이 들었다. 아침식사로 먹을 감자를 씻는다고 짐짓 우물가에 얼쩡대는 동안 그녀는 주인댁 아들이 중국 전선으로 떠나는 날임을 알게 되었다. 지원병을 실은 군용열차가 오전 10시에 경성역을 출발한다 했다. 아주머니는 마루와 부엌 사이를 종종걸음 치며 음식을 싸다가 옷가지를 챙기다가 말하다 울다가 했다. 8시 반쯤 정신총동원연맹 서문정 지부 사람들이 깃발 앞세우고 북소리 요란하게 마당으로 들어섰다. 일행은 열댓 명쯤 되었는데 마당이 발 디딜 틈 없이 비좁아졌다. 지부장이라는 남자는 '구국출정의병의 집救國出征義兵の家'이라 쓰인 깃발을 대문간에 꽂은 다음 막내아들에게 '武運長久(무운장구)' 어깨띠를 매어주고 주인댁에겐 '위대한 애국모愛國母' 표창장을 수여한 뒤 "이제 조선 청년의 대표로서 내지인과 어깨를 나란히 하며 북지전선에 나아가 미개하고 야만스러운 적군의 가슴에 총을 겨눌 수 있게 된 것은 천추에 갚을 수 없는 황은이며 조선의 아들로서 빛나는 광영"이라며 일장연설을 했다. 번개같이 급작스럽고 요란한 행사가 진행되는 내내 주인댁은 저고리 고름으로 눈물을 찍어내다 벙싯거리며 웃다 했다.

경성역에서 돌아온 아주머니는 종일 넋이 나간 듯 마루에 걸터앉아 있었다. 명자를 보더니 "경쟁이 셌대요. 몇백 대 일인데 우리 막내가 뽑혀가지고"라며 와중에 자식 자랑을 했다. 명자는 그녀가 안쓰러웠지만 꼴좋다는 마음도 없지 않았다.

그날 저녁 늦게 안채에서 부부가 싸우는 소리가 들렸다. "동네 사람들 다 듣겠어요. 조용히 좀 해요" 하는 아낙의 목소리가 들린

다음 이내 남자의 욕설과 함께 아낙의 비명이 터져 나왔다. 명자가 방문을 열고 달려 나갔을 때 주인 남자가 던진 라디오가 마당을 가로지르며 날아가 우물에 부딪치는 중이었다. 아낙은 마당에 주저앉아 울고 있고 큰아들이 아버지를 말리고 있었다. 하지만 평생 목수일로 단련돼온 강인한 근육을 가진 주인 남자는 아들의 손을 뿌리치고 발길에 잡히는 대로 세숫대야며 양동이며 걷어차다가 벽에 매달려 있는 광주리와 함지박을 걷어 내동댕이쳤다. 남자는 마루에 걸터앉더니 한참을 씩씩대며 숨을 고르다가 고함을 쳤다.

"우리 낼부터 굶자. 자식을 사지에 보내놓고 낟알이 목구멍으로 넘어가면 인간이냐. 금수지."

어둠 속에 분노로 번쩍이는 눈초리가 아내를 노려보았다. 평소에 벙어린가 싶게 조용한 남자인데 이 몇 마디 말은 그가 즐겨 쓰는 망치처럼 적막한 밤공기를 강타했다.

이튿날 오전에 종로서 형사가 찾아왔다. 정말 밥을 굶는지 안채는 조용했고 라디오 소리도 들리지 않았다. 형사는 "고명자 양" 하는 소리와 동시에 방문을 드르륵 열었다. 그녀는 기절할 듯 놀랐고 몹시 불쾌했다. 그는 "좀 들어갑시다" 하면서 신발을 벗고 곧장 방으로 밀고 들어왔다. 말릴 틈도 없었다. 방에 들어와 앉은 그의 첫마디는 더욱 무례했다.

"잘 모르시나 본데, 당신은 지금 사상범 전과자로 보호관찰 대상이요. 경성보호관찰소에서 경무국으로 한 달에 한 번씩 보고가 올라가고 있소. 우리는 당신처럼 공식적으로 아무 활동 안 하는 사람은 모종의 지하활동을 하는 것으로 간주하고 있소. 당신이 위장전향 하고는 모스크바와 내통하고 있다고 의심이 안 가는 바 아니오. 러시아어를 아는 건 언제든 스파이 짓을 할 수 있다는 뜻이오. 지금 같은 전시엔 당신 같은 친러파는 당장 영창 보낼 수 있소. 지금 소련이 중국에 전투기와 군대를 지원해 황군의 전선에 위협을 가하고 있다는 거 알고나 있소? 박희도 같은 양반이 직접 찾아와서 간곡하게 설득하는데 뭘 믿고 버티는 거야, 엉?"

그녀는 최근 이상스러운 방문들의 전모를 파악했다. 그러고 보니 두 남자가 그녀에게 생각해보고 연락 달라고 한 지 일주일이 지났다.

"착실하게 살려고 애쓰는 전과자들에게 취직을 알선해서 갱생의 길을 걷게 하자는 게 총독부 방침이오. 과거의 주의자들이 먹고살 게 없어 다시 지하로 들어가게 해서는 안 된다는 인도적 견지에서 하는 사업이오. 깊이 잘 생각해보시오. 대화숙에 입소하겠소? 감옥 가겠소? 싫으면 내일 아침 〈동양지광〉으로 출근하시오. 내가 이런 말 하는 건 마지막이오."

〈동양지광〉 사무실은 종로2가에 있었다. 편집부장 김한경, 편집주임 인정식, 경리부장 강영석, 시인 겸 평론가라는 사업부장 김용제가 모두 공산주의운동으로 감옥살이한 사람들이었다. 사장 박희도를 필두로 해서 100퍼센트 좌익 전향자들로 진용을 짠 것이다. 그녀가 출근하기로 한 건 일단 예비구금을 피하자는 것이었다. 하지만 직장을 갖고 조직에 속하고 싶다는 욕망에 굴복한 것이기도 했다. 양 떼건 이리 떼건 무리 속으로 들어가고 싶었다. 홀로 지내온 지난 10년의 외로움과 소외감은 명자가 의식한 이상으로 깊었던지 출근 전날은 마음이 설레어 잠을 설칠 정도였다. 어쨌든 그녀는 종로로 돌아왔다.

〈동양지광〉 첫날은 문화 충격의 연속이었다. 종로2가 뒷골목 10전짜리 국밥집에서 점심을 먹으면서 강영석이 말을 꺼냈다.

"우리 역사를 깊이 알면 알수록 매력에 빠져들어요. 한마디로 거대한 드라마가 있는 풍광이라 할까요."

명자는 말없이 고개만 끄덕였다. 그녀가 살아온 35년 세월만 해도 드라마였다. 한일합방으로 대한제국이 무너지고 고종이 죽고 순종이 죽고 지나사변 이후는 더욱 걷잡을 수 없는 소용돌이다.

"우리 역사의 세 영웅에 대해 아마 여러분도 각기 입장이 있으실 텐데요."

명자는 어리둥절했다. 우리 역사의 세 영웅이라면, 누굴 말하는 걸까. 태조 왕건? 이순신? 세종대왕?

"세 영웅 중에서 제가 가장 매력적으로 느끼는 위인은 도요토미 히데요시도 도쿠가와 이에야스도 아니고 오다 노부나가입니다. 장수는 자기를 알아주는 주군을 위해 목숨을 바친다는데 사실 충성스러운 장수가 되긴 오히려 쉽지요. 도요토미 같은 천출을 거두어 역사의 흐름을 바꾸는 영웅으로 키워내는 주군의 역할이 진정 위대한 것 아니겠소?"

김한경이 나섰다.

"나는 도요토미 히데요시를 좀 더 평가하고 싶소. 하지만 서로 목숨을 의탁하는 도요토미와 오다의 관계에서 우열을 따지는 건

시건방진 말놀음이지요. 오다나 도요토미 아들이나 할복자살했지만 사무라이들의 할복자살에는 종교적 신성함이 있어요. 이조의 왕들이야 유약해빠져서 어디 영웅다운 면모라곤 찾아볼 수나 있습니까."

역사 토론은 명자에게 낯익은 대목도 있었지만 대개는 생소했다. 그녀는 그저 입을 닫고 조용히 들을 뿐이었다. 오전 편집회의에서 말 한마디 잘못했다가 다섯 살 어린 김용제에게 수모를 당한 뒤 명자는 입을 떼기 두려워졌다. 식민지 조선이라는 표현에 김용제가 말꼬리를 잡고 나왔다.

"적어도 우리 〈동양지광〉 안에서는 그런 언사를 지양했으면 좋겠습니다. 식민지라는 건 성스러운 일한합병에 대한 모독입니다. 2천만 조선인이 새로운 일본인이 되었는데 황민으로서 자부심도 없이 언제까지 식민지 타령하면서 자기비하를 할 겁니까?"

그의 언설이 워낙 거침없는 데다 강영석 김한경 같은 선배들이 고개를 끄덕이는 바람에 그녀는 놀란 입을 조용히 다물고 말았다. 김용제는 〈동양지광〉이 조선에서 처음 나온 일문 잡지라는 것을 자랑스러워했다.

"제가 요새 일어로 시를 쓰는데요. 조선말로 쓸 때는 자꾸 토속적이고 퇴행적인 감상이 드는데 일어로 쓸 때는 국제적이고 미래지향적인 시상이 떠오른답니다. 흥미롭지 않습니까. 내가 쓴 시가 만주와 일본 내지까지 들어간다 생각하면 흥분되지요. 우물 안 개구리였던 우리 문학이 이제 당당한 국제 문학이 되는 겁니다. 이런 시대에 시인으로 태어난 것이 행운 아니겠습니까."

출근 첫날 그녀는 어지럽고 혼란스러웠다. 얼어붙었던 식민지 땅이 그녀가 모르는 사이에 화색이 난만한 천년 왕국이라도 되었단 말인가. 출근 전날 설레어 잠을 설쳤던 그녀는 출근 첫날 혼돈을 수습하느라 다시 잠을 설쳤다.

애초에 명자는 〈동양지광〉 사람들 모두가 그녀처럼 징발당한 처지일 거라 생각했었다. 하지만 며칠 다니면서 놀란 것은 이 사람들이 가련한 억지춘향들이 아니라 열정에 들뜬 확신범들이라는 점이었다. 공산주의운동가 시절과 일하는 패턴도 비슷했다. 계몽적인 글을 쓰고 강연을 다녔다. 계몽의 내용이 다를 뿐이었다. 몽매한 인민들을 깨우쳐 황국신민의 찬란한 미래를 열어주겠다고 의욕 만발이었다. 박희도 김한경 김용제 강용석이 모두 잡지 만드는 틈틈이 강연을 다녔는데 내선일체와 황민화를 외치고 지원병 입대와 국방헌금, 헌납을 호소했다. 단체활동과 조직사업도 열심이었다. 한 대뿐인 전화는 늘 요란했고 심부름하는 아이는 전갈을 가지고 이리 뛰고 저리 뛰었다. 그녀는 총독부에 협력해서 활동하는 단체가 그렇게 많은지 몰랐다. 종로에 나오니 벚꽃이 만발하고 춘흥春興이 도도해 명자는 삼월이 앞세우고 여성동우회 다니던 스무 살 시절로 돌아온 듯한 기분마저 들었다.

윤치호와 최린이 〈동양지광〉 고문을 맡아 이따금 시국강연회나 공식 행사에서 얼굴마담 노릇을 했다. 손님도 끊이지 않았다. 한때 좌파 단체에서 낯을 익혔던 청년인데 십수 년 만에 중년의 모습으로 〈동양지광〉 사무실에서 조우할 때의 기분은 묘했다. 그중에서도 가장 충격적이었던 건 박영희였다. 명자네 그룹이 조선공산당을 만들던 바로 그때 박영희의 문단 패거리들은 카프를 만들었다. 당시 그는 청년 문사로 이름을 날렸고 좌파문예운동 10년을 청산하는 전향의 글로 센세이션을 불러일으킨 게 몇 해 전이었다. 전향선언의 유명한 문구는 명자처럼 사회와 담쌓고 살아온 사람도 알 정도였다.

"얻은 것은 이데올로기요, 잃은 것은 예술이다!"

퇴각할 때조차 폼 났던 이 스타를 〈동양지광〉 사무실에서 만났을 때 그녀는 당황했다. 원고를 가져와서 박희도 김용제와 둘러앉아 이야기하고 있었는데 눈빛과 말투는 비상한 투지로 상기돼 있었지만 거무죽죽한 얼굴과 주저앉은 몸피는 전혀 다른 표정을 짓고 있었다. 그는 카프 일제 검거 때 고문으로 왼쪽 팔을 못 쓰게 되었는데 그런 그가 지금 전향 작가들의 맨 앞줄에 서 있었다.

〈동양지광〉이 이론가들의 캠프인 만큼 각기 나름의 진취적이고 독창적인 이론을 개발하는 데 목숨을 걸었고 서로 자신이 구습과 더욱 혁명적으로 절연했음을 입증하는 진보 경쟁이 치열했다. 광주 사람 강영석은 불과 2년 전까지 마르크스의 노예였던 자신이 어떻게 유물변증법의 한계를 넘어섰는지 얘기했다. 그가 새로이 접수한 세계관은 '세계일가주의世界—家主義'였는데 인류가 천황의 자식이고 오대양 육대주가 일본의 팔다리 구실을 해 전 세계가 하나의 생명체를 이룬다는 것이었다.

"이 생명변증법에 비하면 코민테른이나 조선 공산주의자들은 얼마나 천박했던 것입니까. 남들은 우릴 가지고 전향 운운하지만 이건 전향이 아닙니다. 일찍이 사노 마나부 선생 말씀처럼 이건 양심적 선택이고 학문적 발전이에요."

확실히 지나사변 이전과 뭔가 달라졌다. 몇 해 전까지만 해도 처참하게 깨지고 조직도 사람도 만신창이였다. 그런데 지나사변 나고 황군이 대륙에서 승승장구하면서 그 기세가 조선의 지식인들을 우울증에서 건져내 비상한 흥분으로 몰아가고 있었다. 한때 축축한 독방의 철창 안에서 불면증에 시달리던 사람들이 이제 구름 위에 누워 들뜬 마음을 진정시키면서 잠드는 것이다. 일종의 조증躁症이었다.

명자는 처음에는 이 사람들이 도대체 뭔 얘길 하나 했다. 그 논리는 이상했고 그들과의 대화는 불편했다. 하지만 집에 돌아와 이불 깔고 누우면 어서 밤이 지나고 아침이 와서 그들 속으로 다시 돌아가고 싶었다. 조증도 전염되는 것일까. 그녀는 전향서 쓴 일이 마음의 짐으로 남아 있었는데 그것을 깨끗이 털어버릴 방법을 강영석이 알려줬다. 또한 처음으로 직장을 갖게 되었는데 이곳이 도둑 소굴이 아니라 선견지명에 가득 찬 프로메테우스들의 결사체라고 누가 말해준다면 그런가 보다 믿고 싶었다. 환멸의 낮과 조바심하는 밤이 되풀이되는 동안 명자는 빠른 속도로 〈동양지광〉의 일원이 되었다.

김한경은 명자와 또래인 데다 청년활동 시절의 인연도 있어 여러 가지로 통했다. 10년 넘게 일본생활을 한 김한경이 매번 그녀의 원고를 꼼꼼히 다듬어주었다. 그는 메이지유신 신봉자였다. 일본인의 호전적 기질이 근대적 정신과 만난 것이 메이지유신이고 이로써 일본이 동서양을 융합해 세계를 이끌 유일한 지도국가로

발돋움했다는 것이다. 그의 논리가 명자에겐 가장 알아듣기 쉬웠다. 늘 대국들에 치여온 민족의 운명을 지긋지긋해 하는 사람들이 사무라이 정신에 매혹되는 건 이해할 수 있었다. 하지만 명자와 단둘이 있을 때 김한경은 "어차피 제국주의 세력들 사이에 전쟁이 벌어지는 판에 조선이 피하기 힘든 거 아닌가. 일본이 이기면 우리가 전쟁에 적극 협조했기 때문에 조선도 형편이 나아질 것이다. 내선일체가 유리할 수도 있다"고 내심을 털어놓았다.

〈동양지광〉에서 한 달쯤 지나자 명자는 이제 무엇이 옳고 그른지 알 수 없게 되었다. 처음엔 이들이 살기 위해 전향했고 자신의 선택을 정당화하기 위해 논리를 짜냈으며 마침내는 자신이 만들어낸 거짓말에 스스로 속아 넘어간 것이라 여겼다. 하지만 어쩌면 이들이 나름의 정의감을 여기까지 밀고 온 건지도 모른다는 생각이 들었다.

어느 쪽이건 간에 모진 고문을 당하고 독방에 갇혔다가 일도 동지도 가족도 없는 세상에 돌아와 우울한 나날을 보내던 때를 생각하면 비할 수 없이 활기차고 생기발랄한 하루하루였다. 명자도 그 외롭고 축축한 나날로 돌아가고 싶지는 않았다. 집에서 혼자 지낼 적엔 긴 하루해에 수십 번씩 과거라는 깊고 어두운 우물로부터 수치심과 자책감과 증오심이 슬금슬금 기어 나와 발목을 감곤 했는데 출퇴근생활에선 하루해가 너무 짧아 그런 것이 끼어들 틈이 없었다. 일어로 글 쓰고 취재하고 편집하고 교정보는 일, 그녀에겐 다 열심히 배워야 할 일들이었다. 그녀는 나이 서른여섯에 시작하는 첫 직장생활을 잘 해내고 싶었다.

여성동우회 선배와 친구들도 한 사람 건너면 다 소식이 통했다. 기생 출신 여걸 정칠성은 고향인 대구로 내려가 편물일을 하고 강습회도 열며 지낸다 하고, 여성동우회의 대모였던 정종명만은 35년 가을 출옥한 이후 아무도 소식을 모른다 했다. 주세죽은 죽었다는 소문이 사실인 듯 소식을 아는 사람이 없고, 중국에 간 허정숙이 조선의용군이 되어 연안에 있다는 이야기를 들었을 땐 부러웠고 질투를 느꼈다.

10월에 전조선사상보국연맹 1주년 기념대회가 열렸는데 전향자 행사라 〈동양지광〉 사람들이 총출동했다. 요사이 모든 행사가 그렇듯 대회는 황거요배로 시작했다. 덕수궁 옆 체신회관에서 천황이 계시는 도쿄 쪽이니 얼추 왕십리 방향으로 절을 하면 되었다. 다음은 애국가 봉창 순서였다.

> 기미가요와(군주의 치세는)
>
> 지요니야치요니(천 대부터 팔천 대까지)
>
> 사자레이시노(작은 조약돌이)
>
> 이와오토나리테(큰 바위가 되어)
>
> 고케노무스마데(이끼가 낄 때까지)

워낙 리듬감 없이 늘어지는 노래라 명자는 30년 동안 들어왔어도 반주가 안 받쳐주면 박자 맞추기 어려웠다. 명자가 입만 벙긋거리며 들어보니 옆의 동료들도 목소리는 우렁찬데 박자가 들쭉날쭉이었다. 천황 치세에 대한 열망은 불붙었지만 다들 전향경력이 짧다 보니 기미가요가 입에 붙지 않는 것이다. 다음으로 황국

신민서사를 합창하는 목소리는 기미가요보다 일사불란했다.

"우리는 황국신민, 충성으로서 군국君國에 보답하겠습니다.

우리 황국신민은 신애협력信愛協力 하여 굳게 단결하겠습니다.

우리 황국신민은 인고단련忍苦鍛鍊 하여 힘을 길러 황도를 선양하겠습니다."

국민의례가 끝나자 반코민테른 결의문이 채택되었다. 전향자 대표로 박영희가 결의문을 낭독할 때 명자는 공산대학 졸업하고 코민테른 12월 테제를 받아서 들어오던 10년 전 기억으로 거슬러 올라갔다. 그때는 곧 자본주의 세계가 몰락하고 피압박민족 해방이 다가온다고 믿었는데 지금 이 결의문에서 말하는 것처럼 그것은 소아병적 착각이었던가.

1940년 벽두에 미나미 총독이 "조선인들이 창씨개명 한다면 흐뭇하겠고…" 하는 담화를 발표하자 〈동양지광〉 사람들은 솔선수범해서 이름을 바꿨고 서로들 새 이름을 불렀다. 김용제金龍濟는 '가네무라 용제金村龍濟'가 됐고 김한경金漢卿은 '가네모도 겐지金本憲治'가 됐다.

"완전한 내선평등의 길이 열린 것 아닌가. 우리 이마빡에 붙어 있던 차별 딱지를 마침내 떼어버리게 되었네."

명자는 은근히 압박을 느꼈다.

"고명자 선생은 창씨개명 안 합니까?"

"네, 팔월까지 등록 기간을 준다니까 작명소에도 좀 가보고…"

명자가 〈동양지광〉 다니는 걸 어찌 알았는지 큰오빠가 심부름하는 아이를 사무실로 보내왔다. 아버지 제사에 오라는 전갈이었다. 집 얻어 나온 뒤로 3년 가까이 발걸음하지 않았다.

가회동 집 솟을대문 기둥에서 펄럭이는 일장기를 보면서 명자는 만감이 교차했다. 오빠는 그녀의 손을 잡고 눈물을 글썽였다. 제사상 앞에 모인 일가친척 앞에서 오빠가 새삼스레 여동생을 소개했다.

"우리 명자가 요새 총독부가 하는 월간지 기자로 나가고 있답니다. 일문으로 돼 있는 월간지입니다만…."

제사가 끝나자 올케가 별채에 잠자리를 봐두었다고 했다. 오빠는 "이제 부모님 제사 때라도 꼭 얼굴 보자. 형제 간에 우애 없는 집이 잘되는 법 없다. 서로 돕고 살아야지"라고 말했다. 오빠가 공개리에 화해를 청해오고 있었다. 그동안 명자는 부모님 명을 재촉하고 오빠들을 경찰에 불려 다니게 하고 집안 망신을 시킨 애물단지였다.

아침상을 물리고 오빠가 명자를 따로 불렀다.

"생활비를 주겠다는데 왜 마다하냐. 요새 바느질은 안 하지? 우리 명자가 어엿한 봉급쟁이가 됐으니."

"자수 놓는 거야 정신 수양에 도움이 되니까요."

"내 이번에 미두상에서 투자금도 회수를 했고, 언제든 곤란할 때 지체 말고 오라비한테 찾아오거라."

오빠는 명자 앞에 두툼한 봉투를 내놓았다.

"우리 집안은 '다카토高藤'로 창씨했으니 너도 개명해서 호적에 올리도록 해라."

오빠는 "창씨개명 안 하면 회사 등록을 취소하겠다 한다"는 말을 덧붙였다.

올케가 그동안 그녀 앞으로 온 우편물 꾸러미를 가져왔다. 이런 연맹, 저런 연맹에서 시국대강연회를 한다는 안내장들도 있었고 이름을 알 듯 말 듯한 누군가가 진고개에 식당을 개업했다는 인사장도 있었다. 쓰잘 데 없는 우편물들 가운데 또박또박한 글씨의 편지 한 통에 그녀의 눈이 번쩍 뜨였다. 발신지는 마산, 김명시였다. 출감했구나!

명자는 겉봉을 뜯었다. 편지는 짤막했다. 고향에 내려와 요양 중이며 서울 가면 한번 만나자는 내용이었다. 명자가 전향서 쓰고 나온 게 32년 여름이었으니 명시는 7년 넘게 옥살이를 했구나. 명자는 올케에게 명시한테서 혹시 연락이 오면 알려달라고 부탁했다.

어느 날 저녁 총독부 학무국장이 〈동양지광〉 사람들 애쓴다고 명월관에서 주연을 베풀었다. 학무국장이 유리컵에 기린 맥주를 콸콸 따르고는 건배사를 했다.

"마, 북지에서 나날이 혁혁한 승전보를 전해오고 있는 이 시점에 칼 대신 붓으로 불철주야 총후의 조선을 견인해나가고 있는 여러분의 노고를 치하하는 바이오. 붓은 칼보다 강하다 하지 않았소이까. 여러분이 하나하나 천황폐하의 자랑스러운 병사들이오."

천황폐하라는 단어가 튀어나올 때 박희도를 비롯해 좌중이 모두 즉각 무릎을 꿇으며 고개를 앞으로 꺾었다. 명자가 당황해서 무릎을 꿇으려 할 때 모두들 신속하게 다시 양반다리로 돌아가고 있었다. 사람들은 맥주컵을 오른손에 든 채 용케도 중심을 잃지 않고 자세를 바꾸었다. 하지만 건배사가 길어지면서 천황폐하 대목에서 맥주가 계속 조금씩 쏟아져 사람들이 미처 입을 대기도 전에 모든 컵의 맥주가 절반으로 줄어들었다.

"전선에 나선 병사와 한가지로 진실로 천황폐하의 부끄럽지 않은 수족이 되어야 할 줄 압니다. 금번에 조선인 청년들도 전선에 지원할 수 있게 해주신 천황폐하의 성은이 하해와 같거니와 광대무변한 천황폐하의 성은에 보답코자 스스로를 더욱 채찍질하지 않으면 안 될 것입니다. 박희도 사장께서 천황폐하께 조선인에게 징병제의 은혜를 베풀어주십사고 거듭 간청해오셨는데 인자하오신 천황폐하께서 신민들의 충심을 헤아려 곧 하회가 계실 줄로 사료됩니다만…"

손님 숫자만큼 기생들이 나왔는데 명자 옆에 앉은 계옥이라는 기생은 구절판 쌈을 곱게 싸서 명자 입에 넣어주며 "저도 여기자 한번 해보는 게 소원이에요. 호호호" 했다.

박희도 사장이 학무국장 앞에서 명자를 칭찬했다.

"우리 고명자 양이 〈동양지광〉에 오신 다음 지면이 아주 수준 높아졌습니다. 훌륭한 기사도 쓰시고 러시아어 번역도 하시고. 여성계의 혁혁한 인재를 영입해놓았더니 아주 일당백이올시다."

명자가 얼굴을 붉혔다.

술이 얼큰하게 오르자 학무국장이 주먹을 흔들며 노래를 불렀다.

> 키사마토 오레토와 도키노 사쿠라(너와 나는 동기의 벚꽃)
> 오나지 헤이가코노 니와니 사쿠(군사학교 정원에 함께 피어난 꽃)
> 사이타 하나나라 치루노와 가쿠고(피어 있는 꽃이라면 지는 것

은 각오하자)

미고토 치리마쇼 쿠니노 타메(멋지게 지자꾸나 나라를 위해)

요사이 경성 길거리에서 시시때때로 울려 퍼지는 군가였다. 국장의 선창에 남자들이 모두 주먹을 흔들며 따라 불렀다. 합창 소리가 어찌나 우렁찼던지 명월관 천장이 들썩할 지경이었다.

명월관 문간에는 뜻밖에 종로서 담당 형사가 얼쩡거리고 있었는데 명자를 보자 어색한 표정으로 고개를 숙였다.

초겨울로 접어든 어느 날 아침, 출근하려고 방문을 나선 그녀에게 주인 아낙이 눈물 바람을 하며 달려왔다. 아낙은 그녀의 옷자락을 잡고는 벽력같은 울음을 터뜨렸다. 지원병 나간 아들이 전사했구나. 그것이 맨 먼저 든 생각이었다.

"어쩌면 좋수. 우리 큰아들 징용 영장이 나왔다우. 세상에 이런 법이 어디 있수. 아들 하나는 지원병 나가서 죽었는지 살았는지 모르는 판에 하나 남은 아들까지 징용 나간다니. 사할린 탄광으로 갈지 북지에 비행장 닦는 데 갈지 알 수 없다우. 징용 한번 나가면 멀쩡하게 돌아오지 못한다는데. 아이고, 아이고."

아낙은 헐떡대며 울음을 삼키느라 말을 잇지 못했다.

"부엌살림도 팽개쳐놓고 연맹 일에 팔 걷어부쳤는데. 금붙이는 가락지 하나 있던 것도 갖다 바쳤는데. 어금니도 빼서 내라면 내겠는데. 아들들을 다 잡아가니 우리 죽으면 제사는 누가 지내라고. 새댁, 어디 높은 데다 얘기 좀 할 데 없겠수?"

아낙은 명자에게 필사적으로 매달리고 있었다.

"예, 아주머니. 정말 딱한 일이네요. 한번 알아보겠지만 무슨 도움이 될 수 있을지….."

대문간에 꽂혀 있는 '구국출정의병의 집' 깃발이 누렇게 바랜 채 늘어져 있었다. 대문 밖을 나서는데 아낙의 푸념이 들려왔다.

"우리는 이제 무슨 낙에 사나. 돈은 악착같이 벌어서 뭐 하나. 아이고, 내 팔자야."

전차를 타고 광화문 네거리를 지나는데 남대문 길이 온통 사람과 일장기 물결이다. 북지로 출정하는 부대가 군악대 북소리에 맞춰 시가행진을 벌이고 시민들이 일장기를 흔들어대고 있었다.

명자는 김한경에게 말해보기로 했다. 그는 보국연맹 관계도 있고 총독부 사람들하고도 긴밀하니 방법을 찾을 수 있을지도 몰랐다. 명자는 지방강연 내려간 김한경이 돌아오기만을 기다렸다. 오후 늦게 돌아온 김한경은 사무실에 들어오자마자 전화통을 붙들고 총동원연맹 쪽 누군가와 긴 통화를 했다.

"점점 고학력 지원자가 줄어들고 있어요. 참으로 개탄스럽습니다. 일본 유학생 출신들은 일단 무조건 전선으로 나가야 한다고 봅니다. 황군 부대 안에서 원활하게 소통하려면 일어가 능통해야 하잖습니까. 식자층일수록 상황 인식을 엄정히 하고 모범이 되어야 하는데 복잡한 논리를 들먹이거나 이리저리 핑계를 끌어대며 빠져나가려는 꼴을 보면 추잡하지요. 모두 자기가 특별한 예외라고 하니. 장손이니 맏아들이니 외아들이니 막내아들이니. 아니, 세상에 누구 집 아들 아닌 남자가 어디 있습니까."

명자는 주인댁 아들 이야기를 꺼낼 엄두가 나지 않았다.

매일 저녁 귀가가 늦어지는 바람에 며칠 주인댁 얼굴을 보지 못했다. 토요일 오후 일찍 집에 들어간 그녀는 주인댁 아낙이 마루에 넋 놓고 앉아 있는 것을 보았다. 머리는 빗지 않아 수세미 같았다. 그녀는 아낙 옆에 걸터앉았다.

"죄송해요. 제가 어떻게 해드리지 못해서. 아드님은 그래서 언제 나가게 되는 건가요?"

아낙은 얼마나 울었는지 두꺼비처럼 눈두덩이 부어 있었다.

"애들 아부지가 어제 끌려갔다우. 징집하러 총독부에서 사람 둘이 나왔는데 영감이 자기를 대신 데려가라는 거예요. 처음엔 무슨 헛소리하나, 그런다고 물건 바꾸듯이 그렇게 바꿔주나 했지요. 근데 바꿔주더라고요. 영감이 아들 없으면 목공소 문 닫아야 한다, 아들 하나는 지원병 나갔는데 이 아들 하나는 살려달라고 애원하니까 그 남자들 둘이 서로 뭐라 쑥덕거리더니 남편한테 마당에 절구를 들어보라 하데요. 공설운동장까지 따라갔다 왔는데 징용 가는 사람이나 보내는 사람이나 울고불고."

그녀는 눈물도 마른 듯했다. 반 정신 나간 것 같은 퀭한 눈빛이 허공을 헤매고 있었다.

"내가 무슨 살판났다고 설레발치고 나대다가 결국에는 집안을 이 꼴로 만들고 말았네. 내 발등을 시퍼런 도끼날로 그냥 확 찍어버릴까 부다."

마루 한구석에는 처음 보는 라디오가 눈에 띄었다.

"라디오 새로 장만하셨어요?"

"저놈의 라디오에서 지지발거리는 소리 딱 듣기도 싫지만 어쩌겠수. 전쟁 끝나야 아들하고 남편이 돌아오는데 세상이 어떻게 돌아가는지 알아야잖겠수?"

자치론이나 참정권을 이야기하던 문과 체질의 조선 지식인들이 1931년 만주사변을 지나고 1937년 지나사변을 거치면서 점점 호전적으로 변해갔다. 일종의 군국주의 중독이었다. 일본 관동군이 6개월 만에 만주를 해치웠다는 데 놀랐고, 그다음 중국 본토를 파죽지세로 먹어 들어갈 때 놀람은 찬탄으로 바뀌었다. '우리는 일본을 못 이긴다'는 데서 독립 대신 자치론이 생겨났는데, 일본이 생각보다 훨씬 강하다고 느꼈을 때 그들은 강한 형을 가진 행복한 동생이 되기로 했다. 내선일체, 식민지 중에서도 조선만은 한 식구로 특별 대우해주겠다는 것 아닌가. 내지인의 권리는 없고 전쟁의 의무만 지우는 사탕발림이지만 속아주기로 한 것이다.

1941년 12월, 일본 공군이 진주만 미 해군기지를 공격하면서 태평양전쟁이 시작됐을 때는 한마디로 "졌다!"였다. 가미카제라는 그 상상을 절하는 방식, 태평양을 날아서 미국을 타격한 그 스케일에 압도된 것이다. 하지만 모두들 여기서 어떤 클라이맥스의 징후를 읽었다. 일본이 승전하고 세계 정복으로 가느냐, 일본이 패전하고 조선독립으로 가느냐의 갈림길이었다. 1942년 8월 태평양전쟁의 전황을 알려주는 '미국의 소리' 한국어 방송이 시작된 다음에는 지식인들이 모두 골방에 숨어 단파 라디오에 귀 기울이게 되지만 아직은 일본군의 승전보를 줄창 내보내는 경성 방송뿐이었다.

1941년에 접어들자 경성 시내가 한층 다급하게 돌아갔다. 박희도 사장은 직원들을 모아놓고 일장훈시를 했다.

"동아시아 신질서를 구축하기 위해 우리가 월간지 하나 만드는 것으로 소임을 다한다 생각해서는 안 될 것이오. 우리 〈동양지광〉이 미몽에서 헤매는 조선인들을 황도皇途의 길로 이끌어내는 견인차가 되어야 할 것이오. 요새 〈동양지광〉이 빤한 인물들 가지고 식상한 얘기나 하고 있다고 총독부에서도 불만이 이만저만 아니오. 돌파구를 찾지 못하면 폐간조치 당하는 길밖에 없소."

박희도 사장도 요새 자주 짜증을 부리는 것이 쫓기는 티가 역력했다. 어쩌면 쫓기는 것이 박희도 사장만이 아닌지도 몰랐다. 나날이 승전보로 떠들썩하건만 웬일인지 총독부도 조바심 내는 티가 역력했다.

"공산당운동이나 카프운동 하다가 감옥 살고 나온 소위 거물급들 있잖소. 정부 시책에 비협조적인 대표적인 문인들도 다들 알잖소. 〈동양지광〉도 필자군을 좀 넓혀보잔 얘기요."

그 대목에서 명자는 박희도 사장이 의도하는 바를 대략 이해했다. 그날 저녁 퇴근하려는 명자를 강영석이 불렀다.

"사장님도 요새 심하게 압박을 받고 계시는 건 아시겠고. 고명자 선생한테 특별히 부탁이 있소. 옛날 지인들과 관련된 거요. 저, 이미 아실 수도 있겠소만…."

강영석이 다시 뜸을 들였다.

"박헌영이 대전형무소를 출감했소. 혹시 출옥하고 만나셨소?"

그를 설득해서 〈동양지광〉에 끌어내라는 주문이었다. 강영석은

"박헌영은 부인이 소련에서 죽었고 홀어머니도 사망했다 하니 의지할 데 없는 모양이오" 하고 접근 요령과 관련한 힌트까지 주었다.

"또 한 사람은…."

강영석은 뜸을 들였다.

"여운형이오. 이 양반 때문에 총독부가 골치를 앓고 있소. 가만두면 자꾸 국내외로 다니면서 문제를 일으키고 잡아넣자니 또 민심이 신경 쓰이고. 고명자 선생하고는 각별한 인연이 있다고 총독부에서 기대를 많이 하고 있소."

명자는 그날 밤 잠을 이루지 못했다. 그 남자들이 누구인가. 총독부가 갖은 수를 써서 어르고 달래도 어쩌지 못하는 사람들이다. 박헌영과는 1929년 모스크바에서 헤어진 게 마지막이었다. 세죽 언니와는 허물없이 친했어도 박 선생은 워낙 과묵하고 엄격한 성품이라 말 붙이기 어려웠다. 지금 박헌영을 만나면 그가 반갑다고 덥석 손을 잡을까. 어림없다. 내가 전향한 건 세상이 다 아는 일인데. 그에게 〈동양지광〉 운운하는 건 상상조차 하고 싶지 않았다.

여운형 선생은 뭐라 하실까. 조선중앙일보 사장으로 있을 때 길에서 우연히 만난 이후 가끔 계동 집으로 찾아 뵙곤 했다.

"신의주경찰서 애긴 들었네. 젊은 여자 몸으로. 내가 어른이 돼 가지고 죄가 많네. 전향서 쓰기 잘했어. 고문당해 죽으면 개죽음이지."

그는 〈동양지광〉 일을 하는 것도 다 이해한다고 하실까. 아니면 더 이상 나를 안 보겠다 하실까.

〈동양지광〉 사무실에서 갑자기 명자에 대한 대접이 융숭해졌다. 박희도 사장은 "고명자 선생은 출퇴근 자유롭게 하시고. 뭐 중임을 맡으셨는데…"하며 인품 좋은 웃음을 웃었다. 명자로서는 기사 씁네 하고 사무실에 앉아 있기도 좌불안석이었다. 명자는 가까운 계동부터 찾아가기로 했다. 무작정 만나고서 그다음 일은 생각해볼 요량이었다.

명자는 일단 계동까지 갔지만 계동 집 문 앞에서 멈춰섰다. 문을 열었을 때 그다음에 기다리는 것이 무엇일지 두려웠다. 아버지가 돌아가시고 명자는 여운형 선생에게 의지했다. 하지만 이제 그 아버지마저 잃을 수 있는 것이다.

"고명자 선생님 아니세요?"

돌아보니 여운형 선생의 큰딸 난구가 동생 연구와 함께 서 있었다. 외출에서 돌아오는 길인 모양이었다.

"아버님, 어제 동경으로 떠나셨는데."

순간 휴, 하고 한숨이 터져 나왔다. 실망 반, 안도 반의 한숨이었다. 명자는 밀명을 받은 지 일주일 만에 별 소득이 없다는 사실을 강영석에게 보고했다. 오후에 사무실에 돌아온 박희도 사장이 명자를 불렀다. 덕망과 인품의 노신사 풍모는 어디 가고 댓바람에 막말이 튀어나왔다.

"쥐꼬리만 한 명성만 믿고 비협조적으로 나오는 문인들은 본때를 보여줘야 해요. 그런데 고명자 상은 저만 잘났다는 작자들한테 추상같이 나무라지는 못할 망정 그렇게 저자세로 나오니 사람들이 우리 〈동양지광〉을 얼마나 깔보겠소? 천황의 신민으로서 자부심이 없으면서 어떻게 〈동양지광〉에서 일합니까."

엉뚱하게도 최근 어떤 원로 문인에게 원고 청탁했다가 쓴소리만 한 바가지 들었던 일을 얘기하고 있었다. 박희도 사장이 책상을 손바닥으로 쾅 하고 치더니 회전의자를 핑그르르 돌려서 명자를 외면했다. 김한경, 강용석이 명자의 시선을 피하며 책상 위에 코를 박았고 김용제는 무슨 아랑곳이냐는 듯 철필을 잉크에 찍어서는 갱지 위에 시인지 기사인지를 일필휘지하고 있었다. 명자는 쓰던 원고와 펜도 책상 위에 그대로 둔 채 가방을 들고 사무실을 나왔다. 아직 해가 중천이었다. 그녀는 전차를 타는 대신 걸어서 집에 돌아왔다. 앞으로 생계가 막막했고 내일 당장 그녀 앞에 어떤 일이 닥칠지 뒤숭숭했다.

일주일 뒤 그녀에게 대화숙에 출두하라는 통지가 날아왔다. 사상보국연맹이 그사이 전국 조직을 갖춘 재단법인 대화숙으로 탈바꿈해 있었다. 대화숙에서 만난 김한경이 〈동양지광〉 소식을 전했다. 총독부로부터 '종이 소비에 비해 효과가 적다'는 지적을 받고 인쇄용지 배급권을 박탈당해 곧 휴간에 들어간다 했다.

그녀는 이따금 명시가 생각났고 전갈을 기다렸다. 경성에 오면 연락할 텐데 고향 집에 틀어박혀 있는 걸까. 명시를 만나면 그동안 쌓인 얘기를 몇 날 며칠 한도 끝도 없이 풀어놓을 수 있을 것 같았다. 하지만 해가 다 가도록 아무런 소식이 없었다.

지나사변 1년 만에 상해 남경 무한까지 함락됐을 때 연안과 중경도 머지않다고 했었다. 이제 중국 대륙을 접수하면 곧 전쟁이 끝날 줄 알았다. 하지만 화북 지역에 일본군이 포화를 쏟아붓고 있음에도 전선은 밀고 당기고 지지부진했고, 일본 공군이 진주만을 공격하고 태평양전쟁이 시작되면서 이제 전쟁은 어느 세월에 끝이 날지 점점 알 수 없게 되어가고 있었다. 한 집 건너 한 집씩은 전쟁 나가 죽거나 부상당한 아들이 있었다. 추수 끝나자마자 쌀은 다 공출 나가니 추석 명절에도 쌀밥 구경하기 힘들었고 겨울부터 보릿고개가 시작이었다. 쌀값은 다락같이 올랐다.

주인댁 대문간에 걸려 있던 '구국출정의병의 집' 깃발은 어느 결에 슬며시 자취를 감춰버렸다. 황군이 연안을 향해 진격한다는 뉴스도 잠시 나오더니 사라졌다. 정숙이 최창익과 연안으로 가서 의용군이 됐다고 했다. 명자는 뉴스에서 연안이라는 지명이 나오면 라디오를 향해 귀를 쫑긋 세웠다. 명자는 자신이 은근히 연안이 함락됐다는 뉴스를 기다리고 있다는 사실을 발견했다. 알 수 없는 일이었다. 이것이 질투심인가. 한때 그토록 좋아했고 친자매보다 가까웠던 선배였다. 나이 스물 무렵에 명자는 정숙처럼 되고 싶었고 모든 것을 따라 해보고 싶었다. 어쩌면 강렬한 욕망이 처음부터 질투를 품고 있었던 건지도 모른다.

정숙은 지금 명자가 꿈꾸던 혁명가의 삶을 살고 있다. 그에 비해 명자는 뭔가. 경성이라는 창살 없는 감옥에 갇혀 오도 가도 못하는 신세 아닌가. 오빠는 일본 이름으로 개명하라고 성화요, 경성보호관찰소는 모스크바와 내통하고 있지 않다는 걸 입증하는 매일의 활동 보고를 요구하고, 대화숙은 군중대회에 억지춘향으로 들락날락하지 말고 솔선수범의 태도를 보이라고 채근한다.

그녀는 깊이 고독했고 우울했다. 한때 주위에 머물던 남자들은 그녀를 떠났고, 그녀의 배신을 기꺼이 감당했던 부모님은 세상을 떠났다. 남편과 가정을 꾸리고 아이를 낳아 기르는 인생을 살 수 있는 희망은 점점 멀어져갔다. 그녀가 고독하고 우울한 만큼 정숙을 떠올릴 때 질투심이 끓어올랐다. 하지만 시샘을 느낄 때는 그나마 견딜 만할 때였다. 질투도 살고자 하는 에너지다. 그녀는 이따금 허정숙이든 〈동양지광〉이든 또는 다른 어떤 단어에도 요동 없이 마음이 늪 속처럼 고요하다고 느껴질 때가 있었다. '하 수상한 시대에 박복한 땅에 태어나 비명에 간 친구들도 많은데 이 꼴 저 꼴 보면서 너무 오래 버텼구나.'

저녁에 작은 방에 불 끄고 누워 있으면 명자는 가끔 이 방이 관이 되고 이 집이 무덤이 되어 내 인생도 조용히 자는 듯 끝나버렸으면 하고 소망했다. 희망이 잠들어버린 시간에는 질투도 잠들었다. 명자는 중얼거렸다.

"혼자서 치르기엔 인생이 너무 긴 것 같아."

어느 일요일, 주인댁마저 시장 가고 없는지 무덤처럼 적막한 안채에서 라디오만이 새된 소리를 내고 있었다. 뉴스가 끝나고 미남 가수 백년설의 구성진 노래가 흘러나왔다.

> 어제는 황야 오늘은 산협천리
> 군마도 철수레도 끝없이 가는
> 너른 땅 수천 리에 진군의 길은
> 우리들의 피와 뼈로 빛나는 길입니다

어머님 전에 이 글월을 쓰옵나니
나라에 바친 목숨 환고향하올 적에
쏟아지는 적탄 아래 죽어서 가오리다
이 얼굴 다시 보리 생각은 마옵소서

몸이 땅에 묻히면
영혼은 노을에 묻히는가
-1942년 태항산

✷

석 달째 비 한 방울 내리지 않는 지독한 봄 가뭄이다. 태항산 자락의 황토 구릉에서 먼지바람이 풀풀 날려왔다. 일본군이 퇴각하고 반소탕전反掃蕩戰이 소강상태에 들어가면서 전투로 쑥밭이 된 밭이랑을 갈아엎고 새로 심은 감자와 콩 줄기들이 배배 말라가고 있었다. 봄 농사 폐하면 기근 때문에 소탕전을 견뎌낼 수 없다.

1942년 4월, 산서성山西省 요현遼縣 마전진麻田鎭.

조선의용대원들이 곡괭이와 삽을 들고 사흘째 농업용수 보급투쟁을 하고 있다. 골짜기들을 수색해서 물줄기를 찾아 수로를 내어 농토로 흘러 들어가게 하는 작업이다. 풀숲을 헤치다 보면 병사나 말의 시체들이 심심찮게 튀어나왔다. 올봄의 격전이 남긴 흔적이었다. 일본군은 2월에 태항산 팔로군 진지를 공격해왔고 3월 말에야 물러났다. 산자락에 시체들이 널려 있어 늘어나느니 까마귀와 승냥이 떼였다. 한창 물오르는 연둣빛 잎사귀들 사이에 시체 썩는 냄새가 퀴퀴했다.

제국주의군대와의 전투가 끝나자마자 혹독한 자연과의 전쟁이 시작되었다. 태항산 일대는 온통 감나무와 대추나무와 호두나무 숲인 데다 도토리 줍고 도라지 캐면 가을에는 먹을 것이 풍부했지만 봄 가뭄은 속수무책이었다. 농민이나 군인이나 하루 두 끼를 먹었다. 오전 10시에 아침을, 오후 4시에 저녁을 먹었다. 끼니는 대개 수수죽과 시래기죽이었고 민들레나 쑥, 야생풀이 아침식사가 되기도 했다. 더구나 일본군이 보급로를 차단하면서 모두들 영양실조에 염분부족으로 얼굴이 푸석푸석했다. 조선의용대가 야밤에 비밀루트로 소금 가마니를 등짐 져 날랐지만 턱없이 부족했다. 전장에서 적군만큼이나 힘든 상대는 굶주림과 겨울 추위다.

　마전은 태항산록에 들어앉은 첩첩산중의 분지였다. 마전의 운두저촌雲頭底村에 의용대가, 개천 건너에 팔로군 전선사령부가 있었고 마전진 턱밑에 일본군이 진을 치고 재공격의 기회를 엿보고 있었다. 불안한 평화의 4월이었다.

　그럼에도 운두저촌의 조선인은 나날이 숫자가 불어났다. 이들은 황토 벼랑에 토굴을 짓기도 하고 주인이 피난 가고 없는 빈집을 쓰기도 했다. 마을 입구에 서 있는 커다란 당집 벽면에는 하얀 페인트로 한글 표어가 쓰여 있었다.

　"왜놈 상관을 쏴 죽이고 총을 메고 조선의용군을 찾아오시오."

　황토 벽돌집 담벼락에는 이런 구호들도 있었다.

　"조선말을 자유대로 쓰도록 요구하자."

　"모든 것을 우리 손으로 꾸려나가자."

　1938년 10월 창립대회를 하자마자 무한 함락과 함께 흩어졌던 조선의용대가 이제 황하 북쪽의 태항산 자락에 속속 다시 집결하고 있었다. 허정숙과 최창익을 비롯한 연안 사람들과 제2지대가 먼저 옮겨왔고 계림과 중경에 있던 1지대와 3지대까지 기나긴 장정 끝에 일본군 포위망을 뚫고 태항산에 속속 도착했다. 이제 중경에는 조선의용대 대장 김원봉만 남게 되었다. 국공합작이 깨지면서 조선의용대가 모택동과 홍군을 택한 것이고 항일투쟁을 택한 것이고 또한 최창익의 동북노선을 택한 것이었다. 처음 민족혁명당에 낯선 손님처럼 들어왔던 최창익이 몇 해 만에 민족혁명당의 군사력을 홍군 진영으로 끌어들이면서 김원봉을 간단히 뒷방 늙은이로 만들어버렸다.

듣자니 김원봉도 마흔을 넘기면서 몸이 무거워진 듯했다. 약관 스물둘에 의열단을 창단했던 열혈의 투사이자 불굴의 테러리스트인 그가 요새는 전투에서 부상당해 시름시름 앓고 있는 젊은 아내 때문에 바깥출입도 줄이고 있다 했다. 박차정은 경성에서 정숙과 근우회 일을 할 때부터 관절염을 앓았는데 몇 해 전 곤륜산 전선에서 총상을 입은 다음부터 상태가 많이 안 좋다 했다. 약산 김원봉은 일찍이 용맹함과 의협심의 하늘에 떠 있는 별이었는데 별이 늙어 시들 때도 있는 모양이었다.

김원봉의 최측근이자 의형제인 윤세주가 태항산에 들어왔을 때 정숙은 눈물이 왈칵 솟을 정도로 반가웠다. 최창익 일파가 계림에서 회군을 주장할 때 마지막까지 김원봉 대장을 사수했던 위인이었다. 세 살 위의 김원봉과 밀양의 한 동네에서 자란 윤세주는 그를 따라 중국에 오고 신흥무관학교를 다니고 의열단을 함께 만들었다. 그는 총독부를 폭파하겠다고 국내에 들어갔다가 7년형을 살고서 다시 중국으로 나왔다.

"내가 삼청동에서 태양광선치료원이라는 거 차려놓고 돌팔이 의사 노릇 했거든요. 그런데 어느 날 누가 〈민족혁명〉지를 놓고 가는 바람에 우리 중국으로 가자, 그렇게 된 거예요. 윤 선생이 〈민족혁명〉지 만들었지요?"

정숙은 남경에서 처음 만났다 생각했는데 윤세주는 그때 이미 구면이었다고 했다.

"내가 감옥을 나와서 신간회 밀양지회 간사를 했거든요. 그때 서울 와서 정숙 씨를 먼발치에서 몇 번 봤어요. 임자는 그때 근우회 있었지요? 한번은 누가 소개해줘서 인사도 했는데."

"기억이 나는 것도 같고. 미안해요."

"미안해할 거 없어요. 정숙 씨는 유명인사였잖아요."

조선의용대의 북상을 주도한 사람이 윤세주였다 했다.

"국민당은 백년하청이야. 그 그늘에 있다가는 조선독립을 보기는커녕 중국 땅에서 손가락만 빨다가 백발노인 되게 생겼더라."

3지대는 대개 무한 함락 이후 일본군에서 넘어온 조선인 병사들이었다. 이들 신입대원 가운데는 경성에서 고보를 다니다 지원병으로 나왔으나 만주에서 한인부락 소탕 작전을 치르고는 회의를 느낀 나머지 탈영해 죽을 고비를 넘으면서 의용군을 찾아왔다는 소년도 있었다. 그런가 하면 아버지가 일경에 고문당해 죽은 뒤 혼자 중국으로 도망 나온 열여섯 살 소년도 있었다.

"저는 사상 그런 거는 잘 모릅니다. 그냥 왜놈을 한 놈이라도 쏴

죽이고 싶습니다."

　근래에 조선을 떠났다는 사람이 들어오면 질문 공세에 시달렸다. 요새 조선은 살기가 어떠냐. 쌀 한 말이 진짜 소 한 마리만큼 비싸냐. 창씨개명 한다는데 집 안에서도 일본 이름을 부르냐. 내선일체로 조선과 일본이 한 가족 됐다고 좋아하는 사람도 있다는 게 사실이냐.

　"한 가족이라고? 이래 죽이고 저래 죽이고 어육을 만들면서 참 거짓말도 끔찍이 잘하는군."

　한 의용대원은 국민당 지구에 있을 때 고향 형님에게서 "우리 집은 창씨개명 해서 성이 가네야마가 됐으니 그리 알게. 동생 이름도 가네야마 신타로로 고쳐서 호적에 올려놨으니 명심하기 바라네" 하는 편지를 받았다 했다.

　윤공흠이 운두저촌에 나타났을 때 정숙은 깜짝 놀랐다. 10년 전 고국 방문 비행한다고 신문에 떠들썩했던 이등비행사가 바로 그였다. 그 후 중국에서 의열단원이 되어 국내에 잠입한 이 간 큰 남자는 테러활동에 쓸 비행기를 일본 육군으로부터 불하받으려고 교섭하다가 발각돼 투옥됐었다. 윤공흠이나 윤세주나 모두 정숙 또래였다.

　"감옥에 가신 걸로 알고 있었는데."

　"병보석으로 출감했다가 중국으로 도망쳤지요."

　운두저촌에 도착한 의용대원들은 하나같이 수염이 텁수룩하고 군복은 물 구경 못 해 꾀죄죄했다. 특히 홍군 출신들은 거지가 따로 없었다. 두꺼운 천을 겹겹이 붙여 삼줄로 엮은 발싸개를 신고

멜빵에 홑이불 하나와 양철 식기를 매단 것까지 영락없는 거지 행색인데 오른손의 총 한 자루와 혁대 끝에 대롱거리는 수류탄으로 군인 신분을 증명했다. 이들은 몇 주 또는 몇 달씩 걸어서 사선을 넘고 넘어 마지막으로 일본군 포위망을 뚫고 운두저촌에 도착해 마을 어귀에서 "왜놈 상관을 쏴 죽이고 총을 메고 조선의용군을 찾아오시오"라는 한글 표어를 보면 남자 체면 군인 체면 생각할 것 없이 소리 내 엉엉 울게 되더라 했다.

홍군의 기본 전법은 네 가지였다.
"적진아퇴敵進我退(적이 전진하면 우리는 퇴각한다).
적퇴아진敵退我進(적이 퇴각하면 우리는 전진한다).
적피아격敵避我擊(적이 피하면 우리는 공격한다).
적지아요敵止我擾(적이 멈추면 우리는 교란시킨다)."
전진과 퇴각 사이의 쉴 참에는 후방을 교란하는 것이다. 전투가 소강상태에 들어가 있는 동안 조선의용군은 무장선전활동을 벌였다. 의용군 선전대는 가까운 농촌이나 먼 도회지까지 진출했다. 주로 간담회나 군중집회를 열었고 정숙은 조선인들이 많은 도회지에 가면 우리말로 거리 연설했고 중국인들이 사는 농촌으로 들어가면 중국어로 연설했다. 조선말과 일어와 중국어로 제작한 전단지를 뿌렸는데 중국인들 대개가 문맹이라 만화를 많이 사용했다. 연극이나 노래 공연도 인기였다. 연극은 단순하고 선동적인 내용이었는데 선전부장 진광화가 틈틈이 대본을 썼다. 진광화는 연안 군정대학을 나온 뒤 의용대에 합류하기 전까지 홍군 전선사령부의 이동연극단 단장으로 활동한 재주꾼이었다.

정숙은 심야에 선무방송을 위해 출동하기도 했다. 선전대장 진광화가 "선무방송은 여성의 목소리가 더 효과적"이라고 강력히 요청해왔다. 선전대는 일본군 참호 2백 미터 앞까지 접근해서 허공에 총알을 두 방 쏘아 주의를 집중시킨 다음 '적군과의 대화'를 했다. 정숙이 메가폰을 잡았다.

"젊은 병사들이여. 고향에서 부모 형제를 떠나올 때 그들이 흘리던 눈물을 기억하는가. 살아서 고향 땅을 밟고 싶지 않은가. 부디 착취자와 자본가를 위해 아까운 목숨을 버리지는 마라. 그대들의 해골이 전쟁터에 널릴수록 그대 상관의 가슴에는 훈장이 늘어난다. 총을 바치면 목숨을 살려준다. 우리는 포로를 우대한다."

연설이 끝나기도 전에 적진에서는 말 대신 기관총으로 응답해왔다. 어차피 사정거리 바깥이었고 기관총 세례는 오래가지 않았다. 늘 하듯이 무장선전대는 전단지를 뿌렸다. 일본 공산주의자 오카노 스스무의 '일본 병사에게 고함'이 인쇄된 팸플릿이었다. 무장선전대가 전단지 살포를 마치고 철수할 즈음 정숙은 교전이 끝난 심야의 적막 속에서 한 일본군 병사의 노랫소리를 들었다. 일본군 진지에서 들려오는 목소리는 소년티가 덜 가신 미성이었다.

> 벚꽃이 옷깃에 내려앉고
> 꽃 피는 요시노에 바람이 분다
> 일본 남자로 태어난 이상
> 전쟁터에서 꽃이 되어 지리라

의용군 무장선전대와 일본군 초병 사이에 교전이 벌어질 때도 있었다. 한번은 우리 의용군이 사살된 일본군 병사의 무기를 수거하면서 호주머니를 뒤져 소지품을 가져왔는데 거기에는 김동인 단편집과 조선의용군 전단지가 꼬깃꼬깃 접힌 채 들어 있었다. 그녀는 말할 수 없는 슬픔을 느꼈다.

　조선의용대가 무장선전활동 틈틈이 보급투쟁, 가뭄과의 투쟁을 벌이고 있을 때 맨 마지막으로 운두저촌에 도착한 이가 김두봉 선생이었다. 그가 태항산으로 온 것은 뜻밖이었다. 일찍이 상해로 망명한 한글학자인 그는 사상으로나 경력으로나 공산주의자라고는 할 수 없었고 김원봉 대장의 부인 박차정과 가까운 인척 간이었다. 그가 운두저촌에 온 날 저녁 조선의용대는 작년 가을에 담근 대추 술 한 독을 다 꺼내 마시며 잔치를 벌였다. 최창익뿐 아니라 윤세주를 비롯한 의용대원들이 객지 나갔던 아버지가 돌아온 듯 벙글댔다. 하지만 정숙은 그가 걱정됐다. 태항산은 전쟁터였고 이 한글학자는 워낙 섬세한 위인이라 전쟁터에서 총 맞기 전에 스트레스받아 죽을 타입이었다.

　1941년 6월에 독일이 소련을 침공하자 소련이 미국 영국과 동맹을 맺었고 12월에 일본이 하와이를 공격하자 미국과 영국이 일본에 선전포고를 하고 독일과 이탈리아는 미국에 선전포고를 했다. 바야흐로 세계대전이 시작되었다. 다가오는 세계대전은 공산주의 세력과 자본주의 제국들 사이의 전쟁일 것이라는 예측도 있었지만 결국은 제국주의 국가들 중에서 신파와 구파가 격돌하는 양상으로 전개되고 있었다. 영국, 미국, 소련은 배부른 챔피언이었고 독일, 일본, 이탈리아는 배고픈 도전자였다.

급박하게 돌아가는 국제정세에 대한 정보를 챙기기 위해 정숙은 다른 정치위원들과 수시로 팔로군 사령부에 들어갔다. 의용대원들은 확전일로의 전황에 대해 전망이 엇갈렸다. 전쟁이 영원히 계속될 것만 같다고 우울해하는 사람이 있었고 이제 대단원의 마지막 한판이 시작된 거라 보는 사람도 있었다. 누가 이기건 이기는 편에 조선이 또다시 식민지가 될 거라는 사람도 있었다. 조선이 영국이나 미국의 식민지가 될 수도 있다는 것이다.

토론은 회의석상뿐 아니라 밥상 둘레에서도, 밭갈이 중에도 짬짬이 계속되었지만 주로 저녁 무렵 지붕 위에서 이루어졌다. 이곳 산서성 산악 지역은 민가의 지붕이 낮고 납작해서 사람들이 사다리를 대놓고 오르락내리락하면서 지붕 위에서 밥도 먹고 잠도 잤다. 허정숙 부부가 의용대원 몇 명과 함께 기거하는 집 지붕도 저녁을 먹고 나면 사람들이 사랑방이나 되는 것처럼 둘러앉아 이야기를 나눴다. 보름밤에는 호롱불을 밝힌 방 안보다 지붕 위가 훨씬 환했다. 달빛 아래 태항산록 만악천봉의 실루엣이 수묵화처럼 펼쳐졌고 이따금 어디선가 호궁 뜯는 소리가 둥두둥 하고 들려오기도 했다. 봄밤의 공기는 건조하고 따뜻했으며 날씨가 가물어 새벽이슬에 젖을 일도 없었다.

정숙은 전쟁의 끝이 머지않았다는 느낌이었다. 전쟁이 걷잡을 수 없이 번질수록 극렬해질수록 그랬다. 꽃이 지기 직전 농염하게 만개한 데 비할까.

최창익은 일본이 태평양전쟁을 일으키면서 확전전략으로 나가
는 것은 제 무덤 파는 일이며 우리가 이 국제전에 적극 대응해 그
투쟁업적을 가지고 조국의 독립에 대비해야 한다는 주장을 끈질
기게 되풀이했다. 중일전쟁이 6년째 접어들었고 일본군이 무기와
장비가 우세하다 하나 원정군 입장에서 지구전으로 갈수록 불리
했다. 중국 땅이 워낙 넓고 농민들이 의뭉스러워서 점령하기도 통
치하기도 힘들었다. 지구전에 들어가면서 홍군도 일본군과 정면
충돌을 피하는 대신 선전활동에 공을 들였다.

　홍군 세력권인 이곳 화북 지대에서 일본군이 고전하는 것도 그
래서였다. 홍군이 농민들을 저희 편으로 만들어놓은 것이다. 산서
성 사람들은 군벌시대엔 염석산閻錫山 군대에 세금을 10년 20년
씩 앞당겨 징수당하며 폭정에 시달렸고 지금도 군벌 잔당들이 도
둑 떼가 되어 노략질을 했다. 또 일본군이 들어와서 농민들을 첩
자니 부역자니 해서 죽이고 빼앗고 불태웠다. 일본군이나 국민당
군대는 전장에 위안소를 지어놓고 뚜쟁이들을 후방으로 보내거나
점령지에서 여자들을 무차별로 잡아들였다. 군벌과 국민당군대와
일본군에 치일 만큼 치인 농민들은 친절하고 예의 바른 홍군에 호
감을 가지지 않을 도리가 없었다. 홍군은 주민들에게 공손했고 감
한 개 따 먹을 때도 주인의 허락을 받았다. 강간은 총살형이었다.
부락에 들어가서 주둔할 때는 농민들에게 문자를 가르쳤는데 '天
地' '日月' '春夏秋冬' 다음에는 '人民' '民主' '抗日' 같은 단어를 알
려주었다. 추수철에 군인들은 주둔지 인근 농민의 가을걷이를 도
왔다. 그리하여 추수가 끝나고 타작한 곡식을 동굴에 숨기고 나면

농민 중에 젊은이들은 총을 메고 사격 연습을 했다. 홍군에게 이것은 전쟁이며 동시에 혁명이었다.

　5월로 접어들면서 운두저촌에 전운이 짙어졌다. 일본군 병력이 태항산으로 집결하고 있다는 첩보가 있었다. 일본군이 포위망을 좁혀 오면서 가까운 곳에서 포성이 들리고 일본군 정찰대가 마을 건너편 산등성이에 출현했다. 마을이 어수선한 와중에 정숙과 창익 사이에 공개적인 부부싸움이 벌어지기도 했다. 의용대원 하나가 홍군과 합동으로 야간 침투 작전을 벌이는 중에 작전 지역을 이탈한 일이 있었는데 그가 밀정이라는 보고가 있었다. 의용대 지원자들은 입대에 앞서 성분 심사를 거치지만 과거 행적을 발본색원하기에 중국 땅은 너무 넓었다. 문제의 대원은 국민당군대 출신이라 밀정 혐의를 받기 쉬운 처지였다. 그 처분 문제를 놓고 지도부의 의견이 갈렸는데 정숙은 재교육시키자는 쪽이었고 창익은 처형하자는 입장이었다.
　"확실한 증거가 있거나 현장을 잡은 것도 아닌데 정황만으로 사람을 처결할 수는 없습니다. 야밤에 산속에서 방향을 헷갈려 낙오됐다는 해명도 일리가 있어요. 확실한 증거가 없는 이상 감독을 철저히 하면서 다시 기회를 주어야 마땅하다고 봅니다."
　"지금 전시이고 전투가 임박했어요. 의용대는 매일 야간 작전이나 경계 근무에 투입되고 있어요. 밀정이 아닐 1퍼센트의 가능성 때문에 대원 하나를 교육시키고 감독하는 데 인력을 배치할 여력이 없소. 작전 지역을 이탈한 것만으로도 총살감이오."

밀정 혐의를 받은 대원은 즉결 처형됐다. 전시의 엄중함이었다. 집에 돌아와서 정숙은 화를 누르지 못해 창익에게 퍼부어댔다.

"청년 하나가 눈앞에서 끌려나가 총살당하는 걸 보고 후련하셨 겠어요."

"말을 어째 그렇게 하오? 내가 그런 사람 아닌 건 당신도 알잖 소."

"아니요, 당신 원래부터 냉정해요. 나는 가끔 당신이 감정이 있 는 사람인가 싶을 때가 있어요."

"그런 문제가 아니오. 한 사람 살리려다 부대 전체가 몰살당하 는 수가 있소. 그리고 백 보 양보해도 의심 살 만한 행동을 했다는 건 그 친구 책임이오."

"열아홉 살짜리 아이예요. 실수할 수 있는 나이라고요. 나는 그 것을 일종의 정치적 편의주의라고 봐요. 의용대는 그냥 군대가 아 니라 결사체예요. 밀정이 아닐 가능성 1퍼센트가 사실이라면 어떻 게 할 거예요?"

정숙은 경성에 두고 온 아들을 생각했다. 경한이 올해 열아홉이 다. 창익은 대꾸 없이 침상에 걸터앉아 고개를 숙였다.

"뭐 하는 거예요?"

"생각하고 있소. 내가 진짜 냉혈한인가. 당신 사람 보는 눈이 정 확한 사람 아니오?"

창익은 진지했다.

"각박하게 태어나서 각박하게 살아온 인생이라 내가 얼마나 감 정이 메마르고 각박한 인간인지 내 스스로 모르고 있을 수도 있지 않겠소."

남편과 같은 조직에서 일하는 것이 때때로 부부싸움거리를 제공했다. 정숙은 남편이 남의 의견을 경청하는 태도가 부족하다 타박했고, 창익은 아내가 말을 너무 가리지 않는다고 불평했다.

"나는 결혼제도가 체질에 안 맞는 것 같아요. 나는 가끔 당신을 도덕적으로 정치적으로 책임지기 싫을 때가 있어요. 당신도 마찬가지겠지요. 내가 발언할 때마다 뜨끔뜨끔한다 했잖아요? 우리가 부부라 해서 항상 같은 정치노선을 택해야 한다는 것도 지겨운 일이에요. 우리가 그냥 동지로 남았더라면 사이가 좋았을 텐데."

"우리 사이 좋은 거 아니오? 난 그런 줄 알고 있었는데. 나는 당신을 좋아하오만 사실 이런 전선에서 부부생활이라는 것도 염치없는 일이오. 당신이 결혼생활을 그만두길 원한다면 언제든 말씀하구려."

정숙은 간담이 철렁 내려앉았다. 이 남자는 당장이라도 이혼할 준비가 돼 있다는 것 아닌가. 앞으로 이혼의 '이' 자만 꺼내도 도장 들고 나올 태세다. 지금껏 두 명의 남편을 청산했지만 남편에게 청산당해본 적은 없었다.

마침내 운두저촌의 짧은 평화가 깨지는 날이 왔다. 일본군 20개 사단의 총공세가 있으리라는 첩보에 팔로군 사령부와 조선의용대가 일부 철수하고 나머지도 철수 준비를 서두르던 어느 날 아침이었다. 간단한 조반을 마칠 즈음 정숙은 "적군이 내려온다"는 외침을 들었다. 집을 나가 보니 마전 분지를 동서남북으로 에워싸고 있는 산록에서 개미 떼처럼 움직이는 군모들이 보였다. 밤사이 마전 일대가 포위된 것이다. 팔로군이 방어전을 펴는 동안 의용대는 산자락에 혈로를 뚫기로 했다. 박효삼 지대장이 의용대원 가운데 선발대를 뽑아 먼저 떠났다. 곧 콩 볶는 듯한 총성이 운두저 부락을 뒤흔들었다. 동쪽 하늘에서 일본 전투기 편대가 두 대씩 짝지어 태항산 능선을 긁을 듯 낮게 날아오면서 대포알을 떨어뜨렸다. 사방에서 총성과 폭음과 사람들의 아우성과 말들이 울부짖는 소리가 들려왔다.

정숙 부부는 의용대 잔류 부대를 따라 동쪽으로 이동했다. 여자들 서른 명 정도가 대열에 섞여 있었고 운두저촌 피난민 가운데 노인이나 병자도 많아 행군이 쉽지 않았다. 전투는 하루 종일 계속되었다. 박효삼 부대가 동쪽 고지 하나를 점령해 의용대 사람들이 피난민과 함께 길도 없는 산비탈을 오를 때는 이미 해가 저물고 있었다. 비마저 추적추적 내리기 시작했다. 밤이 되고 전투가 소강상태에 들어가자 캄캄한 화옥산 능선 아래 토굴과 덤불 속에 숨어서 눈을 좀 붙였다가 새벽에 다시 이동하기로 했다. 말린 감과 무, 호박으로 요기하며 종일 걸어온 이들은 지쳐 있었고 일본군 주력 부대는 이미 팔로군을 추격해 이 지역을 빠져나간 듯했다. 정숙의 일행에는 그들 부부 외에 김두봉 선생 부녀, 나이 든 비전투요원과 여자들이 많았다. 의용대원 진광화와 윤세주가 대열의 앞뒤에 섰다.

여름 문턱인 5월 말이라 해도 비 온 뒤 밤이 되자 산속의 기온은 뚝 떨어졌다. 덤불은 젖어 있었고 나뭇가지에서 이따금 낙숫물이 떨어졌다. 사람들은 몇 명씩 몸을 바짝 붙이고 모여 앉아 홑이불을 덮은 채 밤을 났다. 여기저기 덤불숲에서 사람들이 불편한 몸을 부스럭댔고 이따금 밤잠을 설친 산짐승들이 뛰어가는 소리가 들려왔다.

사람은 죽기 직전에 지난 생애가 한꺼번에 떠오른다 하던가. 내일 그녀 앞에 어떤 운명이 기다릴지 알 수 없다는 것 때문이었을 게다. 지나온 세월의 이미지들이 거꾸로 돌아가는 환등기 필름처럼 가까운 과거부터 먼 과거로 흘러갔다. 숨 가빠오는 과거였지만 후회도 없었다. 다만 가슴 아려오는 몇 개의 지점은 있었다. 금광 찾아다니는 아버지, 열 살도 못 채우고 간 둘째, 그리고 어머니. 하지만 과거는 가장 슬픈 기억조차 달콤했다. 부부싸움의 기억조차 살갑게 느껴져서 정숙은 곁에 붙어 앉은 남편을 바짝 끌어당겼다. 적군에 포위돼 산속에서 굶주림과 추위에 떨고 있는 지금의 현실을 잊게 해주는 것이라면 무엇이든, 처음 남편의 상처투성이 등허리를 훔쳐보았을 때의 기억도 아편처럼 아늑했다. 이윽고 기억의 편린들이 순서가 뒤죽박죽되어 배고픔과 추위와 허리 통증과 뒤섞이면서 현실인지 환상인지 꿈인지 생시인지 알 수 없는 혼돈 속으로 빨려 들어갔다. 추위와 공포로 어금니가 덜덜 떨리는데도 잠이 폭포수처럼 쏟아졌다.

남편이 팔을 흔들어 그녀를 깨웠을 때는 숲 사이로 희뿌연 여명이 스며들고 있었다. 사람들은 축축한 옷을 추스르며 행군 준비를 했다. 걷기 시작하자 배고픔도 추위도 발길에 차여 사라졌다. 하지만 정신이 맑아지자 공포감도 생생해졌다. 한 걸음씩 내디딜 적마다 코앞에서 적병의 총부리가 튀어나올 것 같았다. 지척에서 적병의 발자국 소리가 들리는 듯했다. 어디선가 개 짖는 소리도 들렸다. 맨 앞에서 윤세주가 김두봉 선생을 부축하며 걷고 있었다.

개 짖는 소리가 다시 들려왔다. 일어로 고함치는 소리도 들렸다. 환청인가 했더니 아니었다. 소리는 계곡 아래로부터 들려왔다. 윤세주가 산등성이 쪽을 가리키면서 일행에게 나지막이 소리쳤다.

"흩어져서 숨으시오."

창익이 정숙의 손을 잡고 산등성이 쪽으로 올라갔다. 둘은 덤불 속에 몸을 숨겼다. 산자락이 쿵쿵 울리면서 계곡 아래가 소란스러운 것이 대부대 병력이 지나가는 모양이었다. 일본군이 빠져나간 게 아니었다. 컹컹 사냥개 짖는 소리와 함께 사람 목소리도 점점 가까워졌다.

"팔로병은 항복하라."

"팔로는 나와라."

일본군 수색대였다. 말소리는 정숙이 숨어 있는 바로 아래까지 올라왔다.

"분명 여기 어딘가야. 아까 움직이는 걸 봤어. 낙오된 팔로 놈들이 아직 이 산에 있다."

관목 수풀을 헤치면서 발자국 소리가 다가왔다. 셰퍼드가 혀를 내밀고 헐떡거리는 소리가 코앞에서 들려왔다. 정숙은 숨소리가 새어 나갈까 봐 오른손으로 입을 막았다. 심장이 격렬하게 뛰었다. 순간 "저쪽이다" 하는 고함이 들렸다. 셰퍼드가 컹컹 짖어대며 뛰어나갔다. 정숙이 덤불 위로 고개를 빼고 보니 의용대 세 사람이 총을 쏘며 뛰어가고 있었는데, 하나는 능선 쪽으로 올라가고 하나는 산허리를 가로질러 가고 또 하나는 계곡 아래로 내려가고 있었다. 가운데는 윤세주가 틀림없었다. 뛰며 구르며 계곡 아래로 내려가는 대원은 진광화 같았는데 그 뒤를 일본군 수색대가 장총을 쏘아대며 뒤쫓고 있었다. 일본군 하나가 총을 맞고 덤불 속으로 고꾸라지는 게 보였다. 계곡 쪽에서 콩 볶는 듯한 총성이 한동안 계속됐다. 총소리는 점점 먼 데서 들려오더니 마침내 최후의 총성이 산울림을 남긴 뒤 사위는 고요해졌다.

적막 속에서 삼사십 분쯤 흘렀을까. 정숙의 일행은 두리번거리며 하나둘씩 덤불 속에서 걸어 나왔다. 모두 창황함으로 얼굴에 푸른빛이 돌았다. 세 사람은 일행의 퇴로를 만들어주기 위해 스스로 표적이 되어 일본군 수색대를 유인했던 것이다. 일행이 세 명 줄어들었다.

계곡 가까이 내려왔을 때 그들은 절벽 아래서 진광화의 시신을 보았다. 얼굴이며 가슴이며 팔다리가 구멍투성이 벌집이 되었고 핏물이 흘러 계곡을 벌겋게 적시고 있었다.

정숙은 그 모습을 외면하고 먼 산을 바라보았다. 연안에서 진광화를 처음 만났을 때 그는 중국 공산당원이었고 문화예술에 조예가 깊은 재원이었다. 평양에서 중학교를 나온 그는 광주廣州에서 중산대학 교육학과를 다니다 마르크스주의 서클활동 때문에 감옥살이하고 나와서는 대륙의 남쪽 끝인 광주에서 황하 이북의 연안까지 혼자 찾아왔다. 홍군 이동연극단 단장으로 태항산 전선에 파견돼 온 것을 조선의용대로 끌어들인 게 여섯 달 전이었다. 그는 선전용 단막극도 예술성을 염두에 두고서 세심히 만들었고 진중陣中에서도 틈틈이 쉴러나 브레히트를 읽었다. "농부가 호주머니에 노신魯迅 문집이나 황신파黃新波의 연환화를 넣고 다니는 날이 오겠죠?" 그런 꿈을 꾸던 그는 1911년생, 이제 서른둘이었다.

그들은 시체를 바위 아래 후미진 곳에 옮기고 나뭇가지를 덮어 은폐했다. 위치를 기억해두었다가 전투가 끝난 뒤 수습하러 오기로 했다.

벌써 아침 해가 중천을 향하고 있었다. 그토록 고대하던 빗줄기는 황토 먼지 날리는 밭을 버리고 떠나오는 길에 뿌리더니 하늘은 다시 구름 하나 없이 파랗게 메말라 있었다. 태항산 지리에 밝은 그들은 총성이 들리는 반대편으로 우회해 종일 산길을 걸어서 저녁 무렵 팔로군 진지에 도착했다.

1942년 5월 27일이었다.

마전의 포위를 뚫고 나오면서 팔로군도 격전을 치렀고 부사령관 팽덕회와 정치위원 등소평 등 지휘부는 무사했지만 부참모장 좌권이 전사했다 한다. 전투는 일주일쯤 더 계속되었다. 일본군이 퇴각한 뒤 의용대가 진광화의 시신을 찾아왔다.

며칠 뒤 윤세주가 돌아왔다는 얘기를 듣고 정숙은 방을 치우다 말고 달려 나갔다. 민족혁명당과 조선의용대의 이론가, 불굴의 용기와 기백을 가진 이 남자가 의용대 공동숙소의 마당에 누워 있었다. 날이 더워 주검은 이미 심하게 훼손되었다 했다. 정숙은 그 선량하게 생긴 얼굴을 들여다보며 마지막 인사를 나누고 싶었지만 거적때기를 들춰볼 엄두가 나지 않았다.

그가 계림에서 의용대를 이끌고 태항산으로 오지 않고 의형제

지간인 김원봉 옆에 남았다면 이런 운명을 피할 수 있었을 것이다. 정숙은 터져 나오는 울음을 안으로 삼켰다.

평양 사람 진광화와 밀양 사람 윤세주가 중국 대륙 깊숙이 태항산 골짜기에 묻혔다. 해 질 무렵이었다. 정숙은 간밤에 비 뿌리고 진한 핏빛으로 젖어가는 노을을 바라보았다. 몸이 땅에 묻히면 영혼은 노을에 묻히는가. 이곳에서 세주의 고향은 너무 멀구나. 그의 노모는 이 시각에 무얼 하고 있을까. 밭에서 호미질하다가 잠시 허리를 펴고 서쪽으로 지는 해를 보고 있으려나.

두 개의 작은 봉분 주위로 의용대원들이 둘러서서 추모가를 불렀다.

> 사나운 비바람 몰아치는 길가에
> 다 못 풀고 쓰러지는 너의 뜻을
> 우리들이 이룰 것을 맹세하느니
> 진리의 묘비 아래 길이길이 잠들라
> 불멸의 영령

조선의용대는 태항산 줄기를 타고 남쪽으로 이동해 하북성河北省 섭현涉縣의 중원촌中原村에 새로이 정착했다. 중원촌에서 청장하淸漳河 건너 적안촌에는 팔로군 129사단 사령부가 자리를 잡았다. 정착촌이 대략 정돈된 다음 화북조선청년연합회는 7월 11일부터 나흘에 걸쳐 대회를 열고 조선독립동맹을 창립했다. 동맹의 창립 슬로건은 두 가지였다. 각 당, 각 파를 망라하여 항일애국에 총단결하자. 과거 친일파였다 해도 과오를 청산하고 진정한 조선인이 된 사람은 함께 가자.

늦은 가을 연안에서 무정이 왔다. 그가 마침내 팔로군생활을 접고 조선의용군에 합류한 것이다. 정숙보다 두 살 아래인 그를 무한에서 처음 알았지만 이전부터 명성은 익히 듣고 있었다. 홍군에 포병단을 만든 주역인 그는 20대에 연대장이 되었고 대장정에서 작전과장을 맡았으며 중국 군사위원회 일원이었다. 그는 대장정에서 끝까지 남은 조선인 병사 열 명 남짓을 데려와 조선의용대에 합류시켰다. 정숙은 무정과 함께 조선혁명군사정치학교를 열었다. 마을의 낡은 절간 하나를 수리해 학교 건물로 썼다.

무정은 홍군에서 유격대활동을 한 여장부 하나가 곧 태항산으로 올 것이라 했다. 이름은 김명시. 정숙은 깜짝 놀랐다. 명시를 마지막으로 본 것이 그러니까 32년 메이데이 무렵이었다. 그 후 신의주형무소로 이따금 영치금을 보내고 편지를 주고받았었다.

"명시가 언제 중국에 건너온 거예요?"

"재작년이었다지요? 감옥 나와서 바로 밀항선 탔다 들었소."

강서성江西省 서금瑞金에서 유격대활동을 하는 명시에게 태항산으로 오라고 연통을 넣었는데 1년 전 서금을 떠나 북상하면서 홍군 유격구를 지날 때는 빨치산 전투에도 가담하며 혈혈단신의 대장정을 하는 중이라 했다.

신입대원 중에 보성전문 다니다 학병으로 징발돼 온 청년으로부터 정숙은 아버지 소식을 얻어들을 수 있었다. 총독부에 협력하지 않고 있는 지도급 인사 수십 명이 단파 라디오를 들었다고 체포됐는데 허헌도 그중 하나라는 것이다. 정숙은 한편으론 착잡하기

도 하고 한편으론 반갑기도 했다. 예순을 바라보는 나이에 다시 감
옥살이하게 된 것은 마음 아팠지만 여전히 건재하다니 반가웠다.

　무정이 연안서 들고 와 조선혁명군사정치학교 교장실에 갖다
놓은 단파 라디오 한 대가 있었다. 채널을 돌릴 때마다 각국 언어
들이 튀어나오는 이 라디오는 복잡하고 뒤숭숭한 국제정세만큼
종잡을 수 없었다. 일본어 방송은 황군이 필리핀, 말레이시아, 싱
가포르, 인도네시아, 베트남, 버마를 해방시켰고 태평양 여러 섬에
서 잇따라 미 해군을 격파해 대동아전쟁에서 혁혁한 승리를 거두
고 있으며 태평양 전역이 천황의 성은을 입게 되었다고 연일 승전
보를 전했다. 이따금 '미국의 소리' 방송이 잡히기도 했다. 미국의
소리는 일본이 미드웨이해전과 솔로몬군도에서 패했고 독일군이
스탈린그라드에서 소련의 반격으로 퇴각했다고 했다. 중국어 방
송은 남경발이냐 중경발이냐에 따라 정보가 엇갈렸다. 하지만 일
본이 승승장구하고 있는 게 아닌 것만은 분명했다.

너희 아버지는
조선의 혁명가란다

-1945년 서울, 평양, 크질오르다

✳
___

서울

"짐은 세계의 대세와 제국의… 비상조치로서 시국을… 충량한 너희 신민들에게 고하노라. 짐은 제국정부… 4개국에 대하여 그 공동선언을 수락한다는 뜻을….'

오늘 정오에 있으리라는 중대 방송은 이것이었다. 1945년 8월 15일. 기미가요에 이어 천황의 목소리가 몇 분간 라디오에서 흘러나왔는데 지지직 하는 잡음이 목소리를 잘라먹은 데다 방송 내용이라는 게 애매하기도 해서 명자와 주인 아낙은 어리둥절한 표정으로 서로의 얼굴을 쳐다보았다.

"뭐라 뭐라 한 거 같은데 뭔 얘기유?"

"전쟁이 끝났다는 얘기 같긴 한데."

일본이 무조건 항복한 것이라는 해설이 몇 차례 거듭 나온 뒤에야 두 여자가 한마디씩 했다.

"일본이 졌다는 거네?"

"해방이 된 거로군요."

"그러면 우리 막내하고 쥔 양반도 돌아오겠네."

마루에 앉아 점심에 쓸 콩나물을 다듬던 주인 아낙은 그렇게 말하면서도 여전히 멍한 표정이었다. 명자도 지금 무슨 일이 일어난 것인지 실감 나지 않았다. 작년에 여운형 선생으로부터 일본이 곧 망할 거라는 이야기를 들었지만 근래 라디오는 일본이 승승장구하고 있다는 뉴스뿐이었고 어제도 동네에서 지원병 출정식 한다고 떠들썩했다. "충량한 너희 신민에게 고하노라" 운운하는 천황의 칙어도 망한 나라의 왕다운 공손한 말투가 아니라 더욱 헷갈렸다. 주인 아낙 역시 시선을 내리깔고 묵묵히 콩나물을 만지고 있는 것이 모종의 심리적인 요동을 견디고 있는 듯했다.

그러고 보니 명자도 기다릴 사람이 있었다.

단야가 올지도 모르겠구나.

라디오에서 흘러나오는 아나운서의 말이 좌충우돌 두서없고 목소리는 흥분에 들떠 있는데 요지는 분명했다. 일본이 항복했다!

별안간 주인 아낙은 콩나물이 담긴 양푼을 둘러엎으면서 일어났다.

"내 이놈의 박가 놈을 그냥!"

주인 아낙은 마당을 두리번거리더니 우물가에서 빨랫방망이를 집어 들고 뛰쳐나갔다. 순식간의 일이라 말릴 틈도 없었다. 명자는 대문 밖으로 따라 나가보았다. 주인 아낙은 이미 자취를 감추었고 뜻밖에 거리는 조용했다.

주인댁은 점심을 굶을 모양이었고 명자 역시 밥 생각이 없었다.

길에서 이따금 사람들 떠드는 소리, 우루루 몰려다니는 발자국 소리도 들려왔다. 두세 시간쯤 지났을까. 주인 아낙이 빨랫방망이는 잃어버리고 머리는 산발이 되고 저고리 옷고름이 찢어진 채로 돌아왔다. 아낙은 마루에 걸터앉자 통곡을 했다.

"아이고, 아이고. 나쁜 년들. 지들은 뭐 옷에 지푸라기 하나 안 묻었나. 신궁참배 가네 대화숙 강습 가네 하고 나댄 거 내 모를 줄 알고. 남편 뺏어가고 아들 뺏어가고 나도 왜놈들 하면 아주 몸서리가 나는구먼. 아이고, 이년의 팔자."

우리 동네에서 징용자 명단을 짠 사람이 총동원연맹 서대문정 제5지부장이라는 박가라 했다. 아낙은 그를 때려잡을 양으로 뛰어나갔던 것인데 박가는 벌써 도망쳐서 없고 박가네 집은 동네 사람들이 몰려와 난장판이었다. 아낙도 빨랫방망이로 세간살이를 닥치는 대로 두들겨 부수고 있는데 누가 뒤에서 머리끄덩이를 잡았다. 애국반이랍시고 설치면서 궐기대회에 끌어내고 못살게 굴었다고 여자들이 삿대질했다.

"나는 뭐 애국반 하고 싶어 했나. 무슨 부귀영화 보겠다고 그랬나. 우리 자식새끼들 우환이 갈까 봐 그랬지. 에고고오."

저녁 무렵이 되면서 동네가 점점 소란해졌다. 명자도 큰길로 나가보았다. 거리는 온통 사람과 차가 뒤섞여 벌집 쑤셔놓은 듯했고 전차 한 대가 군중에 파묻혀 오도 가도 못하고 있었다. 사람들은 만세를 불러댔고 어디선가 꽹과리 소리가 들렸다. 떠들썩한 소음과 후끈한 열기 속에서 명자는 가슴이 울렁거리며 뭔가 울컥 치미는 느낌이 들었다. 그녀도 남들처럼 만세를 부르려 했지만 소리가 목구멍에 걸려 나오지 않았다.

저편에서 사람들에 에워싸인 채 트럭 한 대가 다가오고 있었다. 트럭 위에서 짧은 머리의 사내들이 "대한독립만세"를 외치며 주먹을 흔들어댔다. 꺼칠하고 거무스름한 얼굴에 보퉁이 하나씩 옆구리에 끼고 있는 것이 한눈에 봐도 출옥수들이었다. 죄수복 그대로인 사람도 있었다. 지금 서대문형무소에서 정치범들이 석방되고 있다 했다. 사람들은 이 감옥으로부터의 개선 퍼레이드를 위해 길을 비켜주고 트럭을 따라가며 박수 치는가 하면 부둥켜안고 울음을 터뜨리기도 했다.

그들을 보니 진짜 해방이 됐구나 싶었다. 명자는 죄수복의 남자를 물끄러미 바라보았다. 그 남자가 부러웠다. 오늘 아침만 해도 콩조밥 먹고 빤스 벗은 알몸으로 검색대를 통과해 사역 나가는 신세였지만 지금 그는 해방의 기쁨을 누리고 있는 것이다. 천황이 항복한 순간까지 저항을 멈추지 않았으니 그것을 온전히 누릴 자격이 있었다. 하지만 전향자가 맞는 해방은 쑥스럽고 불편했다.

집에 돌아오니 명자의 방 문틈에 쪽지가 끼워져 있었다. 뒤에서 주인 아낙의 목소리가 들렸다.

"아까 어떤 머스마가 왔다 갔수."

쪽지는 단 한마디였다.

"내일 아침 계동으로 오시오."

계동이라면 몽양 여운형 댁이었다. 명자는 쪽지를 이리저리 훑어보고 뒤집어 보고 했다. 선생의 글씨체는 아니었지만 메시지는 분명했다. 몽양이 동지들을 소집했다. 오늘 경성 사람들이 맞은 해방이 마침내 그녀에게 도착한 것이다. 명자는 하늘을 향해 두 팔을 번쩍 들어 올리고는 자신에게만 들릴 만큼 나지막이 소리쳤다.

"만세!"

그녀는 밤이 이슥해서야 잠자리에 들었으나 좀처럼 잠이 오지 않았다. 점심과 저녁을 굶었지만 배고픔 때문은 아니었다. 명자가 철이 들었을 때 조선은 식민지였고 그것은 봄이 가면 여름이 오고 해가 동쪽에서 떠서 서쪽으로 지는 것처럼 움직일 수 없는 사실이었다. 그것이 문제이고 모순이며 바꾸거나 선택할 수 있다고 했을 때 공산주의는 얼마나 위대해 보였던가. 하지만 해방운동 하네 계급운동 하네 하면서도 무의식에는 천황은 전지전능이고 일본은 천하무적이고 식민지는 조선의 운명이라는 열패감이 깔려 있었던 모양이다. 일본 항복이라는 뉴스의 충격을 소화하는 데 한나절은 너무 짧았다.

여운형 선생이 곧 해방되리라 했을 때도 그랬다. 곧 들이닥칠 것 같았던 계급혁명이 아직 오지 않은 것처럼 민족해방이라는 것도 막연한 꿈이라고만 여겼다. 그가 명자를 찾는다는 전갈을 들은 것이 1년 전이었다. 하지만 어른을 볼 엄두가 나지 않았다.

몇 달 뒤 다시 여운형 댁의 심부름하는 아이가 찾아왔고 아이를 따라 양평으로 갔다. 흰 적삼 소매를 걷어붙이고 밭에서 김을 매던 그는 흙 묻은 손을 대강 털고 반갑게 명자의 손을 잡았다. 환갑 노인답게 머리가 희끗희끗했고 훤한 이마가 더 넓어졌지만 시골 농부처럼 햇볕에 적당히 그을린 얼굴이 보기 좋았다. 일본 방문 중에 일본이 곧 망한다고 공개적으로 발언했다가 6개월 감옥 살고 나온 다음이었다. 그는 명자에게 건국동맹 이야기를 했다. 일본 패망에 대비하자는 것이었다.

"염치가 없어요. 저는 전향서도 썼고 〈동양지광〉에서 일했어요." 그렇게 말하는 명자를 달랠 때 여운형의 말은 설득보다는 위로에 가까웠다. "강연 나가라 글 쓰라 주문도 많고 협박도 많았을 텐데 자네는 그만하면 잘 버텼네." 명자는 눈물이 핑 돌았다. 고해성사 하고 면죄부 받은 기분이었다.

자정이 지난 다음에도 거리는 떠들썩했고 이따금 북소리와 꽹과리 소리가 들려왔다. 명자의 머릿속에서 지난 40년 세월의 필름이 감기다 풀리다 하는 동안 창이 희뿌여니 밝아왔다.

밤잠을 설치고 일찌감치 일어난 명자는 간단히 요기를 하고 집을 나섰다. 그녀는 전차를 타지 않고 천천히 종로 쪽으로 걸었다. 아침부터 거리에 사람들이 몰려나와 있었다. 어제만 해도 혹시 잘못 안 건 아닐까, 일본이 항복을 취소하지 않을까, 긴가민가하는 빛이었는데 해방 첫 밤을 보내고 나온 사람들 얼굴에선 불안이 걷히고 활기가 넘쳤다.

휘문중학교 담을 끼고 계동 길을 따라 여운형의 한옥에 들어서자 마당부터 마루까지 사람들로 북적거렸다. 사랑채에는 여운형과 여남은 명이 빽빽이 둘러앉아 있었다. 아는 얼굴도 몇몇 눈에 띄었다. 그중에서 김형선과 눈이 마주치자 명자는 소리를 지를 뻔했다. 1933년에 잡혀서 내내 감옥살이를 했으니 그게 몇 년인가. 화요회 선배였던 조동호도 출감하자마자 이리로 왔다 했고 화요회하고는 앙숙이었던 서울파 출신의 정백과 이영도 끼어 있었다.

경성제대 출신 이강국과 최용달의 얼굴도 보였다. 그동안 여운형 중심의 점조직이었던 건국동맹의 비밀맹원들이 계동 사랑방에서 처음으로 서로 반갑게 또는 겸연쩍게 대면하고 있었다. 이 방 안에서 지금 건국동맹이 해체되고 건국준비위원회가 막 뜨고 있는 중이었다.

당장 오늘 오후 건국준비위원회 이름의 성명이 방송에 나간다 했다. 화제는 오늘 성명을 어떤 내용으로 할 것인가에서 건준의 직제 문제로, 또 인선 문제로 옮겨 갔다가 치안대 운영 문제로 튀었다가 식량배급 얘기가 나왔다가 두서가 없었다. 모두 흥분해서 중구난방이었다. 삼복더위에 토론 열기까지 후끈거리는 방 안에서 사람들은 부채나 중절모나 신문지 따위를 연신 부쳐댔다. 명자도 방 안의 열기와 흥분에 금세 전염됐다.

여운형이 총독부로부터 치안유지와 식량배급을 부탁받았다 했다. 총독부 경무국은 천황의 항복선언과 함께 일손을 놓았다 하고 조선인 경찰이 모두 도망가 경찰서들이 텅 비었다 했다. 건국준비위원회가 당장 치안과 방송을 접수해 당분간 정부 역할을 할 수 있도록 전국적인 편제를 갖추는 것이 현안이었다. 바야흐로, 천황의 소유였던 국가권력이 통째로 하늘에서 신민들 앞으로 떨어진 것이다. 리허설도 견습 기간도 없고 방 안에 있는 그 누구도 노하우를 갖고 있지 않은 프로젝트였다. 사전 조사나 심사숙고를 거치지 않은 과격하고도 뜬금없는 주장들이 만발해 명자는 갈피를 잡을 수 없었다.

그 모든 과격한 주장의 절반은 정백이라는 자의 것이었는데 명자는 그가 입에 거품 무는 걸 보면서 그가 누구였더라, 아슴아슴한 기억들을 되짚어보았다. 왕년의 서울파로 제3차 공산당 사건 때 감옥에 들어갔다가 전향서 쓰고 나왔는데 명자가 〈동양지광〉 다닐 때 그는 광산업 하면서 총독부 관리들하고 명월관에 드나들고 있었다. 그가 어찌하여 여운형과 가까워졌는지는 알 수 없지만 어쨌든 지금 건국준비위원회 조직책이라는 막중한 임무가 주어졌으니 입에 거품을 물 만도 했다. "일경의 감시 속에서 몽양 선생을 비밀히 찾아뵐 적에" 운운하는 것으로 보아 명자처럼 건국동맹의 비밀맹원이었던 모양이었다. 치안 접수 방법에 관한 난상토론도 끝이 보이지 않는 판에 정백은 건준이 서둘러 총독부 직제를 인수하자고 앞질러 나갔다. 드물게 고등정치를 경험한 여운형이 중심을 잡아나갔지만 그 역시 흥분한 내색을 숨기지 못했다. 정백의 장광설이 길어지자 여운형이 말을 자르면서 옆을 돌아보았다.

"자, 민세 생각은 어떻소?"

여운형 옆자리에 둥근 안경을 쓰고 점잖게 앉아 있는 이가 민세 안재홍이었다. 식민시대에 통산 아홉 번 투옥된 전적의 소유자로 한때 조선일보 사장이었던 그는 조선어학회 사건으로 투옥됐다 풀려난 다음 해방 직전까지 고향 집에 은거하며 고조선 연구서인 〈조선상고사감〉을 집필했다. 그는 지금 이 방 안에서 막 출범한 건국준비위원회의 부위원장이었다.

안재홍이 성명서를 들고 방송국으로 떠나면서 회의는 끝났다. 여운형은 명자에게 과거의 여성 동지들을 수소문해보라 주문했다. 오후에 여운형 댁 바로 앞 휘문중학교에서 열리는 건국준비위원회대회에서 다시 모이기로 하고 명자는 계동 집을 나섰다.

　매일 보던 서울 거리지만 오늘 따라 사람도 나무도 집들도 달라보였다. 공기도 달랐다. 명자도 한때 공산당을 재건하고 민족해방을 도모한다고 조직사업을 하고 격문도 뿌렸지만 종국에는 동지들이 굴비 두름처럼 줄줄이 엮여 감옥에 갔을 뿐 계획이 현실이 된 건 하나도 없었고 탁상공론으로 사상누각만 짓다 말았다. 하지만 오늘 계동 모임은 모두 당장의 현안에 관한 이야기였다. 해방된 조국의 운명이 그들 손바닥 위에 있었다. 명자는 새삼 해방 서울의 공기를 폐부에 가득 채울 양으로 깊숙이 심호흡했다.

　한낮의 종로통은 사람으로 미어졌다. 사방에서 만세 소리가 들리고 구호도 들려왔다. 사람들은 제각기 목청 높여 와자지껄 떠들어댔다. 다들 어디 숨겨놨다 들고 나왔는지 태극기를 흔들어댔다. 자세히 보니 대개는 일장기에 퍼렇게 덧칠하고 팔괘를 그려 임시 개조한 것이었다. 그런데 팔괘 모양이 제각각이어서 네 귀퉁이에 작대기 하나씩인 것도 있고 시계판처럼 열두 개를 빙 돌아가면서 그려놓은 것도 있었다. 명자도 태극기 본 지 하도 오래돼서 어떤 게 옳은지 알 수 없었다. 개중에는 장롱 밑바닥서 수십 년을 보낸 듯 누렇게 바랜 태극기도 눈에 띄었는데 아마도 그게 정답일 것이다. 가로세로 곱게 접은 자국에 명자는 뭉클했다.

　명자는 인파에 몸을 맡기고 걸었다. 전파상 앞에 사람들이 모여 라디오 소리에 귀 기울이고 있었다. 안재홍의 목소리였다. 건국준비위원회가 구성되었으며 건준은 이제 완전한 독립국가를 건설하고 민주정권을 수립할 것이라 했다. 한 문장씩 끝날 때마다 누군가는 박수를 쳤고 누군가는 방송이 안 들리니 박수 치지 말라고 핀잔을 주었다. 건국준비위원회는 경찰서와 방송국을 접수했으며 경비대를 편성해 질서유지를 기하고자 한다 했다. 또한 이미 백기를 든 일본인의 생명을 보호하자는 여운형 건국준비위원회 위원장의 특별한 당부를 전했다. 라디오방송이 끝났을 때 전파상 앞에서 흩어지는 남자들 태반이 눈가가 붉게 물들어 있었고 여자들은 옷고름으로 눈물 콧물을 찍어냈다. 명자 앞에 가던 흰 적삼의 남자가 "일본에 무슨 폭탄이 떨어져서 불바다가 됐대"라고 하자 "어디, 동경에?"라고 옆의 남자가 되물었다.

오후 3시의 휘문중학교 운동장은 인산인해였고 흰 점퍼 차림의 여운형이 연설하는 중에도 여기저기서 두서없이 구호들이 터져 나왔다.

"건국준비위원회 만세!"

"일본 놈은 당장 꺼져라!"

연단에 선 여운형의 말 한마디 한마디가 천둥처럼 쫘릉쫘릉 울렸다.

"이제 우리 민족이 해방의 제일보를 내딛게 되었습니다. 지난날의 아프고 쓰리던 것을 다 잊어버리고 이 땅에다 합리적 이상적 낙원을 건설해야 합니다. 개인적 영웅주의는 단연 없애고 끝까지 집단적으로 일사불란한 단결로 나아갑시다."

연설이 끝날 때쯤 군중 속에서 누군가 "소련군이 서울역에 도착했다"고 소리쳤고 이어 "서울역으로 가자"는 외침이 들렸다. 소련군이 일주일 전쯤 원산, 평양까지 내려왔다더니 계속 남진하고 있는 모양이었다.

여운형은 연설을 서둘러 끝낸 뒤 연단을 내려왔고 운동장의 인파는 썰물처럼 빠져 종로 쪽으로 흘러나갔다. 소련군이 서울에 들어온다! 분명 그이도 올 것이다. 그녀는 심장이 쿵쿵 뛰었다. 명자는 움직이는 인파 속에서 뜀박질하다시피 사람들을 제치고 군중의 맨 앞에 나섰다. 그이가 단번에 알아볼 수 있게 맨 앞에 서 있어야 한다.

하지만 뛰며 걸으며 당도한 서울역은 한산했다. 명자는 철로변에 나가 신촌 쪽으로 난 철길을 바라보며 한참을 기다렸지만 먼 기적 소리조차 없이 적요했다. 서울역 광장의 인파는 우왕좌왕하다 흩어지기 시작했다. 마침내 군중이 모두 사라진 다음 명자는 텅 빈 광장에 홀로 남겨졌다.

"다음에 오면 당신 부모님한테 인사도 드리고 간단히 예식이라도 올립시다."

마포 도화동 집을 나서던 단야의 뒷모습이 떠올랐다. 그 다음이라는 것이 결국 조국이 해방된 다음이 될 줄은 몰랐다. 그렇게 16년이 흘렀다. 하지만 단야는 반드시 돌아올 것이다. 남들이 다 잡혀가고 죽고 할 때도 혼자 멀쩡히 살아남았던 사람 아닌가.

명자는 해 저무는 서울역 광장에 혼자 우두커니 서 있다 주위가 어둑어둑해지자 광장을 떠났다. 누군가 날짜를 잘못 알았을지도 몰라. 명자는 내일 다시 서울역에 나와보기로 했다.

그녀는 터덜터덜 걸어 염천교 쪽으로 귀갓길을 잡았다. 서대문 전차역 네거리에 왔을 때 그녀는 전신주에 큼직한 글씨의 삐라가 붙어 나부끼는 것을 보았다.

"박헌영 동무여. 어서 나타나서 우리의 나갈 길을 지도하라."

정칠성, 정종명 등 왕년의 여성 동지들을 수소문하면서 분주한 며칠을 보낸 뒤 명자가 다시 계동을 찾아갔을 때 충격적인 소식이 기다리고 있었다. 지난 18일 자정쯤, 여운형 선생이 집 앞에서 테러를 당했는데 머리를 심하게 얻어맞아 정신을 잃고 쓰러졌으며 지금 양평에 내려가서 요양하고 있다 했다.

그만큼이나 충격적인 또 다른 뉴스는 소련군이 평양까지만 들어오고 서울에는 미군이 곧 들어오리라는 것이었다. 총독부는 여운형에게 맡겼던 치안권과 식량배급권을 나중에 미군이 들어오면 바로 인계하겠다고 도로 가져갔다. 건국준비위원회는 하루천하로 끝나고 말았다. 해방은 산뜻하게 왔는데 모든 게 다시 오리무중이 되었다. 그러니까 일제가 물러가고 대신 미군이 통치한다는 것인가.

연안

정숙은 연안의 나가평羅家坪에 있는 조선혁명군정학교 교무실에서 천황의 항복 방송을 들었다. 단파 라디오 볼륨을 최대한 높인 탓에 천황의 목소리가 웅웅거려 알아듣기 힘들었지만 패전을 인정하는 내용임에는 틀림없었다. 천황의 항복선언이 끝나자 군정학교 교관인 박일우가 맨 먼저 두 팔을 번쩍 들어올리며 만세를 불렀고 김두봉, 최창익, 무정, 윤공흠, 서휘 등 라디오 주위에 모여 섰던 사람들이 모두 따라 만세를 불렀다.

"만세!"

"조선해방 만세!"

"조선의용군 만세!"

그녀도 두 팔을 번쩍 들어올리며 "만세"를 외쳤다. 두 번째 만세를 부를 때는 만세 소리에 울음이 함께 터져 나왔다. 거듭 만세를 부르는 동안 정숙의 얼굴은 눈물범벅이 되었다. 눈물이 뺨을 타고 줄줄 흘러 군복 앞섶을 적셨다.

결국 끝났구나. 우리 자식의 자식들도 식민지 백성으로 살아갈 운명인 모양이라 생각한 적도 있었는데. 무한에서 내륙으로 쫓겨 들어갈 때만 해도 죽어야 이 일본 놈의 세상을 벗어날 수 있을 줄 알았는데. 그런데 결국 끝났다. 전쟁도 끝나고 일본도 끝났다.

만세를 외치는 창익의 눈가에도 눈물이 번져 있었다. 창익의 눈물을 보는 건 꽤 오래 그와 부부로 지냈던 정숙에게도 처음이었다. 다른 남자들도 모두 울고 있었다. 벙글거리는 눈으로 눈물을 흘리는 표정은 기묘했다. 만세 부르기도 지칠 때쯤 사람들은 서로서로 얼싸안았다. 정숙은 동지들을 차례로 안았고 마지막으로 창익을 부둥켜안았다. 경성역에서 창익과 함께 북행열차에 오르던 일부터 지난 10년 세월이 머릿속을 파노라마처럼 흘러갔다. 이제 북행열차를 거꾸로 타고 봉천에서 경성으로 돌아가게 되었구나.

닷새 전에 일제가 항복했다는 신화사통신 보도가 있었다. 하지만 천황의 항복성명을 듣고서야 비로소 사람들은 마음 놓고 만세를 부를 수 있게 되었다. 그녀도 일개 패전지장敗戰之將이 된 천황의 김빠진 목소리를 듣고 나니 이제 하늘과 땅이 뒤바뀌었음이 실감났다.

삶은 햇고구마를 점심으로 배급 받아 나눠 먹으면서 대화가 무성했다.

"히로히토 말이야. 히틀러처럼 자살할 줄 알았더니 뻔뻔하게 살아서 이러시구 저러시구 떠들고 있네. 제삿날 받아놓은 주제에 입은 살아서. 천황은 바로 처형되겠지?"

"맥아더가 총살시키겠지. 하지만 천황이야 신인데 총 맞는다고 죽겠나. 인류가 다 내 자식이니 어쩌니 허풍 떨더니."

"일본군 장성들 중엔 벌써 할복자살한 치들도 있다네. 무식한 사무라이 놈들!"

"그런데 우린 언제 출병하는 거지?"

연안의 조선독립동맹과 조선의용군 사람들은 여전히 어리둥절해 하고 있었다. 예상보다 이르게 닥친 종전終戰 뉴스였다. 5월에 히틀러가 항복하고 독소전쟁이 끝나면서 일본의 항복도 시간문제로 보였지만 그 시간이 좀 더 길 거라 여겼었다. 6월 말에 모택동이 발령한 전령은 "일본의 붕괴까지 1년 반 걸릴 것"으로 예측했다. 하지만 8월 8일 소련이 극동전선에 참전하고 미국이 일본에 핵폭탄을 떨어뜨리면서 전세가 급전한 것이다. 조선의용군에게 '만주를 거쳐 조선으로 진군해 조선 인민을 해방하라'는 팔로군 총사령 주덕의 제6호 명령이 떨어진 게 나흘 전, 8월 11일 자였다.

하지만 출병 준비를 하는 도중 항복선언이 날아와버렸다. 조선 땅을 밟아보기도 전에 미군과 소련군이 전쟁을 마감해버렸다.

8월 15일, 저녁이 되자 연안은 축제 무드로 들썩거렸다. 일본 제국주의와 국민당군대라는 두 개의 적 가운데 하나를 물리친 것이고 전쟁은 계속될 것이지만 중국 공산당 사람들은 횃불을 들고 폭죽을 쏘아댔고 홍군 선무대가 태평소를 불고 징을 울리며 돌아다녔다. 대낮처럼 환하게 횃불을 밝힌 혁명군정학교 운동장에서 독립동맹의 김두봉 주석은 단상에 올라 감격에 떨리는 목소리로 마침내 우리가 해방된 조국에 돌아가게 되었다고 선언했다. 그러나 원수를 우리 손으로 무찌르지 못해서 온몸과 온정신으로 해방을 맞이하지 못하는 것이 슬프다고 말했을 때 장내는 숙연해졌다.

정숙 역시 비슷한 감상이었다. 해방감 한편으로 허탈함이 밀려왔다. 그녀 자신도 지난 10년 동안 중국에 나와 악전고투했고 수백 수천만 조선인과 중국인들이 총칼 아니면 곳간에서 녹슨 쇠스랑이라도 들고 나와 죽기 살기로 싸웠는데도 끄떡 않던 일본이 미제 핵폭탄 두 방에 끝장났다는 게 허탈했다. 왜놈들의 항복은 그들에게 가장 징하게 당한 조선인들, 아니면 중국인들 손으로 받아냈어야 했다.

독립동맹은 천황의 항복선언이 나온 다음부터 매일같이 회의를 했고 정숙은 집행위원의 한 사람으로 참석했다. 회의는 갈팡질팡이었다. 오늘이라도 당장 짐을 싸서 서울로 떠나고 싶은 마음들이지만 평범한 일가족도 10년 넘게 뿌리박고 살다 보면 이삿짐 싸고 생활 근거지 정리하는 일이 간단치 않거니와 광활한 화중, 화북 지역에 지부 조직을 거느리고 있는 망명단체의 귀국은 만만한 일이 아니었다. 지방조직뿐 아니라 조선인 유민들까지 수습해야 했다. 또한 해외에서 무장투쟁 해온 대표적인 마르크스주의 단체로서 해방된 조국에 환국하는 모양새를 고려하지 않을 수 없었다. 서울로 귀환하는 데 어떤 경로를 택할지도 문제였다. 회의가 중구난방인 것은 모두들 마음이 들뜨고 급해서 평정심을 잃기도 했지만 그보다는 뭔가 판단을 내리기에 조선의 정황을 둘러싼 정보가 부족한 탓도 있었다.

마음이 들뜬 건 군정학교 학생들도 마찬가지여서 정숙이 수업에 들어갔으나 강의가 제대로 되지 않았다. 일본의 패색이 짙어지면서 조선의용군에는 신입대원들이 물밀 듯 밀려들었고 혁명군정학교는 신입생 속성반을 편성해 국내 진공에 대비한 군사훈련과 사상교육을 시켰다. 그녀는 정치사상사 교관이었고 레닌 사후에 레닌주의가 어떻게 변화했는지가 오늘의 주제였지만 학생들은 3·1만세 때 경성 분위기가 어땠는지 질문했고 조선공산당을 만들었던 선배들은 어떤 사람들이었는지 궁금해했다. 정숙은 오랜만에 헌영과 단야와 세죽, 그리고 조봉암과 김재봉의 이름을 입에 올리면서 그 이름들과 함께했던 20대의 시간과 경성 거리를 추억했다.

수업을 마치고 요동으로 올라오니 바로 옆 요동 문간에 젊은 의용군 네 명이 앉아서 이야기하다가 정숙을 보고는 일어서서 인사했다. 환하게 웃는 얼굴들이었다. 정숙은 새삼, 웃는 얼굴 보는 것도 얼마 만인가 싶었다. 1942년 반토벌전 이후에는 모두들 웃음을 잃었고 표정들이 무거웠다.

요동에 올라온 정숙은 빨아서 말린 헌 군복을 들고 앉아 꿰매기 시작했다. 긴 행군을 앞두고 떨어진 군복 꿰매는 것밖에 환국 준비랄 것도 없었다. 최창익과 헤어진 뒤 혼자 쓰는 요동은 살림이 단출했다. 창익과는 몇 차례 결혼생활 중에서 가장 오랜 인연이었다. 임원근, 송봉우는 이혼하면서 떠나갔으나 창익은 동지로 남았다. 연안에서 정숙의 가장 가까운 동지이자 허물없는 벗은 여전히 창익이었다.

정숙은 군복을 꿰매면서 양장 한 벌을 구해야겠다고 마음먹었다. 이 누더기 군복 입은 꼴을 보면 아버지가 얼마나 언짢아하실까. 감옥에서 나오셨다는 얘기까진 들었는데 건강은 어떠신지. 감옥에서 병을 얻어 나오신 건 아닌지. 두 아들은 얼마나 컸을까. 둘째는 열여섯 청년이 되었으니 길에서 만나면 몰라보겠구나. 삼청동과 종로는 어떻게 변했을까. 30대에 떠나와 40대 중늙은이가 되어 돌아가는구나. 중국 땅에 뼈를 묻는 건 아닌가 싶은 때도 있었는데 마침내 그리운 서울로 돌아가게 되었구나.

요동 바깥이 점점 소란스러워졌다. 엿듣자니 무용담 만발이었다. 유격구에서 행군 중에 기습당해 죽을 뻔한 이야기, 밀정한테 속아 죽을 고비를 넘긴 일, 감옥에서 죽도록 고문당한 일, 하나같이 죽다 살아난 이야기들이었다. 1938년 무한에서 출발한 조선의용대 창립 멤버들은 요새 머릿속이 복잡해 말을 아끼는 반면 이렇게 무용담을 자랑하는 이들은 지난 1~2년 사이 중국에 징용이나 징병으로 나왔다가 여기까지 흘러들어온 젊은 축들이었다. 스물 전후한 나이에 전쟁터 한복판에 나와 목이 떨어졌다 붙었다 하면서 전선을 넘고 넘어 연안까지 와서 해방을 맞게 되었다면 아무리 과묵한 자라도 입을 다물고 있기 힘들 것이다. 또 같은 사람의 같은 이야기도 두세 번 되풀이되다 보면 작은 개천이 대하가 되고 적군 서너 명이 삼사십 명으로 뻥튀기되었다.

소련군과 미군이 북위38도선을 경계로 한반도를 분할점령 한다는 뉴스가 전해지던 날은 8월 25일, 일본 항복으로부터 열흘 뒤였다. 나가평 조선인촌이 각지에서 밀려드는 사람들과 꼬리를 무는 후일담들과 국내 진공에 대한 기대와 흥분으로 터져나갈 지경일 때였다. 신화사통신 라디오 뉴스는 들떠 있던 나가평 사람들의 머리에 찬물을 끼얹었다. 38선 이남에는 미군정이, 이북에는 소련군정이 수립된다 했다. 군정학교에 모여 라디오를 듣던 독립동맹 지도부는 패닉에 빠졌다.

맨 먼저 입을 뗀 김두봉 주석의 첫마디가 이런 것이었다.

"아니, 그런데 38선이 어디야. 어디 있는 선이야."

모두 교무실 벽에 붙어 있는 세계지도로 몰려갔다. 북위38도선이라는데 지도에는 35도선과 40도선만 나와 있었다.

"가만 있자. 잣대 좀 가져와봐. 35도하고 40도 사이를 오분지일로 쪼개면 대략…"

의용군 총사령 무정이 "우리 의용군도 있고 임정의 광복군도 있는데 왜 남의 나라 군대가 들어온단 말이야!" 하고 고함쳤다.

김두봉이 "우리도 중국 땅에서 일본 놈들하고 싸웠고 연합국의 일원이나 마찬가지인데. 왜 우리 문제를 가지고 저들끼리 쑥덕공론하고 있나. 소련군이 두만강으로 밀고 내려갈 때 우리가 합작으로 진군했어야 했는데. 저승에 가서 김학무 진광화 윤세주 동지를 어떻게 보나"라면서 최창익의 눈치를 살폈다.

최근까지도 바로 그러한 주장을 해온 것이 최창익이었다. 그는 중일전쟁이 시작되던 무렵부터 꾸준히 동북방 진출을 주장해왔고 종전을 앞둔 근래에는 적극 참전으로 전후협상에서 발언권을 얻자는 입장이었다. 최창익이 무거운 표정으로 입을 열었다.

"이건 본말전도 아닌가. 전범국가인 일본이 분할돼야지. 조선은 피해 당사국인데 의용군이나 광복군이 일본 놈들하고 싸웠는데 우리는 명색이 참전국인데 왜 이런 대접을 받는단 말인가."

미군과 소련군의 분할점령이라는 것도 어리둥절했지만 정숙은 당장의 진로에 대한 생각으로 머리가 복잡했다. 어디로 돌아가야 하나. 독립은 했으되 땅이 두 동강 났는데 어느 쪽으로 가야 하나. 북으로 가야 하나, 남으로 가야 하나. 어느 쪽이 내 조국인가. 내가 떠나온 곳은 서울이고 거기에 아버지와 아이들이 있다. 하지만 우리의 이념적 동지는 소련 아닌가.

독립동맹이 마침내 귀국길에 오른 것은 열흘 뒤인 9월 3일이었다. 걸어서 가는 귀국길이었다. 의용군이라고는 하나 군용차량 하나 없는 가난한 군대였다. 독립동맹 지도부만 차편으로 서둘러 귀국하자는 얘기도 나왔지만 마땅히 독립동맹이 군대를 앞세우고 위풍당당하게 입국해야 한다는 입장이 대세였다. 독립동맹이 여느 항일투쟁단체들과 위상이 크게 다른 건 군대를 거느렸다는 것 아닌가. 소련군이 먼저 들어와 있는 마당에 독립동맹이 마땅히 위세를 과시하며 압록강 건너 개선凱旋해야 한다는 것이었다. 나가평 조선인촌은 이미 천 명의 대부대가 되었고 그중 독립동맹 지도부와 의용군 4개 대대가 제1진으로 만주를 향해 출발했다. 연안서 압록강까지는 5천 리 길, 도보 행군으로 두 달은 족히 걸릴 거리였다.

전날 밤 늦게까지 마신 술기운에 머리가 묵직했던 정숙은 새로 빨아서 기운 군복으로 갈아입고 군장을 챙겼다. 간밤에 모택동, 주은래를 비롯해 중국 공산당 쪽 사람들이 배갈과 돼지고기를 달구지에 싣고 나가평을 찾아와 떠들썩한 석별의 파티를 벌여주었다. 행군을 시작하자 발걸음이 경쾌해졌다.

> 중국의 광활한 대지 위에 조선의 젊은이 행진하네
> 발을 맞춰 나가자 모두 앞으로
> 지리한 어둔 밤이 지나가고 빛나는 새 아침이 밝아오네
> 우렁찬 혁명의 함성 속에 의용군 깃발이 휘날린다
> 나가자 피 끓는 동무야 뚫어라 원수의 철조망
> 양자와 황하를 넘고 피 묻은 만주벌 결승전에
> 원수를 동해로 내어몰자
> 전진 전진 광명한 저 앞길로

매일 부르던 의용군 행진곡이건만 오늘은 다르게 느껴졌다. 대원들의 목청도 우렁찼다. 오늘이야말로 지리한 밤이 가고 빛나는 새 아침이 밝아와서 광명한 저 앞길로 전진하고 있는 것이다.

"허정숙 동지, 그동안 고생 많으셨소."

정숙의 옆에서 나란히 걷던 창익이 씨익 웃었다. 서울로 갈 것인가, 평양으로 갈 것인가를 놓고 정숙은 창익과 의논했었다. 하지만 답을 얻는 데 여러 말이 필요치 않았다. 두 사람은 평양을 선택

했다. 태어난 고향이 어디냐는 상관없었다. 육신의 고향보다 사상의 고향이 먼저였다.

"꿈에 그리던 동북 진출을 이제야 하게 되었군요."

연안에서 장가구張家口를 거쳐 승덕承德까지 도보 행군은 50일 남짓 계속되었다. 행렬은 점점 불어났고 행군은 점점 더디어졌다. 천황도 항복한 마당에 눈치코치 없이 "천황폐하 만세"를 외치며 총을 쏘아대는 일본군 패잔병들을 만나 가벼운 교전을 치르느라 행군이 일시 중단되기도 했다. 마을 하나 지날 때마다 조선인들이 끼어들면서 천 명으로 출발한 행렬은 이제 수를 헤아리기 어렵게 되어 선발대가 야영하고 지나간 마을에 하루 뒤 후발대가 도착하는 식이 되었다. 새로 합류하는 사람들은 학병이나 징병 출신도 있지만 대개는 다양한 이유로 만주에 흘러들어왔다 귀국하려는 유민들이어서 만주의 입이라는 장가구를 지나자 의용군 행렬은 더 이상 행군이랄 수 없는 민족대이동의 장관이 되었다.

정숙의 군복은 기워놓았던 데가 다시 뜯어지고 바짓단이 닳아 실밥이 너풀거렸다. 햇빛과 바람에 바래고 황하 모래 먼지가 스며들어 군복의 국방색이 황토색으로 변해 있었다.

승덕에서 열차를 타고 봉천奉天에 도착했을 때는 11월 2일, 연안을 떠난 지 정확히 두 달 만이었다. 봉천에선 이른 겨울 추위가 옷차림 허술한 의용군 행렬을 맞았다. 11월 만주는 벌써 겨울이었다. 옷소매로, 해진 신발 구멍으로 겨울바람이 창날처럼 후비고 들었다. 정숙에게 풍찬노숙의 긴 행군이 처음은 아니었지만 마흔을 훌쩍 넘긴 나이 탓인가, 봉천에서 그녀는 추위와 피로를 견디지 못

하고 탈진해 쓰러졌다.

하지만 겨울 추위보다 독립동맹 인사들을 더 괴롭힌 것은 해방된 조국의 소식이었다. 벌써 38선이 그어져 거의 국경선이 되었고 철도나 도로나 전기선 할 것 없이 모두 38선에서 잘렸다 했다. 남북 양쪽에 소련군정과 미군정이 각기 따로 정치사업을 하는 모양이었다.

봉천에 와서 비교적 소상히 듣게 된 평양에 관한 소문들 가운데 열의 아홉은 김일성에 관한 것이었다. 소련군정이 한때 만주에서 빨치산투쟁 했던 소련 극동군 대위 김일성을 평양의 지도자로 내세우고 있다 했다. 소련군정이 평양 공설운동장에 시민 10만 명을 모아놓고 환영대회도 열어주었다 했다. 독립동맹도 그동안 만주 동북항일연군에 연통을 넣고 합작을 도모한 적 있어 김일성의 존재를 알고 있었다. 누군가 그가 대한제국 무관 출신으로 홍범도장군 연배라고 알은체하자 일찌감치 만주에 파견와 있던 이상조가 김일성은 이제 서른 갓 넘은 청년이라 바로잡았고 사람들은 눈이 휘둥그레졌다. 독립동맹과 의용군이 비바람 맞으며 만주벌판을 가로질러 민족대이동의 귀국길을 밟아오는 동안 소련이 새파랗게 젊은 극동군 대위를 군함에 태워 날렵하고도 신속하게 평양에 데려다 놓은 것이다.

사실 정숙에게는 김일성보다 박헌영의 소식이 놀라웠다. 그는 정숙이 중국으로 떠나올 때 감옥에 있었고 뒷소식이 없어 막연히 죽었을지 모른다 여겨왔다. 하지만 그는 해방과 함께 무덤에서 부활해 지금 38선 이북과 이남에 걸쳐 조선공산당 최고지도자로 추

앙받고 있었다. 해방 직후 그가 공표한 8월 테제가 조선공산당의 가이드라인이 되고 있다니 박헌영 개인이 왕년의 코민테른을 대신하고 있었다.

이미 38선과 미소의 분할점령 뉴스에 일차 충격을 받았던 독립동맹 사람들은 한반도 정세를 종잡을 수 없는 데다 소련군정이 이미 김일성 중심으로 모종의 판을 짜놓은 것 아닌가 싶어 뒤숭숭한 표정들이었다.

"아무래도 소련군정 입장에서는 현지 사회하고 소통할 통로가 필요했겠지. 정치 대리인 노릇이랄까. 극동군 출신이라 러시아어도 되고 아무래도 소련군정하고 잘 통할 테니까."

"정치 대리인이라면 조만식같이 평양 바닥에서 영향력 있는 인사가 낫지 않았을까. 하기야 조만식은 소련하고는 사상이 안 맞아서."

"빨치산투쟁 좀 했기로서니 서른 살짜리 애가 뭘 알겠어. 소련군정이 만만하게 수족 노릇 할 사람이 필요했겠지. 걔가 뭐 하던 아이야? 공부를 어디서 했지?"

"길림에서 중학교를 다녔다던가, 다니다 말았다던가."

일본이나 중국 명문대학 유학파들이 발에 채이는 독립동맹의 이 고급 지식인들 얼굴에 조소의 빛이 떠올랐다. 하지만 광명한 앞길로 전진 또 전진하자며 보무도 당당하게 연안을 출발할 때의 기백은 이미 절반쯤 꺾여버린 다음이었다.

께름칙하고 뒤숭숭하게 안개 뒤에 가려져 있던 조국의 현실이 냉엄한 실체로 이들을 맞이한 것은 압록강 너머로 조선 땅이 건너다보이는 안동현에 도착했을 때였다. 소련군정의 신의주 보안대가 의용군 행렬을 막아섰다. 보안대는 의용군의 무장해제를 요구했다. 지금 조선 땅 38선 이북에서는 소련군만이 무장할 수 있으며 다른 군대는 인정하지 않는다 했다. 독립동맹 간부들 역시 개인 자격으로 입국심사를 거쳐 조선으로 들어갈 수 있다 했다.

해지고 빛바랜 낡은 군복을 걸치고 오랜 행군에 지친 늙은 군인들 대오에서 고함과 탄식이 터져 나왔다. 모두 짧게는 10년 길게는 30년 망명생활을 해온 항일투사들이었다.

"주객전도도 유분수지. 지금 누가 누구의 자격을 심사한다는 건가."

"조국독립에 한평생 바친 사람들인데 어디 로스케가 나서서 들어오라 말라 해?"

"개인 자격이라니? 독립동맹하고 의용군은 오늘부로 해체란 말인가."

"군인한테 무기를 버리라니 이 무슨 소린가?"

무정이 허리춤에 두 손을 얹고 노기등등해서 소리쳤다.

"조선의용군이 어떻게 만들어진 군대요? 해방조국이라고는 하나 군인으로서 더 이상 역할이 없다면 차라리 중국으로 돌아가겠소."

그는 의용군을 이끌고 되돌아가 홍군과 함께 혁명전쟁을 마무리하겠다 했다. 어른들이 만류했다.

"여기 보안대야 뭘 알겠소. 그냥 상부에서 내려온 지침대로 하는 거지. 독립동맹이나 조선의용군의 처우에 대해서야 군정 지휘부하고 직접 얘기해봐야 하지 않겠소."

김두봉, 최창익, 허정숙, 무정 등 지도부 39명이 담판을 짓기 위해 먼저 평양으로 들어가기로 했다. 의용군 총사령관 무정은 허리의 권총을 끌러 부관에게 맡겼다. 의용군을 앞세우고 여봐란 듯 개선하겠다는 야심찬 계획은 물거품이 되었다. 해방영웅이 아니라 한 무리 패잔병처럼 초췌한 몰골의 독립동맹 지도부가 안동에서 남행열차에 올랐다.

압록강에 살얼음이 일어 있었다. 경의선 열차 안에서 일행은 간간이 창밖으로 펼쳐지는 조선의 산하에 대한 감회들을 내놓았다.

"소나무가 울창하니 과연 조선의 산이구나."

이따금 나지막한 탄식들이 터져 나올 뿐 별로 말들이 없었다. 망명객 귀환열차 치고 너무 조용했다.

평양의 소련군 사령부는 8월에 공표된 치스차코프 대장 포고령의 요지를 설명하고 해방자 붉은군대 외에는 어떤 무장세력도 허용치 않는다는 입장을 되풀이했다. 단호했다. 결국 독립동맹은 안동에서 기다리는 1500 의용군을 무장해제 시키기로 결정했다. 독립동맹 간부들에 둘러싸인 채 무정이 의용군 총사령의 이름으로 대원들에게 보내는 마지막 전령을 작성할 때 정숙은 무정의 눈물을 보았다. 일찍이 홍군의 작전과장으로 대장정을 완주하고 지난 20년 세월을 전선의 포연과 흙먼지 속에서 보낸 사람답게 다부진 체격에 그을린 얼굴이었는데 그 거무튀튀한 뺨 위로 눈물이 번지고 있었다. 정숙이 지금껏 보아온 무정은 늘 군복 허리춤에 권총을 찬 모습이었다. 하지만 권총도 없이 군사도 없이 평양에 남게 된 무졸지장無卒之將 무정의 옆구리가 허전했다.

소문 속의 김일성은 곧 독립동맹 사람들 앞에 모습을 드러냈다.

그는 조선공산당 북조선분국 중앙조직위 이름으로 독립동맹 간부들을 저녁식사에 초대해왔다. 조선공산당 본부는 서울에 있고 평양은 분국이었다. 들리는 얘기로는 김일성이 평양에 따로 당 본부를 만들고 싶어 했는데 박헌영이 허락지 않았다 했다.

뜻밖에 김일성은 쾌활한 호남好男의 인상이었고 웃으면서 악수를 청해왔다.

"먼 길 오시느라 고생들 하셨습니다. 진심으로 환영합니다."

"김일성 동지가 만주에서 활약한 이야기는 많이 전해 들었소. 이런 홍안의 청년이라니."

김두봉이 답례를 했다. 김일성은 빨치산 출신이라 해도 소련군 장교로 몇 해를 보냈고 두 달 전에 평양에 들어와 일찌감치 뗏물을 벗어 신수가 훤했다. 반면 정숙 일행은 바짓단이 너풀거리는 낡은 군복에다 풍찬노숙에 시달려 얼굴들이 해쓱하고 꺼칠했다.

음식이 나오고 도라지 술이 한 바퀴 돌 때까지 짤막한 덕담과 조심스러운 질문이 오가는 가운데 식탁 위에는 어색한 침묵과 긴장이 흘렀다. 말을 아끼면서 서로들 인물에 대한 탐색전에 골몰하는 눈치였다.

조국에 돌아오니 술맛이 다르다며 도라지 술에 대한 품평 끝에 김두봉이 "김일성 대장의 보천보전투는 연안까지 소문났다"고 덕담을 건네자 김일성이 주저 없이 무용담을 늘어놓기 시작했고 산속에서 호랑이를 만나 뜻하지 않게 호랑이 가죽을 얻게 된 일화로 박진감 넘치게 마무리했다. 전쟁담으로 넘어오자 독립동맹 쪽 상대역으로 무정이 나섰다. 그는 대장정 때 사천성四川省 대설산에서 눈과 나무뿌리를 먹으며 일주일 행군한 이야기를 어제 일처럼 생생하게 재현했다. 상견례의 마지막 즈음엔 무정이 김일성에게 대략 말을 놓고 있었다.

"우리 군대를 창설하는 문제는 차차 이야기해보세. 잘 훈련된 의용군 수천 병력이 기다리고 있네."

무정은 1904년생, 김일성은 1912년생, 나이뿐 아니라 군대 짬밥으로도 한참 아래인 것이다. 김일성은 고작 소련군 대위였고 무정은 이미 십수 년 전에 홍군 포병사령관이었다. 무인들 사이의 대화는 화통했다.

이 서른네 살 청년의 자신만만한 태도에서 소련군정의 후광이 어른거린 건 사실이지만 정숙은 등 뒤에 있는 것이 무엇이든 사람 자체에 호감을 느꼈다. 그는 활달하고 말도 많고 허세와 과장도 섞여 있으며 나이 탓인지 어딘가 유치하고 촌스러운 구석도 있었는데 그런 채로 친화력이 있었다. 정숙은 소련군정이 김일성을 내세운 이유를 알 만했다. 하지만 정치적 수완은 미지수 아닌가. 그녀는 소련군정이 일회용 카드로 김일성을 간택했다는 감이 들었다. 그는 음모가로 보이지는 않았다.

독립동맹 숙소로 누군가 정숙을 찾아와 김일성에게 데려간 것은 그 며칠 뒤였다. 김일성은 공식적인 상견례였던 며칠 전과는 완전히 딴판으로 오랜 지기나 되듯 살갑게 그녀를 맞았다. 그는 빨치산 동지 김책으로부터 정숙네 부녀 이야기를 많이 들었다고 했다. 김책이 서대문형무소에 있을 때 허헌이 무료 변론을 해주고 만주로 떠날 때 여비를 마련해주었다 들었다면서 김일성은 그녀의 부친을 위대한 민족적 양심이라 추켜세웠다. 그는 평양에 돌아오니 어떤지, 숙소는 편안한지 묻고는 집을 따로 마련할 때까지 합숙생활 좀 하고 계시라 했다. 김일성은 면담 도중 부관을 불렀다.

"허정숙 동지에게 당장 양복 한 벌을 마련해주시오. 군복이 너무 낡았습니다. 단발머리라 양장이 어울릴 겁니다."

하루는 소련군정에서 오페라 공연을 한다고 초대장을 보내왔다. 12월 초의 차갑지만 화창한 날이었다. 연안에서 온 독립동맹 사람들뿐 아니라 소련서 귀국한 인사들, 만주빨치산 출신 등 해방 후 평양에 모인 지도급 인사들을 두루 초대한 자리였다. 오페라는 러시아 작곡가 미하일 글린카의 〈이반 수사닌〉이었다. 정숙은 푸치니 오페라 〈라보엠〉이나 〈나비부인〉의 아리아들은 귀에 익었지만 러시아 오페라는 처음이었다. 푸치니와 유사하면서도 빠른 템포와 슬라브적인 역동성이 매력이었다.

정숙은 오케스트라 연주를 들으면서 눈을 감았다. 감은 눈 안쪽으로 지난 10년 세월이 만포선 열차처럼 덜컹거리며 지나갔다. 눈썹이 촉촉이 젖어왔다. 태항산에서 토벌대에 쫓길 때는 해방된 조국에 돌아와 오케스트라를 감상하게 되리라고는 상상도 하지 못했다. 또한 거지꼴로 귀환한 평양은 아직 사람도 지리도 낯설기만 했고 10년 전 남경에 도착했을 때처럼 또 다른 망명생활의 시작이구나 싶었다. 하지만 이곳 평양 인민극장 객석에 몸을 묻고서 정숙은 비로소 해방된 조국에 돌아왔음을 실감했다. 이곳이 서울이고 종로였다면 완벽했겠지만 어쩌겠는가. 그녀는 평양에 돌아온 이후 처음으로 영혼의 휴식을 맛보았다.

극장을 나서면서 정숙은 지금은 세상을 떠난 세죽을 잠시 추억했다. 상해 시절 그녀는 이틀에 하루는 저녁을 굶었다. 끼니를 대신할 것이 필요했고 그것이 때로는 음악이고 때로는 혁명이었다. 모스크바 동방노력자대학에 유학하고 독립동맹에 들어온 주덕해로부터 들은 소식은 그녀가 김단야와 재혼해 살다가 단야가 총살당한 뒤 시베리아로 유형 가서 숙었다는 것이다. 스탈린 치하에서 일어난 살벌한 일들은 이미 충분히 들어서 세죽이 단야와 재혼했다거나 둘 다 죽었다는 소식도 처음에는 충격적이었으나 곧 무덤덤해졌다.

크질오르다

세죽은 크질오르다 주 카르마크치 구역의 전진협동조합 숙소에서 잠을 깨자마자 일본이 항복했다는 라디오 뉴스를 들었다. 뉴스 중간에 천황의 목소리도 나왔다. 아나운서는 들뜬 음성으로 위대한 스탈린 대원수를 찬양했다. 독일에 이어 일본과의 전쟁을 승리로 이끈 세계 최고의 지도자이며 그의 영도 아래 우리 인민들은 제국주의 세력으로부터 조국을 지켜내고 40년 전 러일전쟁의 패배를 설욕했다고 말했다.

이미 일주일 전 몰로토프 외무상의 태평양전쟁 참전선언이 나온 뒤부터 라디오에서 매일같이 붉은군대가 조선의 북부 도시들을 해방시켰다는 보도를 내보내던 끝에 마침내 천황의 목소리로 승전 뉴스의 피날레를 장식한 것이다. 하지만 1942년 겨울 스탈린그라드에서 나치군에 대승을 거두고 올봄에 히틀러가 베를린 지하 벙커에서 권총 자살할 때까지 소련의 라디오들이 매일매일 소독전쟁蘇獨戰爭을 중계하며 인민들을 흥분의 도가니로 몰아넣었던 것에 비하면 일본 항복 뉴스는 얌전한 편이었다.

점심시간이 되자 협동조합 식당은 도떼기시장처럼 와글거렸다. 라디오에서는 여전히 승전 뉴스가 흘러나오고 있었고 이 식탁 저 식탁에서 카자흐어와 조선말과 러시아어로 제각기 떠들어대는 바람에 세죽은 정신이 하나도 없었다.

조선인들의 식탁에선 강제이주 온 주민들이 목청을 높였다. 전쟁이 끝나고 일본이 졌으며 조선이 해방됐으니 자신들의 운명에 변화가 닥칠 수도 있다는 생각에 다들 흥분해서 중구난방 떠들어댔다.

"우리가 일본에 붙어서 밀정질 할까 봐 이리로 쫓아보냈다니 이제 원위치 시켜주겠지. 연해주로 다시 보내주지 않을까?"

"연해주로 왜 가? 조선이 해방됐으니 고향으로 돌아가야지. 살아서 고향으로 돌아갈 수 있게 되다니. 꿈이야 생시야."

세죽은 묵묵히 듣기만 했다. 조선인 숲에 간간이 끼어 있는 유형수들은 제각기 복잡한 표정들이었다. 대체로 교육 수준이 높은 유형수들이 조심스럽게 정치적인 견해들을 내놓았다.

"조선이 완전히 해방될 수 있을라나. 러일전쟁으로 러시아가 일본에 조선을 양보했으니 이번에는 일본이 소련에게 조선을 내주게 되나."

"만주와 사할린과 극동의 섬들은 어떻게 되나. 소련이 다 되찾게 될까."

"승전으로 스탈린체제가 더욱 공고해질 텐데 유형이 풀리기는 더 힘들어지는 것 아닐까."

다음 날부터 카르마크치 부락 당 지부에는 이주 신청하러 온 한인들이 줄을 섰다. 집집마다 조선으로 돌아가고 싶어 하는 부모들과 이곳을 떠나기 싫어하는 아이들이 가자느니 말자느니 지지고 볶고 한바탕 싸움들을 했다는데 지부에 나온 사람들은 자식보다 힘이 센 부모들이었다.

"연해주에 있었더라면 바로 강만 건너면 되는데."

카자흐스탄에서 극동까지 다시 살림 보따리 싸 들고 이사한다는 것이 아득했을 테지만 모두 비상한 기대와 흥분에 얼굴이 번들거렸다. 하지만 이주 신청은 며칠 만에 줄줄이 퇴짜 맞았다. 당 지부는 "안 된다, 모른다"만 되풀이했다.

그래도 거주지 이전을 신청하러 당 지부에 갈 수 있는 사람들이 세죽은 부러웠다. 유형 기간은 2년 전에 끝났지만 그녀는 어쩐 일인지 유배가 해제되지 않고 있었다.

일본 항복 뉴스가 나오고 한동안 한인들이 들썩거렸지만 한 달이 지나자 카르마크치 부락은 아무 일 없었던 듯 다시 조용해졌다. 해방 뉴스도 먼 나라 옛날 얘기가 되었다. 세죽이 8년째 살고 있는 카르마크치 부락에서는 매일 아침 9시에 사람들이 숙소를 나와 일터로 갔고 오후 6시면 일제히 퇴근했다. 일이 많거나 적거나 간에 출퇴근 시간은 일정했다.

그녀가 며칠째 말도 없고 웃지도 않고 퇴근 시간 되면 뒤도 돌아보지 않고 집으로 들어오니 오늘 같은 금요일 저녁에 아무도 그녀에게 초대의 말을 건네지 않았다. 더러 누군가의 집으로 몰려가 보드카 마시고 노래 부르며 노는 금요일 저녁에 그녀 혼자 집에서 찬 우유 한 잔을 놓고 딱딱한 흘레브를 뜯어 먹고 있다. 그녀는 우유 주전자 덥히기도 귀찮았다.

"카자흐스탄에서 새 가정을 꾸리신 거죠? 아이도 생겼나요?"

비비안나의 목소리는 하루에도 몇 번씩 그녀의 머릿속을 맴돈다. 비비안나는 민속무용수로 제법 유명해져 있었다. 하지만 그녀는 딸의 공연을 사진으로 보았을 뿐이다. 지난해 여름 첫 여행 허가를 얻어 6년 만에 기대에 들떠 도착한 모스크바에서 세죽을 맞이한 것은 야멸찬 냉대였다. 사춘기를 막 지난 딸은 엄마 얼굴을 똑바로 겨냥해서 비수 같은 질문들을 날렸다. 어렸을 때부터 나는 왜 내 친구들처럼 성이 알페로바나 볼로디나가 아닌지, 왜 내 성은 박씨인지 궁금했어요. 아버지가 조선 사람이에요? 아주 아기였을 때 어떤 남자에게 안겨 있었던 기억이 있는데 그게 내 아버지예요, 새아버지예요? 나는 사생아였나요? 엄마는 미혼모였나요? 아버지는 혁명가였나요? 아니면 바람둥이였나요?

열일곱의 처녀가 되었으니 아버지에 대해 궁금해할 만하고 엄마에게 따지고 들 수 있는 것이다. 가족이라는 걸 겪어보지 않은 아이지만 가족에 대한 그리움이 왜 없겠는가. 딸은 아직도 엄마가 소수민족 강제이주정책으로 카자흐스탄에 왔다고 알고 있다. 엄마가 유형수라는 것도, 새아버지가 일급정치범으로 총살당했다는 것은 더더욱 알지 못했다. 재작년, 유형 기간 5년이 끝나고 편지를 주고받을 수 있게 되어 세죽이 오랜만에 긴 편지를 보냈을 때 비비안나는 짤막한 답신을 보내왔다.

왜 카자흐스탄에 갔는지, 그곳에서 무얼 하는지, 어떻게 지내는지 일언반구 묻지 않았다. 다만 학교생활은 여전히 즐겁다고, 발레를 할 수 있어 행복하다고, 위대한 스탈린 대원수의 보살핌 속에서 아무 불편함 없다고, 공산당의 일에는 오류가 없다고 썼다. 러시아어로 쓰인 명랑하고도 맹랑한 편지에서 그녀는 분노와 원한을 읽었다. 그리고 아이가 그저 한 뼘쯤 열어두었던 마음의 문을 완전히 닫아버렸다는 걸 알았다. 말없이 모스크바를 떠난 뒤 5년 동안 보육원을 찾아오지도 연락도 없던 엄마를 이해할 수도 용서할 수도 없었을 것이다. 엄마가 새 가정을 꾸렸다고 확신하는 듯했다. 아이로서는 마음의 문을 닫는 것이 더 이상 상처받지 않고 자신을 지키는 길이었을 것이다.

처음에는 아이가 어리다 여겨 말을 하지 않았다. 아버지가 조선의 감옥에 있다는 것을, 감옥에서 미쳤을지 모른다는 것을, 어쩌면 이미 세상을 떠났을 수도 있다는 것을 어린 소녀에게 이야기할 엄두가 나지 않았다. 그다음엔 엄마가 왜 다른 남자와 사는지 이해시킬 자신이 없었다. 단야가 체포된 뒤에는 아이가 연루될까 두려웠고 유형수가 된 다음엔 말할 기회조차 없었다. 딸과 다시 만나 모든 것을 이야기하려 했을 때는 이미 과거의 일들이 마음속에 커다란 종양이 되어 만질 수도 도려낼 수도 없게 되었다. 마음의 상처는 류반카의 지하실처럼 깊었다. 류반카는 김단야가 박헌영을 일본 경찰에 넘겼다 했고 세죽을 공범으로 만들어놓고 있었다. 세죽은 그것이 진실이 아니라 생각했지만 궁극의 진실을 알기 두려웠고 그런 마음을 타인에게 들킬까 두려웠고 그저 모든 것을 깊숙이 묻어둘 수밖에 없었다.

어디선가 발랄라이카 소리가 딩딩딩 하고 들려왔다. 경쾌하면서도 힘찬 연주는 〈스텐카라친〉이었다. 발랄라이카 줄 튕기는 소리에 사람들의 합창이 뒤섞였다.

세죽은 선반에서 반쯤 남은 보드카 병을 내렸다. 그녀는 작은 유리잔에 시베리아 추위처럼 투명한 보드카를 한 잔 따랐다. 불타는 얼음, 보드카를 삼킬 때 목구멍이 어는 듯 타는 듯 따가웠다. 연거푸 두 잔을 들이켜자 속에서 불꽃이 일고 가슴께가 뜨끈뜨끈해졌다. 세죽은 종이 한 장을 꺼내 탁자 위에 올려놓았다.

"너의 아버지는 조선의 혁명가란다. 이제 네 아빠에 대해 말해 줘야 할 때가 된 것 같다. 네가 어느새 다 큰 처녀가 되었구나. 엄마가 그동안 이야기를 미뤄온 것은…."

심장이 쿵쿵쿵 뛰며 숨이 가빠왔다. 이야기를 어디서부터 시작해야 하나. 어디까지 얘기해야 하나. 세죽은 종이를 구겨 쓰레기통에 던졌다. 쓰레기통에는 어제 쓰다 구겨 버린 편지지들이 들어 있었다. 그녀는 보드카를 또 한 잔 따랐다. 발랄라이카와 노랫소리는 가까워졌다 멀어졌다 하더니 마침내는 아득한 과거로부터 건너오고 있었다.

단야와 재혼하지만 않았더라면 딸을 잃지 않아도 되었을 텐데, 유형도 오지 않았을 텐데. 단야하고 단 3년 살고서 그 칫값 치르기를 몇 년인가. 그녀는 인생이 온통 후회로 가득 차 있었다. 지금까지의 후회로도 허리가 끊어질 것 같은데 앞으로 얼마나 더 많은 후회를 쌓아서 짊어지고 가야 하나.

그녀는 편지를 다시 시작할 기운이 남아 있지 않았다. 편지 몇 줄로 끝낼 수 있는 얘기가 아니었다. 몇 날 며칠의 대화로도 모자랄 것이다. 하지만 크질오르다에서 모스크바는 열차로 닷새를 가야 했다. 올해는 더 이상 여행 허가를 받을 수 없을 것이다.

서울

명자는 댓돌의 신발을 신다가 처마에 매달린 고드름에 손가락을 대보았다. 손끝이 얼음에 쩍 붙었다. 영하의 날씨가 풀리지 않고 있다. 그녀는 뜨개실로 짠 목도리를 끌어올려 뺨을 덮으면서 집을 나섰다.

인사동 전국부녀총동맹 사무실에서 회의가 있었다. 신탁통치 문제에 대한 대책을 논의하기로 돼 있다. 전국부녀총동맹이 창립된 것이 12월 24일, 그러니까 나흘 전이었다. 유영준이 위원장, 정칠성이 부위원장이었고 명자는 중앙집행위원 겸 서울시 지부장이었다. 명자는 그동안 생사도 모르던 왕년의 선배, 동료 들과 다시 만나 감개무량했고 무엇보다 명시와 함께 일하게 되어 든든했다. 김명시는 중국에서 조선의용군을 찾아 연안으로 가던 중에 해방을 맞아 다시 혼자 서울로 들어왔다.

해방되고 4개월 지났건만 4년은 지난 듯했다. 천황의 라디오방송을 듣고 주인댁이 빨랫방망이 들고 뛰쳐나가던 날이 아득한 옛날 같았다. 명자가 지난 4개월 동안 보고 들은 것으로 치자면, 흥분하고 들뜨고 실망한 것으로 치자면 세상에 나와 40년 동안 겪은

114

바에 맞먹을 것이다.

미군의 점령군통치가 시작됐는데 이것은 일제 식민통치하고 같은 듯도 하고 다른 듯도 했다. 총독부 건물이 군정청이 되어 일장기 대신 성조기가 올라갔고, 아베 총독이 가고 하지 중장이 왔으며, 총독부 국장과 기관장 자리를 대령부터 중위까지 미군 장교들이 차지했다. 모든 직제가 왜정 때 그대로이고 해방 후 며칠간 도망갔던 조선인 경찰들이 다 예전 자리로 돌아왔다. 여운형이 건국준비위원회를 조선인민공화국이라는 이름의 정부체제로 바꿔놓았더니 미군이 들어오자마자 불법화시켰다. 대신 미군정은 10월에 미국에서 돌아온 이승만의 환영대회를 열어주었고 11월에는 중국에서 돌아온 김구 환영대회를 열어주었다. 하늘이 몇 번이나 뒤바뀌었다. 2백 개 넘는 정당이 생겨났고 수십 종의 신문이 창간됐다. 수도의 명칭, 경성은 서울이 되었다.

명자가 큰길로 나오자 발밑에 각양각색의 전단지들이 양탄자처럼 깔려 있다. 신탁통치 관련인 듯 "독립을 다구, 그렇지 않으면 죽엄을 다구"라는 제목도 눈에 띄고 "김규식의 정체를 밝힌다"는 흑색선전 삐라가 있는가 하면 '정자옥댄스홀'의 광고 전단지도 눈에 띈다. 그저께 명자네 전국부녀총동맹이 뿌린 창립선언 전단지는 벌써 신간들에 깔려 만신창이로 뭉개져 있다. 요새 기계가 멈춰선 공장들도 많다는데 종이공장, 인쇄공장만 성업 중인 모양이다. 명자가 여성동우회 드나들 때도 사상단체 전성시대라 했는데 지금에 비하면 구석기시대다. 한국인들은 두 사람이 만나면 정당세 개를 만든다던가. 각기 하나씩, 그리고 둘이 합해서 하나. 군정청의 미군 장교가 했다는 말이다.

오늘 아침 거리엔 임정 김구 주석 이름으로 된 전단지가 압도적이다. 옛날 일본 군복을 먹물 염색해 입은 청년이 뿌리고 간 전단지를 집어보니 "탁치 순종자는 반역자로 처단한다!"는 큼직한 제목 아래 전 국민 9개항 행동강령이 적혀 있었다. 김구 주석이 전 국민은 일제히 파업에 몰입할 것과 미군정의 한국인들도 업무를 거부하고 반탁운동에 동참할 것을 준엄하게 명령하고 있었다.

모스크바 3상회의 결과는 이날 저녁 6시에 공식 발표될 예정이었지만 발표를 기다리는 사람은 없었다. 하루 앞서 동아일보가 12월 27일 자 1면 톱으로 "소련은 신탁통치 주장. 미국은 즉시독립 주장"이라는 기사를 내보내자 김구의 임정과 이승만의 독립촉성중앙회가 '결사항전'을 선포했고 하루 새 전국은 반탁 물결로 뒤덮인 것이다. 이미 좌우합작으로 신탁통치반대국민총동원위원회가 떴고 상가는 철시했고 반탁시위가 시작됐다. 국민총동원위원회는 김구와 이승만이 주도했지만 공산당이나 인민당, 그리고 부녀총동맹도 가담했다. 건국준비위원회가 깨진 뒤 좌우가 갈라져 죽기 살기로 싸우다가 반탁 전선에서 모처럼 다시 모인 것이다. 국민총동원위원회가 내일 저녁 경교장에서 대책회의를 열 것이니 부녀총동맹에서도 대표를 보내달라고 연락해왔다.

부녀총동맹 집행위에서도 신탁통치 반대성명을 내자는 데 이견이 없었다. 점심 먹으러 거리에 나왔을 때도 삐라가 뿌려지고 있었다. 김구 주석의 명령은 즉각적이고도 절대적이었다. 종로의 상점들은 철시했고 문 닫은 음식점도 많았다. 영업하는 식당들은 대개 만원이어서 부녀총동맹 사람들은 종로 뒷골목 만둣집에서 가까스로 만두 한 접시 사 들고 와 사무실에서 나눠 먹었다.

오후 늦게 부녀총동맹의 성명문을 인쇄소로 보낸 뒤 명자는 여운형 선생 댁으로 갔다. 계동 집은 여전히 사람들이 드나들었으나 요사이 눈에 띄게 줄었다. 인민공화국도 해프닝으로 끝나고 미군정이 들어오고 이승만과 김구가 돌아오고 박헌영이 좌익 진영을 압도하는 가운데 여운형은 좌우 양쪽에서 치이고 있었다. 더구나 8월과 9월 두 차례나 테러로 중상을 입고 요양을 떠나야 했는데 테러범들이 오른쪽에서 왔는지 왼쪽에서 왔는지 알 수 없었다. 그의 얼굴은 감옥에서 나와 양평에서 농사짓던 1년 전보다 훨씬 지치고 피로해 보였다.

부녀총동맹에서 반탁성명을 쓰고 왔다고 하자 여운형은 "어허, 삼천리 강토가 온통 반탁 바람이구먼. 어제 아침 신문에 나고 오늘 상점들이 다 문 닫았으니 조선 사람들 성격도 어지간히 급하지 않은가"했다. 명자가 선생의 건강이 어떤지 묻고 요사이 지내온 이야기를 나누는데 조선인민당 간부들이 들어왔다. 인민당 선전국장 김오성과 정치국장 이여성인데 반탁성명 문안을 만들어 당수인 여운형에게 재가받으러 온 것이다. 김오성이 문안을 보여주자 여운형은 심란한 표정으로 고개를 가로저었다.

"공식 발표가 오늘 저녁에 나온다고 들었는데. 아직 모스크바회담 결과를 정확히 모르지 않나. 나도 신문 기사를 읽고 또 읽고 몇 번을 거듭 읽었네만 아무래도 석연치 않네."

그는 문갑 위에서 동아일보 27일 자를 집어 앞에 내놓았다.

"기사를 다시 읽어보세. '반즈 국무장관이 모스크바로 출발할 때 소련의 신탁통치안에 반대해 즉시 독립을 주장하도록 훈령을 받았다고 하는데 3국 간에 어떠한 협정이 있었는지 없었는지는 불명하나'. 기사가 이렇게 시작되고 있지. 정작 모스크바협상 내용은 모른다고 돼 있잖는가. 출처도 애매한데 기사를 끝까지 읽어봐도 '오랜스버그저널' 보도라는 얘기만 있네. 이 오랜스버ㄱ 보도라는 것도 서울에 앉아서 쓴 티가 역력해. 아무래도 오보거나 누군가 장난치고 있는 거 같네. 경교장이나 이승만 쪽에서도 기사를 곧이 곧대로 믿고 소련이 한반도 전체를 적화시키려는 음모라고 목청을 높이고 있지만 내가 이전부터 듣기로 조선의 신탁통치는 스탈린이 아니라 루스벨트 제안이라네. 미 국무부가 신탁통치안을 내놓은 게 지난 10월 아니었나. 일단 성명은 좀 뒤로 미뤄둠세. 오늘 발표 보고 내일 해도 늦지 않은 거 아닌가."

이여성은 고개를 끄덕였고 김오성은 즉각 반발했다.

"만일 미국 쪽 주장이라 한다면 더더욱 용납할 수 없습니다. 완전독립은 카이로회담 합의사항 아닙니까. 그런데 이제 와서 탁치를 실시한다니! 여하튼 우리로서는 신탁통치에 대한 반대 의사만은 확실히 해둘 필요가 있다고 생각합니다."

"어허, 이 사람. 그러니까 성명을 꼭 오늘 내자는 말인가."

"꼭 그런 건 아니지만…. 경교장이나 독촉에서 치고 나오는데 너무 뒤처져도 곤란한 일이라…."

"자, 이건 부화뇌동할 일은 아닐세. 오늘 발표를 보고 내일 아침 일찍 집행위원회를 열도록 하세."

이여성이 "선생님 말씀대로 하겠습니다"라고 얼른 정리했다. 동생 이쾌대와 함께 형제 화가이자 경제학자이기도 한 이여성은 신문사에서 일해보았기 때문에 여운형의 말을 바로 알아들었다. 태평양전쟁 막바지에 이상한 친일 괴담류가 차고 넘치던 인사동 서점에서 이여성의 〈조선복식고朝鮮服飾考〉를 발견했을 때 명자는 청량한 한 줄기 바람을 쏘이는 기분이었다. 친일과 검열의 좁은 틈서리에서 〈조선상고사〉를 썼던 안재홍처럼 그도 역사에서 길을 찾았던 것이다.

두 사람이 방을 나간 뒤 명자가 김오성에 대해 불만을 터뜨렸다.

"저 사람은 뭘 믿고 저렇게 오만불손한 거지요? 겉으로는 인민당 간부라면서 실상은 박헌영 지시를 받고 있는 거 아닌가요? 인민당을 공산당 제2분대로 만들려 들고 있어요. 박헌영 씨도 너무심한 거 같아요. 건준 깨고 인공 만들어서 인공도 자기 뜻대로 쥐고 흔들려다 결국 깨버렸지요. 선생님만 낯 깎이잖아요. 속상해 죽겠어요."

"어허, 명자야…."

잠시 너털웃음을 웃던 여운형은 곧 웃음기를 지웠다.

"누구한테 아는 내색은 일절 말게. 박 군도 지금 입장이 어려워. 소련군정 쪽 주문도 있고 하니. 뭐, 여기까지만 하세."

그는 잠시 고개를 숙이고 있다가 침통한 한마디를 떨구었다.

"가끔 단야 생각을 하네. 단야가 있었더라면."

명자는 눈물이 날 것 같아 선생을 외면하고 방을 나왔다.

계동 집을 나와 서대문경교장으로 가는 길에 미군정청 앞을 지나다 명자는 군정청 정문 앞에서 흰 가루를 흠빽 뒤집어쓴 신사를 보았다. 군정청 입구에는 미군 병사 둘이 서서 하나가 신분증 검사와 몸수색을 하고 나면 다른 병사는 DDT를 뿌리는데 이 신사는 DDT 가루를 좀 심하게 맞은 것이다. 까만 양복 정장의 신사는 머리와 어깨에서 가루를 털어내고 있었다.

경교장은 곤봉을 허리에 찬 청년난원들이 딤징을 에워싸고 경계가 삼엄했다. 늘 지나다니던 죽첨장竹添莊인데 주인이 바뀐 다음에야 대문 안으로 발 들여놓게 되었다. 죽첨장은 원래 금광 부자 최창학의 집이었는데 해방되고 백범 김구 일행이 귀국하자 최창학이 백범의 사저이자 임정의 청사로 헌납했다. 상해 시절 김구가 독립군자금 달라고 사람을 보냈는데 돈은 안 주고 경찰에 신고했던 악연도 있고 태평양전쟁 때 비행기 헌납하고 거액의 국방헌금을 내놓으면서 친일한 전과도 있어 최창학으로서는 자기가 점찍은 가장 유력한 대권 후보에게 사저를 바치면서 목숨을 건 베팅을 한 것이다. 백범의 한독당에도 막대한 정치자금을 내놓았다. '경교장京橋莊'이라 간판을 고쳐 단 이 저택은 몽양의 한옥에 비하면 규모나 화려함이 궁궐이었다.

커다란 장방형의 연회장에는 얼핏 보아도 백 명쯤은 되는 사람들이 모여 있었다. 젊은 축들은 자리가 모자라 서 있는데 명자가 들어가자 얼굴을 아는 남자 하나가 자리를 양보했다. 참석자들은 하나같이 탁자를 주먹으로 내리치며 비분강개하는데 회의라기보다는 궐기대회였다.

"장구한 역사와 고유한 문화를 가진 우리 민족이 식민지 36년으로도 모자라 신탁통치 5년이라니. 이건 참을 수 없는 모욕입니다."

"신탁통치는 우리 민족을 노예화하겠다는 협박에 다름 아닙니다. 5년이 아니라 단 5일이라도 허용할 수 없습니다."

김구 주석이 발령한 행동강령의 위력은 실로 대단해서 이날 미군정청 직원 천 명이 출근을 거부하고 반탁대회를 벌였고 하지 중장의 요리사가 에이프런을 벗어던지고 반탁대회에 나왔다는 소문도 있었다. 그래서인지 임정 인사들의 목청이 유독 컸다.

"이참에 임정이 군정청을 접수해버립시다. 이제 군정청의 우리 조선인 직원들은 하지 중장이 아니라 김구 주석의 지시를 받들도록 해야 합니다."

입심 하나는 남부럽지 않은 정치단체 대표들이 한자리에 모였는데 근래 탑골공원이나 부민관에서 마이크 한번 안 잡아본 사람 없을 테니 선동의 달인이자 대가들의 경연장이었다. 하지만 역시 왕중왕은 김구였다.

"이 사람은 해외에서 수십 년 민족독립을 위해 싸우다가 조국 강토를 밟았거늘 불행히도 오늘 3천만 동포와 같이 독립운동을 새 출발하지 않으면 아니 되게 되었습니다. 왜놈의 학정 36년으로도 모자라 우리 민족을 국제정치 놀음의 제물로 삼겠다는 것입니까. 우리가 또다시 민족의 죄인이 될 것입니까? 오늘부터는 양복도 구두도 다 벗어버리고 우리 모두 짚신 신고 다닙시다."

줄잡아 2천 평은 된다는 경교장 터를 들었다 놓을 듯 쩌렁쩌렁한 사자후가 울음기를 머금은 채 마감하자 모두들 입을 조용히 닫았고 장내는 젖은 담요처럼 숙연한 침묵에 덮였다. 개중에는 주먹으로 눈물을 훔치는 남자들도 있었다. 명자 역시 울컥하는 기분과 함께 눈두덩이 뜨거워졌다. 1분이 한 시간처럼 느껴진 그 견고한 정적을 깬 목소리의 주인공은 한민당 대표로 온 송진우였다. "큼 큼" 하고 목을 가다듬은 그는 차분한 어조로 말을 꺼냈다.

"여러분 모두 애국심에서 말씀하는 건 다 잘 알겠습니다. 내가 알고 있기로 모스크바 의정서의 내용이 미소공동위원회를 설치한 뒤에 한국의 정당, 사회단체들과 협의해서 남북을 통일한 임시정 부를 세우고 5년 이내의 신탁통치를 하는 것으로 되어 있습니다. 길어야 5년이면 통일된 우리 정부를 세울 수 있다는데 그것도 차 선책은 되지 않나 여겨집니다. 지금 한반도가 분할통치하에 있고 강대국 간의 전후 문제가 해결되지 않은 상황에서 우리 민족의 당 면 현안들을 독자적으로 잘 풀어나갈 뾰족한 방책이 있는 것도 아 니지 않습니까. 저도 신탁통치 반대입니다. 하지만 덮어놓고 반대 하는 게 능사는 아니라 봅니다. 미군정하고 극단적으로 충돌하는 것도 좋은 방법은 아니라 봅니다. 어디까지나 침착하게 사태를 파 악하고…. 그리고 경거망동은 하지 말자는 말씀이지요."

송진우의 발언이 한 문장에서 다음 문장으로 넘어갈 때마다 장 내 공기는 고농축의 폭발성 긴장으로 팽팽히 부풀어 올랐다. 그 공기의 압력으로 명자는 숨 쉬기 버거울 지경이었다.

"경거망동이라니!"

임시정부 외무부장 조소앙이었다. 송진우 발언을 논리적으로 따지거나 반박하기엔 좌중이 너무 격앙돼 있던 데다 그가 발언을 마무리 짓는 와중에 '경거망동'이라는 표현을 쓴 것이 사람들의 신경줄을 긁어버렸다. 이후 회의장은 아수라장이 됐고 비분강개의 성토는 한층 강도를 높여 계속됐지만 명자는 그 과격한 표현과 현란한 수사들 속에서 왠지 회의 초반의 긴장과 감동은 빠져나가 버린 느낌이었다.

반탁의 물결이 뒤덮고 있는 조선 땅에서, 아니 이 서울 시내에서, 오늘, 신탁통치 문제에 대해 냉정하게 다시 생각해보자고 말하는 사람은 단 두 명이었다. 여운형과 송진우.

다음 날 아침 느지막이 아침식사를 하고 집을 나선 명자는 방금 뿌려진 듯한 신문 호외를 집어 들면서 현기증을 느꼈다.

"송진우 암살. 오늘 새벽 원서동 자택서."

명자는 호외를 집어 들고 계동으로 뛰어갔다. 여운형은 이미 신문을 앞에 놓고 앉아 사람들과 이야기를 나누고 있었다. 그는 침통한 표정이었다. 극단으로 치닫는 시국에 대한 근심 때문이겠지만 아마 송진우의 심장을 관통한 총탄이 조만간 자신을 향하리라는 생각을 떨칠 수 없을 것이다. 게다가 그는 이미 두 번이나 테러를 당한 경험이 있었다.

"고하(古下, 송진우의 호)는 점잖은 사람인데. 아까운 인물 하나 잃었구먼."

그는 길게 탄식했다.

"누구 짓일까요?"

"짚이는 데야 있긴 하지만."

"어제 경교장에서는 임정 쪽 인사들 기세가 대단했어요. 거의 미군정청을 접수하러 가는 분위기였는데 송진우 씨가 찬물을 확

끼얹은 거죠. 임정 쪽이 확실하다고 봐요. 반탁 바람 타고 요새 경교장 쪽에 청년들이 모여드는데 분위기가 살벌하거든요."

"내가 당한 테러도 수사가 흐지부지됐지만 고하의 경우도 쉽지 않을 걸세. 암살범이 잡혀도 배후는 밝혀지지 않을 것이야."

"그런데 임정하고 한민당하고 한통속이다 싶었는데 왜 송진우 선생만 탁치 문제에 다른 목소리를 내는 거지요? 어제 경교장에서 나오면서 사람들 수군거리는데 고하가 미군정에 놀아나고 있다는 거예요."

명자의 말에 여운형이 고개를 끄덕였다.

"미군정에서 고하에게 여론을 좀 수습해달라고 부탁했을 수도 있네. 그렇지 않더라도 고하 자신이 상황 돌아가는 내막을 아니까 중심을 잡으려 했을 테지. 고하가 경교장에서 했다는 말, 맞는 얘기야. 3상회의 발표문에서 다들 신탁통치 문구만 가지고 흥분하지만 남과 북을 합해 임시정부 만들자는 게 핵심이야. 신탁통치 기간이 5년 이내라 돼 있고 더 짧아질 수도 있다고 했어. 만일 이것을 소박한 민족 감정으로 배격하면 한반도가 남북으로 갈라지고 30년 가도 통일되기 어려울 수도 있네. 또 남북 내전이 일어나지 않는다고 누가 장담하겠나."

"전쟁이라니요. 설마하니…."

해방됐다고 태극기 들고 거리로 뛰어나와 만세 부르던 사람들이 기대와 불안이 엇갈린 채 병술년 새해를 맞았다. 물가가 다락같이 뛰고, 돈 싸 들고도 쌀 구하기 힘들다고 아우성이고, 주인 없는 공장들이 문을 닫고, 실업자가 흘러넘쳤다. 그럼에도 38이북에서 내려온 실향민과 해외에서 들어오는 귀환 동포들로 서울 인구는 매일매일 불어났고 사대문 안에서 무슨 정치집회가 있다 하면 사람들로 미어터졌다.

한강이 꽁꽁 얼어 있는 엄동설한에 서울은 스트레스라는 휘발유를 꽉 채우고 목화솜 심지로 주둥이를 틀어막아 놓은 투명한 유리병 같았다. 이 화염병 심지에 불을 붙인 사람은 공교롭게도 박헌영이었다.

1월 2일, 조선공산당은 모스크바 3상회의 결정을 지지한다고 발표했다. 조선인민당도 뒤따라 지지성명을 냈다. 1월 3일 서울운동장에서 열린 공산당의 '민족통일 자주독립촉성 시민대회'는 반탁대회로 기획했다가 졸지에 찬탁대회가 됐다. 박헌영이 평양을 다녀왔다는 둥, 당초 오보로 빚어진 오판이었다는 둥, 당론이 뒤바뀐 데 뒷소문이 무성했지만 이유가 무엇이든 그 유턴이 너무나 과격하고 극적이어서 미증유의 대형사고가 되어버렸다.

이날 조선공산당대회가 열린 서울운동장은 커다란 콩나물시루 같았다 하고 전국의 노동조합, 농민조합, 청년동맹 들이 각기 플래카드와 깃발을 들고 나와 장관을 이뤘다 했다. 대회가 끝나고 군중들이 시가행진을 위해 서울운동장을 빠져나올 때 어디선가 돌멩이가 빗발처럼 쏟아져 수십 명이 다쳤다 했다. 조선인민보 사무실엔 수류탄이 날아들었다.

이것은 전쟁의 시작이었다. 정치적 갈증으로 바싹 달아올라 있는 해방 군중의 머리 위로 화염병이 던져진 것이다.

우익은 반탁, 좌익은 찬탁으로 쫙 갈라졌고 서울 거리는 전쟁판이 되었다. 반탁데모에는 "박헌영 타도"라는 새 구호가 등장했다. 모스크바 3상회의는 을사보호조약이 됐고 박헌영은 이완용이 되었다. 우익단체들이 박헌영의 목에 30만 엔의 현상금을 걸었다. 공산당 본부가 있는 소공동 정판사 건물은 경비가 삼엄해졌다.

어느 날 저녁 안국동 네거리 부녀총동맹 사무실로 조선인민당 남자 하나가 헐레벌떡 뛰어들어왔다.

"지금 반탁데모대가 이리로 몰려오고 있어요. 우리 인민당 사무실도 때리고 부수고 난장판이 됐어요. 학생들이 닥치는 대로 몽둥이를 휘둘러대요. 어서 피하세요."

그러잖아도 오늘 오후 정동교회에서 반탁전국학생총연맹 대회가 열린다기에 대회 끝나면 가두시위가 있으려니 했지만 이런 기습 공격이 있을 줄은 몰랐다. 사무실에는 정칠성과 명자와 젊은 직원 둘이 있었다. 명자가 어쩔 바를 몰라 우왕좌왕하다 정칠성을 돌아보니 그녀는 책상 앞에 앉은 채 담담하게 말했다.

"명자, 애들 데리고 피해. 나야 뭐 다 늙은 여자를 애들이 어쩌겠어?"

인사동 쪽에서 우우 하고 함성 소리가 들렸다. 하지만 정칠성의 얼굴을 보고 나니 명자도 담담해졌다. 그녀도 산전수전 겪은 연식으로 치면 이미 노인이었다.

"형님이나 나나 같이 늙어가는데 뭘."

명자는 도로 자리에 앉았다. 머릿속에선 연쇄 폭탄이 터지고 있는데 태연한 척 책상 위의 문서를 만지작거렸다. "매국노를 처단하자", "찬탁분자 박멸하자" 구호 소리가 점점 가까워지더니 마침내 출입문이 벌컥 열리고 데모대가 들이닥쳤다. 머리띠를 두른 학생 서넛이 몽둥이를 치켜든 채 "박멸" 어쩌고 하면서 기세 좋게 들어왔지만 좁은 사무실에 네 여자가 조용히 앉아서 사무를 보고 있으니 '번지수가 틀렸나' 하는 표정이었다. 더구나 곱게 늙은 왕년의 한남권번 일류 기생 정칠성이 미동도 없이 바라보고 있으니 '이게 뭐야' 싶은 모양이었다. 사무실이 워낙 비좁아 학생들 대여섯이 들어오고 나니 비집고 설 데도 없어 후미는 바깥에서 소리만 질러댔다. 학생들은 탁자 하나를 뽀개고 유리창 두 장을 깨부수고는 "이제 경교장으로 가자"는 선두 학생의 말을 신호로 철수했다.

다음 날 신문을 보니 반탁학련 데모대는 경교장에 가서 반탁국민총동원위원회 위원장인 김구에게 대회의 성과를 보고했다는데, 경교장 가는 길에 신문로에서 좌익의 학병동맹 데모대와 충돌해 학생들이 40명 넘게 다치고 경찰이 학병동맹 쪽 학생들을 체포하려다 총격전이 벌어져 학생 셋이 죽었다 했다.

부녀총동맹의 동료 하나가 "어머니가 차라리 왜정 때가 편했다 그러시더라"고 해서 명자가 "그렇게 말씀하면 안 되지. 지금 이것도 다 그 악독한 식민지 후유증인 거야" 하고 성을 냈다.

어느 날 계동 집에 들어서다가 마당에서 박헌영을 만났다. 그의 오른쪽은 이승엽이고 왼쪽의 훤칠한 남자는 이강국이었다. 박헌영 뒤로 청년 두 명이 바짝 뒤따르고 있는데 하나는 어깨가 떡 벌어진 것이 경호원인 것 같고 하나는 운전기사 겸 수행비서인 이동수였다. 그는 정칠성 아들이었다.

박헌영은 명자를 보더니 딱딱한 표정을 풀고 미소를 지었다. 그는 잠깐 명자 앞에 멈춰 서서 "명자 씨, 앞으로 자주 볼 일이 생길 것 같소"라며 그녀의 손목을 가볍게 한 번 잡고는 떠났다. 박헌영은 곧 출범할 '민주주의민족전선' 이야기를 한 듯하다. 차갑게 굳은 얼굴에 겨울 햇살처럼 잠시 나타났다 사라진 그 미소에서 명자는 문득 10여 년 전 모스크바 시절의 그를 발견했다. 명자의 등 뒤에서 자동차 시동음이 들렸다. 집 앞에 세워져 있던 검정색 벤츠가 박헌영의 승용차였던 모양이다.

해방 후 오다 가다 몇 차례 그를 만났다. 처음 만난 것도 건국준비위원회 시절 계동에서였는데 그때 그는 까무잡잡한 얼굴이나 허름한 옷매무새에 아직 공사장 인부의 때깔이 배어 있었지만 표정이나 말투는 생동감이 넘쳤다. 그는 1939년 감옥을 나온 뒤 신분을 감추고 광주에서 벽돌공장 인부로 일하면서 지하조직사업을 했다고 한다. 둘의 대화는 첫 마디가 "단야 소식 들었소?"였다. "아뇨. 혹시 무슨 소식이라도?" "없소" "세죽 언니 소식은 들으셨어요?" "아니오, 무슨 얘기 들은 거 있소?" "아뇨" 하고 세죽과 단야에 대한 정보를 교환하고 나서야 "잘 지냈소?" "거의 20년 만이군요" "얼굴이 좋아 보이네요" 따위의 뒤늦은 안부인사를 주고받았다. 그 후 몇 차례 만났을 때는 가벼운 목례 외에 한 번도 말을 섞지 않았다. 박헌영의 표정도 점점 무거워져갔다. 검정색 양복 정장 차림의 박헌영은 공산 진영 최고 영수답게 늘 청년당원들에 에워싸여 다녔다. 처음엔 트럭 앞자리에 타고 오기도 했는데 지금은 벤츠로 바뀌었다.

예전에는 헌영이 유학을 가건 기자를 하건 감옥을 가건 누군가

는 그의 뒤통수에 대고 천첩 소생, 작부 아들, 서얼이라고 손가락
질했다. 하지만 이제 그런 잡소리는 들리지 않는다. 창씨개명이니
태평양전쟁이니 광복이니 혼을 쏙 빼놓는 격랑을 통과하면서 사
람들은 양반상놈 적자서얼 하던 옛날을 더 빨리 까먹었다. 그리고
헌영 자신도 더 이상 누구의 아들이 아니었다. 그는 예민한 10대엔
멸시와 싸우면서 학업에 매진했고 20대가 되어서는 자신이 입은
사회적 외피가 남루한 만큼 더욱 고매한 어떤 세계를 자신의 정신
속에 축조하고자 했을 것이다. 계급 트라우마와 신분 콤플렉스는
지렛대가 되어 그의 자존심과 완벽주의를 밀어 올렸다. 그렇게 일
생의 태반을 보내고서야 그는 마침내 그냥 '박헌영'이 되었다.

박헌영이 해방과 함께 지상에 나왔을 때 20년 가까이 떠나 있던
서울 바닥에서 손위 세대로 흔쾌히 찾아볼 만한 사람은 여운형,
허헌 정도였다. 두 사람은 해방공간의 서울에서 박헌영의 정치적
파트너가 되었다. 그 무렵 여운형과 박헌영은 사분오열된 좌익 진
영의 대동단결을 내걸고 민주주의민족전선을 출범시켰다.

박헌영은 민주주의민족전선을 구성하는 문제로 계동에 온 모양
이었다. '민전'에서 명자는 서울시지부 선전부장을 맡기로 돼 있
다. 민전 간부진을 구성하면서 명자의 친일경력이 문제가 됐다 한
다. 그 문제를 들고 나온 게 다른 누구도 아닌 정백이라는 사실에
명자는 어이가 없었다. 그의 친일경력은 명자보다 더하면 더했지
못하지 않았다. 그 자리를 여운형이 수습했다 한다. "친일에도 급
수가 있네. 주의자가 치안유지법 전과를 가지고 왜정 치하에서 살
아남는 건 생각처럼 쉽지 않지. 모스크바공산대학 나온 여자한테

압력이 만만찮았을 게야. 고명자 선생 정도면 그래도 버틸 만큼 버텨준 셈이네.”

그 얘길 전해 들었을 때 명자는 전향자 딱지 때문에 받은 수모와 설움이 한 방에 날아가버리는 기분이었다. 그녀는 할 수 있다면 여운형 선생에게 수양딸이든 비서든 모두 되어주겠다고 마음먹었다. 여운형은 명자를 곁에 두고 이야기하기를 즐겼다. 젊은이들은 몽양을 어려워했지만 명자는 스스럼없었다. 명자는 그를 돌아가신 아버지같이 대했고 몽양도 낯선 사람에게 명자를 소개할 때 “내 수양딸일세” 했다.

모스크바 3상회의로부터 보름도 지나지 않아 정치권에서 안재홍이나 김규식, 김병로 등 꽤 여러 사람이 3상회의 결정대로 미소공동위원회를 만들어 통일임시정부를 구성하는 것이 나쁜 아이디어는 아니라고 생각하게 됐지만 이미 활은 시위를 떠난 다음이었다. 반탁운동은 해방공간의 모든 현안을 집어삼키는 블랙홀이 돼버렸다.

식민지를 겪은 이들이 신탁통치라는 단어에 알레르기를 일으켰으니 반탁 구호는 과거 친일파의 죄도 사하여줄 만큼 주술적인 힘을 발휘했다. 반탁은 새로운 애국 인증이었다. 반탁정국에서 가장 데미지를 입은 쪽은 박헌영과 공산당이었다. 모스크바 3상회담의 실제 내용과 찬탁의 이유를 설명하는 팸플릿을 열심히 뿌렸지만 주워 읽는 사람도 드물었다.

평양

합숙생활을 하던 연안파 인사들에게 개인 주택이 배당됐고 정숙의 집은 해방산 기슭의 아담한 적산가옥이었다. 판자 울타리에 작은 정원이 있고 현관문을 들어서면 마루방 옆으로 커다란 온돌방과 다다미방이 있었다. 새집으로 이사한 뒤 정숙은 서울에 편지를 보내 두 아들을 평양으로 불러들였다.

다시 봄이 오면서 정숙의 몸도 회복되었다. 계림에서 연안까지 겨울 행군 끝에 늑막염이 도져 고생했는데 이번에도 귀국 행군을 마치고 평양에 도착한 다음 감기 몸살이 오는가 싶더니 몸이 불덩이가 되고 호흡곤란이 오면서 결국 병원에 입원해 늑막염 수술을 받아야 했다.

두 아들이 저녁에 도착하리라는 전화를 받았을 때 정숙은 신의주에 있는 북조선공산당 평안북도 도당 청사에서 토지개혁 실태 보고서를 정리하고 있었다. 평양의 당 조직위에서 걸려온 전화는 경한 영한이 평양에 도착해 짐을 풀고는 신의주로 떠났다고 알려주었다. 정숙이 중국으로 떠날 때 경한은 열세 살, 영한은 일곱 살이었다. 어른이 된 아들들을 만나는 건 설레는 일이었지만 까닭 모를 불안도 있었다. 10년 세월은 그녀보다 아이들에게 훨씬 긴 시간이었을 것이다.

38이북에 소비에트체제를 건설하는 공사는 일사분란하게 진행되고 있었다. 지난해 12월 미·영·소 외무장관 회담에서 모스크바 협정을 채택했을 때 군정의 민간행정 담당관 이그나체프 대령이 군정청사로 주요 인사들을 불러놓고 협정 내용을 전달했다. 대령은 외무장관 회담에서 2차대전의 전후 처리에 관한 포괄적인 합의가 있었다고 전하고 패전국들의 배상책임 문제는 간단히 설명한 다음 조선 문제와 관련해 미국과 소련의 군사점령을 종결짓는 방안에 대해 상세히 전달했다. 대령은 '코리아에 관한 결의' 4개항을 읽어주었다.

1, 민주주의 원칙에 의해 임시정부를 수립한다.

2, 임시정부 수립을 돕기 위해 미소공동위원회를 설치한다.

3, 미국 소련 영국 중국은 임시정부 수립을 돕기 위해 최대 5년간 신탁통치를 실시한다.

4, 2주일 이내에 미·소 사령부의 대표회의를 개최한다.

정숙은 합리적인 결정이라 생각했다. 하지만 이 결정은 약간의 논란을 불러일으켰는데 5도행정국 조만식 위원장을 필두로 해서 민족주의 진영이 신탁통치 자체에 반발한 것이다. 한 달간의 소란은 5도행정국을 해체하고 북조선임시인민위원회를 수립하는 것으로 끝났다. 소련군정이 민족 진영과의 엉거주춤한 연대를 포기하고 깔끔하게 소비에트체제를 띄우기로 한 것이다. 목소리 큰 거물들은 모두 서울에 모여 있으니 평양은 소련군정이 다루기 수월한 동네였다.

1946년 2월 김일성을 위원장으로 하는 임시인민위원회가 출범하자 그야말로 순풍에 돛 단 듯 새로운 법령들이 채택됐다. 토지개혁법, 8시간 노동법, 중공업 국유화법, 남녀평등법, 선거법 등. 그 첫 번째 조치가 토지개혁법이었다. 토지개혁에 따라 농지의 50

퍼센트 이상이 농민들에게 새로 분배돼야 했고 정숙은 법령집행 검열소조의 일원으로 평안북도에 파견됐다. 선천군의 읍면 단위에서 법의 집행 실태를 점검하는 것이 그녀의 임무였다.

보고서에서 그녀는 수동리 마을의 예를 상세히 적었다. 이 마을에는 토지개혁법이 소문으로 먼저 도착했다. 지주의 땅을 빼앗아 소작농과 빈농에게 분배한다는 소문이었다. 모내기 철이 시작되기 전에 논밭이 분배될 것이라지만 집집마다 쌀독이 비어버린 지 오래라 마을 사람들은 작당을 해서 지주네 곳간을 털러 갔다. 대대로 지주의 땅을 관리해온 마름의 아들이 수동리 인민위원장이었고 그가 주동이 되었다. 동네 청년, 노인 할 것 없이 쇠스랑과 곡괭이 따위를 들고 지주네 창고에서 쌀가마를 끌어내 나눠 갖는 동안 동네 사람들 사이에 누가 많이 가졌느니 적게 가졌느니 실랑이가 벌어졌고 그 와중에 동네에서 가장 넓은 땅을 갖고 있는 만석지기 지주의 큰아들이 살해당하는 사건이 발생했다. 그 아버지가 인민위원회 간판이 붙어 있는 교회를 찾아와 항의하자 위원장이라는 작자는 거꾸로 그를 상대로 인민재판이라는 것을 열었고 지주가 심판대에 세워지자 마을 사람들의 묵은 원한이 폭발했다. 정숙이 수동리 마을에 들어갔을 때 마침 인민재판이 열리고 있었고 아들을 잃은 지주가 몰매 맞는 중이었다.

정숙은 인민재판을 즉각 중지시켰다. 40대 후반쯤으로 보이는 만석지기 지주는 입술이 찢어지고 머리가 산발이 됐는데 세상의 뜻을 놓아버린 표정이었다. 아수라장을 정리하는 데는 "평양의 당 중앙에서 내려오셨다"는 평북 도당 간부의 한마디로 충분했다. 정숙은 인민위원장이라는 청년을 비롯해 농민위원장이니 청년위원장이니 완장 찬 남자들을 인민위원회 사무실로 불러 모았다. 인민위원장은 만주에서 빨치산을 했다 하는데 진짜 항일투쟁을 했는지 거들충이 노릇을 했는지 알 길이 없었다. 죽은 지주 아들은 하얼빈에서 대학을 나온 인텔리였는데 아버지와 똑같은 악덕지주라는 말도 있고 몰래 독립운동자금을 댔다는 소문도 있었다. 정숙은 위원장을 경찰에 넘기고 도당 간부에게 수동리 토지개혁을 특별관리하도록 일렀다.

그녀가 본 것은 하나의 작은 전쟁이었다. 그녀는 이불 보따리와 식솔들을 달구지에 싣고 가는 행렬을 심심찮게 만났다. 토지개혁이 시작되자 고향을 버리고 38이남으로 떠나가는 사람들이 눈에 띄게 늘었는데 대개 지주나 부농이었다. 정숙은 보고서를 이런 말로 맺었다.

"인민의 절반인 소작농과 빈농들은 토지개혁이 끝나면 자기 땅을 갖게 될 것이고 공산당과 인민위원회에 감사할 것이다. 소비에트체제 건설의 토대가 되는 토지개혁의 성공적인 완수를 위해서는 토지개혁법의 취지에 대한 홍보를 강화할 필요가 있다. 또한 인민위원회의 권한에 대한 규정을 좀 더 세밀하게 다듬어 지역에서 불필요한 갈등과 혼란을 방지해야 한다."

정숙은 밤 10시, 열차 도착 시간에 맞춰 신의주역으로 나갔다. 대합실의 흐릿한 전등 불빛 아래서 그녀는 개찰구를 빠져나오는 인파 가운데 아들의 얼굴을 더듬어 보았지만 한눈에 찾아내지 못했다. 사람들이 거의 다 빠져나간 다음 그녀는 횅한 대합실에서 쭈뼛거리며 서 있는 두 청년을 발견했다. 그녀가 기억하는, 상상했던 얼굴과는 전혀 다른 청년들이 서 있었다. 중국으로 떠날 때 영한이 키가 경한의 허리쯤 왔는데 이제는 엇비슷했다. 영한이는 통통하고 동그스름한 얼굴이라고 생각했는데 키가 삐쭉 크면서 가늘고 긴 얼굴이 돼버렸다.

"경한이, 영한이구나. 맞지?"

아이들은 멀찍이서 잠자코 엄마를 바라보고 있었다. 정숙이 부르자 그제야 "어머니" 하고 달려왔다.

그녀는 신의주에서 두 아들과 이틀을 더 머물면서 사업을 마무리한 뒤 평양으로 돌아왔다. 정숙이 당 중앙에 수동리 일을 이야기했을 때 조직부장이라는 자가 충고랍시고 내놓는 말에 그녀는 충격을 받았다.

"악질 지주를 피압박민 자신들 손으로 처단하는 것을 당에서도 말릴 수만은 없는 입장인 거 잘 아시잖습니까. 수동리 인민위원장이라는 놈은 충분히 혼을 내서 돌려보냈다 하니 앞으로 그런 일은 없을 겁니다. 그런데 앞으로 검열소조활동을 하시는 데 있어서 지방위원회 조직에는 간여하지 않는 것이 좋겠습니다."

"아니, 그자가 다시 인민위원장으로 복귀했단 말예요?"

"그냥 그렇게만 알아두세요. 도당에서도 다른 대안이 없다고…."

정숙은 김일성 위원장에게 보고하겠다고 소리치고 자리에서 일어섰다. 부장이 따라 나오면서 그녀를 붙들고 한 이야기로는 평북도당에 김일성 위원장과 빨치산활동을 함께한 동북항일연군 출신이 있는데 수동리 인민위원장은 그의 연줄이라 했다. 집으로 돌아오면서 정숙은 여우 굴에 들어온 기분이었다. 수동리 위원장과 도당 간부라는 자와 당 조직부장까지 다들 한통속인가.

연안 시절 동지들과 만난 자리에서 정숙은 이번 출장 이야기를 했다.

"역시 소련 모델을 기계적으로 적용한 게 무리였다고 봐요. 신의주에서 돌아오면서 모택동 선생 신민수수의를 다시 생각하게 되더군요. 사실 우리 사회는 소련보다는 중국하고 더 비슷하잖아요. 아래로부터 혁명을 하자면 악질 반동계급만 빼고 연대가 필요한데 지금 북조선은 혁명 과정은 생략하고 결과만 이식하려고 덤비니까 문제가 생기는 것 같아요. 토지개혁령이 벌써 가동 중이지만 문제점들을 보완해나가는 방안도 있지 않을까요?"

김두봉도 최창익도 묵묵부답이었다. 그럴 만도 했다. 모택동의 신민주주의가 토지개혁법을 만드는 과정에서 연안파의 공식 입장이었고 연안파가 이번에 결성한 당의 명칭도 '신민당' 아니던가. 하지만 김일성의 인민위원회와 소련군정은 소련인 고문 두 명을 데리고 토지개혁법을 주무르면서 신민당 의견을 묵살했다. 그녀가 문제점 보완 어쩌고 해도 의욕들이 생기지 않는 게 당연했다. 창익이 한마디 했다.

"그렇게 신민당에 들어오라고 하지 않았소. 우리끼리도 이렇게 결속이 되지 않아서야 무슨 전투력이 생기겠소. 토지개혁의 실패가 우리로서는 반전의 기회가 될 수도 있소."

연안파가 신민당을 결성하는 데 정숙이 가담하지 않은 것을 힐난하고 있었다.

"아니, 최창익 동지. 지금 토지개혁이 실패해야 한단 말이에요? 어떻게 마르크시스트로서 그런 말을 할 수 있죠?"

"그게 아니라 조선의 현실에 맞는 토지개혁을 실시해야 한다는 거요."

창익이 당황하며 대꾸했다.

그러니까 연안파는 호시탐탐 김일성을 끌어내릴 기회를 엿보고 있는 것이다. 토지개혁이 계획대로 돼간다면, 빈농, 노동자계급을 주력으로 하는 공산당이 약진할 것이고, 부농과 지식인 그룹까지 포괄하는 신민당은 약화될 것이며, 우파 민족주의 세력과 기독교 인들이 주도하고 지주 자본가들이 뒷돈을 대는 조선민주당은 기반을 완전히 잃게 될 것이다. 그것이 북조선공산당과 소련군정이 노리는 바였다. 토지개혁의 복마전에서 당파들이 각기 잇속을 따지며 주판알을 퉁기고 있었다. 이제 이곳에 혁명가는 사라지고 정치가들만 득실거리는 것이다.

평양은 표면상으론 조용했지만 포성 없는 전쟁터였다. 김일성은 북조선공산당 책임비서 겸 임시인민위원회 위원장으로 1인자의 지위를 굳혀가고 있었고 그럴수록 연안파 사람들은 히스테리컬해졌다. 중국에 혁명정부가 들어서면 그들의 입지가 유리해질 게 분명했다. "중국대혁명도 끝이 보인다. 홍군이 남진하는 속도가 기차보다 빠르다"거나 "모스크바보다야 북경이 훨씬 가깝지" 하고 말들은 했지만 평양의 정황은 시시각각 변해가는데 중국혁명의 진도는 더디니 속이 바짝바짝 타들어가고 있었다. 장개석은 연안 시절 이래 지긋지긋한 숙적이었다.

"대머리 영감이 이제 항복할 때도 됐구만. 어차피 전세는 기울었는데 총알 바닥날 때까지 버티자는 건가."

연안파가 38이남으로 사람을 보내 연안파 서울지부를 만들고 세력 확장을 도모하는 것도 한편으론 평양의 김일성을 다른 한편으론 서울의 박헌영을 견제하면서 선두 탈환을 노리자는 것이었다. 서울서 연안파에 호응하는 사람은 성백이나 이영저림 왕년에 최창익과 서울청년회를 같이했던 이들이었다. 박헌영을 견제하고 싶기는 그들도 마찬가지였던 것이다. 정숙은 화요회가 어느 옛적 일인가 싶은데 이들은 아직도 화요회, 서울파를 찾고 있었다. 연안파 사람들은 정숙이 저들과 따로 논다고 못마땅해했지만 정숙은 그럴수록 파당을 짓기가 꺼려졌다. 경성에서나 남경에서나 무한에서나 파벌싸움에 관한 한 질릴 만큼 질려 있었다.

소련 이민 출신의 소련파들은 김일성의 만주빨치산파와 한통속인 것 같아도 저들끼리 술자리에서는 김일성을 '까삐딴 김(김 대위)'이라 부르며 빨치산파가 무식하다고 험담한다 했다. 젊고 혈기방장한 김일성이 치명적인 실수를 저질러 소련의 기대를 저버리게 되기만을 소련파나 연안파나 모두 한마음으로 학수고대하고 있었다. 주인 없는 권력이 눈앞에 어른거렸고 손만 뻗으면 움켜쥘 수 있을 것 같아 보였다.

정숙은 아직 평양이 낯설었다. 평양의 거리도 낯설었고 평양의 정치도 낯설었다. 정숙은 선전부 일이 끝나면 저녁에 되도록 일찍 집에 들어와 아이들과 시간을 보냈다. 평양이 그녀에게 아직도 낯선데 두 아들에게는 말할 나위 없을 것이다. 어쩌면 아이들에겐 낯선 도시보다 더 적응하기 어려운 게 낯선 엄마인지도 모른다. 큰아들 경한은 신의주역에서 바로 "어머니"라 불렀지만 엄마에 대한 기억이 흐릿한 막내 영한은 아직도 어머니라 부르기 멋쩍은 눈치다. 그녀는 아들들에게 중국어를 가르쳤고 같이 영화 구경도 했다. 김일성 위원장이 두 아들을 모스크바로 유학 보내자 했고 정숙은 유학 준비 겸 아들들에게 러시아어 교사를 붙여주었다. 임원근이나 송봉우는 이미 10여 년 전 그녀 곁을 떠나버렸지만 두 아들과 지내다 문득문득 그들을 떠올리게 되었다. 경한은 제 아비를, 영한은 또 제 아비를 빼닮았으니 어쩔 것인가.

박헌영이 평양을 비밀리에 두세 번 다녀갔다는 소문은 듣고 있었는데 정숙이 마침내 그를 만난 건 7월 들어서였다. 이번은 공개적인 방문이어서 김일성, 김책, 허가이, 김두봉, 최창익 등 북조선 지도부가 총출동해 평양 교외까지 영접 나갔다고 했다. 서울과 별개로 평양에 최근 북조선공산당이 뜨긴 했지만 남북공산당의 지도자는 여전히 박헌영이었다. 박헌영은 전조선프롤레타리아의 확고부동한 지도자이고 김일성은 북조선의 책임자였다. 그래도 지난해 10월 평양에서 박헌영의 반대로 독자적인 공산당을 결성하지 못하고 북조선분국을 띄우면서 김일성이 "이런 모임을 허락해주신 박헌영 동지께 감사드리며 모든 문제에 대해 그의 지시를 따르겠다" 했을 때에 비하면 그새 김일성의 위상이 제법 높아진 셈이다.

헌영은 양복 윗도리는 벗어 들고 와이셔츠 바람으로 활짝 웃으며 정숙의 사무실에 들어섰다. 이마가 벗어지고 뺨에 살이 오른

중년의 얼굴이었지만 가파른 눈매와 입매가 변함없는 박헌영을 인증하고 있었다. 헌영의 얼굴에 20년쯤 전 관철동 집에서의 마지막 모습이 겹쳐졌다. 배가 남산만 한 세죽과 함께 온 그는 떠날 때까지 정숙에게 눈길도 주지 않았다. 하지만 지금 개운한 웃음은 그 기억들의 시효 만료를 선언하고 있었다. 그녀도 활짝 웃으며 손을 내밀었다.

가벼운 안부인사를 끝내자 그가 와이셔츠 주머니에서 편지를 꺼냈다. 아버지 허헌의 편지였다. 아버지는 낙향했다가 해방 후 서울로 돌아와 여운형 박헌영 등과 손잡고 활동한다는 이야기는 들어서 알고 있었지만 병원에 입퇴원이 잦으신 모양이었다. 정숙은 편지를 대충 훑어보고는 "편지 배달이 목적은 아니겠죠?" 하자 그는 "정숙 씨 나이 먹은 것도 구경하고 겸사겸사…" 하고 제법 느긋하니 농담으로 받았다. 정숙이 세죽의 소식은 들었냐 묻자 헌영은 "딸을 찾았다"고 동문서답했다.

"소련영사관에서 도와줘서 딸하고 연락이 닿았소. 모스크바에서 무용학교를 다니는데 아주 잘 큰 것 같소. 소비에트체제의 교육 시스템이라는 건 놀라울 정도요. 곧 딸을 만나게 될 것 같소. 그런데 딸하고 러시아어로 말해야 한다는 게 상상이 잘 가지 않소. 아이가 한국말을 전혀 못한다는 게 마음 아파요."

딸 얘기에 그는 전에 없이 수다스러워졌다. 아니, 과묵하다는 것도 옛날 기억일 뿐인지 몰랐다. 딸을 만나다니, 딸을 평양으로 데려오겠다는 것인가, 본인이 모스크바에 가겠다는 것인가.

"서울은 어때요? 모스크바 결정 때문에 전쟁판이 된 것 같던데."

"그렇소. 아버님이 늘 많이 도와주시고 고맙게 생각하고 있소."

그는 허헌을 아버님이라 부르고 있었다.

"미소공동위원회가 깨지면 38이남도 단독정부 세우자는 쪽으로 갈 텐데 버틸 여지가 있겠어요? 우리 아버지도 걱정되고요."

정숙은 아버지가 테러 위협을 받는다는 소식을 듣고 있었다. 하지만 아버지에 대한 근심을 끄게 해주는 대답 대신 그는 선문답 같은 말을 했다.

"정치지도자의 오류는 역사가 교정합니다. 당대란 오류투성이지요."

그는 정치 얘기엔 말을 아꼈다. 정숙은 다만 그 말에서 뭔가 뜻대로 되지 않고 있다는 느낌, 어떤 패배 의식을 읽었다. 그는 현실 정치의 경험을 이야기하고 있었다. 옛날의 그라면 이렇게 말하지는 않았을 것이다. 그것은 원칙주의 혁명가의 말이 아니었다.

정숙은 헌영이 딸을 어떻게 만난다는 얘기인지 곧 알게 됐다. 한 달쯤 뒤 그녀는 박헌영과 김일성이 모스크바를 다녀왔다는 이야기를 들었다. 평양에 돌아온 김일성이 갑자기 북조선공산당과 조선신민당을 통합하자고 했을 때 연안파는 반발했지만 그것이 스탈린에게서 받아온 가이드라인임을 알고는 꼬리를 내렸다. 연안파는 합당이 무엇을 의미하는지 알고 있었다. 이제 북한 사회가 1당체제로 정리될 것이며 소련이 김일성을 확고부동한 1인자로 재가했다는 사실이었다. 아직 대중 연설에서 목소리도 들쭉날쭉 거칠었고 마르크스 이론은 거의 아는 게 없는 듯했지만 이 남자가 일회용 카드일지 모른다는 기대를 접어야 할 때가 된 것이다. 시국이 연안파에게도 박헌영에게도 달갑지 않은 쪽으로 방향을 틀고 있었다.

크질오르다

첫 문장을 쓰면서 세죽은 벌써 몇 번째 종이를 구겨 쓰레기통에 던져버렸다.

"친애하는 스탈린 동지. 저는 조선공산당 중앙위원회 책임비서 박헌영 동지의 아내입니다."

그녀는 보드카 한 모금으로 바짝 마른 입안을 적셨다.

> 본인 한베라는 1901년 조선의 한 가난한 농가에서 출생했습니다. 1922년 저는 박헌영 동지와 결혼해서 딸 박 비비안나를 낳았는데 그녀는 현재 17세로 모스크바에서 발레학교에 다니고 있습니다. 1922년에서 34년까지 저는 남편 박헌영 및 김단야와 함께 조선에서 비합법활동에 종사했습니다. 그러던 중 1934년 제 남편 박헌영은 일제 경찰에 체포되었습니다. 남편이 체포된 후 저는 김단야와 함께 일제 경찰의 야수와 같은 추적을 피해 소련으로 망명하지 않을 수 없게 되었습니다….

세죽이 〈프라우다〉지에서 박헌영 기사를 본 건 몇 달 전이었다. 러시아어 기사들 숲에서 낯익은 남자 얼굴이 눈에 들어왔다. 그는 조선공산당 책임비서가 되어 있었다.

만감이 교차한다는 말은 이럴 때를 두고 이르는 말일 것이다. 세죽은 그가 살아 있어서 기뻤고 그가 높은 지위에 있다는 데 놀랐으며 지금 자신의 처지를 생각하니 슬펐다. 하지만 비비안나에게 드디어 아버지에 대해 자신 있게 이야기할 수 있게 됐다고 생각하자 가슴이 벅찼다. 그녀는 당장 신문을 오려 "이것이 네 아버지다"라고 적어 모스크바의 딸에게 보냈다. 그러나 한 달 만에 돌아온 답신은 냉랭한 분노에 차 있었다.

"아버지에 대해 한 번도 얘기해주시지 않았죠? 친구가 내 아버지에 대해 물을까 늘 두려웠어요. 태생을 부끄러워하면서 사생아로 자라는 아이의 기분을 아세요?"

딸의 편지는 그녀를 구겨서 시궁창에 처박아버렸다. 그녀가 간신히 시궁창에서 기어올라와 자신의 처지를 바꿔보아야겠다고 용기를 내는 데 여러 달이 걸렸다. 한번 그렇게 마음먹자 서울서도 모스크바서도 멀고 먼 카자흐스탄에서 유형 기간도 끝난 유형수로서 죽은 목숨인지 산 목숨인지 알 수 없이 살아가는 것을 더 이상 견딜 수 없었다.

저는 12년 동안 제 남편 박헌영이 어디에 있는지 전혀 알 수가 없었습니다. 주변 상황은 저로 하여금 김단야와 함께 살지 않을 수 없게 했습니다. 그런데 저는 올해 1월에 〈프라우다〉지를 통해 제 남편 박헌영이 살아 있으며 감옥에서 석방되어 다시 혁명활동에 종사하고 있다는 사실을 알게 되었습니다.

친애하는 스탈린 동지! 제 남편 박헌영을 통해 저에 대해 확인하셔서 제가 조선에서 다시 혁명활동에 종사하도록 조선으로 파견해 주실 것을 간청합니다. 저는 진정 충실하게 일할 것

이며 제 남편을 이전과 같이 보필할 것입니다. 제 요청을 받아
들여주시기를 간절히 빕니다. 만일 조선으로 가는 것이 불가능
하다면 모스크바에 살면서 제 딸을 양육할 수 있도록 허락해주
실 것을 간청합니다. 제 딸 박 비비안나는 지금 제136학교에서
제9학년 과정을 밟고 있습니다. 다시 한 번 제 요청을 거절하시
지 말 것을 간절히 빕니다.

1946년 5월 5일
한베라

스탈린 앞으로 쓴 청원서를 제출한 지 보름 뒤에 세죽은 딸의
편지를 받았다. 딸의 어조가 한결 부드러워져 있었다. 서울의 아버
지로부터 편지를 받았다고 했다. 아버지는 세 살배기 딸을 보육원
에 두고 떠날 수밖에 없었던 사정을 이야기하고 아버지에게 화내
지 말아달라고 했다. 또 서울에 오고 싶으면 언제든지 오라 했다.
아버지는 엄마가 어디 계신지 아느냐 묻고 예전에 아팠는데 지금
은 어떤지 궁금해하더라고 썼다.

세죽은 눈물이 쏟아졌다. 쌓이고 쌓였던 설움이 북받쳤다. 언제
부터 쌓인 설움인지, 상해부터인지 모스크바인지 크질오르다인지
가늠할 수 없었다. 한 시간쯤 울고 나니 오랜 가뭄에 바짝 말랐다
가 큰비에 해갈된 논처럼 각박했던 마음이 흥건해졌다.

세죽은 카르마크치 구역 내무인민위원부로 달려갔다. 스탈린
앞으로 제출한 청원서가 어떻게 됐는지 알아봐야 했다. 내무인민
위원부 지국에는 민원을 들고 찾아온 주민들이 아침부터 줄을 서

있었다. 두 시간쯤 지나 마침내 세죽의 차례가 되었을 때는 벌써 점심시간이 다가오고 있었다. 산더미처럼 쌓인 서류 옆에서 인민위원부 직원은 심드렁했다. 접수대장에 아직 이름이 없는 걸로 보아 그녀의 청원서는 서류더미 아래 어딘가 깔려 있는 게 틀림없다고 했다. 그녀는 떨리는 목소리로 나직이 부르짖었다.

"그거 스탈린 동지 앞으로 가는 거예요."

인민위원부의 직원은 더 큰 목소리로 호통쳤다.

"여기 쌓인 서류의 절반이 스탈린 대원수 각하 앞으로 가는 거요. 당신 개인의 일만 중요하다는 이기심을 버리시오."

낙담해서 돌아서는 세죽에게 직원이 누그러진 목소리로 말했다.

"우리가 서류를 검토하게 되면 동무를 부를 것이오. 그때까지 얌전히 기다리시오."

내무인민위원부 카르마크치 지국에서는 5월이 다 가도록 소식이 없었다. 6월에도, 7월에도 아무런 연락이 없었다.

다만 7월 말쯤 모스크바의 딸로부터 뜻밖의 편지를 받았다. 아버지가 모스크바를 다녀가셨다 했다. 아버지가 일행과 모스크바 교외의 별장에 묵었으며 그곳에 가서 사흘을 함께 지내고 왔다 했다. 딸은 아버지가 온화하고 다정다감한 분이며 작은 다이아몬드 반지를 주고 가셨다고 했다. 하지만 세죽에 대해 어떤 이야기를 했는지 언급은 없었다. 세죽은 비비안나가 여전히 엄마를 원망하고 있다는 것을 알았다. 딸에게서 아버지를 앗아간 것은 나쁜 현실이었지만 기억과 그리움마저 빼돌린 건 그녀였다.

8월에 접어들자 내무인민위원부 지국이 소환장을 보내왔다. 차키에프 중사라는 청년이 그녀에게 "몇 가지 조사할 것이 있다"고 말했다. 처음부터 다시 시작이었다.

"성은?"

"한."

"이름은?"

"베라."

모스크바에 다시 돌아와 거주지 등록을 할 때 지은 이름이었다. 한국인이라서 성은 '한', 그리고 '베라'는 진실을 뜻했다. 조사를 마친 뒤 차키에프 중사는 청원서를 제출하려면 먼저 유형해제 소송을 내야 한다고 했다. 세죽은 내무인민위원부의 태도가 사뭇 정중해졌다고 느꼈다. 하지만 정중해졌다 해서 업무 속도가 빨라졌다는 뜻은 아니었다. 인민위원부 지국은 부락민 누가 친척 결혼식에 참석하기 위해 극동으로 여행하는 것을 허락할지 말지, 다른 콜호즈로 직장을 옮기기를 원하는 누군가의 소망을 들어줄지 말지 검토하고 토의하고 결정해야 했고, 지국 책임자 두세페코프 중령이 서류에 사인하는 속도보다 훨씬 빠른 속도로 새로운 민원 서류가 도착해 쌓이고 있었다.

불타는 얼음, 그녀의 다정한 친구인 보드카가 곁에 없다면 그녀는 하루도 쉽게 잠들지 못할 것이다. 누군가 갱년기 증세라 이름 붙여주었는데 그녀의 기분은 종잡을 수 없이 출렁거렸다. 아침에 설레는 기분으로 일어났다가 저녁에는 우울해졌다. 조선해방 뉴스를 듣고 스탈린 원수에게 청원서를 쓸 때는 온통 기대에 들떠 있었는데 하루 중에 희망이 깃드는 시간이 노루 꼬리처럼 점점 짧아졌다. 카자흐스탄에 온 뒤로 욕망이란 건 다 퍼내서 버렸다 생각했는데 8·15해방과 남편 소식이 다시 욕망을 불어넣었고 마음의 평화를 깨뜨려버렸다. 모스크바에 살 적엔 이 춥고 외로운 도시를 언제 벗어나 고향으로 가려나 했는데 지금은 모스크바에 갈 수만 있다면 더 바랄 게 없었다.

9월에 접어들어 인민위원부 지국의 소환을 받고 출두했을 때 세죽은 비로소 청원서가 카르마크치 부락을 떠나 크질오르다 주 내무인민위원부로 올려졌다는 통보를 받았다. 친절한 차키에프 중사는 청원서와 함께 형기만료 증명서, 부락평의회의 거주 증명서, 직무 증명서, 근무 평가서를 첨부해 올리느라 시간이 걸렸으며 근무 평가서가 상당히 건실하고 우호적으로 작성돼 올라왔기 때문에 좋은 결과를 기대해도 될 것이라 말했다. 콜호즈에서 그녀의 업무에 대해 긍정적인 평가가 나왔다는 말은 기분 나쁘지 않았고 또한 낙관적인 논평 한마디가 크나큰 위안이 되었다. 그녀는 지친 표정을 추스르며 중사에게 질문했다.

"제 서류는 언제 스탈린 원수 앞에 도착하게 될까요?"

"글쎄요. 크질오르다 주 내무인민위원부에서 검토해 연방국가보안위에 올릴지 말지 결정하게 될 텐데 운 좋으면 올해 안에 연방보안위로 올라갈 수도 있을 거요."

세죽은 집에 돌아와 저녁 대신 보드카를 마시고 잠이 들었다.

평양

정숙은 어느 날 창익의 청첩장을 받았다. 쉰 나이에 처녀장가

든다고 뒷담화들이 대단했다. 모두 정치사업에만 열 올리는 줄 알았더니 연애사업도 은밀히 번창하고 있었다. 조국이 해방된 다음 남자들의 욕망도 해방을 맞은 것이다. 핑크빛 청춘을 역사에 저당 잡히고 평범한 일상생활도 정상적인 결혼생활도 무기한 유보시켰던 불우한 중년들이 앞다퉈 염문을 뿌려댔다.

평양에 온 뒤 정치 격랑 속에서 창익과 서먹해지는 순간도 있었지만 여전히 그는 정숙에게 가장 가까운 친구였다. 절친한 친구에게 아내가 생긴다는 것이 한편으론 반갑고 한편으로 서운하기도 했다. 창익의 결혼식에서 그녀가 축사를 했다.

"전남편 장가보내니 시원섭섭합니다. 신부에게 축하드립니다. 최창익 선생은 과묵해서 별로 재미가 없지만 덕분에 크게 싸울 일도 없답니다."

결혼식에서 창익은 내내 싱글벙글했다. 정숙은 새삼 자신이 싱글이라는 사실을 깨달았다. 망명지에서 돌아온 남자들처럼 그녀의 내부에서도 욕정이 슬그머니 고개를 들었다.

치스차코프 대장이 본국으로 돌아가고 북조선 주둔 소련군 사령관으로 새로 온 코로트코프 대장의 환영 만찬이 끝난 뒤 연안파 사람들은 창익의 신혼집으로 몰려갔다. 창익의 젊은 아내가 화장을 곱게 한 채 다홍치마 저고리 차림으로 인사를 했다. 그녀는 과실주와 곶감으로 술상을 차려놓고는 남편 뒤쪽에 서너 뼘쯤 떨어져 두 손을 무릎 위에 포갠 채 다소곳이 앉아 있었다.

사람들은 서로의 살림살이에 대해 물었고 시국담을 나눴다. 정숙은 그들이 김일성이 없는 자리에서조차 김일성 위원장이라는 깍듯한 호칭을 쓰는 데 놀랐다. 김두봉 선생부터 꼬박꼬박 김일성 위원장이라 칭하니 좌중이 자연스레 따랐다. 김두봉은 북조선 유일의 정당인 북조선노동당 위원장으로 추대된 마당에 계파를 떠나 어른 노릇 하기로 작정한 듯했다. 투철한 혁명가라기보다 인품과 덕망을 갖춘 학자인 김두봉의 쓰임새가 늘 그런 것이었다. 최고 자리에 올려졌다고 허세부릴 만큼 천박한 인품도 아니고 조직을 자기 뜻대로 운전해나갈 만큼 주관이 강하지도 않았으니 그 역할에 적임이었다.

김일성 위원장이 나이도 어린 사람이 기대 이상의 통솔력을 발휘했다는 호평도 있었고 소련이 군정 몇 달 만에 인민위원회에 행정과 치안을 넘겨준 건 현명했다는 평가도 나왔다. 만주벌의 모래바람을 노랗게 뒤집어쓴 채 "왜놈들을 동해에 쓸어 넣자"며 귀국할 때에 비하면 연안파 사람들 모두가 많이 온순해져 있었다. 생활이 안정되기도 했고 무엇보다 대세가 불가항력이었다. 인민위원회 위원장이자 북조선노동당 부위원장인 김일성의 지도체제가 쾌속으로 자리 잡아가고 있었다. 김일성의 과외 선생으로서 소련 군정은 유능했다. 소비에트체제 인큐베이팅을 얼추 끝내고 김일성을 성공적인 캐스팅으로 결론을 낸 소련은 군대를 철수시키고 북조선에서 손을 떼는 수순을 밟고 있었다.

정숙은 새삼 김일성에 대해 찬탄의 염이 솟았다. 정숙이 아플 때 의사를 보내주고 밤 늦게 퇴근할 때 차 태워주고 새집으로 이사하자 부부가 같이 집 구경 왔고 아내 김정숙이 고추장이나 푸성귀 같은 것들을 챙겨다 주었다. 정치수완이거나 쇼맨십이라 해도 대단한 능력이었다. 그사이 거부할 수 없는 인간적 정리가 쌓여갔다. 문득, 정숙은 어쩌면 이 자리에 있는 사람들 모두가 비슷한 경험을 했을지 모른다는 생각이 들었다. 넉살 좋고 입심 좋은 김일성에게 하나같이 각개격파당한 것일지도 몰랐다. 박헌영과 연안파와 소련파를 교활하게 분할통치 하는 이 서른다섯 살 남자의 정치수완은 물론 소련군정 고문관들로부터 사사받은 스탈린 수법일 테지만 어쨌든 김일성은 저보다 열 살, 스무 살씩 많은 연안파 어른들로부터 충성 맹세를 받아내는 데 성공했다.

하지만 밤이 이슥해지고 알코올이 혈관에 스며들자 단단히 조여두었던 입들이 헐거워지기 시작했다.

"학자나 문인이나 예술가나 다들 서울에 모여 있으니 평양은 지적인 토대가 얕아서 걱정이오. 국립대학 세우면서 정치가 이름을 붙이다니 상스럽게! 다 교양이 척박해서 그런 거요. 젊으나 젊은 정치지도자가 이름을 탐하니 앞날이 걱정스럽소."

"중산대학도 손중산 선생이 처음에 세울 때는 광동대학 아니었소. 선생이 작고하신 다음에 중산대학으로 바꼈지. 정신 멀쩡한 사람이라면 누가 두 눈 번연히 뜨고 살아서 자기 이름을 여기저기 갖다 붙이겠어? 그것도 국립대학에. 김일성종합대학이라니. 츳."

"하기사 남조선 돌아가는 꼴 좀 봐. 서울대학 만들면서 미군 대위를 총장에 앉혔잖아."

"한설야가 소설가랍시고 쓰는 걸 보면 낯 뜨거워서. 항일투쟁은 무슨 만주빨치산이 혼자 다 한 것처럼. 김일성 우상화가 아니고 뭐야! 스탈린한테 못된 것만 배워가지고. 모택동 보라고. 농민들한테 언제나 그냥 선생님이잖아."

다들 연안을 그리워하는 걸까. 김일성에 대한 불만이 한 가닥 튀어나오면서 자기검열 상호검열 모드에 금이 가자 좌중에서 앞을 다투며 말을 얹었다. 그동안 입들은 양순했지만 머릿속은 복잡했던 것이다. 아니, 입이 양순해질수록 속은 부글거렸던 것이다.

"극동군 사령부에 대위 중엔 김책, 방학세도 있고 최용건은 참모장급이었는데 김일성이 운이 좋았지."

"방학세는 아무래도 소련 출신이라 곤란했겠고. 최용건 선생이야 견문도 넓고 인물 됨됨이도 그만하면 마, 손색이 없고 투쟁경력은 김일성보다 훨씬 윗길이지. 소련파 쪽에서 들은 얘긴데 최용건은 북만주 쪽에 있었잖아. 국내에서 인민들 사이에 너무 이름이 안 알려져 있어서 배제됐다네. 김일성은 압록강 건너 월경전투를 자주해서 신문에 많이 났으니 인지도에서 유리했다고. 스탈린이 아예 김일성만 뽑아서 면접했다잖아."

정숙으로서는 처음 듣는 이야기였다. 정식으로 북조선인민위원회가 뜨기 전에 스탈린이 김일성과 박헌영 둘을 모스크바로 불러 다시 한 번 면접했는데 결과는 역시 김일성이었다 했다. 폴란드의 볼레스와프 비에루트나 동독의 빌헬름 피크처럼 스탈린이 낙점한 새로운 소비에트국가 지도자들 가운데서도 김일성 같은 정치 신인은 없었다.

"스탈린이 레닌 콤플렉스, 인텔리 혐오증이 있잖소. 김일성이 가방끈이 짧아서 공산주의 하기 더 낫겠다고 봤다는 말도 있더라고. 박헌영이야 지금까지 스탈린한테 숙청당한 지식분자의 전형이지."

"김일성도 그렇지만 주위에 붙어서 부추기는 인사들이 더 문제 아니오."

무정이 위원장이라는 꼬리도 떼고서 앞질러 나가자 최창익이 정숙을 힐끔 쳐다보면서 의미심장한 한마디를 보탰다.

"선전국은 일을 너무 안 해도 너무 열심히 헤도 곤란한 것이오."

인민위원회에서 국장은 장관에 해당했다. 연안파에서는 정숙이 선전국장을, 창익이 인민검사국장을 맡았다. 새로운 법이나 정책을 홍보하고 신문과 방송을 관리하는 것이 정숙의 일인데 김일성의 지도자 이미지를 대중에게 심는 게 가장 시급한 사업이었다. 그러니까 창익이 그 최우선 사업을 못마땅해하고 있는 것이다. 어리둥절한 침묵도 잠시, 정숙의 입에서 속사포가 튀어나왔다.

"내가 위원장 부추기는 인사라는 말예요? 나는 일을 하면 열심히 해요. 날더러 위원장파라 한다던데 선전사업 책임자가 위원장파가 돼야지, 선전이 지도력의 중심과 따로 놀면 그걸 정부라 할 수 있겠어요? 입이 머리하고 따로 놀면 뭐가 되겠어요? 오합지졸 아사리판이지. 그래도 나는 위원장 앞에서 할 말은 합니다. 최창익 동지가 나한테 그런 말할 자격이 있는지 의문이군요."

농탕하게 익어가던 술자리가 시베리아벌판처럼 얼어붙었고 술기운에 불그스름했던 창익의 얼굴이 시퍼렇게 변했다. 통쾌함과 절망감, 이질적인 두 감정이 싸우느라 뜨끈뜨끈해지는 이마에 그녀는 오른손을 가져갔다.

애매한 표정을 짓고 있는 김두봉에게 고개를 까딱 숙여 인사를 한 뒤 정숙은 외투와 핸드백을 들고 창익의 집을 나왔다. 10년의 풍찬노숙을 함께한, 핏줄보다 끈끈했던 옛 동지들이 점점 멀어져가고 있었다. 이혼과 재혼에도 불구하고 절친으로 남았던 창익과의 우정이 단 한 번 발길질에 벼랑 아래로 곤두박질쳤다. 어쩌면 창익의 비아냥대는 말 때문만은 아닐지도 몰랐다. 관용차 뒷좌석에 올라탄 정숙은 손수건으로 이마를 닦으며 중얼댔다.

"흥, 배곯는 건 나하고 하고 살림 재미는 누구하고 보나."

창익의 젊은 아내는 남편 뒤에 그림자처럼 앉았다가 술과 안주가 떨어지면 냉큼 채워놓곤 했다. 술상 주변의 이야기가 산으로 가든 바다로 가든 젊은 아내는 하품 소리조차 보태지 않았다.

자동차가 인민극장 앞을 지날 때 스탈린과 김일성의 대형사진이 나란히 눈에 들어왔다. 창익의 집을 나와서 지금까지 김일성의 거대한 얼굴을 다섯 번은 만난 것 같았다. 정숙은 창익의 말을 곱씹어보았다. 공감이 가기도 하고 원망스럽기도 했다.

'뭐야, 정치라는 건 당신이 훨씬 잘 아는 사업이잖아. 진흙에 발 담그면 신발이 더러워지게 마련인데 왜 당신 신발만 깨끗한 척하냐고.'

정숙은 평양에 와서 처음부터 당 선전일을 맡아왔다. 소련 고문단으로부터 스탈린식 모델을 배우면서 일했다. 사회를 혁명적으로 개조하는 일엔 강력한 리더십이 필수이며 리더십의 절반은 선전활동으로 지탱된다. 국가 단위의 지도력이란 개인의 자질과 노력만으로 되는 게 아니다. 더구나 김일성은 최고지도자가 되기에 너무 젊었고, 여러 모로 불리하기 때문에 더욱 강력한 선전사업이 필요했다. 어쩌겠는가, 스탈린이 김일성을 발탁해 북조선 건설을 맡겼는데. 새로운 나라를 건설하는 일은 신념으로 그 모든 의심과 불확실성을 돌파할 필요가 있다. 선전부 일을 하다보면 헷갈릴 때도 있다. 자기가 옳다고 선전하는 것이 과연 스스로 옳다고 믿는 것인지 믿고 싶은 것인지. 하지만 분명한 건 그녀가 남자들보다 좀 더 원칙에 충실하다는 점이다. 최소한 파당적 이해 때문에 원칙적 판단을 그르치지는 않는다. 연안파 동지들은 김일성을 자꾸 모택동과 비교하려 드는데 모의 권위는 투쟁경력과 팸플릿에서 나왔고 끊임없이 팸플릿을 써서 이론과 원칙으로 당을 지도하고 투쟁을 이끌었다. 레닌도 마찬가지였다. 그런 혁명지도자가 조선에선 박헌영이다. 그는 공산주의 진영에서 단연 최고의 이론가다. 반면 김일성은 마르크스 서적을 한 권이라도 차분히 읽었을까 싶다. 정숙은 김일성과 박헌영을 겹쳐놓아 보았다. 늘 정확하게 원리원칙을 이야기하고 할 말만 하는 박헌영이 예민한 지식인 혁명가의 전형이라면 무관 특유의 무데뽀 스타일에다 허풍기도 있고 실없는 소리도 하면서 사람 어르고 뺨 치는 김일성은 타고난 정치인이다. 두 사람 모두 배짱과 강단만은 타의 추종을 불허하지만 정치인 재목으로는 누구일까. 어쨌건 소련은 김일성을 낙점했다.

　며칠 뒤 정숙은 그날 술자리에서의 뒷이야기를 듣게 되었다. 정숙이 자리를 뜬 다음 연안파의 막내인 서휘가 분위기를 수습한답시고 정숙이 원래 지조가 없는 여인 아니냐, 수상에게 붙은 것도 놀랄 일은 아니라고 험담했다. 제 딴에는 연안파 보스인 최창익이 마음 상한 듯싶어 달래자고 잔머리 굴린 것이겠으나 뜻밖에 최창익의 벽력같은 호통이 날아갔다. "말을 삼가고 자중하도록 해라. 투쟁경력으로 치면 너는 허정숙 선생 발 벗은 데도 못 따라간다!" 결국 서휘가 "경거망동을 사죄드린다"고 고개를 조아렸다 한다.

정숙은 어느 날 소련대사관에서 뜻밖에 세죽의 이야기를 듣게 되었다. 세죽이 조선의 남편에게 보내달라고 스탈린에게 청원해서 최근 소련공산당 중앙위가 박헌영의 의사를 물어왔다 했다. 정숙은 깜짝 놀라 의자에서 벌떡 일어났다.

"주세죽이 살아 있다고요?"

"카자흐스탄에서 유형생활 중이라 합니다."

"시베리아에서 죽었다더니. 오, 하느님!"

정숙은 눈시울이 뜨거워졌다.

"그래서 박헌영 선생이 뭐라던가요?"

"쉽지 않은 문제겠죠."

"네?"

소련 영사는 박헌영이 거절의 뜻을 밝혔다고 했다. 정숙은 분노로 몸이 달아올랐다. '그럴 수는 없는 일이지!'

세죽과 헌영이 함께 어떤 세월을 헤쳐 나왔는지 알고 있는 그녀로서는 받아들일 수 없었다. 하지만 그녀는 헌영을 잘 알았다. 그가 거절을 통고했으면 앞서 깊이 생각했을 것이고 한 번 결정한 것을 쉽게 바꾸지는 않을 것이다. 하지만 정숙이 알게 된 이상 두고 볼 수만은 없는 것이다.

다음 날 그녀는 사무실을 하루 비우고 해주로 갔다. 평양에서 자동차로 서너 시간 거리였다. 박헌영은 작년 가을 미군정의 체포령을 피해 북으로 왔다. 장의차의 관 속에 누워 38선을 넘었다는 소문이었다. 그는 해주에 남로당연락사무소를 차려서 주로 성명서와 편지로 서울의 남로당을 지휘했다. 연안파 동지들이 말한 서한통치라는 것이다. 헌영이 월북한 다음부터 연안파 사람들은 노골적으로 헌영을 험담하기 시작했다. 김일성의 식객이라느니 극좌모험주의로 남조선 공산주의운동을 다 말아먹었다느니 했다. 연안파가 박헌영의 월북을 강력한 라이벌의 등장으로 여기는 것도 무리는 아니었다.

박헌영이 있는 해주의 남로당연락사무소에는 '삼일출판사'라는 간판이 붙어 있었다. 연락을 받고 나온 직원 하나가 건물 입구에서 인사를 했다. 낯익다 했더니 정칠성의 아들이라 했다. 근우회 시절 정칠성의 집에서, 그리고 정칠성의 낙원동 편물 가게에서 보았던 꼬마가 이제 어깨가 떡 벌어지고 턱밑이 거뭇거뭇한 청년이 된 것이다.

"어머니는 어찌하고 계시냐."

"상황이 좋지 않은 것 같습니다. 어쩌면 북으로 오시게 될지…."

정숙은 계단을 오르면서 감회에 젖었다. 세월이 한 바퀴 돌았구나. 이제 자식들이 나와서 얼찐거리니 우리가 늙는 거지.

박헌영은 두 남자와 이야기를 나누고 있었고 정숙이 들어가자 두 남자가 일어서서 방을 나갔다. 책상과 책장, 소파 하나가 놓여 있는 그의 방은 검박했으며 유리창에 4월의 볕이 따사로웠지만 난방을 안 해 냉기가 감돌았다.

밝은 베이지색 원피스 차림의 여비서가 쟁반을 들고 들어와서 두 사람 앞에 찻잔을 내려놓고는 정숙을 향해 살짝 웃으면서 고개를 가볍게 숙였다.

"조두원 동지 처제요."

딱딱하게 굳어 있던 헌영의 표정이 여비서를 소개할 때 잠깐 부드러워졌다. 조두원이라면 조선공산당 시절 그녀와도 알고 지내던 사이였다. 비서가 물러가자 헌영의 얼굴이 금세 다시 굳어졌다. 해방과 함께 정치 무대에 나선 이후 그에게 전쟁 아닌 날이 없었고 오늘 그가 치르는 전투가 무엇인지는 모르지만 힘겨운 싸움이라는 것만은 알 수 있었다. 38이남의 남로당만 해도 작년 5월 정판사 위폐사건으로 미군정의 탄압이 시작된 이래 총파업과 폭동의 극한 투쟁으로 나가면서 점점 벼랑으로 몰리고 있었다. 여전히 남북 공산주의자들의 영수로 떠받들어지는 그였지만 정숙 앞에는 긴장과 번민으로 피가 마르는 고독한 중년 사내가 앉아 있을 뿐이었다.

"바깥 날씨가 좋은데 산책이나 할까요?"

"좋은 생각이오. 여기 앉아서 잠깐만 기다려보시오."

그는 소파에 앉은 정숙의 어깨를 한 번 두드리고는 방을 나갔다. 그는 잠시 후 돌아와 정숙의 맞은편에 앉았다.

"데이트는 그른 것 같소. 연락 올 것이 있는데 여기서 기다려야겠소. 차나 마시면서 이야기합시다. 그런데 해주에는 웬일이오? 설마 소생을 보러 먼 걸음 하시진 않았을 것이고 어디 출장이라도 가시는 길이오?"

"박헌영 선생 보러 왔어요. 부두를 한 바퀴 돌아 시내로 들어왔는데 제법 유서 깊은 도시의 운치가 있더군요."

"아담하고 조용한 도시지요."

느긋한 한담 끝에 정숙이 용건을 꺼냈고 세죽의 일이라는 말에 헌영의 얼굴에 웃음기가 걷혔다. 그녀는 관철동에서 마지막으로 본 만삭의 세죽에 대해, 그리고 그가 감옥에 있을 때 막일도 해가면서 옥바라지하던 얘기까지 짐짓 주절주절 늘어놓았다.

"다들 돌아오고 있어요. 항일투쟁 하러 갔던 사람들도 돌아오고 연해주로 농사지으러 갔던 사람도, 만주로 돈 벌러 갔던 사람도 돌아오고 심지어 관동군에 붙어 밀정질 하던 사람들도 다 돌아오고 있어요. 그런데 왜 세죽이만 일가붙이 하나 없는 카자흐스탄이라는 곳에 남아 있어야 하지요?"

그는 다만 "나도 맘이 안 좋소"라고 대답했다. 그 한마디에 정숙은 용기를 얻었다.

"데려오시지요. 이런 기회가 다시 없을지도 몰라요."

"이미 끝난 일이오."

정숙은 치미는 화를 간신히 눌렀다.

"당신 마음에 달렸어요. 내가 평양에 돌아가면 대사관에 당장 이야기하지요. 필요하면 소련 당 중앙위에 직접 연통을 넣도록 하겠어요."

헌영은 묵묵부답인 채 시선을 탁자 아래 묻고 있었다.

"헌영 씨가 용서하지 못하는 게 세죽이에요? 단야에요?"

정숙은 새삼 세죽의 외롭고 불우한 인생에 긴 한숨이 나왔다.

"나 같으면 사랑하는 아내가 의지가지 없이 외로운 처지가 되었을 때 누군가 곁에 있어주었다면 고맙겠어요. 세죽이나 단야나 저들이 원해서 그런 인생을 산 거 아니잖아요. 세죽이 애당초 모스크바에 간 건 당신 탈출시키려고 그랬던 거 아녜요? 단야는 10년 전에 죽었어요. 그런데 당신은 용서할 수 없다는 건가요?"

헌영이 이윽고 입을 열었다. 변민의 동굴에서 울려나오는 무겁고 축축한 목소리였다.

"용서하고 말고의 문제는 아니오. 우리가 살아온 시대는 개인의 이성과 판단을 넘어서 있소. 용서한다면 시대를 용서해야겠지. 단야는 마땅히 해야 할 선택을 한 것이오."

그때 방문을 노크하는 소리가 들리고 여비서가 문간에 서서 "선생님" 하고 부르자 박헌영이 일어나 "금방 돌아오겠소. 미안해요" 하고서 나갔다. 말랑말랑한 대화와 설득이 바꿔놓을 수 있는 상황이 아닌 듯했다. 헌영이 말한 그 시대라는 것이 덮어 눌러와 그녀도 어깻죽지가 무겁게 내려앉았다. 헌영이 돌아왔을 때 그녀는 가방을 들고 일어나 창문가에 서 있었다.

해주에서 돌아오면서 비포장도로를 덜컹대던 자동차가 이제 매끄러운 아스팔트 위를 달렸다. 평양이 가까워오자 날이 어두워졌다. 헌영이 무슨 생각을 하는지, 그를 둘러싼 상황이 무엇인지 머릿속에서 차츰 명료하게 정리되어갔다. 헌영이 옛 아내와 옛 친구에게 배신감을 전혀 느끼지 않았으리라고는 생각되지 않았다. 하지만 그의 말대로 그것은 중요하지 않을지 모른다. 지금 평양은 소련의 그늘이고 스탈린정권 아래서 유형수가 된 아내를 데려온다는 것은 정치적 모험일 것이다. 더구나 남도 북도 아닌 38선 부근에 어정쩡하게 끼어 있는 박헌영의 입지도 가정을 꾸리기엔 애매하고 불안했다. 박헌영은 명백히 김일성의 식객이었다. 해주는 서울서도 평양서도 동떨어져 있으니 문간에는 들어섰지만 행랑채 신세였다.

그렇다고 해도 정숙은 헌영을 용납할 수 없었다.

'나라면 앞뒤 안 재고 저지를 것이다. 중앙아시아 외딴 곳에서 여자가 구원의 손길을 간절히 바라고 있다면 나는 물불 안 가리고 손을 내밀 것이다. 냉정한 인간! 여자를 품을 줄 모르는 남자가 세상을 품을 수 있을까. 헌영을 존경하지만 좋아할 수 없는 건 그래서지.'

그녀는 현실의 벽 앞에 고개 숙이고 돌아서는 이 남자가 한없이 작아 보였다.

"비겁해!"

중얼대던 정숙은 문득 해주사무소의 젊은 여비서 얼굴이 떠올랐다. 시원스러운 이마와 반듯한 이목구비가 어딘지 세죽을 닮은 것 같은 미색인데 온화하고 덕성스러운 얼굴이었다. 조두원의 처제라 했지. 여비서를 바라볼 때 헌영의 표정이 생각나자 정숙은 일목요연하게 정리됐던 머릿속이 다시 뒤엉켜버렸다.

정숙은 소련대사관으로부터 세죽에 대해 약간의 정보를 얻을 수 있었다. 단야에게서 얻은 유복자는 유형지에서 죽었고 현재 공장 노동자로 일하면서 혼자 살고 있다 했다. 나중에 정숙은 세죽의 청원에 대한 부정적인 회신이 모스크바로 보내졌다는 소식을 들었다. 박헌영이 대신 사회적 위험분자에 대해 할 수 있는 최대한의 배려를 요청했다고 했다. 정숙은 혀를 찼다.

"쳇, 고양이 쥐 생각하는군. 유형생활이라는 게 거기서 거기지."

세죽의 일은 곧 염문이 되어 당과 내각 지도부 사이에 은밀히 퍼져나갔다. 주세죽과 박헌영과 김단야의 삼각관계에 대한 말들이 돌았고 남로당 쪽 사람들은 박헌영에 대한 충성심을 듬뿍 실어 세죽과 단야를 비난했다. 이미 상해에 있을 때부터 세죽이 단야와 바람피웠고 아이를 낳았다고도 했다. 급기야 헌영이 남로당 내부에 앞으로 일절 이 문제를 언급하지 말라고 함구령을 내렸다.

때늦은 염문은 이상한 쪽으로 번졌다. 어느 날 중앙위회의 막간에 정숙은 뒤쪽에서 소련파 두 사람이 수군거리는 소리를 들었다. 수군거린다고 하나 주위에 들릴 정도로 큰 소리였다. 박헌영이 왜정 말기에 지하활동하면서 아지트키퍼 여자에게서 아이를 두었다는 이야기였다. 박헌영은 투쟁경력에 한 치의 오점도 없고 도덕적으로 한 치의 결함도 없다는 것이 추종자들의 믿음이었다. 아지트키퍼 여자에게 아이를 배게 했다는 것은 다른 사람이면 몰라도 박헌영에게는 완전무결한 이미지에 흠집이 될 수 있었다. 소련파 사람들이 비상한 흥미를 가지고 그 소문을 입에서 입으로 옮기는 것도 그 때문이었다.

그 얘기를 들었을 때 정숙은 실망하지도 분노하지도 않았고 그저 무덤덤했다. 다만 "용서한다면 시대를 용서해야겠지"라던 헌영의 말이 떠올랐다.

서울

김단야의 아버지가 서울에 올라와 아들을 찾다가 내려갔다고 했다. 조선인민보 편집국장이 명자에게 만나자더니 단야의 부친 이야기를 했다. 칠순 노인인데도 허리가 반듯하고 말씀도 품위 있었다 했다. 부친은 조선박람회가 있던 해에 사람들 눈을 피해 야밤에 아들을 잠깐 만났는데 해방이 돼도 돌아오지 않아 혹시 서울 오면 소식을 들을까 해서 올라오셨다 했다. 단야 어머니는 세상을 떠날 때 아들 생각에 죽어도 눈을 못 감겠다고 했다 한나.

"부친께 아드님이 모스크바에서 중요한 일을 하고 있다 들었다고 말씀드렸소."

김단야가 소련에 있다는 풍문은 명자도 들었다. 명자는 지금도 문득 문밖에서 "명자 씨" 하고 부르는 소리가 들리고 문을 열면 단야가 마포에서 헤어질 때 그 모습 그대로 서 있을 것만 같다. 미국에서 중국에서 소련에서 환국 행렬이 줄을 잇던 무렵 그녀는 매일같이 서울역에 나가 망연히 서 있다 돌아오곤 했다. 해방 이듬해가 되면서 환국 행렬이 뜸해지더니 마침내 끊겼지만 명자는 요새도 가끔씩 단야 생각이 나면 서울역으로 나간다. 딱히 그를 만나리라는 기대가 있는 건 아니었다. 그것밖엔 마음을 달랠 길이 없어서였다.

단야 부친의 소식이 그녀의 기억 밑바닥에 가라앉아 있던 애증의 조각들을 휘저어놓았다. 그래도 나는 잊겠다 마음이나 먹을 수 있지, 잊고 싶어 할 수도 없는 사람이 있었구나. 죽어도 눈을 감을 수 없는 사람이 있었구나. 어머니에 비하면 나는 뭔가. 스무 살의 사랑이란 허공에 지은 집인가. 지상에 흔적조차 없는, 눈길에 짐승이 찍어놓은 발자국처럼 눈 녹으면 사라지는, 눈을 씻고 찾아봐도 보이지 않는, 마음에 남은 자국.

여운형 선생이 단야에 대해 알아봐주겠다고 했다. 서울의 소련 영사관은 철수해버렸으니 평양의 대사관을 통해 알아볼 요량인 듯했다. 어느 날 계동 집에 들렀을 때 여운형은 "내 그러잖아도 자네를 부를 참이었네"라며 방에 있던 사람들을 모두 물리고 명자를 앞에 앉혔다.

"요새도 서울역에 나가나."

"자주는 아니고 이따금씩요. 생각나면."

"이제는 그만두게. 단야는 이 세상 사람이 아니야."

명자는 아득해지는 머릿속을 추슬렀다.

"무슨 소리예요…. 언제 어떻게 됐다는 거지요?"

"소련에서. 벌써 10년 가까이 된 일이야. 그렇게만 알고 있어. 더 이상 알려고 하지도 말게."

명자는 도망치듯 계동을 나와 전차를 타고 곧장 집으로 돌아왔다. 방으로 들어와 문을 닫자 목구멍이 파열하듯 울음이 터졌다. 울음소리는 점점 높아지고 점점 커졌다. 주인댁이 들어도 서대문 일대가 귀를 틀어막는다 해도 알 바 아니었다. 그녀는 적어도 오늘 하루는 목청껏 울 권리가 있다고 생각했다. 한 시간 지났을까, 울음 끝이 가늘어지더니 끊어졌다. 심장이 터질 듯 아프다는 것도 엄살이었나, 눈물이 그치자 개운해졌다. 명자는 언제부턴가 그가 그리 되었다는 것을 알고 있었다는 생각이 들었다.

명자는 벌겋게 부어오른 얼굴을 찬물에 씻으려고 방을 나왔다. 우물가에서 주인댁이 빨래하고 있었다. 다가가서 보니 여자는 엉

엉 울면서 방망이질하고 있었다. 명자의 울음이 전염된 걸까. 해방 이듬해 주인댁 남편은 골병들어 돌아와 여태 안방에 앓아누워 있고 자랑스러운 고보생 아들은 끝내 돌아오지 않았다. 아낙은 가끔 자기 가슴을 손바닥으로 두드리며 신세타령했다.

"지금 여기 열어보면 심장이 새카맣게 타서 숯덩이가 돼 있을 거야."

근로인민당에 출근하던 것도 며칠 쉬고 집에 있는데 어느 날 저녁 문밖에서 "고명자 씨 계십니까" 하는 소리가 들렸다. 김단야의 목소리였다. 깜짝 놀라 문을 열고 내다보니 마당에 김단야 대신 말쑥하게 차려입은 양복 신사 한 사람이 서 있었다. 언뜻 낯설었지만 아는 남자였다. 여운형이 당수로 있는 근로인민당에서 중앙위원으로 같이 일하는 윤동명이었다. 왜정 말기에 김한경과 국민문화연구소 일도 했던 인사라 일찍부터 서로 보았던 사이였다.

"늦은 시간에 불쑥 찾아와서 실례가 많습니다. 몽양 선생 부탁을 받고 왔습니다."

"아, 예."

몽양 선생 부탁이라는 말에 명자는 긴장했던 얼굴을 풀었다.

"방으로 들어가자고 말씀은 못 드리겠고 실례가 안 되신다면 어디 가까운 다방이라도…."

명자가 외출 채비하고 나왔을 때 윤동명은 마당을 서성이고 있었다. 둘은 서대문을 통과해 경교장 앞을 지나 광화문까지 걸었다. 훈풍이 부는 6월의 저녁이었다. 찻집에 자리 잡자 윤동명은 조선중앙일보 몇 장을 가방에서 꺼냈다. 그는 이 신문의 편집국장이

164

었다.

"미소공동위원회 기사가 실린 신문들을 가져왔습니다. 몽양 선생께서 모레 아침 미소공동위원회에 대한 대책회의를 하자고 하셨습니다. 신문 기사를 참고하시라고. 나중에 댁에 들어가셔서 차분히 읽어보십시오."

"심부름하는 아이 편에 보내셔도 되는데 괜한 걸음을…."

"아니, 반드시 저한테 직접 가져다 드리라 하셨습니다. 하하."

윤동명이 기분 좋은 웃음을 터뜨렸다. 가까이 앉아서 뜯어보니 귀염성 있는 얼굴이었다. 주문한 커피가 나오기 전에 공식적인 용건은 끝나버렸고 작은 탁자 하나를 사이에 두고 둘의 거리는 너무 가까웠으므로 명자는 숨 쉬기도 곤혹스러웠다. 윤동명은 머쓱해진 시선을 애써 피하고 있었다. 왠지 낯설다 했더니 반질반질 광택 나는 양복에다 가지런히 빗어 넘긴 머리하며 오늘의 스타일이 낯설었던 것이다. 평소의 그는 이즈음 신문사 밥을 먹는다는 사람들이 으레 그렇듯 월급쟁인지 실업자인지 헷갈리는 궁색한 처지에 신문기자인지 막노동꾼인지 알 수 없는 후줄근한 차림새였다. 명자는 풋, 하고 웃음이 터졌다.

"양복이 잘 어울리시는데요."

커피가 나왔다. 사발만큼 큰 잔에 넘실대는 커피는 불면으로 하룻밤을 날릴 만큼 많은 양이었다.

이틀 뒤 근로인민당 중앙위원회가 끝나고 점심식사 하러 가는 길에 몽양이 은근한 웃음기를 머금은 채 말을 붙여왔다.

"동명 군, 사람이 어떻던가. 내가 겪어보니 속도 깊고 싹싹한 데도 있고….”

“글쎄요. 아직 마음이 안 잡혀요.”

몽양은 잠시 묵묵히 앞만 보고 걸었다.

“명자, 이거 너무 늦은 충고인 것 같네만 60년 살아본 경험에서 나오는 얘길세. 우리는 일생을 살면서 수없이 많은 사람을 만나지. 그중에 어떤 사람은 지나가버리고 어떤 사람은 머무르네. 한때 자기 몸처럼 소중했던 사람이 짧은 인연으로 끝나기도 하고 금석처럼 굳세고 단단할 것 같은 관계가 어이없이 깨지기도 하네. 사람들은 각기 자기만의 인생 사이클이 있게 마련이니까. 저 스스로도 어찌 못 하는 것인데 남이 어찌할 수 있겠나. 억지로 어찌하려다 보면 집착이 되고 그게 우리 인생의 소중한 시간을 도둑질해가버린다네. 그러니 지나가는 사람은 지나가게 두고 머무는 사람은 머무르게 두게.”

명자는 사직동 언덕배기에 단칸 셋방을 얻어 윤동명과 살림을 차렸다. 예식도 신혼여행도 없이 시작된 부부생활이었다. 윤동명은 홀아비 냄새가 밴 옷가지와 책, 칫솔 따위가 든 짐가방 하나를 달랑 들고 왔다. 명자의 짐을 실은 리어카는 윤동명이 끌고 명자가 밀고서 사직동 언덕을 올라왔다. 서대문 셋방에서 쓰던 이부자리와 살림살이는 빗자루나 숟가락 젓가락 하나도 빠뜨리지 않고 쓸어 담았다. 물자가 귀한 시절이었다. 장판 네 귀퉁이가 빈대에 들떠 있는 궁색한 방에서 신혼에 어울리는 거라곤 곱게 수놓은 하얀 이불뿐이었다. 모스크바에서 단야와 유학생 부부로 산 것이 두 해 남짓이었고 그 그림자를 안고 산 것이 스무 해 가까이였다. 육체 없는 사랑의 20년이었다. 그녀는 이따금 밤에 자다가 놀라 깨곤 했다. 고독에 길든 육체는 이불 속에서 다른 몸이 닿았을 때 소스라치게 놀랐다.

윤동명은 명색이 신문사 편집국장이었지만 월급이 몇 달 걸러 한 번씩 나오는 형편이었다. 해방 후 신문사들이 우후죽순으로 생겨났고 월급 제대로 주는 회사는 복간된 동아일보와 조선일보 정도였다. 명자 역시 부녀총동맹에 근로인민당에 민주주의민족전선 일까지 동분서주했지만 어쩌다 한 번씩 호주머니에 들어오는 활동비는 겨우 목구멍에 풀칠할 정도였다. 수예일을 다시 시작할까 알아보았지만 해방공간 난리통에 꽃과 나비가 수놓아진 비단 베개를 살 사람은 없었다. 사람들은 셋만 모이면 메마른 입으로 비분강개를 토했고 공허한 배 속은 주의주장으로 더부룩했다.

이승만이 남한 단독정부론을 꺼낸 이후로 지난 1년 좌우합작운동도 끈질기게 계속됐고 좌우합작의 우익 쪽 대표가 김규식, 좌익 쪽 대표가 여운형이었다. 여운형은 좌우 양쪽에서 돌팔매 맞았다. 왼쪽에선 그를 기회주의자이며 미군정 프락치라 했고 오른쪽에선 그를 빨갱이며 박헌영의 꼭두각시라고, 김일성의 하수인이라고 했다.

지난해 김규식과 좌우합작 7개 원칙을 발표한 바로 그날 저녁 그는 계동 집 앞에서 납치됐다. 그는 산속으로 끌려가 나무에 묶여 있다 간신히 밧줄을 풀고 나왔는데 이때 벼랑으로 굴러 떨어져 허리를 다쳤다. 황해도 백천온천에 요양 갔다가 습격당하기도 했고 대낮에 서울 거리에서 괴한들에게 포위돼 린치당하기도 했다.

테러사건 때문에 명자도 몇 번이나 경찰에 증인으로 출두했다.

가혹한 테러 행위는 남조선 일대에서 그칠 줄 모르고 일어
나고 있거니와 악랄한 테러단의 행위로 여운형 씨가 또 조난
을 당하였다… 십칠일 오전 한 시 계동 자택에서 큰 폭음과 함
께 사랑채가 폭발하였다. 이 폭발로 인해 사랑채 구들장이 전부
뒤집어졌으며 기둥이 빠지고 벽돌장이 날라 옆집 유리창을 파
손시키고 지붕 기왓장까지 뒤집혀 처참한 광경을 이뤘는데 다
행히 여운형 씨는 그날 모처에서 유숙해 변을 피했으나… 사건
발생 후 종로서에서는 여운형 씨 비서 고명자 씨와 딸 여원구
씨를 증인으로 심문하고 있는데 아직 확고한 단서는 드러나지
않은 것 같은데….

- 자유신문, 1947년 3월 18일 자

몽양은 매일 지인들 집을 옮겨 다니며 잠을 잤다. 김규식도 같
은 처지였다. '김규식 암살단'이 떴다는 소문이 있었고 그는 자신
의 집인 삼청장 안에서 매일 잠자리를 옮겨 다닌다 했다. 여운형
이나 김규식은 극좌에게도 극우에게도 걸림돌이었으니 어느 쪽에
서 사제폭탄이 날아와도 이상할 것 없었다.

폭탄 테러가 있던 날 경찰서를 나와 몽양이 피신해 있던 창신동
으로 갔을 때 그는 명자에게 자신이 해방 이후 조선에서 가장 불
행한 사람 중 하나라고 했다. 그는 8·15해방 이후 모두 아홉 번 테
러를 당했지만 테러 때문만은 아니었을 것이다. 그는 상해 시절
이래 젊은 공산주의자들의 후견인이었지만 극좌와 극우로 치닫

는 해방공간 정치투쟁에서 결국 중도의 길을 택했다. 그가 공산주의 진영에 결별을 선언했을 때 박헌영은 미군정에 놀아난다고 비난했고 박헌영이 북으로 간 다음 남로당 당수를 맡은 허헌은 그를 기회주의자라고 공격했다. 좁고 빤한 서울 사대문 안에서 30년 지기들과 인신공격을 주고받는 해방공간이 그는 식민시대보다 더 끔찍했을지 모른다.

어느덧 해방의 날로부터 2년이 가까워 오고 있었다.

미소공동위원회가 1년 만에 활동을 재개하고 여운형도 근로인민당을 만들면서 다시 바빠졌다. 1947년 6월 미소공동위원회가 임시정부수립을 위한 협상창구를 열자 38이남과 이북에서 수백 개 단체가 등록했다. 한민당은 이승만의 단정수립파와 미소공위 참여파로 반토막 났고 한독당조차 미소공위 참여파가 대세가 되어 반탁운동의 맹주인 김구 주위에 일부만 남겨두고 탈당해버렸다. 이제 곧 통일정부가 생겨나고 군정이 종식될 날이 다가오는 것처럼 보였다.

하지만 모스크바 3상협정의 이행 절차가 가동하자 한동안 잠잠했던 반탁운동도 부활했다. 미소공위 등록마감 날 이승만과 김구의 반탁데모 소집장이 나돌았고 6·23반탁데모에 부치는 김구의 친필 격문이 뿌려졌다. 김구는 남이장군의 시를 인용했다.

"남아 이십 세에 나라를 평정하지 못한다면 후에 누가 대장부라 이르리!"

군데군데 찢어지고 귀퉁이가 너덜거리는 '신탁통치결사반대', 'We denounce the trusteeship' 따위의 플래카드들이 다시 장대에 매달려 종로, 남대문통에 등장했고 미소공위 소련 대표단이 돌을 맞았다.

"지금 미소공동위원회밖에는 대안이 없어. 이번에 미소공위가 다시 실패하면 조선은 남북으로 갈려서 10년 갈지 20년 갈지 알 수 없게 될 것이야. 세계대전 전후 처리도 복잡하게 돼 있고 미국하고 소련 사이도 심상치 않으니 미소 간에 전쟁이 벌어진다면 조선이 전쟁터가 될 수도 있네. 다시 3차대전에 휘말리게 되는 거지. 남북 간에 전쟁이 일어나지 않는다고 누가 장담할 수 있겠나."

근로인민당에서 중앙위원 대개가 그보다 젊었지만 몽양의 열정과 패기를 따를 사람은 없었다. 그 모든 테러가 남긴 상처는 어디로 간 것인가. 그는 중상을 입고도 1~2주일 누웠다가 털고 일어나곤 했다. 틈만 나면 농구나 야구 축구를 하고 짬짬이 스케이트장에도 가는 운동광이라서일까. 무엇보다 그 지독한 정치 공세로부터 평상심을 지킬 수 있는 정신적 활력은 불가사의했다.

"설마 전쟁이 다시 일어나기야 하겠습니까?"

"설마라니. 미국이 대공황에서 벗어난 건 뉴딜정책이 아니라 2차대전 덕택이네. 전쟁이 생각보다 쉽게 시작되는 건 다 이득을 취하는 쪽이 있기 때문이지. 우리 땅에서 전쟁이 벌어지면 우리만 망하는 거야."

장마 끝에 햇살이 깨끗한 어느 오후 명자는 계동 집에 올라가다가 휘문중학교 교문 앞에 멈추어 섰다. 운동장에서 남자 몇이 농구 하고 있었다. 하얀 러닝셔츠 차림의 남자 하나는 여운형이었다. 농구팀엔 계동에 드나드는 기자 얼굴도 보였고 경호원도 끼어 있었다. 남자들이 뛸 때 운동장에서 흙먼지가 날려 올랐다. 그녀는 하늘을 올려다보았다. 드넓게 트인 하늘은 구름 한 점 없었다. 햇빛을 먹어 막연해진 눈으로 다시 운동장을 보니 사람 소리와 자동차 경적 같은 소음이 지워진 채 농구대 앞에서 공을 잡고 던지고 뛰는 남자들의 움직임만 무성영화의 장면처럼 흘러가고 있었다. 그녀는 잠시 유체이탈의 정적에 잠겼다. 불현듯 그녀 뒤편에서 부스럭거리는 소리가 들렸다. 돌아보니 검정색 작업복 차림의 두 낯선 남자가 서 있었다. 그녀는 간담이 철렁했다. 여운형은 흰 러닝셔츠 하나로 상체를 가리고 있었고 운동장엔 몸을 숨길 만한 나무한 그루 없었다. "선생님!" 하고 외치려 했지만 입은 떨어지지 않고 몸만 부들부들 떨렸다. 그때 뒤에서 남자 목소리가 들렸다.

"젊은이들보다 더 잘 뛰네. 몽양 선생 힘도 좋아."

두 남자는 언덕길을 향해 발길을 옮겼다. 명자는 휴, 하고 가슴을 쓸어내렸다. 그녀는 한참 동안 농구 구경을 했다. 환갑 지난 백발의 남자가 러닝셔츠 바람으로 농구를 하고 있었다.

어느 날 명자는 근로인민당사에 있다가 여운형의 피격 소식을 들었다. 그녀가 대학병원 응급실로 달려갔을 때 여운형은 베드 위에 누워 있었고 얼굴은 자는 듯 고요했으나 가슴께까지 덮은 시트는 붉게 물들어 있었고 시트 자락에서 뚝뚝 떨어지는 핏물이 응급실 바닥에 작은 시내를 이루고 있었다. 그가 탄 승용차가 혜화동 로터리를 돌면서 속도를 줄였을 때 뒤쪽 범퍼에 범인이 뛰어올라 충격을 가했는데 총알 하나가 심장을 관통했고 하나는 복부에 박혔다 한다. 그는 2년 사이 아홉 번 테러를 당했고 열 번째에 목숨을 잃었다.

보름 뒤에 장례식이 열렸다. 운구 행렬이 아침 8시에 광화문 근로인민당사를 출발해 서울운동장을 거쳐 혜화동 로터리를 통과해 오후 늦게 우이동 장지에 도착할 때까지 거리는 시민들과 곡성哭聲으로 가득 찼고 하루 동안 많은 상점이 문을 닫았다.

1947년 8월 3일이었다.

좌우합작의 오른쪽 날개였던 김규식 선생은 몸의 반절이 무너져나간 것처럼 보였다. 그는 울먹이며 조사를 했다.

"우리는 한 위대한 혁명투사를 잃었을 뿐만 아니라 유일 목표인 신국가 건설을 위하여 전 민족이 합작으로 완전통일에 나아가려 최종까지 노력하던 지도자를 상실하였습니다. 나는 우리 민족의 자유를 획득하려는 공동 진영의 한 용장을 상실하였다고 봅니다. 이것은 곧 민족 전체의 손실입니다."

명자는 운구 행렬을 따라 걸으며 생전의 몽양을 떠올렸다. 1년 전 납치사건 때 벼랑에 굴러 심하게 다친 뒤 다리를 절룩거리며 인민당사에 나가겠다는 것을 말리자 그는 웃으면서 이렇게 말했었다.

"안전하기야 관 속처럼 안전한 데가 없지. 그렇다고 지금부터 관 속에 누운 듯이 입 닫고 눈 닫고 귀 닫고 있을 수야 없지 않겠냐. 목숨은 하늘에 맡겨야지."

예전에 명자는 공산주의자였지만 해방 후엔 여운형 선생이 옳다고 믿어 그가 하는 대로 건국준비위원회, 민주주의민족전선, 사회노동당, 근로인민당을 쫓아다녔다. 명자에겐 그가 당이고 테제였는데 하늘이 그를 데려가버렸다. 그녀는 이제 자신이 어디로 흘러가게 될지 아득했다.

장례가 끝나고 사직동 집에 돌아왔을 때는 이미 캄캄한 밤이었다. 남포등 심지에 불을 붙일 때 동명의 얼굴에 그을음이 피어올랐다. 명자는 얼굴 씻을 기력도 없고 양말 벗을 힘조차 남아 있지 않았다. 종일 닫혀 있던 방은 퀴퀴했고 한여름인데도 으슬으슬 추웠다. 명자는 올해가 참 지독하다는 생각이 들었다. 단야와 몽양, 두 남자를 모두 떠나보냈다. 그녀가 이불도 깔지 않은 맨바닥에 웅크리고 누울 때 상복 저고리에서 풀풀 흙먼지가 날렸다. 아침에 희었던 무명 저고리는 누릇누릇해졌다.

"몸살인가 봐요. 머리가 아프고 추워요."

부엌에서 달그락 소리를 내던 윤동명이 대접을 들고 들어왔다. 대접에는 밥도 죽도 보리차도 아닌 맹물이 담겨 있었고 곤로에 덥혔는지 따뜻한 김이 오르고 있었다. 그녀는 누운 채 윤동명을 바라보았다. 반쯤 감긴 눈가로 눈물이 번졌다.

"내가 이제 아이를 가질 수 있을까요? 우리 아이를 갖고 싶어요. 정말 간절히 아이를 낳고 싶어요."

미국과 소련은 한반도를 반쪽씩 맡아 식민 이후 체제를 건설하는 과제를 맡았다. 얼핏 보면 똑같은 숙제 같지만 불공평하게도 미군정의 숙제는 소련군정에 비해 열 배쯤 어려웠다. 평양은 정치 세력이랄 게 없는 일개 지방도시에다 해방과 함께 해외에서 좌파들만 모여들었으니 소련은 군정 몇 달 만에 인민위원회를 구성해 통치를 맡기고 감독만 하는 식으로 비교적 간단히 문제를 해결했다. 하지만 서울은 좌우 각 정파들이 뿌리내리고 있는 수도였고 지식층 태반이 공산주의자였으니 미군정은 2년이 가까워오도록 박헌영을 38이북으로 쫓아낸 것 말고는 이렇다 할 성과도 없이 악전고투하고 있었다.

1945년 당시 조선에 관한 한 루스벨트는 스탈린보다 무지했고, 미국 정부는 아시아보다 유럽에 관심 있었고, 태평양 사령관 맥아더는 조선보다는 일본에 몰두했으며, 군정책임자인 하지 중장은 한국엔 처음이었다. 하지는 어느 정파가 자신의 우군인지, 이 난제를 푸는 데 도움이 될 정치지도자가 누구인지 헷갈렸다. 미군정이 남로당을 불법화시키는 한편 이승만, 김구 같은 극우로도 복잡한 한국 문제를 풀기 어렵다는 판단에 도달한 끝에 그 중간 지대의 여운형과 김규식을 자신의 파트너로 찍었을 때 여운형이 암살돼버렸다.

분할점령이 영구 분단으로 흘러가는 와중에 분단을 피할 수 있는 선택의 기회들이 주어졌지만 불발의 역사에 그치고 만 것은 남북을 통틀어 그것을 현실화시킬 능력을 가진 정치지도자가 없었다는 얘기이기도 했다. 다만 가장 근접한 인물이라면 그건 여운형이었을 것이다.

맹목적으로 자신을 정의로, 타인을 불의로 설정하는 지점에서 역사의 비극이 싹튼다. 미국과 소련이 남과 북을 점령한 것은 분단의 시작일 뿐이었다. 분단을 완성한 것은 어리석음과 아집과 독선이었다. 극악한 식민지 상태에서 갓 벗어난 사람들에게 대화와 타협의 매너를 기대하기는 무리였다. 관대함과 현명함의 미덕은 굶주림과 인권유린이 없는 환경에서 훈련되는 것이다.

여우 굴이냐,
호랑이 굴이냐
-1948년 평양, 서울

✳
|
|

　명자는 서울을 떠나올 때 짐가방에 사진첩과 일기 따위를 챙겨
넣었다. 단칸 셋방의 소박한 살림이지만 뒷정리도 깔끔하게 했다.
서울 거리도, 서울 사람도, 서울생활도 그다지 미련이 없었다. 다
만 윤동명 한 사람에게 미안한 마음이었다. '미안하다니, 그것도
사랑일까.'

　배웅 나온 윤동명에게 짐가방을 건네받을 때 명자는 "나 없어도
잘 지낼 수 있겠죠?" 했고 동명은 "보름 정도야"라고 대답했다. 짤
막한 대화 속에 복잡한 감정이 뒤엉켰다. 영원한 것이 될 수도 있
는 그녀의 작별인사를 동명이 애써 부인하고 있었다.

　아침에 서울을 떠난 소형 버스가 개성을 지나 38선을 넘을 때는
정오 무렵이었고 남북 100미터 완충지대를 통과한 다음 소련 경
비병의 검문과 보안요원의 짐 검색을 거친 후 여현역에서 열차를
타고 평양에 도착했을 때는 땅거미가 지고 있었다.

　평양역에 내린 명자 일행은 다섯이었다. 연석회의 준비위원회

소속의 세 남자가 플랫폼에 나와 그들을 맞았다. 1948년 4월 18일이었다.

평양의 남북제정당사회단체 연석회의에 좌우합작파인 근로인민당은 무려 23명의 대표단을 파견했다. 근민당 수석부위원장인 장건상 이하 다섯 명이 1진으로 먼저 출발했고 중앙위원 고명자도 그중 하나였다. 몽양 여운형이 암살당한 후 홍명희가 임시 당수를 맡았다가 이즈음에는 부위원장 3인의 집단지도체제로 운영하고 있었다.

명자 일행은 검은 세단 두 대에 나눠 타고 삼일여관이라는 간판이 붙어 있는 숙소로 안내되었다. 명자가 전단지 뭉치를 공단치마 속에 숨겨 평양에 왔던 십수 년 전에 비해 그다지 달라진 것 같지 않았다. 거리나 가옥이 허름하기는 서울 사대문 밖이나 마찬가지였고 건물 벽이나 전신주에 정치 구호가 나부끼는 것도 서울과 흡사했다. 다만 길 가다 건물 한 층을 덮을 만큼 거대한 두 남자의 얼굴과 맞닥뜨릴 때 명자는 깜짝깜짝 놀랐다. 칠순의 스탈린은 젊게, 30대의 김일성은 나이 들어 보이게 그려놔서 형제의 초상처럼 보였다. 거리의 표어 중에는 국어와 러시아어로 나란히 쓰인 것도 있었다.

"북조선은 인민의 나라다. 모든 권력은 소비에트로."

러시아어가 명자에게 활기차고 행복했던 한 시절의 향수를 불러일으켰다.

남쪽 손님들이 오는 큰 행사가 열린다고 해서인지 빗자루로 거리를 쓰는 사람, 걸레로 벽을 닦는 사람도 눈에 띄었다. 사거리에 정차해 있는 동안 명자는 무심코 창밖을 보다가 물걸레 들고 담벼락을 닦는 청년에게 눈길이 멎었다. 자세히 보니 "살인강도단 두목 김구를 타도하자"라는 벽보를 물 묻혀 떼어내고 있었다.

저녁식사 하러 여관을 나와 식당으로 가는 길에 명자는 여전히 물걸레를 들고 담벼락 앞에 서 있는 사람들을 보았다. 아직 군데군데 "金九는 金狗다", "김구는 개아늘이다" 하는 선단시들이 그대로 붙어 있었다.

저녁 늦게 허정숙이 삼일여관을 찾아왔다. 저녁식사 자리에서 북측 안내원들로부터 그녀의 방문이 있으리라는 예고가 있었다. 정숙은 남북연석회의 준비위원회 서기장이었다. 말하자면 연석회의 준비 책임자였다. 정숙이 북조선에서 요직에 있다는 소문은 일찍이 듣고 있었지만 "서기장께서 오십니다"라는 파발에 이어 바깥에서 자동차 소리가 들리고 정숙이 수행원 네 명을 대동하고 나타났을 때 그녀가 명불허전의 거물임을 명자는 피부로 느꼈다.

"여러분, 모두 진심으로 환영합니다"라는 공식 멘트와 함께 여관으로 들어선 정숙은 명자 일행 가운데 가장 어른인 장건상과 반갑게 손을 맞잡으면서 "선생님, 연안에서 뵙고 3년 만입니다. 더 건강해지신 것 같습니다"라고 했고 다른 세 남자와 차례로 악수한 뒤 마지막으로 명자에게 다가와 "이게 대체 얼마 만이냐"면서 두 팔을 벌려 포옹했다.

정숙은 긴 단발머리가 어깨 위에 찰랑거렸고 스커트 양장에 허리 벨트를 했다. 정숙이 하이힐을 벗으며 마루로 올라서자 수행원 남자가 얼른 하이힐을 돌려서 반듯이 정리했다. 근로인민당 일행과 둘러앉은 정숙은 준비위원회 서기장의 입장에 합당한 공식 발언들을 했다. 이번 남북연석회의는 우리 민족이 분단으로 가느냐 통일로 가느냐의 갈림길에서 중요한 계기가 될 것이며 남북의 모든 민주주의 정당 사회단체는 우리 땅에서 외국 군대를 몰아내고 완전한 자주독립을 쟁취하기 위해 단결해야 한다는 요지였다. 이미 팸플릿에서 충분히 읽은 내용들이었다. 지난 추억에 잠긴 명자에게 정숙의 일장연설은 귓바퀴에서 겉돌았다.

아버지가 돌아가셨을 때 가회동 집에서 만난 게 정숙과는 마지막이었다. 그 후 십수 년이 흘렀고 명자가 고작 단칸방을 얻어 독립했을 때 정숙은 중국 연안으로 떠났고 명자가 첫사랑 남자의 그늘에서 가련하게 수예나 놓으며 청춘을 날려보낼 때 정숙은 세 번째 남자와 팔짱 끼고 항일무장투쟁에 뛰어들었다. 정숙은 때때로 서대문 단칸방으로 명자의 꿈속을 찾아오기도 했는데 말 타고 만주벌판을 누비는 모습이었다. 명자보다 두 살 위였지만 정숙은 스물 나이에 이미 여장부였고 스물의 여장부는 이제 마흔의 여장부가 되어 명자 앞에서 일장연설을 하고 있었다.

이야기 끝에 정숙이 "김구 주석은 내일 평양에 오시기로 돼 있다"고 했을 때 장건상 선생이 놀란 듯 "그게 참말이오?" 했다. 당초 김규식, 김구 두 사람이 제안한 남북협상이지만 김일성, 김두봉 이름으로 협상을 수락해오면서는 이것저것 의견차가 있어 막상 평양회의가 결정된 뒤에는 가네 안 가네 말이 많았다. 명자 일행이 떠나오기 전까지도 경교장에서는 참석에 대한 언급이 없었다. 백범이 반탁운동의 파트너였던 이승만과 틀어지면서 단정 수립을 반대하고 남북합작의 맹주로 나섰지만 그렇다 해서 김일성과 한 자리에 앉는 광경은 상상할 수 없었다.

언젠가 여운형이 "만일 일본 공산당 당수 노사카 산조와 이승만이 같이 물에 빠지면 박헌영은 노사카를 먼저 건지겠지만 나는 이승만을 살려내고 여력이 있으면 노사카를 건질 것"이라 한 적 있다. 하지만 백범은 김일성과 히로히토가 물에 빠졌다 하면 누굴 건질지 알 수 없다. 물론 둘 다 죽게 내버려둘 것이다. 그는 여운형 김규식의 좌우합작도 결사반대해왔고 여운형에 대한 테러 몇 건은, 마지막 테러까지 포함해서, 그가 배후라는 소문이 파다했다. 임시정부 시절의 백범은 오른손으로 정치를 하고 왼손으로 테러를 했고 그것으로 항일투쟁의 별이 되었지만 해방 후에도 두 손을 동시에 쓰고 있었다. 이제는 동족들, 자신의 정적들을 상대로 말이다. 백범은 해방 이듬해 3·1절에 김일성 암살단을 평양으로 파견하기도 했는데 3·1절 축사를 하던 김일성은 연단에 날아든 수류탄으로 혼겁했고 이후 북조선에서 김구는 '민족혁명의 고결한 지사'에서 '金狗(구:개)'가 되었다. 정숙의 이야기를 듣고서야 명자는 오늘 평양 거리에서 본 이상한 풍경이 이해가 갔다.

공식적인 환담이 끝나고 정숙이 장건상 선생에게 따로 말씀 좀 나누자고 그와 먼저 자리를 떴을 때 명자는 서운한 마음을 누를 수 없었다. 일행은 각기 자기 방으로 흩어졌고 명자 역시 객실로 돌아왔다. 고급 여관답게 객실에는 문갑과 거울이 놓여 있고 적산가옥이라 커튼이 쳐진 들창이 있었다. 들창을 여니 서늘한 강바람이 불어왔다. 서울은 종로 거리도 저녁만 되면 컴컴한데 평양 거리는 가로등 불빛이 대낮처럼 환했다. 근로인민당 대표 몇몇은 평양에 눌러앉을 생각으로 월북하는 눈치였다. 명자도 서울에 정을 떼고 오른 북행길이었다.

여운형이 암살된 지 1년이 가까워오지만 계동 근처만 지나도 눈물이 났다. 몽양의 죽음은 그늘이 넓고도 길었다. 꼬리를 물고 쓰러지는 도미노처럼 그가 죽자 좌우합작이 무너지고 미소공위는 결렬되고 조선 문제는 유엔으로 이관되고 유엔은 남북 총선거로 통일정부 수립을 결의했지만 남은 남대로 북은 북대로 단독정부 수립 쪽으로 급물살을 탔다. 그의 죽음으로 정치활동을 접은 사람도 여럿이었다. 화요회의 대선배로 8·15 날 출옥한 이래 주로 계동 집 뒷방에서 술과 한담으로 소일하던 조동호는 낙향했고 3차 조선공산당 책임비서로 해방과 함께 출옥해 여운형과 좌우합작 운동을 했던 김철수 역시 낙향해 은둔생활에 들어갔다. 몽양이 당수를 맡았던 근로인민당도 형체만 남았다. 몽양이 떠난 서울은 텅 빈 느낌이었다.

하지만 평양은 거리도 사람도 사투리도 낯설었고 옛 친구는 서먹서먹했다. 텅 빈 서울과 낯선 평양, 두 도시 사이에서 지쳐버린 기분으로 벽에 기대앉은 명자의 방문을 노크하는 소리가 들렸다. 대답을 듣기도 전에 문이 열렸고 정숙이 들어섰다. 정숙은 활짝 웃고 있었다. 명자가 튕겨 일어났다. 정숙의 뒤로 낯선 남자가 따라 들어왔다. 정숙이 당황해하는 명자의 손을 잡고 "괜찮아. 상관 없어"라고 했다. 정숙은 다시 한 번 명자를 끌어안고 두 팔에 힘을 주었다.

"명자야, 너를 다시 못 보게 될 줄 알았다. 잘 왔다."

방 한가운데 마주 보고 앉자 정숙이 먼저 말을 꺼냈다.

"몽양 선생 일은 정말 애석하게 됐다. 그런데 그동안 뭘 하고 산 거야. 아직 혼자니?"

명자는 윤동명과 살림 차린 일과 수예로 생업을 잇던 일 등등 누서없이 이야기했다.

"어머니한테 배운 자수가 나중에 밥벌이가 될 줄은 몰랐어. 뒤 집히고 또 뒤집히고 하는 게 인생인가 봐. 내가 처음 여성동우회 갔던 날 언니가 하던 말이 기억나. 여학교에서 왜 수예를 가르치냐. 수예는 직업으로 할 사람만 배우면 된다. 그 얘기 듣고 내가 얼마나 놀랐던지."

"하하. 그랬었니? 너 기억력 좋구나. 20년도 더 지난 일인데 그걸 어떻게 다 기억하니?"

정숙이 덕담을 했지만 명자는 착잡한 표정으로 고개를 떨구었다. 기억력에 관한 한 허정숙 따라갈 사람은 드물 것이다. 다만 기억이란 선택적이어서 자신에게 의미 있는 부분, 강렬한 부분만 골라내게 마련이고 정숙과 명자가 서로에게 갖는 무게가 달랐을 뿐이다. 남자는 정숙의 뒤에 멀쩍이 떨어져 앉아 있었다. 이제 명자가 정숙의 지나온 이야기를 물을 차례였지만 그럴 기회가 주어지지 않았다.

"명자, 나중에 차분히 앉아서 이야기할 기회를 따로 만들기로 하자. 오늘은 내가 다시 사무실로 들어가 봐야 되고 해서 단도직입적으로 용건을 이야기하마. 너도 알겠지만 이번 근로인민당 대표들 몇은 연석회의 끝나고 평양에 남기로 돼 있어. 공화국 건설에 참여하게 될 거야. 너 생각은 어떤지. 지금 바로 답할 필요는 없어. 평양에 있는 동안 심사숙고해보도록 해. 만일 남겠다면 내가 도와줄 것이야."

작정하고 떠나온 길이지만 막상 양자택일의 순간에 명자는 즉답을 못 하고 머뭇댔다. 하지만 길은 정해져 있었다. "그러잖아도…" 하고 명자가 입을 열려는 순간 정숙이 자리에서 일어났다.

정숙이 떠난 뒤 명자는 생각에 잠겼다. 왜 즉답을 못 했을까. 서울에 미련이 남았다는 뜻인가. 아니면 평양도 정숙도 낯설게 느껴진 탓인가. 정숙의 이야기는 명자에게만 한 것 같기도 하고 일행 모두에게 한 것 같기도 했으며 사적인 조언 같기도 하고 공적인 제안 같기도 했다. 정숙이 "명자야, 돌아가지 말고 나하고 평양에 같이 있자"고 했다면 명자는 머뭇거릴 필요도 없었다. 단발하자면 단발하고 공부하자면 공부하던 스무 살 때처럼 살 수도 있을 것이다.

명자는 이불을 펴고 누워 평양에는 어떤 미래가 기다릴까 그려보았다. 정숙의 진심은 무엇일까. 아니, 그녀 자신의 진심은 무엇인가. 하지만 38선을 넘어오고 낯선 도시를 대면한 피로감이 산만한 생각을 혼곤한 잠으로 덮어버렸다.

이튿날 아침 연석회의가 열리는 모란봉극장으로 가는 길에 명자는 "애국자 김구 만세!" "백범 김구 선생, 환영" 따위의 플래카드를 보았다.

아침에 거울을 보니 하루 새 눈가에 그늘이 깊어져 보였다. 남쪽이냐 북쪽이냐, 선택의 기로에서 광막한 미래를 헤매 다니는 건 허기지고 지치는 일이었다. 모스크바대학에서 배웠던, 12월 테제를 들고 귀국할 때 꿈꾸었던 그 조선 인민의 소비에트사회가 이곳에 있는데 자꾸 망설여지는 이유는 뭔가. 백범보다 며칠 먼저 오는 바람에 구경하게 된 그 우스꽝스러운 풍경 탓인가. 또는 길모퉁이를 놀 때마다 사람을 놀라게 하는 대형 초상화 때문일까.

모란봉극장에 근로인민당 일행과 자리 잡고서 남과 북에서 모여든 사람들의 웅성거림 속에 앉아 있는 동안 명자는 38선을 넘을 때처럼 다시 마음이 설렜다. 역사적인 장소에 입회해 있다는 흥분이었다. 단상의 주석단 좌석이 하나의 정치적 스펙터클이었다. 김일성, 김두봉과 함께 박헌영과 허헌, 김원봉의 얼굴이 보였다. 여운형 대신 동생 여운홍이 주석단에 앉았다. 김구, 김규식 두 사람은 아직 도착하지 않았다 했다.

지난해 여름 남로당이 불법화되고 수배령이 떨어진 후 허헌은 서울서 자취를 감췄는데 모란봉극장 단상에 나타났을 때 명자는 깜짝 놀랐다. 허헌은 남로당이 지하로 들어가는 마지막 순간까지도 박헌영 편에 섰는데 명자는 그것이 신념 때문인지 딸 때문인지 궁금했다. 박헌영을 보는 것도 2년 만이었다. 듣자니 그는 월북한 뒤 줄곧 해주에 머물다가 이번 대회 때문에 평양에 온 것이라 했다.

김원봉은 지난해 가을까지 민주주의민족전선 회의에서 보았는데 올봄에 일가족을 모두 차에 태우고 월북했다더니 사실이었던 모양이다. 그는 민주주의민족전선 의장이었는데 다른 좌우합작파들이 그렇듯 매일 밤 은신처를 옮겨야 했고 낮에는 변장하고 다

넜다. 왕년에 테러리스트의 지존이었던 그가 해방 후 서울서 테러 위협에 시달리게 됐다니, 아이러니였다. 지난해 3월 총파업 때 체포됐다 보름 만에 풀려난 그는 참담한 심경을 토로했었다. "해방된 조국에서 변장 잠행하게 될 줄은 몰랐소. 왕년에 고등계 형사였던 놈이 수사국장이라고 설치는데 우리가 해방되긴 된 거요?"

그를 신문한 자가 악명 높은 고등계 형사 노덕술이었다 했다. 노덕술은 수도경찰청 수사국장이었으니, 기이한 풍경이지만 그게 서울의 현실이었다. 모스크바 3상회의 이후 찬탁 세력과 공산주의를 박멸하는 애국 캠페인이 대세가 됐으니 총독부 아래서 갈고 닦은 고등계 형사의 고문 실력도 요긴했다.

회의 사흘째 되는 날 김구 일행이 도착했고 민주독립당 대표로 홍명희도 주석단에 합류했다. 김규식은 몸이 편찮다고 회의장에 나타나지 않았고 백범은 남이나 북이나 단독선거 단독정부는 안 된다는 인사말만 하고 퇴장해버렸다.

모란봉극장에서는 연설이 끝나면 누구나 앞에 놓인 술잔을 들고 "김일성 만세"를 외친 뒤 술을 마시는데 명자가 유심히 보니 백범은 인사말이 끝난 다음 술만 입에 털어넣고 자리에서 일어났다. 근로인민당 후발대 이야기로는 백범이 평양으로 떠날 때 반대하는 군중 때문에 경교장 뒷담을 넘어 빠져나왔다 했다. 미소공동위원회나 좌우합작을 결사반대하고 반탁운동을 주도하면서 통일정부와는 멀어지는 쪽으로 몰고 간 장본인이 이승만과 김구였는데 그가 평양에 오기로 결심한 건 뭘까. 어쨌든 그가 경교장 입구를 막고 선 청년들에게 "38선을 베고 죽을 망정 가야 돼"라 했다는 말을 전해 들었을 때 명자는 왠지 뭉클했다.

닷새에 걸친 연석회의가 폐막한 뒤 명자는 근로인민당 사람들과 함께 김일성종합대학, 황해제철소, 김일성 생가, 최승희무용연구소, 평양방직공장, 국립영화촬영소, 혁명가유가족학원을 견학했다. 평양 교외 만경대에 있는 김일성 생가는 작은 초가집이었는데 뜻밖에 김일성의 할아버지가 살고 있었고 마당에서 뭔가 허드렛일을 하고 있었다.

연석회의 행사가 끝나갈 무렵 명자는 김규식 선생이 왜 회의에 안 나왔는지 알 것 같았다. 그는 처음부터 수백 명씩 모이는 떠들썩한 행사가 아니라 통일정부에 대한 대책을 의논하는 요담을 원했다. 하지만 어느 정도 예견했던 일이지만 평양에 와보니 연석회의는 잘 세팅된 대형 정치이벤트였고 회담할 분위기가 아니었다. 이미 북쪽도 통일정부 같은 건 더 이상 바라지 않는 인상이었다. 정부수립을 선포만 안 했다 뿐이지 모든 준비를 마쳐놓고 있었다. 국립영화촬영소가 생겨나고 김일성 생가가 견학 코스가 돼 있는데 더 말할 것이 없었다.

근로인민당 사람들은 공식 일정이 없을 때는 삼삼오오 무리 지어 거리 구경 다니거나 평양의 지인들을 만나거나 했다. 당 부위원장인 서울대학 교수 백남운이나 정백, 이영 같은 이들은 처음부터 서울 살림을 청산하고 떠나온 이들이었다. 식민지 조선에서 가장 유명하고 인기 있는 사회주의 경제학자였던 백남운 선생은 북의 소비에트 경제 실험에 대단한 흥미를 나타냈다. 정백은 벌써 평양 정치에 발을 깊이 들여놓은 모양으로 주로 북로당 사람들하고 어울려 다녔고 김일성 칭송으로 침이 말랐다. 사실 근로인민당 사람들은 서울서 더 이상 설 땅이 없었다. 몽양이 돌아간 뒤 당은 이름만 남았고 간부들은 대개 요주의 인물이거나 이미 검거령이 내려졌거나 했다.

연석회의가 폐막한 며칠 뒤 정숙이 삼일여관으로 사람을 보내 명자를 불렀다. 정숙이 보낸 차를 타고 인민위원회 청사로 가면서 명자는 숙제를 덜 마친 아이처럼 안절부절못했다. 북쪽을 보아도 남쪽을 보아도 살 길이 보이지 않았다. 북쪽의 김일성체제는 미군 정만큼 거북스러웠고 남쪽서는 미군정이 좌익의 숨통을 조여오고 있었다. 여우 굴이냐 호랑이 굴이냐, 였다.

인민위원회 청사가 멀찍이 눈에 들어올 때 명자는 딜레마를 서둘러 정리했다. 양쪽 다 앞일을 알 수 없다면 원칙대로 가자. 토지 개혁만 해도 그렇다. 남쪽도 좌우 불문하고 모두 토지개혁을 이야 기하지만 지금 꼴로 보자면 어느 세월일까 싶다. 명자는 북쪽에 남기로 결심했다. 마음을 정하자 홀가분했고 당연한 것을 왜 고민 했던가 싶었다. 여기는 확실히 아군의 진영이었다. 서울에선 적진 에 낙오된 신세였고 언제든 체포령이 떨어지면 도망 다녀야 했다. 하지만 평양에선 공산주의자라는 것이 자랑스러운 신분이었다. 수상도 군대도 경찰도 다 공산주의자다. 거리에 나가면 몽둥이 들고 설쳐대던 지긋지긋한 청년단 놈들을 이제 안 봐도 된다 생각하니 명자는 만세라도 부르고 싶어졌다.

명자가 들어가자 정숙은 자리에서 일어나며 활짝 웃었다.

"명자야, 저번 날엔 제대로 이야기도 못 하고 정말 미안했다. 그날은 정말이지 치마가 흘러내려도 추켜올릴 틈도 없었어."

쾌활한 농담이 명자 마음의 한 가닥 서운함을 날려버렸다.

"오늘은 내가 아무도 못 들어오게 해놨으니까 맘 편히 이야기해도 돼. 그래서 그 윤 아무개는 어떤 작자야?"

정숙은 그렇게 시작했고 이야기는 경성에서 모스크바로 연안으로 십여 년 세월을 굽이굽이 돌았다.

"언니, 단야는 소련에서 죽었대."

"나도 들었어. 정말 아까운 사람인데."

"세죽 언니 소식도 들었지?"

"응. 이번에 들어왔더라면 좋았을 텐데."

"무슨 소리야? 지금 어디 있는 거야?"

"카자흐스탄에."

"소련이란 말이야? 맙소사! 살아 있다니. 정말 다행이다. 안 좋은 얘기 들었거든. 그런데 왜 안 돌아오는 거야?"

"유형이 안 풀렸어. 세죽도 팔자가 왜 그렇게 기박하니. 단야하고 재혼만 안 했어도."

명자는 정숙의 말을 언뜻 이해할 수 없었다. 다만 뒤통수를 망치로 맞은 듯 어질어질했다.

"누가 재혼했다고? 단야하고 세죽 언니가?"

"몰랐구나. 명자… 내가 어떻게 얘기해야 할지 모르겠는데…."

명자는 다만 이렇게 말했다.

"나, 등 좀 기댈게."

작년에 단야 소식을 전하면서 세죽 얘기를 묻어두었던 몽양의 마음이 헤아려졌다. 단야가 죽었다는 것을 알았을 때 명자는 몸과 마음이 한꺼번에 무너졌다. 단야가 이제는 올 수 없는 사람이라니, 기다림조차 허락지 않을 앞날이 막막했다. 그때는 서대문 사람들 다 듣도록 마음 놓고 통곡했었다. 지금은 다만 모든 게 너무 잘못되었으며 엉망이라는 느낌이다. 명자는 대상을 알 수 없는 무언가에 대한 메마른 분노로 목이 탔다. 부음에는 통곡했지만 이것은 울 수도 웃을 수도 없는 이상한 뉴스였다. 그녀의 인생은 뭔가. 사상도 사랑도 남은 것이 없었다.

"언니, 단야가 세죽 언니를 언제부터 좋아했던 걸까?"

정숙은 다른 생각에 빠져 있는 모양이었다.

"으응? 지금 뭐라 했어?"

정숙과 함께 저녁 만찬장으로 가는 자동차 안에서 명자는 내내 고개를 숙인 채 말이 없었다. 한 남자를 기다린 세월이 허망하고 자신의 인생이 부끄러웠다. 빈 들처럼 황량한 그녀의 머릿속에 문득 20년 저편으로부터 하나의 기억이 튀어 올랐다. 레닌 앞에서 네 남녀가 손을 포개고 맹세를 했다. 혁명을 위해 목숨을 바친다. 서로에게 무슨 일이 생기면 가족을 거두어준다. 특별한 장소라 분위기에 휩쓸려 즉흥 이벤트를 한 거라고 그 이후 잊고 지냈다. 그날의 기억이 구세주처럼 명자를 나락에서 건져주었다.

'단야는 맹세를 지킨 거야. 친구가 생사를 알 수 없게 되었을 때 친구의 아내를 거둬야 했던 거지.'

명자는 숙였던 고개를 들면서 중얼거렸다.

"그랬어. 그랬을 거야."

정숙이 명자의 표정을 살폈다.

"좀 괜찮니?"

정숙이 명자의 거취 문제를 꺼냈다.

"단야 일 때문에 정작 그 얘긴 하지도 못했구나. 그래, 결정했니?"

"아니, 아직. 좀 더 생각해볼게."

만찬이 열린 민주여성동맹 박정애 위원장의 집은 적산가옥을 개조한 저택이었다. 남북의 여성 대표들 서른 명 남짓 모였고 여기서 명자가 분명히 알게 된 것은 김일성 주변에서 가장 힘센 두 여자가 당 쪽에 박정애, 내각 쪽에선 허정숙이라는 사실이었다.

만찬에서 돌아온 명자는 일찍 이불을 깔고 누웠다. 몹시 피곤했다. 하지만 쉽게 잠들지 못했다. 육신은 곤한 잠을 간절히 원했지만 영혼은 몽유병 걸린 듯 십수 년 전에 두고 온 모스크바 거리를 헤맸다.

다음 날 아침 세수를 한 뒤 거울을 들여다보면서 명자는 윤동명을 생각했다. '사랑한다'는 말조차 겸연쩍어 하는 남자였지만 명자와 외출할 때는 갑자기 옷 꼴을 내느라 부산하고 명자 생일엔 손수 아침상을 차리기도 했다. 거울 속의 여자는 여전히 "고우십니다" 소리를 듣는 얼굴이지만 눈과 입가에 세월의 그늘이 깊어 피곤하고 지쳐 있는 인상이었다. 지난 열흘 평양에 남을까 말까 고민할 때 왜 윤동명 생각이 나지 않았는지 이해할 수 없었다. 그는 빈방을 지키며 이제나 저제나 돌아올까, 영영 안 돌아오지는 않을까 노심초사하면서 한 달 또는 한 해처럼 기나긴 하루하루를 보내고 있을 것이다. 명자는 마음을 정했다. 이렇게 분명한 것을!

5월 5일, 명자는 기념품으로 받은 유똥 치마저고리 한 벌을 가방에 넣고 평양을 떠나 서울로 돌아왔다. 평양에 올 때 스무 명 넘었던 근로인민당 대표단이 절반으로 줄어 있었다.

모란봉극장에서 얼굴 보기 힘들었던 김구와 김규식은 그사이 김일성, 김두봉과 4인회담을 성사시켜 4개항의 공동성명을 발표했다.

1, 외국 군대의 즉시 동시 철거.

2, 외국군 철거 이후 내전이 발생할 수 없음을 확인.

3, 외국 군대 철수 후 제 정당 공동명의의 전 조선 정치회의를 소집하여 민주주의 임시정부 즉시 수립. 총선에 의한 조선입법기관 선거 후 조선헌법 제정하고 통일적 민주정부 수립.

4, 남조선 단선 단정 반대, 불인정.

38선을 넘어 이남 땅에 들어섰을 때 맨 먼저 눈에 띈 것은 민가 몇 채가 옹기종기 모여 있는 작은 마을 어귀에 붙어 있는 커다란 현수막이었다.

"남북협상에 현혹 말고 5·10선거에 매진하자."

서울 시내는 자못 살벌했다. 현수막과 벽보, 삐라 들의 전쟁이었다.

"국제연합 선거감시단 입국 환영."

"5·10은 국회의원 총선거 투표일."

"백만 향토보위단, 5·10선거 사수하자."

이런 현수막 맞은편에는 저런 현수막이 걸려 있었다.

"친미 꼭두각시 유엔한국임시위원단을 추방하자."

"보수반동 5·10선거를 보이콧하자."

"민족반역자 이승만과 김성수 일당을 처단하라."

광화문 근로인민당사에서 방북보고회와 해단식을 마치고 나오다가 명자는 총파업 벽보를 붙이던 청년 둘이 '族靑(조선민족청년단)' 완장을 찬 한 무리의 청년들에게 몰매 맞는 광경을 보았다. 미군정청사 부근을 순찰 도는 경찰들 코앞으로 길바닥에 핏자국을 남기며 축 늘어져서 끌려가던 두 청년이 살았는지 죽었는지 알 수 없었다. 그녀는 여우 굴을 나와서 호랑이 굴로 들어왔음을 실감했다.

닷새 뒤에 총선이 치러졌다. 김구의 한독당과 김규식의 좌우합작파, 남로당의 좌파가 선거를 보이콧했다. 이승만의 한민당은 참패했지만 무소속 의원들을 규합해 다수당이 되어 제헌의회를 구성했다. 제헌의회는 이승만을 대통령으로 뽑았고 8월 15일 정부 수립을 선포했다. 김구나 김규식이 북으로 가지 않고 선거에 참여했으면 대통령이 되었을 거라 말하는 사람도 있었다. 보이콧 아니었으면 적어도 이승만이 대통령 되는 일은 없었을 것이다. 해방공간에 무수한 정치지도자들이 뜨고 지던 끝에 대한민국의 첫 대통령이 이승만으로 낙착됐다.

북에서는 8월 25일 최고인민회의 대의원을 선출하는 선거가 실시됐고 9월 9일에는 조선민주주의인민공화국 수립이 선포됐다. 허정숙은 북조선 내각에서 문화선전상이 되었다. 전남편 최창익은 재정상이었고 박헌영은 부수상 겸 외무상이었다. 내각 수상은 물론 김일성이었다.

　김구, 김규식이 평양에서 가져온 공동성명은 물정 모르는 낭만주의자들의 잠꼬대가 되고 말았다. 남북연석회의는 스타일은 그럴싸했으나 결국 하나의 역사적 푸닥거리로 남게 되었다. 김일성은 이미 단독정부 차려놓고 느긋하니 민족해방자 코스프레 하면서 통일정부를 위해 노력했다는 명분을 챙겼다. 이승만은 총선에서 어떻게 뒤집기를 해서 정권을 잡느냐가 초미의 관심사라 통일협상 어쩌고 하는 모양새 따위는 신경 쓸 형편이 아니었다. 그러한 남과 북 사이에서 출구가 안 보였던 김구와 김규식은 선거도 포기하고 울며 겨자 먹기로 평양에 갔지만 최소한 체면을 건지려면 공동성명이라도 들고 돌아와야 했다. 공동성명의 합의라는 것도 실행하겠다는 의지 없이 만든 테가 역력했다. '38선을 베고 죽을망정 가겠다'던 백범의 말에 진심이 담겨 있었다면 불행히도 그것은 너무 늦어버린 진심이었다.

저 해골 안에 한때
톨스토이나 간디가
들어 있었던 말인가
-1950년 서울, 평양, 크질오르다

*

크질오르다

"베라 한."

"네."

"동지에 대해 한 가지 지적사항이 제기되었소. 보드카를 남용하는 경향! 인정하시오?"

세죽은 낯이 화끈거렸다.

"네? 보드카를 애용하는 것은 사실이라고 말할 수도 있겠지만 작업 시간 중에 마신 일은 결코 없습니다."

"물론일 테지요. 하지만 알코올이란 나약한 인간을 중독에 빠뜨려 중추신경을 마비시키며 밤에 시작하지만 차츰 낮 시간도 갉아 먹게 되는 독이오. 작업 시간 중에 마시지 않는다 해도 작업에 영향을 미칠 수 있음을 인정해야 할 것이오. 본인이 보드카를 남용하게 된 경위를 자아비판 하도록 하시오."

"음, 그건…. 제 나이와도 관련 있을지 모르겠는데…. 자주 우울해지고…. 카자흐스탄에 온 이후 줄곧 혼자 생활해왔고 가족 없이 저녁 시간을 보내려다 보니 외로움을 견디기 힘들어서 한두 잔 입에 대는 정도입니다."

70명 남짓의 회의장이 곳곳에서 웅성거리는 소리와 함께 술렁댔다. '우울'은 공식 석상에서 결코 입에 담을 수 없는 단어였다. 세죽은 길게 한숨을 내쉬고는 말을 이었다.

"네, 장차 알코올중독으로 발전할 수 있음을 인정하며 시정하도록 노력하겠습니다."

크질오르다 주 공업기업소의 공산당 지부에서 나온 위원 가운데 30대 중반쯤으로 보이는 여자가 논평했다.

"지금 소비에트사회 각 부문에서 여성의 역할은 눈부시게 성장하고 있어요. 현재 약 천 명의 최고 소비에트에 여성대의원이 277명이나 됩니다. 콜호즈에서 농업작업 반장이나 목축장 책임자 중에 여성이 무려 10만 명이 넘는다는 걸 알아야 할 겁니다. 지금 소련 여성은 선진 소비에트문화의 첨병으로서 역사적으로 중요한 사명을 담당하고 있습니다. 가까운 체르브냐야 콜호즈만 해도 문맹퇴치소 야간학교 출신의 고려인 여성 동지가 송아지 36마리를 성공적으로 육성해 지난해 스탈린 노력영웅 훈장을 받은 사례를 학습하지 않았나요? 퇴폐적인 개인주의와 감상주의를 마땅히 부끄러워해야 할 것입니다. 알코올중독은 차르시대가 남겨놓은 가장 악취 나는 쓰레기예요. 베라 한 동무는 앞으로 저녁 시간에 조합이나 부락 단위 모임에 적극 참여하도록 하세요. 동무는 참가 현황이 저조하다고 보고되어 있군요. 각종 학습이나 봉사 소조를 통해 얼마든지 시간을 생산적으로 보낼 수 있지 않겠어요? 모든 문제가 학습 부족과 사상적 해이에서 비롯되는 것이에요. 앞으로 필히 마르크스레닌주의 학습 모임에 참가하도록 하세요."

세죽네 공장 소비에트의 비서가 그녀에 대한 참고사항을 보고했다. 약간의 사적인 문제가 있긴 하나 근무 성적은 양호한 편이며 낭 기관시 〈프라우나〉를 열독하고 있다는 다분히 우호적인 내용이었다. 당 지부 위원장이 마무리했다.

"베라 한 동지는 알코올 남용에 대한 개선 노력을 실시할 것이며 개선 결과를 매달 한 차례씩 당 지부에 보고하도록 하시오."

세죽은 오른손을 들고 선서했다.

"노동에 영광을!"

지부장이 오른손을 들었다.

"스탈린 만세!"

세죽은 자리로 돌아왔고 다음으로 호명된 여자가 일어나 중앙으로 걸어 나왔다. 다음 순서는 그녀의 공장 동료였는데 작업의 불량률이 현저하게 높은 이유가 나태함 때문인지 무능함 때문인지 자아비판 하라고 질책당했다.

크질오르다 주 공업기업소는 6월 한 달을 스타하노프 주간으로 선포했고 모든 작업장에서 생산량 배가운동을 벌였다. 하지만 세죽이 일하는 봉제작업장은 생산 목표에 못 미쳤고, 목표 달성에 실패한 작업장들에서 차례로 자아비판대회가 열렸다.

1930년대만 해도 자아비판대회는 살벌했다. 대회 도중에 끌려나가는 일이 흔했고 사유에 따라 유형을 가기도 했다. 그녀도 몇 차례 겪어보았는데 위원회 앞에 불려 나갈 때마다 새파랗게 얼어붙곤 했다. 하지만 지금은 비판을 하는 사람이나 비판을 당하는 사람이나 그저 푸닥거리 한 번 한다 싶은 표정이 역력하다. 혁명기의 흥분과 긴장이 사그라들자 모든 것은 관습이 되고 관행이 되었다. 어쩌면 모스크바와 카자흐스탄의 차이일런지도 모른다. 세죽만 해도 그렇다. 이미 카자흐스탄이고 유형지인데 여기서 밀려나면 어디로 가겠는가. 또한 봉제공장 직공보다 더 나쁜 보직도 있겠지만 그러나저러나 큰 차이는 없다. 한때 꿈이 있어 두근대던 시절도 있었다. 모범수가 되어 어서 빨리 유형에서 벗어나 모스크바의 딸에게로 돌아가고 싶었다. 열망이 남아 있던 때엔 매사에 열의도 있었고 긴장도 있었다. 하지만 희망이 사라지자 즐거움이 없어졌지만 두려움도 없어졌다.

스탈린 앞으로 조선에 보내달라는 청원을 낸 것이 46년 봄이었는데 그녀는 48년 1월에 거절 통보를 받았다. 꿈에 부풀어서 청원서를 썼지만 당 지부에서 시간을 끄는 동안 김이 새기 시작했고 마침내 국가로부터 잊혀진 존재라는 결론을 내리고 청원서를 낸 사실조차 잊고 지내던 즈음에 내무인민위원부의 소환을 받았다.

크질오르다 주 내무인민위원부에 가던 날 그녀는 얼마나 들떴던가. 마음이 떨리고 손이 떨려 재봉틀 바늘을 두 번이나 분지르고 검지가 바늘에 찔려 핏자국 때문에 원단 하나를 버리면서 오전 작업을 끝내고 점심도 굶고 지부로 달려갔었다. 줄을 서서 한 시간쯤 기다린 뒤 세죽은 "청원이 기각됐소"라는 간단한 통보를 받았다. 크질오르다에서 모스크바까지 다녀오는 동안 세죽의 서류

는 〈자본론〉 1권만큼 두꺼워졌지만 맨 윗장에 찍힌 소련 국가보안
위원회의 결정사항은 단 한 줄이었다.

"베라 한의 전과말소 청원을 기각한다."

이유도 없고 설명도 없었다. 내무인민위원부 직원은 벌써 다음
차례 주민과 이야기를 시작했다. 세죽은 일단 가장 가까운 의자를
찾아가 주서앉았나. 입에서 서도 모르는 새 "오, 주여!" 하는 소리
가 터져 나왔다. 공장에서 당 지부까지 30분 거리를 단숨에 달려갔
지만 돌아오는 길은 아득히 멀어 몇 번이나 길가에 쪼그리고 앉아
다리쉼을 해야 했다. 저녁을 거른 채 빈속에 보드카를 마시고 정신
이 가무룩해져서 잠자리에 드는 날이 잦아진 것은 그 이후였다.

세죽은 이따금 심장이 두근거려 며칠씩 안절부절못하곤 한다.
그럴 때는 앞날에 온통 불안과 어둠만 가득하고 더 이상 삶의 무
게를 지탱할 자신이 없어 이쯤에서 모든 걸 놓아버리고 싶어진다.
그것이 무엇일까. 노화의 증세일까. 몸과 마음이 쇠잔해진 탓일까.
중년을 넘기는 모든 여자가 그런 걸까. 아니, 남편을 잃고 아이를
잃고 홀로 낯선 땅에서 유형생활 하는 독신의 여자만이 겪는 고독
병인지도 모른다.

그녀 인생은 뜻대로 된 것이 하나도 없었다. 영생여학교는 퇴
학당했고 음악공부도 중간에 그만두었고 상해 유학에서 돌아오
는 길에 남편이 투옥됐다. 소련에 도망 왔다가 눌러살게 될 줄, 카
자흐스탄이란 데 끌려왔다가 여기 뼈를 묻게 될 줄 어찌 알았겠는
가. 인생에 닥칠 수 있는 비극과 불운 앞에 자만이란 있을 수 없다.
이보다 더한 고난이 있을까 하면 더 심한 고난이 닥치고 바닥을

첬다 싶을 때 바닥이 꺼지는 것이다.

예전에 사람들이 "사람 이름에 대나무 '죽竹'을 잘 안 쓰는데" 하면서 멋지다거나 특이하다 할 때 세죽은 내심 뿌듯했다. 헌영도 그녀의 성품이 대쪽같이 강직하다고 할아버지가 이름을 잘 지어주셨다고 했다. 하지만 헌영이 감옥 가고 혜화동에 혼자 살 때 주인아주머니가 무당기 있는 여자였는데 "고독살孤獨殺이 있어. 이름을 바꿔. 대나무 죽 대신 꽃뿌리 영英을 써"라고 한 적 있다. 최근 비비안나의 편지를 받고서 세죽은 문득 그 아주머니 기억이 떠올랐다. '고독살'.

비비안나는 편지에서 올여름 한 달간 평양에 가서 지낼 예정이라 했다. 아버지가 평양을 다녀가라 간곡히 청했고 비비안나의 모이셰예프민속무용단 전체를 초청했다 한다. 아버지 주선으로 최승희에게 한국 전통무용을 배우게 됐다고 비비안나는 몹시 들떠 있었다. 최근에는 남자친구도 생겼다 한다. 빅토르라는 러시아 청년인데 모스크바국립대 역사학과에서 강의 듣다가 만난 사이라 했다.

비비안나는 열아홉에 프라하의 세계청년학생 무용경연대회에서 대상을 탄 이래 미국 프랑스 일본 중국으로 해외공연을 자주 다녔다. 딸이 활기찬 젊은 시절을 보내는 것을 대견하게 바라보면서도 그녀는 마음 한쪽이 휑하니 비어왔다. 딸의 인생은 이제 완전무결하다고 할 수 있다. 약혼자까지 생겼으니 더더욱 엄마가 낄 자리는 없다. 그녀는 아직도 딸에게 엄마가 유형수라는 것을 비밀로 하고 있다.

비비안나 편지의 절반은 빅토르, 절반은 평양 얘기였다. 불안과 우울의 나날에서 헤어나지 못하고 있는 세죽에게 결정타를 안긴 것은 편지의 마지막 문장이었다.

"평양에선 여러 가지로 바쁠 거 같아요. 아버지가 9월에 새엄마와 결혼식을 올리는데 꼭 와서 축하해주길 바란다고 하셨거든요."

평양

1949년 8월, 평양에서 네 번째 맞는 여름이었다. 하지만 정숙은 평양에 와서 반생쯤은 보낸 것 같았다. 비상식량과 속옷이 담긴 류색을 메고 바짓단이 너풀거리는 낡은 군복을 입고 평양역에 내리던 일이 콧수건 매달고 소학교 입학하던 기억만큼이나 아득한 옛일이 되었다. 이 도시에 많은 변화가 일어났고 그녀에게도 많은 변화가 있었다.

평양 거리는 이제 삼청동이나 인사동처럼 익숙하고 편해졌다. 대동강과 해방산도 한강이나 인왕산만큼 정겨운 풍경이 되었다. 아마도 아버지 때문일 것이다. 아버지가 오자 평양이 고향이 되었다. 게다가 새어머니와 이복동생들까지 합류하면서 졸지에 대가족이 되었다.

아들들을 모스크바로 유학 보내고 혼자 남은 집에 아버지와 동생들이 자주 놀러왔다. 정숙은 이복동생들을 인민시장에 데려 나가 옷이며 구두를 사 주기도 하고 연극과 오페라를 보기도 했다. 주말에는 가족과 함께 도시락을 싸 가지고 모란봉에 오르거나 능라도에 놀러 가기도 했다. 혼자 있을 때는 책을 읽거나 음악을 들거나 개를 데리고 산책했다.

아들은 유학 보내주신 어머니와 수상 동지께 감사드린다는 편지를 보내왔다. 보통학교 신입생 때 만주사변이 터졌고 고등보통 들어갔을 때 중일전쟁이 시작돼 전형적인 군국주의 황민교육을 받은 세대라 모스크바대학에서 보고 듣느니 모두 신선한 충격일 것이다. 정숙은 아들에게 소련 사람들은 육식을 좋아하는데 야채를 많이 먹도록 하고 옷은 손수 빨아서 늘 깨끗이 입고 다니라고 편지를 썼다.

북조선민주주의인민공화국 정부도 2년차로 접어들면서 안정을 찾아가는 듯했다. 49년 2월부터 수상과 내각 절반이 두 달간 나라를 비우고 수학여행 가듯 소련에 견학을 다녀왔고 등산이나 야유회로 팀워크를 다지기도 했다. 하지만 밤이 되면 소련파, 연안파, 남로당파가 끼리끼리 모였고 뒷담화가 번성했다. 예전엔 연안파만 해도 떠들썩하게 돌잔치 하고 송년회도 했는데 요새는 쉬쉬하면서 조용히 모였고 소련파나 남로당계도 비슷한 것 같았다.

정숙은 김일성 내각에서 유일한 여자였다. 수상을 못마땅해하는 사람들도 있지만 정숙은 그가 싫지 않았다. 정확히 말하면 좋아하는 편이었다. 본인 말처럼 빨치산 동지 김책을 도와준 일 때문인지, 평양에 와서 힘이 되어준 아버지에 대한 감사의 마음인지, 그녀에 대한 그의 태도는 무조건적이었다. 최고권력자의 호감을 사는 일이 기분 나쁜 일일 수는 없었다.

내각과 당 요인들의 관사가 모여 있는 해방산 기슭에는 아이들이 새싹처럼 돋아났다. 수도승처럼 몸속에 사리를 키우며 풍찬노숙하던 혁명가들이 해방된 조국에 돌아와 젊은 아내를 맞아들여 젖먹이 아기의 아빠가 되었다. 아이들은 갓 태어난 공화국과 같이 자라났다.

퇴근길에 밤늦게까지 불을 밝힌 건물들을 보다가 정숙은 '이것이 우리가 세운 공화국이구나' 하는 감회에 젖곤 했다. 나라 잃은 식민지 지식인으로 미국과 일본과 중국을 떠돌면서 보고 듣고 배운 것, 그 수모와 고난까지 모두 오늘 이 건국사업의 밑거름이 되고 있으니 세상에 헛된 일은 없었다. 상해에서 부하린의 〈공산주의ABC〉를 강독할 때 그 원칙을 골조로 국가를 건설하는 날이 오리라 생각이나 했던가. 근우회에서 결혼 이혼의 자유를 외칠 때는 여자가 정부각료가 되리라고는 상상도 못 했다.

차창 밖으로 대동강이 보이는가 싶더니 차는 강변의 3층 건물 앞에 멈춰섰다. 최승희무용연구소였다. 당과 내각의 요인들이 오는 자리라 연구소 주변은 경비가 삼엄했다. 대강당 앞에서 최승희가 남편 안막과 함께 서 있다가 정숙을 보고 다가와 반갑게 인사했다.

"상께선 모이세예프무용단 공연이 처음이시죠?"

"지난봄 모스크바 방문 때 백남운 상이 보고 와서 칭찬이 대단하더군요."

극장 객석에는 박헌영이 일찌감치 와서 자리 잡고 있었다. 정숙이 다가가서 축하한다 하자 헌영이 일어나며 손을 내밀었다. 이 남자가 이처럼 벙싯거리며 입을 다물지 못하는 모습도 처음 본다 싶었다. 그저 딸을 대견해하는 아버지, 그 이상도 이하도 아니었다.

곧 공연이 시작됐다. 모이세예프무용단 공연이라고는 하지만 객석의 시선은 오직 비비안나 하나만을 좇고 있었다. 독무에서 비비안나는 몽골 민속춤을 추었다. 비비안나는 엄마의 서구적 미모는 간데없고 아빠를 빼닮아 오종종하게 생겼는데 그 동양적 마스크가 몽골 춤에 어울렸다. 무대 위에서 비비안나가 내뿜는 기운은 자성이 어찌나 강한지 정숙은 이따금 전율을 느꼈다. 낙관과 패기가 하늘을 찔렀던 상해 시절의 정숙과 세죽, 지금 비비안나가 바로 그 나이였다. 세죽이 남산만 한 배를 안고 걸어가는 뒷모습을 본 게 마지막이었는데 배 속의 아이가 자라 지금 정숙 앞에서 춤을 추고 있다.

공연이 끝나고 다과회에서 정숙은 무대의상을 그대로 입은 비비안나를 만났다. 그녀는 두 손으로 비비안나의 손을 잡고 손등을 쓰다듬었다.

"정말 예쁘게 잘 컸구나. 부모님이 자랑스러워하실 만하다."

정숙의 러시아어는 대화에 불편함이 없었다. 비비안나는 대답 없이 웃었다.

"엄마는 어떻게 지내시니?"

"글쎄요."

"카자흐스탄에 가봤니?"

"예."

"엄마 집도 가봤겠구나."

"아니요, 공연하러 알마티에만 갔었어요."

정숙은 비비안나를 잡고 있던 손을 슬며시 놓았다. 최승희가 다가왔다.

"소련의 예술교육은 정말 놀라워요. 비비안나의 재능도 뛰어나지만 재능을 일찍 발견해서 키워주는 시스템은 정말 부러워요. 우리는 언제 그렇게 될 수 있을까요."

비비안나가 앞으로 한 달 동안 연구소에서 한국 전통춤을 배우게 될 것이라 했다. 최승희는 숏커트 머리에 하늘하늘한 베이지색 원피스 차림이었는데 평범한 원피스 하나도 최승희가 걸쳤을 때는 천사의 날개옷이었다. 같은 여자지만 정숙은 문득문득 최승희에게 넋을 잃곤 했다. 중국으로 떠나기 전 경성에서 최승희 공연을 볼 때 최승희에게 경성이 너무 초라하다고 느꼈는데 평양은 그녀에게 너무 갑갑해 보였다. 그녀는 식민지 조선의 주머니를 찢고 뾰족 나와 있는 송곳이었다. 시대는 너무 촌스러웠고 그녀는 너무 모던했으며 또한 재능은 특출했다. 나이 스물쯤에 정숙은 자신이 고루한 시대에 잘못 태어났다는 불행감에 젖었지만 최승희야말로 백 년쯤 시대를 앞서 태어난 여자였다. 아니, 그녀는 조선 땅에서 태어나지 않고 어느 별에서 떨어진 것 같았다.

1946년 여름 최승희가 남편 안막과 함께 월북한 이래 김일성의 특별 지시로 정숙은 연구소를 지어주고 전폭적인 지원을 했다. 최승희가 평양에 있다는 것 자체가 북으로서는 선전 효과 최고였다. 하지만 평양에 처음 왔을 때 비해 그 표정의 싱싱함이 시든 느낌이다. 그녀도 이제 마흔 줄에 접어드는데 나이 탓만은 아닐 것이다. 그녀의 춤이 부르주아예술이라는 끈질긴 비판을 자신도 의식하고 있는 듯했다. 지난 10여 년 지구를 몇 바퀴 돌며 공연해온 세계적인 스타답게 그녀는 평양 말고도 서울과 도쿄와 북경에 집이 있었는데 북경 집은 작년에 팔았다고 했다.

박헌영과 최승희의 행사라 남로당 인사들과 월북 문화예술인들이 총출동했다. 식민시대 경성 최고의 로맨틱 커플이었던 시인 임화와 소설가 지하련 부부도 왔고 작곡가 겸 피아니스트 김순남, 여배우 문예봉, 영화감독 서광제도 눈에 띄었다. 대체로 좌익문예활동을 하다가 불법화되면서 월북한 이들이었다.

몇몇이 둘러선 자리에서 박헌영이 최근 호 〈근로자〉에 쓴 글이 화제가 되었다. 헌영은 "남조선해방이 지연될수록 남조선의 인명을 더욱 잃을 것이므로 통일은 당과 인민의 가장 중요하고 즉각적인 과제"라고 썼다. 임화가 말했다.

"아닌 게 아니라 남조선 문제는 시급한 것 같소. 백주대낮에 암살과 테러가 횡행하니 무정부 상태가 아니고 무엇이겠소. 게다가 문화라는 것도 미제국주의의 시궁창이 되었으니."

불길한 여름이었다. 수상이 올해 신년사에서 국토완정國土完整이라는 신조어를 열 번 넘게 쓰면서 전체 조선의 완전한 해방을 강조한 다음부터 남조선해방이라는 말을 당과 내각에서 심심찮게 듣게 되었다. 첫 번째 과제인 소비에트정부 수립을 마쳤으니 두 번째 과제는 남조선해방이라는 것이다. 서로 짜기라도 한 듯 38이남에서는 이승만이 걸핏하면 북진통일을 외쳐댔다. 사흘이면 평양을 접수할 수 있느니, 평양에서 점심 먹고 신의주에서 저녁 먹느니 했다. 38선에서는 매일 몇 건씩 교전상황이 보고돼 왔는데 대개 남쪽이 도발해왔다. 남쪽 정세가 워낙 불안하니 전쟁으로 돌파하려고 분계선을 찔러보는 수작이었다. 지난여름 백범 암살사건은 평양에서도 빅뉴스였는데 그런 거물 정치인이 대낮에 자택에서 육군 장교에게 살해됐다는 게 상식적인 상황은 아닌 것이다.

김일성 수상이 최근 내각회의에서 "한반도 북쪽은 해방됐고 토지개혁도 성공했고 계속 풍년이 드는데 이제 미 제국주의 놈들과 이승만 괴뢰도당으로부터 남조선 인민들을 해방시켜야 하지 않겠는가"라고 했을 때 이의를 다는 사람은 없었다. 바로 옆자리에서 부수상 박헌영이 고개를 깊숙이 끄덕였다. 38이남에선 대대적인 공비 토벌과 남로당원 색출작업으로 공산주의자의 씨가 말라가고 있었고 당원들 목숨이 바람 앞의 등불이었으니 헌영은 속이 바짝바짝 타들어갈 것이다. 수상은 수상대로 내각에 뒷공론이 많은 데 짜증 나 있었다. 수상은 내각이 빨치산 부대처럼 통솔되기를 바랐다. 수상은 만주빨치산 시절 총 한 자루 메고 압록강을 건넜던 것처럼 탱크 부대 앞세워 38선을 밀고 내려가 명실공히 조선 전체의 해방자가 되겠다는 야심을 숨기지 않았다. 정숙은 두 사람 모두를 잘 알았다. 바야흐로 북조선의 1인자와 2인자가 모두 뭔가 획기적인 변화를 원하고 있었다.

며칠 뒤 최승희무용연구소에서 만났던 남쪽 출신 인사 한 사람이 정숙의 집무실을 찾아왔다. 영화감독 서광제가 정치보위국에 잡혀갔는데 며칠째 소식이 없다 했다. 술자리에서 한 말이 문제가 된 듯했다. 노동신문에서 김일성이 모스크바를 방문해 스탈린을 알현했다고 기사를 썼는데 한 나라 수상이 다른 나라 수상과 만나는 것을 알현이라 표현하다니 북조선이 소련 식민지냐고 했다는 것이다.

"글쎄요, 정치보위국이 그렇게 오래 붙들고 있을 일은 아닌 듯 싶습니다마는. 내 한번 알아보지요."

정치보위국은 내무성에 있지만 정작 내무상 박일우는 아무런 정보가 없었다. 박일우는 조선독립동맹에 함께 몸담았고 혁명군 정학교 교관생활도 같이한 동갑내기 친구였다. 간도의 소학교 선생 출신인 그는 주관이 뚜렷하고 수상 앞에서도 곧잘 입바른 소리를 했다. 하지만 거침없는 성정의 박일우가 보고 누락에 화를 내는 대신 정숙에게 넌지시 경고 사인을 보냈다.

"자세히 얘길 하진 않겠네. 내가 보고 받지 못한 일이라면 당신도 모르는 체하는 편이 나아."

박일우가 내무상이긴 하지만 보안이나 경찰 쪽은 소련파와 빨치산파가 장악하고 있어 사실상 얼굴마담이나 마찬가지였다. 정숙은 최고재판소와 교화소에도 알아보았지만 그곳에도 없었다. 며칠 뒤 서광제의 친구가 초조한 얼굴로 다시 왔다. 정숙은 이 대목에서 단호하게 잘랐다.

"내 여기저기 다 알아보았지만 어디에도 없어요. 어찌 된 노릇인지 나도 모르겠소. 서광제의 일을 수소문하는 건 여기서 그만두시는 게 좋겠어요. 이 일로는 더 이상 나를 찾아오지 마세요."

서광제는 영화평론에 시나리오작가, 배우에 감독까지 팔방미인의 재주꾼이었지만 정숙은 그를 별로 좋아하지 않았다. 그녀는 최승희를 비롯해 월북문화예술인들의 친일행적 보고서를 면밀히 검토한 바 있다. 서광제가 연출했다는 영화 〈군용열차〉는 내용이 한

마디로 기가 찼다. 그가 〈군용열차〉를 만들던 바로 그때 남경에서 무슨 일이 벌어졌던가. 어쨌든 그가 조용히 실종돼버렸다. 정부 수립 이후 이른바 비밀경찰의 움직임이 부쩍 활발해진 느낌이다.

1949년 9월, 김일성이 상처했다. 서른세 살의 아내 김정숙이 아이 낳다가 죽었다. 김일성으로서는 둘째 아들이 연못에 빠져 죽은지 1년 만의 흉사였다. 숙덕숙덕 뒷말도 많았다. 아내를 잃은 지 얼마 지나지 않아 김일성은 정숙을 수상실로 부르더니 아들의 과외 선생을 맡아달라고 부탁했다. 아홉 살의 정일은 소학교 2학년에 다니는 곱슬머리 소년이었다. 정숙이 수상 관저를 드나들자 수상과 정숙의 관계에 입을 대는 사람도 있었다. 수상의 죽은 아내 이름도 정숙이었다는 등 위험천만한 농담도 했지만 김일성이 소련군 사령부에서 타자수로 일하는 스무 살짜리 처녀 김성애와 그렇고 그런 사이라는 건 알 만한 사람은 다 알고 있었다.

바로 그 9월, 박헌영이 윤옥과 결혼식을 올렸다. 헌영은 올해로 쉰, 윤옥은 스물다섯이었다. 헌영이 여비서와 결혼할 거라는 소문을 들었을 때 정숙은 충격받았다. 처음엔 어처구니없었고 그 다음에는 배신감이 밀려왔다. 해주에서 보았던 조두원 처제라는 바로 그 여비서였다. 결혼식은 야외에서 열렸고 내각 인사들이 전원 참석했다. 흰 드레스의 비비안나가 세 살 위의 새엄마 옆에 들러리를 섰으며 수상이 신랑에게 꽃다발을 건넸고 신랑은 연신 싱글벙글했다.

때늦은 로맨스를 불태우는 귀환 혁명가 집단에서 정숙이 예외일 수는 없었다. 정숙의 상대는 최고검찰소 부소장 채규형이었다.

소련에서 법대를 졸업하고 검사생활을 한 채규형은 이른바 카레이스키 출신이고 그와 어울리는 사람들도 대개 소련파였다. 정숙은 그의 집에서 방학세 같은 소련파들과 트럼프놀이를 하기도 했다. 채규형은 활달한 호인이었고 씀씀이도 커서 소련서도 아쉬울 것 없는 생활을 해온 태가 역력했다. 정숙은 그가 러시아 여자와 결혼했었다는 정도만 알고 있었다. 그 역시 최창익이 정숙의 전남편이라는 정도만 알고 있었다. 어쨌든 그는 로맨티스트였다.

"최창익 선생은 사내답지. 나야 당신을 양보해준 것이 고마울 따름이오."

그들은 서로의 과거에 무심하고 덤덤했다. 둘이 동거를 시작하자 창익이 예민한 반응을 보였다.

"어쨌든 축하하겠소. 그런데 정식 혼인은 좀 신중히 고려하는 게 좋겠소."

연안파와 소련파는 수상의 신임을 다투는 경쟁 관계였고 창익이 채규형을 달갑게 여기지 않는 건 당연했다. 정숙에게 그것은 아주 오래되고 익숙한 감정이었다. 그녀는 번번이 다른 파벌의 남자를 선택했고 그때마다 동지들의 비난을 샀다. 이것은 또 무슨 운명일까. 파벌 짓는 게 남자들 습관이고 그녀가 거기서 자유로울 뿐인 걸까. 정숙은 싱긋 웃으면서 대수롭지 않게 받아쳤다.

"본인은 아이도 낳구선. 나도 늦둥이 하나 얻어볼까 하는데."

"어허허… 그게 아니고…. 사람 일이라는 게…."

말꼬리를 흐릴 때 창익의 얼굴이 곤혹스럽게 일그러졌다. 평소 실없는 소리라곤 없는 창익의 한마디가 가래침처럼 정숙의 목덜미에 달라붙었다.

채규형과 허정숙, 두 사람 다 평양은 새롭고 낯선 곳이었고 그 피로와 흥분을 공유하고 있었다. 그는 보드카를 마시고 흥에 겨우면 아코디언을 치면서 〈카추샤〉를 불렀다. 그는 어쩌면 소련 시절을 그리워하고 있는지도 몰랐다. 이민자거나 이민2세인 소련파들은 유난히 "내 조국", "조국에 돌아오니" 하는 식으로 조국을 내세웠다. 하지만 정숙은 의문이 일었다. 가족과 친구와 기억이 머무는 곳이 조국이지 그 어떤 것도 없는 조국이란 무엇인가. 낯선 조국이 주는 것은 무엇일까. 결국 이들은 두 개의 조국, 몸의 조국과 마음의 조국, 물리적 조국과 정신적 조국 사이에서 애증을 저울질하며 살아갈 운명인가. 채규형도 소련에서 법대를 나오고 검사가 되어 소수민족치고는 흔치 않은 엘리트 코스를 밟아온 인생이지만 출세라 해봤자 지방의 고급관료 정도가 고작이었을 것이다. 더구나 스탈린이 소수민족을 얼마나 험하게 다루었던가. 그러던 그가 평양에 와서, 조국에 와서 최고검찰소 부소장이 되었다. 항일투사 출신의 소장 장해우가 법조계 경력이라고는 감옥살이뿐이다 보니 인민공화국의 검찰체계는 전적으로 그의 손에서 꼴을 갖췄다. 실제로 그가 검찰소장이나 마찬가지였다. 향수 따위가 끼어들 틈은 없었다. 그는 위세당당 했고 자신만만했다.

"당신은 지금까지 내가 만난 여인 가운데 가장 아뜰리치나하오."

"내가 조국에 돌아와서 얻은 최고 보물은 바로 정숙, 당신이오."

생각보다 좀 없어서 이야기하는 습관은 러시아문화와 상관 있을까. 여하튼 생각을 꾹꾹 눌러서 내놓는 창익과는 정반대였다.

1949년 한 해 남과 북에서 쏘아 올린 북진통일과 남조선해방의
구호가 한반도 상공에서 공허하게 엇갈리더니 해가 바뀌면서 평
양 정치권도 기어가 한 단계 올라간 느낌이다. 지난해 가을 30년
중국내전 끝에 북경에 혁명정부가 들어섰고 압록강과 두만강 위
의 두 나라가 모두 소비에트화 됐다는 건 평양의 정치가들을 고무
시킬 만했다.

설마 전쟁으로까지 가려니 했는데 농담 같던 일들이 삽시간에
현실이 되고 있었다. 연초부터 김일성과 박헌영의 행보가 바빠지
더니 4월에는 모스크바를 다녀왔다. 모스크바로 떠나기 전 수상은
스탈린 만나러 가는 목적을 그녀에게 귀띔했다. 남조선해방의 원
칙에는 그녀도 동의했다. 하지만 방법이 전쟁뿐인가. 그녀는 판단
이 서지 않았다. 하지만 애매한 방관자 입장에 계속 머무를 수는
없었다. 그녀가 입장을 분명히 해야 하는 때가 곧 다가왔다.

모스크바에 다녀온 수상이 그녀에게 북경 방문에 동행해줄 것
을 요청했다. 모택동 설득하는 일을 도와달라는 주문이었다. 스탈
린으로부터 모택동이 승인하는 경우를 전제로 해방전쟁에 대한
허락을 받아왔다 했다. 수상이 직접 문화선전상실을 찾아왔다.

"상 동지, 모 주석만 도와준다면 남조선해방은 시간문제요. 내
가 장담할 수 있소. 상 동지가 나서주셔야겠소."

"수상 동지, 두 가지 문제가 있는 것 같습니다. 우선은 모 주석
의 문제인데 혁명정부 수립을 선포한 지 몇 달밖에 되지 않았습니

다. 내부적으로 아직 복잡한 문제들이 많아서 새 전쟁을 시작하기는 쉽지 않을 것이고 해방전쟁을 한다면 한반도보다는 대만이 먼저일 것입니다. 모 주석은 중국혁명에는 배수진 치고 목숨을 걸었지만 절대 무모하거나 호전적인 위인은 아닙니다. 승리에 대한 확신이 없다면 절대 군대를 보내지 않을 것입니다. 두 번째는 제 자신의 문제입니다. 사실 남조선해방전쟁에 대해 제가 확신이 서지 않습니다."

수상의 얼굴이 금세 딱딱하게 굳었다. 그의 침묵이 정숙을 긴장시켰다. 지금 북조선 내각 구성원들은 각기 계파는 달라도 수상이 도와달라는데 "노"라고 말할 수 있는 사람은 없었다. 수상 자신도 "글쎄요" 하는 소리 들으러 문화선전상실까지 오지는 않았을 것이다. 시선을 떨군 채 말없이 앉아 있는 그의 코에서 가쁜 숨소리만 색색 하고 새어 나왔다. 최고권력자의 머릿속에서 수십 가지 선택지가 전광석화처럼 명멸하는 소리였다. 앞에 있는 이 여성을 어찌할 것인가. 관용할 것인가 응징할 것인가. 화낼 것인가 인내할 것인가. 설득할 것인가 협박할 것인가. 권력을 회수해버릴까 그대로 둘까. 함경북도 외딴 집단농장 관리인으로 보내버릴까 아예 세상 밖으로 내보내버릴까. 테이블을 걷어차고 나가버릴까 이야기를 계속할까.

이윽고 수상이 고개를 들고 입을 열었다.

"확신이 설 때까지 기다리겠소. 하지만 나흘밖에 시간이 없소. 내가 박헌영 동지와 북경을 방문하는 계획은 변함없소. 지금껏 상 동지와 한 배를 타고 있다고 생각해왔는데… 오해가 아니었길 바라겠소."

　말꼬리에 짧은 미소를 띠고서 그가 일어나 문을 향해 걸어갔다. 그는 나이에 비해 이미 노련한 정치인이었다.

　평양에 온 이래 그녀가 또 한 번의 기로에 섰다. 그녀는 38이북의 인민공화국체제가 38이남에 비해 우월하다는 확신을 갖고 있었다. 하지만 전쟁만은 피하고 싶었다. 조선 땅을 38선으로 쪼갰다는 것도 어불성설이건만 그 위아래가 서로 총질한다는 건 어처구니없었다. 전쟁이라면 중국에서 신물 나게 겪었고 이제 들판이나 개울가나 길거리에 아무렇게나 내깔려져 흉측하게 썩어가는 시체는 더 이상 보고 싶지 않았다.

　정숙은 이틀 동안 번민에 싸여 어수선한 낮과 불면의 밤을 보냈다. 해방전쟁이냐, 평화통일이냐, 하는 딜레마는 동시에 사느냐 죽느냐의 딜레마였다. 사흘째 되는 날, 그녀는 자신의 생각이 수상에 수렴해가고 있음을 알게 되었다. 그것은 해방전쟁의 길, 그리고 스스로 사는 길이었다. 생존 본능이 생각을 견인한 셈이다.

　수상의 생각도 타당한 점이 있었다. 강대국들에 이리저리 치여 온 것이 반도의 역사인데 이 가난하고 작은 나라가 더구나 반쪽나 있다. 수상의 뚝심이 아니면 분단 상황을 돌파할 기회가 영영 오지 않을지도 모른다. 전쟁을 할 때는 해야 하는 것이다, 라고 정숙은 결론을 내렸다.

　정숙은 김일성 수상, 박헌영 부수상과 함께 북경에 갔다. 용건을 알고 있는 모 주석의 표정은 무거웠다. 하지만 정숙과 악수를 나눌 때 환하게 웃었다.

"오, 허정숙 동지."

수상은 지난해 봄 모스크바에 갔을 때 해방전쟁에 대해 의사를 타진했던 모양인데 스탈린은 처음부터 반대했다 한다. 38선을 깨고 남침하면 미국이 개입할 텐데 미국과의 전쟁은 피하고 싶다는 입장이었다. 2차대전 종전이 불과 5년 전이고 소련과 미국은 같은 연합국 멤버로서 위태롭지만 우호적인 관계에 있었다. 흡사 한 우리 안에 있는 호랑이와 사자였다. 스탈린으로서는 전후협상에서 기대 이상의 선물을 받아 동유럽과 아시아에 걸쳐 거대한 소비에트제국을 건설한 것에 만족했고 이 상태가 유지되길 바랐다. 김일성은 미군 참전은 없을 것이고 설사 미국이 개입한다 해도 그전에 전쟁을 끝내버리겠다며 끈질기게 매달려 1년 만에 스탈린의 재가를 얻어냈다. 스탈린의 결론은 '무기는 주겠지만 파병은 없다. 속전속결로 자체 해결하겠다면 해라'였다.

혁명정부 선포 후 지난겨울 두 달 간을 모스크바에서 보낸 모택동도 스탈린이 무슨 생각을 하는지 잘 아는 터라 전쟁을 허락했다는 사실을 못 믿겠다는 반응이었다. 모 주석은 중국해방전쟁이 끝나자 홍군 안에 있는 6천 명의 한인 부대를 북조선으로 보내주었다. 그러나 그 역시 전쟁은 부담스러워했다. 그는 미국이 개입할 것이며 3차대전으로 번질 수 있다고 걱정했다. 게다가 전쟁이 자칫 만주 쪽으로 옮겨 붙을 수도 있는 것이다.

"남북이 병력은 어떻소?"

"남조선이 6만, 그리고 우리 인민군대가 12만입니다."

김일성은 북조선 병력이 절대적으로 우세한 데다 서울만 점령

해도 남조선 인민이 호응할 것이므로 전쟁은 오래가지 않을 거라 설명했다. 전쟁이 사흘 또는 일주일 안에 끝날 것이기 때문에 미군이 본토에서 이동할 틈이 없을 것이고 이제 소련도 핵실험에 성공했기 때문에 미국이 그렇게 쉽게 행동하지는 않으리라 했다.

"일단 서울만 장악하면 이승만 괴뢰도당에 핍박받고 있는 공산당원 20만이 봉기할 것입니다."

"남조선노동당 당원들은 이제나저제나 기다리고 있습니다."

김일성의 주장을 박헌영이 거들었다. 정숙은 그 옛날 연안 항일군정대학 시절 모택동이 한 말을 상기시켰다.

"선생님은 조선인과 중국인은 피를 나눈 형제라 하셨지요. 그리고 중국 땅을 해방시킨 뒤에는 한국인들의 투쟁을 열렬히 지원하겠다고 하셨어요."

"그랬지."

모 주석은 결국 해방전쟁을 승인했고 미국이 파병하는 경우 중국도 파병하겠다고 약속했다.

"어디까지나 미군이 먼저 들어올 경우에 한해서라는 점을 잊지 마시오."

정숙은 북경을 다녀오면서 김일성과 박헌영, 전쟁으로 가는 두 사람의 파트너십을 어렴풋 파악하게 되었다. 김일성의 신념은 심플했다. 38선 남쪽에서 좌우합작 캠페인도 깨지고 남북에 두 개의 정부가 수립된 다음 남조선해방은 무력 외엔 방법이 없었다. 빨치산 대장 출신에게 무력이란 손쉽고 익숙했다. 그는 정부 수립 전에 인민군을 창건하고 군수공장을 지었으니 남쪽보다 진도가 빨랐다. 그의 야심과 배포는 익히 알고 있지만 정숙은 그가 처음엔 스탈린을 그다음엔 모택동을 설득해가며 전쟁에 이길 거라 장담할 때 그 확신과 자신감이 어디서 오는지 궁금했다. 성격일까 경험일까 젊음일까. 어쨌건 38이남에 살아본 적 없는 김일성에게 남조선해방은 심정적으로 복잡할 것이 없었다.

박헌영에게 남쪽은 자신의 고향과 친지들이 있는 곳이고 그곳에 포탄을 떨어뜨리는 문제는 좀 달랐다. 게다가 조선 전체 공산주의운동의 중심이었던 그에겐 한반도 전체가 실핏줄들이 뻗쳐 있는 자신의 몸과 같았다. 박헌영은 남로당 지도부를 이끌고 북으로 올 때 심복인 이주하와 김삼룡을 남겨두어 남로당 지하활동을 맡겼다. 해주 시절 박헌영이 강동정치학원 요원들을 남쪽으로 내려보낼 때 이미 그에게 전쟁은 시작됐다. 남파된 요원들이 게릴라 투쟁에서 몰살당하다시피 함으로써 일차 뼈아픈 패전을 경험한 셈이다. 박헌영은 수상의 전쟁 드라이브에 제동을 걸 수도, 걸 이유도 없었다. 어쩌면 전쟁으로 평양의 권력체계를 뒤집을 수도 있겠다는 일말의 기대가 없지 않을 것이다. 하지만 그는 이 전쟁이 쉽지 않다는 걸 누구보다 잘 알고 있었다.

북경에 다녀오는 동안 정숙은 두 사람의 표정에서 많은 것을 읽었다. 김일성은 패기만만한 표정에 박력 있는 목소리였다. 박헌영은 복잡한 표정이었고 말을 아꼈다.

그 무렵 내각회의는 아무 일 없는 듯 일상적이고 단조로웠다. 태풍 전야의 고요라는 걸 모든 내각 구성원이 감지하고 있었다. 다만 한번은 수상이 "남조선 괴뢰도당의 군대가 오는 7월 북침을 계획하고 있다는 긴급한 첩보가 최근 민족보위성에 입수됐다"고 보고해서 내각회의에서 한바탕 격론이 일었다. 민족보위상 최용건이 불참한 가운데 수상이 이런 보고를 내놓은 것인데, 당 정치위원인 허헌이 그녀에게 언질을 주기로는 이미 당 정치위원회에서 전쟁 개시 일정까지 나왔다는 것이고 실제 전쟁을 수행하는 부서 책임자인 최용건이 반대했다가 연금된 상태라 했다. 정숙도 중국 방문 이후 전쟁 준비가 착착 진행되고 있다는 감은 잡고 있었지만 더 이상의 정보에는 접근할 수 없었다.

이승만의 북침계획 첩보에 좌중은 한편으론 놀라고 한편으론 의구심을 나타냈다. 신빙성 있는 첩보인가, 남조선이 전쟁 능력이 있는가, 이승만의 허풍 아닌가, 실제 북침해올 경우 어떻게 대처할 것인가. 분분한 논란 가운데서 정숙은 7월 북침설이 내각 분위기를 떠보려는 수상의 창작이라는 심증을 굳혀가고 있었다. 민족보위성 부상으로 최용건 대신 참석한 무정이 "우리가 선제공격하자"는 말로 논란을 종료시켰다.

"포병사령부의 전차 대포도 있고 중국혁명에서 전투 경험을 쌓은 정예부대도 있습니다."

당 정치위원들과 빨치산파 이너서클 정도가 전쟁계획을 알고 있는 상황인데 내각 성원들은 누가 알고 누가 모르는지 정숙은 갈피를 잡을 수 없었다. 지금 이 자리에서 '선제공격' 제안을 내놓는 무정의 경우 정확한 전쟁계획을 알고 하는 얘기 같기도 했고 모르고 하는 얘기 같기도 했다. 다만 남조선해방전쟁이 정부 수립 이래 수상의 강력한 의지라는 사실을 모르는 이는 없었다. 무정의 선창에 내무상 박일우는 "내무성군대만으로도 20일이면 부산까지 함락시킬 수 있다"는 말로 호응했다. 무정이나 박일우나 김일성의 이너서클 바깥에 있는 연안파들인데 정확한 내막도 모른 채 담력 자랑하는 걸까. 학교에서 가르치는 교과서들은 김일성과 빨치산파의 영웅담으로 도배돼 있고 공식적인 자리에서 연안이나 태항산에 대해 입도 벙긋하기 어려웠던 그들로서 모처럼 자존심을 회복할 수 있는 주제가 던져진 것만은 분명했다.

이승만이 북진통일 노래를 부르지만 어디까지나 대중의 환심을 사려는 정치적 제스처일 뿐이며 남조선군대는 기강도 엉망이고 군비도 형편없다는 정보보고들이 뒤따르면서 내각의 전투 의욕은 한층 고무됐다. 내각의 상당수가 무장투쟁 출신이라서일까, 아니면 그것이 사내들의 세계일까, 모두들 질세라 전쟁을 주장했고 승리를 장담했다. 다만 홍명희 부수상이 침묵 끝에 한 개인의 소견임을 전제로 "남쪽 정부와 전쟁을 피할 방안을 찾아볼 수는 없을까"라고 말했지만 곧 수상의 의미심장한 한마디에 묻혀버렸다.

"장마가 오기 전에 서둘러야겠습니다."

장마가 오기 전이라면, 6월이란 말인가?

내각회의에서 각기 누가 진정한 민족해방자인지를 놓고 경쟁을 벌일 때, 또 자신이야말로 병법과 실전에 자신 있다고 호언장담할 때, 김일성과 박헌영뿐 아니라 연안파, 소련파까지도 모두 전쟁이 지금 현실을 바꿔놓을 것이고 그것이 제각기 자신들에게 유리한 방향이 될 거라 낙관하는 듯했다. 전쟁에 지면 아무도 이곳에 남아 있지 못할는지 몰랐다. 하지만 전쟁에 진다고 생각하는 사람은 없었다.

활시위는 팽팽히 당겨져 있었다. 이제 시위를 놓기만 하면 화살이 날아갈 것이다.

서울

봉지 바닥에 한 줌 남은 보리쌀을 털어 새벽밥을 지어 먹고 명자는 해 뜨기 전에 사직동 집을 나섰다. 그녀는 한 달쯤 숨어 다니다 좀 잠잠해지면 집에 돌아올 생각이었다. 동명은 그녀를 먼저 내보내고 자신도 간단한 짐을 꾸려 당분간 친구네로 피해 있겠다 했다. 사직동 집은 곧 경찰이 들이닥치지 않더라도 당장 끼니를 이을 양식이 없었다. 윤동명은 신문이 폐간돼 이렇다 할 벌이가 없어진 지 오래였다. 경찰을 피해 친구네로 가겠다 말은 했지만 사실상 그런대로 살림살이가 윤택한 친구네 식객으로 당분간 지내겠다는 얘기였다. 그런데 수배가 안 풀리면? 어디서 어떻게 다시 만나지? 동명이 "매달 1일에 이 집에 들르는 걸로 합시다. 그러니까 12월 1일, 1월 1일 그렇게…"라 했고 "그거 좋겠네" 하고 명자가 맞장구쳤다.

"새해 첫날 떡국은 못 끓여 먹는다 해도 그저 냉수 한 사발 앞에 놓고라도 마주 보고 있어야 하지 않겠소."

좁은 셋방을 비추는 남포 불빛 아래서 그의 입가에 흐릿한 미소가 잠시 떠올랐다 사라졌다.

한때 60만 당원이니 백만 당원이니 했던 남조선노동당은 1949년 한 해 동안 형체도 없이 사라졌다. 해방 직후만 해도 좌익이 대세였지만 몇 차례 총파업과 대구폭동과 여순반란사건을 거치는 동안 죽거나 감옥 가거나 월북해버려 공산주의자는 씨가 말랐다. 그럼에도 이따금 신문에 조직책이 잡혔느니 블록책이 잡혔느니 하는 기사가 실려 남로당 잔해가 근근이 남아 있음을 말해줄 뿐이었다. 남로당과 근로인민당 등 133개 정당 사회단체를 등록 취소한 10월 19일 자 정부법령은 시체나 다름없던 좌파 정당들의 관뚜껑에 못을 박았다. 근로인민당 간부들 일부는 남로당 프락치 혐의로 수배령이 떨어졌는데 명자도 그들 중 하나였다.

수배령이 떨어졌다는 연통을 받고 뜬눈으로 밤을 샌 뒤 동트기 전 어스름 속에 집을 나서긴 했지만 딱히 그녀를 기다리는 곳이 있는 건 아니었다. 명자는 일단 남로당 비밀당원으로 김한경과 연락을 주선해주던 젊은 여성의 집을 찾아가기로 했다. 남로당 조직책인 김한경을 만나면 지금 상황이 어떻게 돌아가는지 알 수 있을 것이고 당분간 숨어 지낼 곳을 소개받을 수도 있을 것이다. 한때 신발이 닳도록 다니던 안국동 길을 걸어 동대문을 지나 신당동 여자네 집을 찾아갔을 때는 이미 날이 훤히 밝아 있었다. 집을 찾기는 했지만 대문의 빗장이 열리기까지 꽤 시간이 걸렸고 "그 아이는 친척 집에 보냈다"는 중년 여자를 설득하기가 간단치 않았고 다락방에 숨어 있던 처녀를 만났을 때는 정오가 다 되어서였다. 하지만 어렵사리 만난 아가씨에게 들은 것은 낙심천만한 소식이었다. 김한경도 며칠 전에 체포됐고 자기 집에도 경찰이 들이닥쳤는데 반닫이 옷장 속에 기어 들어가 간신히 살았다는 것이다.

명자는 다시 길을 나섰지만 딱히 갈 곳이 떠오르지 않았다. 가회동 오빠와는 인연을 끊은 지 오래였다. 그녀는 자기 집 다락방에 숨어 엄마가 올려다 주는 밥을 먹을 수 있는 처녀가 부러웠다. 그녀는 다시 천천히 걸어 종로로 나왔다. 행인들이 번잡한 대낮의 거리는 오히려 마음이 편했다. 알량한 새벽밥을 먹고 오래 걸었더니 허기가 졌다. 명자는 길가에서 만두 하나를 사 먹었다. 여운형 선생이 살아 계시고 북으로 간 유영준, 정칠성 선배가 서울에 있고 그녀가 부녀동맹과 근로인민당과 민전 사무실을 번갈아 드나들 때엔 종로통이 다 내 집 같았다. 하지만 지금은 하룻밤은 고사하고 잠깐 다리쉴할 곳조차 마땅치 않다. 명자는 꽤 오래 정처 없이 헤맸다 생각했는데 어느 결에 광화문 네거리로 해서 경교장을 지나고 있었다. 익숙한 길이었다.

명자는 해방되던 해 겨울 경교장에 왔던 기억이 떠올랐다. 그날 모스크바 3상회의 결정에 유일하게 지지 발언을 했던 송진우가 다음 날 살해됐을 때 배후가 백범이라는 소문이 있었는데 그 백범 역시 지난 6월 바로 이 경교장, 자기 집 안에서 암살되고 말았다. 해방 후 서울에서 흔하디흔한 것이 권총이었다. 백범이 죽자 원래 주인이었던 금광 부자 최창학이 경교장을 도로 내놓으라 해서 실랑이가 벌어졌다는데 명자는 이후 소식은 듣지 못했다. 다만 사람들 얘기가 최창학은 자기 집도 바쳐가며 백범과 한독당에 몰아준 탓에 이승만정부에 찍혀서 앞날이 좋지 못할 거라 하고 화신백화점 박흥식은 좌우 공평하게 돈을 뿌리면서 이승만 쪽에도 돈줄을 댔는데 역시 박흥식이 현명했다고들 했다.

명자의 인생도 한치 앞을 내다볼 수 없는 처지지만 거부들의 운명도 손바닥 뒤집듯 뒤집어지는 난세였다. 서대문 주인집 아주머니는 어떻게 지내고 있을까. 곁방살이 10년도 보통 인연은 아니었다. 하지만 기박한 운명의 여인이었다. '거기는 절대 안 돼!' 하는 마음의 명령을 무시하고 발길은 익숙한 길을 밟아 곧 서대문집 앞에 닿았다. 대문을 밀어보았지만 잠겨 있었다. 명자는 한참을 대문 밖에 서 있었다. 부엌에서 그릇 날그락거리는 소리나 우물가에서 빨랫방망이 소리라도 들렸다면 대문을 두드렸을 것이다. 하지만 집 안쪽은 무덤처럼 고요했다. 그녀는 발길을 돌렸다. 10월도 끝나가고 한때 전단지들이 깔렸던 길 위에는 낙엽이 뒹굴었다. 배 속에 허기가 차니 고단한 다리가 점점 무거워졌다.

어렸을 적 강경 고향 집 앞에 서면 사방으로 눈에 보이는 논밭이 다 집안 땅이었다. 가을에는 누런 나락이 금물결치고 추수가 끝나면 쌀가마니 실은 달구지들이 줄지어 대문으로 들어왔다. 하지만 지난 2~3년 사직동 단칸방에는 사흘치 양식이 남아 있는 날이 드물었다. 그나마 올여름 삼월이가 넣어준 쌀 한 말로 근래에 끼니 걱정을 끌 수 있었다.

'삼월이가 서소문 어디 산다고 했던 것 같은데. 가만 있자. 삼월이 주소가 수첩 어디에 있을 텐데.' 열여덟 살 때 가회동 집을 드나들던 홀애비 방물장수를 따라나섰던 삼월이가 불쑥 명자를 찾아온 것은 사직동에 살림 차리고 얼마 지나지 않았을 때였다. "아씨" 하는 낮익은 목소리에 놀란 명자가 단칸방 쪽문을 열자 이목구비 빼고는 머리 모양이며 피부 때깔까지도 낮선 중년 부인이 서 있었다. 명자는 "몰라보게 달라졌네. 완전히 귀부인이 되었구나" 하면서 삼월이 손을 잡았고 삼월이는 길바닥에 엎드려 큰절하고 일어서서는 "아씨는 옛날 그대로셔요. 하나도 안 변하셨네요" 했다. 삼월이 덕담에 명자는 그저 웃었다. 오랜만에 만나는 사람들은 언뜻 명자를 몰라보았다. 거칠고 변덕스러운 세월이 희디희던 얼굴에 누런 그늘을 걸쳐놓았고 극심한 생활고가 통통하던 뺨을 할퀴고 지나갔다. 얼굴에 분가루 묻혀본 지도 옛날이었다. 삼월이 남편은 재주도 좋고 재수도 좋은 사람이었다. 딱분이나 구리무, 참빗 따위를 등에 지고 다니던 방물장수가 해방되던 해부터 인천 부두를 드나들며 외국 화물선에서 하역되는 물건들을 만지기 시작하면서 재산이 불일 듯 일었다. 지금은 종로와 인천, 대전, 대구에 상회만 네 군데라 했다. 삼월이가 여성동우회 시절 어깨너머로 글을 익힌 것이 제법 글눈이 트여 상회를 처음 시작할 때는 부부가 같이 장부를 적고 안팎이 합심 협력했다 한다.

삼월이 주소를 들고 명자는 서소문통을 세 바퀴 돌고 돌았다. 하 수상한 세월을 겪으면서 사람들은 대문을 꼭꼭 닫아걸었고 길가는 사람한테 물어봤자 행정구역이 거듭 개편되면서 다들 제 집 주소마저 헷갈리는 형편이었다. 경찰지서를 찾아가면 간단하겠으나 명자가 할 수 있는 일이 아니었다. 해가 기울고 길바닥에 누운 그림자가 길어지면서 마음은 초조해지는데 커다란 검은 글씨의 현수막이 눈에 들어왔다.

"아직 늦지 않았다. 자수하라. – 국민보도연맹"

서소문에서 정동으로 넘어가는 언덕길 위에서 현수막이 가을바람에 펄럭이고 있었다. 현수막 뒤쪽으로 정문 한편엔 "남로당원이

여 자수하고" 다른 편엔 "국민보도연맹에 들어오라"고 써 붙인 2층 양옥이 있었다. 여기가 바로 작년에 생겨난 국민보도연맹 본부 건물인가 보았다. 정부에서 '남로당자수기간'을 준다는 신문 기사를 봤는데 가만히 짚어보니 내일이 11월 7일, 그 마지막 날이다. 지난 한 해 '전향성명에 이름을 올리고 보도연맹에 나오면 정부나 당에 사리를 만들어주겠나'는 제안을 받은 것도 서너 번은 되었다. 월북하자는 은밀한 제안 역시 간간히 있었는데 명자가 윤동명 때문에 머뭇대는 사이 모두 38선을 넘어가버렸다. 하지만 지금은 자수고 전향이고 월북이고를 떠나 당장 걸터앉을 의자 하나가 간절했다. 보도연맹의 2층 양옥이 현수막을 펄럭이며 언덕 위에서 그녀를 손짓해 부르고 있었다. 하지만 종아리가 이렇게 무거워서 저 언덕을 올라갈 수 있으려나, 피로와 허기로 아득해진 명자의 머리에 두 사람의 얼굴이 어슷 겹쳐서 솟아올랐다.

하나는 김명시. 보름 전인가 명자는 신문 한 귀퉁이에서 명시의 이름을 보았다.

"북로당 정치위원 김명시, 유치장서 자살."

한 줄짜리 기사는 명시가 부평경찰서 유치장에서 자기 치마를 찢어 천장 수도관에 목을 맸다고 했다. 하지만 기사를 그대로 믿을 수는 없었다. 요새 경찰에선 사상범 다루기를 일정 때 고등계가 독립투사 다루듯 한다 했다. 명자는 명시가 고문당해 죽었다는 심증이 왔다. 물론 경찰 발표대로 스스로 목을 맸을지도 모른다. 하지만 앞날이 보였다면 목을 매지는 않았을 테지. 결국 자살이냐, 자수냐, 그것이 문제인가.

또 하나의 얼굴은 김한경이었다. 〈동양지광〉에서 같이 일했던 그는 명자가 떠난 뒤에도 황국신민과 대동아공영의 길에 대해 맹렬히 글을 쓰고 강연을 했었다. 해방 후 민주주의민족전선에서 다시 만났을 때 김한경은 "그때는 일본이 한 이삼백 년은 갈 줄 알았다"고 했다. 일본 감옥에서 청춘의 7년을 썩히고 나올 때 그는 희생은 부질없고 인생은 짧다는 좌우명을 얻었는지도 모른다. 명자는 한 달쯤 전 변장한 채 숨어 다니는 김한경을 만났다.

"그때는 역사에 대한 믿음이 약해서 기회주의자가 되고 말았소. 믿음을 굳건히 해야 하오. 남조선정부가 언제까지 갈지도 알 수 없는 거요. 명자 씨도 조금만 더 참으시오. 해방의 날이 머지않은 것 같소. 곧 내려온다는 얘기가 있어요…."

그의 목소리가 은밀해졌다. 대통령 이승만의 입버릇이 된 "북진통일"은 그러려니 해도 "곧 내려온다"는 김한경의 속삭임은 솔깃했다. 명자 역시 전향에 대해서는 입장이 분명했다.

"두 번 전향할 수는 없는 거지요. 동지들을 다시 잃고 싶지 않아요. 굶어 죽더라도, 감옥 가는 한이 있어도 다시 변절자가 되고 싶지는 않아요."

6시는 훌쩍 넘은 듯했다. 땅이 침침해지기 시작했다. 사람들 얼굴도 흐릿해졌다. 더 어두워지기 전에 삼월이네 집을 찾아야만 하는데. 길 저편에서 어머니가 삼월이를 앞세우고 오고 있었다. 옥색 공단 치마저고리에 토끼털 달린 배자를 걸친 어머니가 "애, 삼월아. 한눈 그만 팔고 빨리 가자"고 채근한다. 서두르는 성격은 예나 지금이나 똑같다. 어머니 쫓아가자면 나도 발걸음을 재게 놀려야

하는데 다리가 점점 풀려서 어쩌나, 하는 순간 명자는 중심을 잃고 풀썩 쓰러졌다.

눈을 뜨니 어느새 가회동 사랑방이다. 삼월이 얼굴이 보였다.

"아이고, 천만다행이지. 어떻게 알고 우리 집 코앞에서 쓰러지셨으니. 날도 찬데 어디 딴 데였어 봐. 생각만 해도 몸서리쳐지네. 아씨, 대체 어찌 되신 거유."

중년 부인의 얼굴을 한 삼월이가 수선을 떨었다.

"애, 사월아. 꿀물 좀 타오거라."

명자가 몸을 일으키려 하자 삼월이가 말렸다.

"아구, 좀 더 누워 계세요. 오늘 별일 없으시면 저희 집서 푹 쉬세요."

반가운 소리였다. 명자는 구차한 설명은 접어두기로 했다.

삼월이네와 낙원동 여관과 근로인민당 동료의 자취방으로 옮겨 다니던 명자는 그해 마지막 날 밤 사직동 집에 숨어들었다. 방은 비어 있었다. 불을 켤 수도, 불을 피울 수도 없었다. 방구석에 개켜 있는 이불을 펼 때 차가운 방바닥에서 먼지가 부스스 피어올랐다. 적어도 한 달 넘게 인적이 끊겨 있었던 듯했다. 그녀는 캄캄한 냉방에서 이불을 둘둘 감고 앉아 윤동명을 기다렸다. 아마 새벽녘에 잠이 들었던 모양이었다. 눈을 떴을 때 창으로 아침 햇살과 소음이 굴러들고 있었다. 점심때가 되도록 윤동명은 오지 않았다. 명자가 숨을 쉴 때마다 빈방에는 불안이 차올랐다. 처음에는, 그에게 무슨 일이 생긴 건 아닐까, 였다. 하지만 불안의 주제는 서서히 바뀌었다. 그가 나를 떠난 것일까.

명자는 쪽지를 써서 문지방에 끼워놓고 집을 나섰다.

"나 왔다 가요. 한 달 후 만나요."

1950년 새해 첫날의 해가 이미 중천에 떠올라 있었다. 명자는 탑골공원 뒷골목 국밥집에서 늦은 점심을 먹다가 며칠 지난 신문에서 낯익은 얼굴을 발견했다. 남북연석회의 때 근로인민당 대표로 같이 월북해서 평양에 남았던 정백이었다. 명자는 누가 볼세라 신문을 집어들 엄두도 내지 못하고 큼직한 활자로 찍힌 제목만 훔쳐보았다.

"근민당 정백씨 전향 / 과오 뉘우친 전향선언 / 공산당과 결사투쟁 / 한국에 충성맹서 / 전향에 경찰국장 경의."

명자는 등골이 쭈뼛 서면서 속이 메스꺼워 수저를 내려놓았다. 그녀는 오늘 단 한 번의 식사가 될 국밥을 반나마 남겨놓고 식당을 나왔다. 정백이 서울에 내려왔다는 사실은 알고 있었다. 낙원동 여관에 있을 때 정백으로부터 근로인민당 재건사업을 의논하러 오겠다는 전갈을 받고 불길한 예감이 들어 마지막까지 고심하다 여관에서 짐 싸서 나왔었다. 검거됐다고 하지만 실제로는 자수했을지도 몰랐다. 임무를 수행하는 체하다가 제 편에서 먼저 경찰에 선을 넣었는지도.

"난봉꾼이 따로 없군. 정치 난봉꾼. 여운형 선생은 다 좋은데 사람을 가리지 않는 게 문제였어. 저런 걸 오른팔이라고 달고 다녔다니."

김한경은 역사에 대한 믿음이라 했다. 명자에게 아직 그런 것이 있던가. 3·1만세와 메이데이 격문을 만들어 뿌릴 때까지는 틀림없이 그랬다. 거기서부터 점점 컴컴해지는 제국주의 전쟁의 터널을 통과하는 동안, 외롭고 우울했던 30대의 뒤안길을 걷는 동안 명자는 어디선가 그것을 흘리고 온 게 분명했다. 역사의 믿음이라기보다 흥분의 기억 정도라면 비교적 생생한데, 그건 해방 후 며칠, 그리고 1948년 평양길에 잠깐이었다. 그런데 전향 못 할 이유가 뭔가. 그녀는 농지들을 잃고 싶지 않았고 변절자 소리를 듣는 게 두려웠다. 어쩌면 전향 자체를 혐오하는지도 몰랐다. 입장을 바꾸는 것, 과거를 부정하는 것은 또 한 번 죽는 일이다. 자식과 가족이 있다면 타협이 필요했을지도 모른다. 하지만 명자에겐 알량한 자기 목숨 하나가 걸린 문제였다.

남로당 간부들은 비상 한 줌씩 지니고 다닌다. 머릿속에 들어찬 비밀이 고문을 못 이겨 삐져 나오는 날엔 조직과 동지들이 피해를 입기 때문이다. 명자도 얼마 전 삼월이가 쥐여준 돈에서 남은 몇 푼을 쪼개 비상을 구했다. 머릿속에 대단한 일급비밀이 들어 있어서가 아니었다. 수모를 견뎌야 할 만큼 인생에 많은 것이 남아 있지 않기 때문이었다. 메이데이 사건 때 신의주검사국에서와 같은 일을 겪느니 죽음을 택하는 편이 나았다. 그때는 죽도록 고문당하고 나서 전향서를 쓰지 않았던가.

명자는 매일 아침 눈을 뜨면 오늘이 마지막 날이 될 수 있다 생각했고 밥을 먹을 때마다 최후의 식사가 될지도 모른다 생각했다. 연락이 닿는 당원들이 급속히 줄고 있었다.

1월 중순, 명자는 아지트로 안내하겠다는 당원을 따라갔다 경찰에 체포됐다. 눈 오는 날이었다. 그녀는 봄가을 철에 입는 유똥 치마 차림이었고 솔기가 나달나달 해져 속곳이 들여다보였다. 맨발에 고무신을 신었고 찢어진 고무신은 노끈으로 칭칭 감겨 있었다. 몸에 지닌 것은 작은 염산병 하나와 비상 한 줌이었다.

그녀는 유치장 앞에서 몸 검사 받기 직전 비상을 입에 털어 넣었다. 경관 두 명이 그녀를 끌고 수돗가로 가서 입에 호스를 물리고 수도꼭지를 틀었다. 온몸의 혈관과 오장육부가 부풀어 터질 듯한 고통이 지나가고 그녀는 살아남았다.

> 시경찰국에서는 근로인민당 중앙위원이며 남노당 프락치 고명자를 지명수배 중, 지난 18일 시내 모처에서 체포하고 엄중 문초 중이던 바 지난 6일 일건서류와 함께 송치했다. 고는 1925년에 조선공산당에 가입한 이후 해방이 된 오늘날까지도 여전히 구각을 벗지 못하고 매국노선에 가담하여 그 중요 역할을 하여왔던 자라 한다.
>
> — 동아일보, 1950년 2월 7일 자

6월 25일, 아침부터 간수들의 움직임이 심상치 않았다. 26일에는 하루 종일 형무소 바깥에서 크고 작은 소음이 들려왔다. 장마가 오려는지 먼 데서 천둥소리도 간간이 들렸다. 27일에는 천둥이 잦아지고 소리도 커졌다. 오후가 되자 그것이 천둥소리가 아니라 대포 소리임이 분명해졌고 이따금 쿵쿵 포성이 울릴 때 형무소 건물이 따라 울렸다. "전쟁 났다", "인민군이 내려왔다" 하는 고함 소리가 감방 복도를 타고 들려왔다. 마당 건너편 기결감 사동이 시끄러웠다. 기결수들이 알루미늄 식기를 창살에 부딪치는지 쟁쟁쟁 소리를 내면서 뭔가 구호를 외쳐댔다. 명자는 심장이 두근두근 방망이질했다. 그녀의 방은 정치범 셋에 잡범 넷이었다. 남로당원으로 들어온 젊은 여자가 식기로 창살을 때리면서 "남로당 만세"를 외쳤다. 곧 벽을 두드리는 소리와 함께 "조용히 하구 있어!" 하는 고함이 들려왔다. 가래에 잠긴 목소리는 옆방의 늙은 남로당원 여자였다.

"남로당원들은 한꺼번에 다 총살시키고 갈 수도 있어. 살고 싶으면 잠자코 엎드려 있어."

바로 그때 날카로운 총성이 울렸다. 형무소 안인지 밖인지 알 수 없었다. 총성은 잇따라 여섯 번인가 일곱 번 울렸다. 방 안의 여자들이 서로를 쳐다보는 표정은 '총살일까' 묻고 있었다. 날이 어두워지면서 비가 내리기 시작했다. 저녁부터 간수들이 보이지 않았다. 포성과 총성은 아우성과 비명, 차량 소음에 뒤섞이며 밤새 계속됐고 낡은 모포 하나씩 감고 누웠으나 자는 여자는 없었다.

6월 28일 아침, 형무소 문이 열렸다. 인민군이 들어왔다는데 명자의 감방 문을 따준 사람은 남자 수인이었다. 머리를 빡빡 깎은 남자들이 어디서 검정 옷 하나씩 얻어 걸치고 떼 지어 형무소 철문을 나서고 있었다. 명자는 죄수복 그대로 형무소를 나섰다. 남로당 지하당원들은 시청에 모이라는 통지가 입에서 입으로 전해졌고 명자도 사람들 대열을 따라 걸었다. 광화문에 이르니 길가에 붉은 깃발을 흔드는 사람들이 보였다. 중앙청 앞에선 인민군들이 탱크 앞에 정렬해 있고 국기 게양대엔 인공기가 펄럭였다. 명자는 두 손을 번쩍 쳐들고 소리쳤다.

"만세, 만세."

어떤 사람들은 "인민공화국 만세"를 외쳤다. 명자는 죄수복 차림인 게 뿌듯했다. 8·15해방 때 형무소에서 풀려난 사람들을 부러운 마음으로 바라보던 기억이 났다. 고통스럽고 막막했던 지난 1년의 일들이 주마등처럼 떠오르면서 그녀는 설움이 북받쳐 올라 다시 소리쳤다.

"만세. 인민공화국 만세. 인민해방군 만세."

눈물이 글썽글썽해져서 "역사는 신념을 버리지 않은 사람에게 보상하는구나" 하고 중얼거릴 때 등 뒤에서 누군가 그녀를 불렀다. 김한경이었다. 거의 1년 만이었다. 고문이 심했다는 소문을 들었는데 마르고 검푸른 얼굴이 고문의 흔적이었다. 둘은 의지가지 없는 고아 남매처럼 부둥켜안았다. 참았던 울음이 터져 나왔다. 어제 서대문형무소에서 남로당의 김삼룡과 이주하가 처형됐다는 사실도 김한경을 통해 알게 되었다.

"김삼룡 이주하 선생 말고 또 누가 처형됐는지는 모르겠소. 10년형 이상 죄수들을 다 끌어냈다는 얘기도 있고 20년형 이상 죄수라는 얘기도 있고….."

김한경은 시청으로 간다고 했다.

"같이 갑시다. 이승엽 동지가 서울시 인민위원장으로 내려와 있다고 들었소."

이승엽이라면 명자에게도 익숙한 이름이었다. 1930년인가 3·1절 격문을 나를 때 인천에서 전단지 뭉치를 건네준 사람이 바로 그였다. 마지막으로 본 건 47년 봄 24시간 총파업 다음 날이던가, 서울역 앞이었는데 후줄근한 한복 차림에 지게를 지고 있었다. 박헌영이 월북하고 그가 대리 역할을 하던 때였다. 그도 나중에 북으로 가서 북조선정부의 사법상이 되었다고 들었다. 그에 대한 기억이 좋기만 한 것은 아니었지만 명자는 반가운 마음이 앞섰다. 하지만 지난밤을 꼬박 새고 하루를 굶고 세수도 못 하고 머리도 빗지 않은 자기 꼴이 참담했다. 무엇보다 죄수복 바지가 허리 고무줄이 늘어나서 자꾸 흘러내렸다.

"일단 집에 가서 옷을 갈아입던가 해야겠어요."

천지가 뒤바뀌었는데 사직동 집은 어떤 모양을 하고 있을까, 주인이 이사 가고 문간방에 다른 사람이 들어와 있는 건 아닐까. 사직동에 도착했을 때 명자는 깜짝 놀랐다. 대문은 활짝 열려 있고 마당에는 짐꾸러미들이 흩어져 있었다. 짐꾸러미 사이에서 주인집 남자를 발견한 명자는 일단 반가웠다.

"피란 가시게요?"

머리도 얼굴도 푸석푸석해 집 안 꼴 만큼이나 어수선해 보이는 남자는 손사래를 쳤다.

"피란이 다 뭐예요? 과천 형님 댁으로 가다가 남영동에서 돌아왔다오. 이제는 인민군이 길에 깔려버렸으니 꼼짝없게 생겼어요."

대포 소리 듣고 밤새 짐을 꾸려 나갔더니 남영동부터 피란민 사태가 져서 모두들 오도 가도 못하고 우왕좌왕하고 있더라 했다. 간밤에 한강 다리가 끊겨 강을 건널 수 없게 됐는데 다리를 건너던 피란민들이 떼거지로 죽었다는 얘길 듣고 차라리 집이 안전하겠다 싶어 되돌아왔다 했다. 인민군이 국군과 이승만정부의 퇴로를 끊으려고 한강철교를 폭파한 것 같다는 게 그의 해설이었다.

"인민군이 철교를 끊었으면 이승만은 벌써 포로가 된 거 아닐까요? 아까 보니 중앙청도 인민군이 점령했던데."

문간방에는 자물쇠가 굳게 잠겨 있었다. 명자는 낙담한 가슴을 손바닥으로 쓸었다. 윤동명이 말끔히 청소가 된 방에서 문을 활짝 열어놓고 부채라도 부치면서 기다릴 것이라 기대했던 걸까. 주인집 남자는 문간방이 몇 달 동안 비어 있었다 했다.

"방을 남한테 세놓지도 못하시고. 죄송스러워서."

여운형 선생 살아 계실 때 잠깐 근로인민당 당원이었던 주인 남자는 중학교 선생인데 몽양과의 인연도 있거니와 살림도 그럭저럭 윤택한 편이라 명자네가 노상 방세를 미뤄도 군소리하지 않았다.

방에는 사람 다녀간 흔적이 없었다. 다만, 지난 1월 1일에 다녀갈 때 문지방에 끼워 둔 쪽지가 사라지고 없었다. 명자는 주인댁 아주머니가 소쿠리에 담아서 가져온 찐 감자 두 개를 먹고는 이불 깔고 잠시 누웠다 가리라 하다가 깊은 잠에 빠져버렸다.

지난해 10월 등록을 취소당하고 12월에 해체선언을 했던 근로인민당이 다시 간판을 걸었다. 사무실이 문을 열자 왕년의 동지들이 하나둘 모여들었다.

듣자 하니 이승만 대통령 육성으로 서울을 사수하겠다는 방송이 나오는 동안 대통령과 정부 요인들은 벌써 대전으로 내려갔고 서울을 빠져나간 뒤 한강철교를 폭파했다 한다. 한민당 사람들은 다들 피란을 갔다는데 근로인민당 사람들은 정보가 없었던 탓인지 북조선정부하고 크게 못 사귀지 않았다 믿었던 탓인지 대부분 서울에 남아 있었다. 명자는 거듭 되물었다.

"한강 다리 폭파한 게 국군이었다고요? 인민군이 아니라 국군이었다고요?"

국군이 얼마나 빨리 달아나는지 인민군이 뒤쫓아 내려오면서 양치질도 못 하고 짐심 먹을 틈도 없나는 소분이 농담만은 아닌 모양이었다. 거리에는 매일매일 새로운 벽보가 나붙었다.

"수원 완전 해방."

"인천 완전 해방."

"원주 완전 해방."

"만고역적 이승만 도당의 괴뢰집단 궤멸."

"우리의 영명한 지도자 김일성 장군 만세."

"조선 민족의 친애하는 벗 스탈린 대원수 만세."

중앙청과 시청 앞에는 스탈린과 김일성의 거대한 초상화가 나란히 나붙었다. 서울 하늘 아래 인민공화국 깃발이 펄럭이다니. 하늘과 땅이 또 한 번 뒤바뀐 것이다. 해방은 해방이었다. 명자 생애의 두 번째 해방이었다. 5년 전 8월의 해방도 이런 삐라, 벽보, 깃발과 함께 왔었지.

서울시 인민위원회가 의용군 모집을 시작한 건 서울 상공에 미군기가 출현할 무렵이었다. 의용대를 조직하고 궐기대회와 애국행진을 지원하는 것이 근로인민당 재건 이후 첫 사업이었다. 매일같이 라디오와 신문을 통해 전해지는 파죽지세의 전황에 의용군 모집운동도 사기 충천이었다. 학생들은 궐기대회를 마치고 의용군 명부에 손도장을 찍은 뒤 바로 전선으로 떠났다.

보도연맹 가입자들은 의용군 강제징집의 제1순위였다. 예전에 몽양 선생 경호한다고 계동에 드나들던 청년 하나가 당사를 찾아와 명자를 붙잡고 하소연했다. 그는 경찰이 하도 협박해서 보도연맹에 위장가입한 것이지 활동은 거의 하지 않았다면서 집에 노모 혼자 두고 어떻게 전쟁터에 나가냐고 했다. 명자는 청년을 조분하게 설득했다.

"그동안 이승만정권 아래서 맨날 두들겨 맞고 잡혀가고 한 게 억울하지 않니? 3주일이면 대구, 부산까지 떨어지고 집에 돌아갈 수 있는데 뭐가 걱정이야."

"정말 3주일이면 끝날까요?"

"민주공화국의 인민으로 행복하게 살기 위해서는 자네도 뭔가 역할을 해야 할 게 아닌가. 전선에 나가는 건 과오를 씻을 수 있는 기회야. 어머니한테는 충분히 안심시켜드리고 나오게."

그녀 스스로 전향의 유혹을 끝까지 버텨냈다는 자부심도 없지는 않았으나 어디까지나 진심이기도 했다. 문제는 공교롭게도 때마침 당사로 들어선 정치보위부 소좌가 대화를 들었다는 것이고 청년은 노모에게 하직인사 할 틈도 없이 바로 수송국민학교 의용군훈련소로 보내졌다.

명자는 의용군 입대를 호소하는 전단을 썼다.

"전쟁은 속전속결로! 승리가 눈앞에 다가왔다. 제국주의 세력을 몰아내고 우리 힘으로 민족의 통일을 완수하자. 우리 모두 민주주의인민공화국의 깃발 아래 함께 뭉치자."

하지만 모스크바대학을 다녔고 한때 기자 노릇도 했던 명자의
원고를 스물다섯 됐을까 말까 한 정치보위부 소좌가 가져가더니
새빨갛게 고쳐서 그녀의 책상 위에 던져놓았다.

"우리 인민의 가장 우수한 아들딸들인 인민군은 리승만 도당의
야만적인 압제하에 신음하던 남조선인민들을 완전 해방하고 저
파렴치한 침략자 미제를 바닷속에 몰아넣을 날도 머시않았다. 상
도 미 제국주의와 리승만 괴뢰도당을 쳐부시고 우리 조국의 완전
자주독립을 쟁취하려는 이 정의로운 전쟁에 어서어서 총칼 들고
일떠서라고 우리의 영용하신 지도자 김일성 장군이 부르신다. 김
일성 장군 만세. 스탈린 대원수 만세."

첫 번째 해방 때하고 비슷한 것은 벽보와 깃발만이 아니었다.
낮에는 궐기대회와 노력동원, 밤에는 집회와 교양과 각종 선거, 그
리고 무엇보다 먹을 게 없다는 것이 똑같았다. 해방되던 해도 전
쟁 막바지라 쌀이 일본 내지와 전선으로 다 실려 나갔는데 이번
해방은 숫제 전쟁과 함께 왔다. 서울에 인민위원회가 들어오자마
자 맨 먼저 붉은 자치대 완장 차고 총을 멘 청년들이 집집마다 돌
아다니며 식량 조사를 했고 며칠 뒤엔 인민들에게 공평하게 배급
하겠다고 쌀을 수거해갔는데 이후 쌀을 배급해준다는 소식은 없
고 "식량문제는 자력으로 해결하자"는 벽보가 붙자 쌀값은 다락
같이 뛰고 돈을 쥐고도 쌀을 살 수 없게 되었다. 명자도 좁쌀 한 홉
남은 것을 매일 조금씩 덜어 하루 한 번 죽을 쑤어 먹었다. 월급 나
오는 데도 없지만 아침부터 늦은 밤까지 눈코 뜰 새 없이 바쁜 나
날이었다. 가두시위에서 구호 외치고 노래 부르고 저녁이면 동네

자치대나 여맹 모임에 참가하느라 명자는 목이 쉬었다. 해방의 흥분도 극심한 허기와 피로 속으로 침몰하고 있었다.

근로인민당도 재건의 깃발을 야심차게 펄럭이나 싶었는데 곧 모종의 난기류에 휘말렸다. 이상백이나 최익환, 한일대 같은 간부급들이 줄줄이 정치보위부에 소환돼 조사받고 나와 서리 맞은 배추처럼 풀 죽어 있고 젊은 당원은 다들 의용군 나가버리는 바람에 썰렁해진 사무실에서 어느 날 정치보위부 사람들 떠드는 소리가 명자 귀에 들어왔다. 인민재판 금지령이 내려온 것이 화제였다. 전쟁 나고 한때 거리에서 인민재판이 유행했는데 서울보다 지방이 더 심했던 모양이었다.

"반동분자들이 설치는 꼴이란… 츳. 정백이란 놈도 남조선 내려와서 전향선언하고 보도연맹 들어가서 명예간사장입네 하고 여기저기 나댔던 모양인데 지까짓 게 무슨 열혈 공산주의자라고 인민재판을 벌이고 난리야. 여하간에 중간파라는 것들이 다 기회주의자 아니겠어?"

정백의 이름을 듣고 명자는 기함할 뻔했다. 정백이 부민관 앞 거리에서 인민재판을 주도했는데 경찰 간부 하나가 현장에서 몽둥이로 맞아 죽었고 정백은 정치보위부에 끌려가 이미 총살됐다는 얘기였다. 놀랄 것도 슬플 것도 없었다. 정치 난봉꾼에 어울리는 결말이었다. 정작 명자가 등이 서늘했던 건 중간파 이야기 때문이었다. 정백이나 명자나 근로인민당 계열이고 근로인민당은 소위 중간파 정당이었다. 근로인민당은 여운형 중심으로 창당할 때부터 좌도 우도 아닌, 남도 북도 아닌, 남로당도 한민당도 아닌,

그 중간의 길을 표방하고 나왔다. 하지만 좌와 우의 중간에는 길이 없었고 길을 개척하다 보면 양쪽에서 돌팔매가 날아왔다. 근로 인민당활동을 해오면서 명자는 기회주의자로 손가락질당하는 게 중간파의 운명인가보다 했다. 하지만 '중간파는 다 기회주의자'라는 말을 인공 치하에서, 인민군의 총검이 시퍼런 전쟁터에서 다시 들었을 때 명자는 살이 떨렸다.

명자를 뒤숭숭하게 했던 이상한 기류의 정체는 곧 분명해졌다. 명자가 어느 날 동네 인민위원회 선거로 새벽까지 붙들려 있다가 느지막이 당사에 나왔을 때 당 간부들 몇 명이 삼복더위에 창문도 꼭꼭 닫고 앉아서 땀을 뻘뻘 흘리며 뭔가를 열심히 쓰고 있었다. 정치보위부 소좌는 그녀에게도 자술서를 쓰라고 했다. 태어나서 지금까지 학습내용, 조직활동, 교우관계, 친척관계 따위를 아주 상세히 적으라고 했다. 명자가 한나절 꼬박 앉아서 자술서를 써 내자 소좌는 일제 때 친일활동 한 것도 자세히 적으라 했다. 명자는 〈동양지광〉 부분을 다시 써내고 밤늦게 귀가했다. 다음 날 나갔을 때 소좌는 자술서를 좀 더 길게 상세히 다시 한 번 쓰라 했다. 두 번째 자술서는 꼬박 이틀 걸렸다. 자술서를 두 번 쓰고 나자 이번에는 전향서를 쓰라고 했다.

"전향서라니요?"

"전향이 뭔 말인지 모르오?"

"어느 쪽으로 전향한다는 말씀인지?"

"이 동무가, 정말 모르겠소? 철두철미한 마르스크레닌주의자로 전향하라는 말이오. 자신의 사상적 결함이 원인은 어디에 있는지, 중간파의 문제점을 자아비판 하고 부끄럼 없는 민주주의인민공화국의 인민이 되기 위해 마음가짐을 새롭게 하는 각서를 쓰란 말이오."

소좌는 자술서와 전향서를 토대로 노동당에서 심사하게 될 것이라 했다. 심사해서 입당 여부를 가리겠다는 건지, 심사해서 죽일지 살릴지 결정하겠다는 건지 알 수 없었다. 전향서를 쓰던 날은 이미 사무실에 근로인민당 간판이 떼어지고 없었다. 근로인민당 사무실은 인민위원회가 접수했다. 당 간부들도 모르는 사이에 당이 없어져버린 것이다. 당사에 나올 필요도 없어졌다.

명자는 함께 전향서 쓰고 당사를 나서던 근로인민당 간부 한 사람과 광화문 거리에서 헤어졌다. 악수를 나누면서 그는 작별인사 대신 푸념을 했다.

"요새는 근민당이라 하면 한 대 맞을 거 두 대 맞는 판국이오. 재산 몰수에 의용대로 직행이니. 이승만한테 당한다 했더니 인공 치하에선 더하네요."

아침에 좁쌀죽이나 먹었을까 싶은 힘없는 목소리였다. 중간파란 이승만정권 아래서 빨갱이와 같은 말이었는데 인공 치하에서는 반동분자와 동의어였다.

명자는 집에 돌아오자마자 이불 위에 쓰러졌다. 좁쌀에 배추 넣어 끓인 죽 한 그릇을 아침에 먹고 나면 점심도 되기 전에 배가 고팠고 저녁쯤 되면 움직일 힘도 없어 가만히 누워 있어야 했다. 요새는 여맹이나 자치대에서 저녁에 나오라 하면 하루는 몸을 질질 끌고라도 나가고 하루는 아프다고 집에서 쉬었다. 집회에 나가 보면 인민위원회에 손가락이라도 하나 걸친 이들은 얼굴이 반반하고 그렇지 않은 이들은 누렇게 떠 있었다. 어느 집 노인이, 아이가 굶어 죽었다더라 하는 소문이 꼬리를 물었다. 명자는 길 가는 사람들 걸음걸이만 봐도 먹는 사람과 굶는 사람을 구별할 수 있었다.

어느 날 종로에서 마주친 김한경도 걸음걸이가 휘청거리는 축이었다. 명자는 근로인민당 형편을 이야기하면서 서울시 인민위원장 이승엽이 중산파에 앙심을 품고 있는 것 아닐까, 했다.

"남로당 합당한다 할 때 우리가 당을 따로 만들어 나오면서 정면으로 부딪쳤잖아요. 몽양 선생도 그 길로 김일성이나 박헌영하고 사이가 틀어졌는데. 북조선 쪽에선 우리가 한민당만큼이나 밉지 않겠어요."

"뭐 그런 게 없다고 할 수야 없겠지요. 이승엽이야 박헌영 선생 직계니까. 그런데 근로인민당 일은 김일성 지시라 들었어요. 해방지구정책이라는 게 있는데 중간파들 전원 체포하고 남조선 정계를 숙청하라 했다더만요. 명자 씨는 그나마 남로당 프락치라고 감옥 살고 나온 덕에 정치보위부 조사는 면한 것 같소."

길바닥에서 뜨거운 먼지가 피어오르는 여름 한복판에서 명자는 문득 등이 시렸다. 등 뒤에서 텅 빈 시베리아벌판처럼 우웅 바람 우는 소리가 들렸다. 문득 여운형 선생 생각이 났다. 서울 장안이 곡성으로 가득 찼던 장례식 날.

"몽양 선생은 그때 돌아가신 게 차라리 다행이네."

8월에 접어들면서 서울 하늘에 시도 때도 없이 미군 전투기들이 날아왔다. 예전엔 용산 군기지같은 데만 골라 폭격한다더니 요

새는 종로통 한가운데 폭탄이 떨어지고 미아리 공장 동네는 소이
탄이 떨어져 잿더미가 됐다. 공습 사이렌이 울리면 전차는 그 자
리에 서고 승객들은 내려서 골목길로 달려갔으며 건물에 있는 사
람들은 지하실이나 방공호로 숨었다. 미군 비행기 편대가 폭격을
퍼부으면 인민군 탱크의 고사기관총이 하늘을 향해 불을 뿜었다.

주인댁 선생 일가는 인민위원회에서 전출명령을 받아 그날로
리어카에 가재도구를 싣고 파주로 갔다. 이사를 떠난 다음 인민위
원회에서 나와 집 안을 뒤지더니 커다란 자루 하나에 뭔가를 담아
나와서는 안방 문짝에 널빤지로 못질해놓고 갔다. 인민위원회는
장차 북조선 인민공화국 정부가 평양에서 서울로 이전할 계획이
라 했다. 서울 인구 150만 중에서 50만을 솎아내는 전출시책은 천
도계획의 일부였다. 인민공화국 정부가 내려오면 근로인민당 출
신들은 어떻게 될까, 명자는 머릿속이 어지러워졌다.

피란 가고 의용군 나가서 한산한 동네가 전출시책 때문에 더욱
휑뎅해졌다. 동네에선 집집마다 남자들이 값나갈 만한 물건이나
옷가지들을 지게나 리어카에 싣고 변두리 농가로 가서 양식으로
바꿔왔다. 주인집이 마당의 작은 채마밭에 호박과 무, 오이를 거두
면서 명자를 생각해 몇 줄기 남겨두고 간 것이 그녀에겐 구원이었
다. 긴 오후 나절을 견뎌낼 양식으로 두 뿌리 남은 오이 줄기를 뒤
지고 있을 때 뒤에서 "아씨" 하는 소리가 들렸다. 반가운 목소리에
명자가 무릎을 펴고 일어섰다. 마당에 들어선 삼월이는 옥색 세모
시 한복 차림에 행색은 깔끔했지만 얼굴은 꺼칠한 것이 지난겨울
에 비해 여위어 있었다. 명자가 손을 잡고 안채 툇마루에 끌어다

앉히자 삼월이가 훌쩍거리기 시작했다.

"아씨는 잘 지내셨어요? 안색이 어째 영 못쓰게 되신 것 같기도 하고. 바빠서 집에 안 계실 줄 알았는데. 소련서 공부도 하고 오셔서 요즘 같은 세상에선 높은 자리에 계셔야 할 건데."

명자의 안색을 살피며 희망 반 실망 반으로 말을 더듬던 삼월이가 이내 목 놓아 울었다.

"아씨, 어쩌면 좋아요. 인민군이 와서 쥔 양반을 잡아갔는데 조사하고 금방 내보내준다 하고선 나흘이 지나도록 감감무소식이에요. 어디로 데려갔는지도 모르고요. 동회하고 자치대에서도 모른대요. 쥔 양반은 정치 그런 거는 일절 모르고 인공 치하가 돼도 그저 시키는 대로 했는데 이게 무슨 일이래요? 이승만 박사 때도 순사나 공무원들한테 돈깨나 갖다 바치는 거 같던데 그랬다고 잡아간 걸까요? 아씨한테는 절대 폐를 끼치고 싶지 않지만…."

착하고 순한 심성을 그대로 담은 커다란 두 눈에서 눈물이 샘솟듯 흘러 부잣집 마나님의 세모시 저고리 앞섶을 적시고 있었다.

"이를 어째. 내가 한번 나가서 알아보기는 해보겠다마는 요새 워낙 하 수상해서. 뭐가 어떻게 돌아가는지 통…."

삼월이를 보내고 오이 생각도 잊고서 툇마루에 앉아 있던 명자의 머리에 떠오르는 이름은 오직 하나, 서울시 인민위원장 이승엽이었다. 듣자니 그가 전시에 남반부 최고책임자라 했다. 명자는 오랜만에 거울을 들여다보면서 입술에 구찌베니도 찍어 바르고 외출 채비를 했다.

인민위원회가 있는 시청 입구에는 건물 한 층을 덮는 김일성과 스탈린 얼굴 아래 누런 군복에 따발총을 멘 인민군 보초 둘이 서 있었다. 하나는 귀밑에 솜털이 보송보송 매달린 소년이었다. 명자는 선임으로 보이는 보초병에게 짐짓 점잖게 말을 걸었다.

"이승엽 위원장 동지 좀 만나러 왔는데요."

무슨 일로 오셨냐는 물음에 명자는 다소 엉뚱한 대답을 했다.

"저… 모스크바 유학하고 돌아와서 조선공산당 운동할 때 이승엽 동지와 함께 일했지요. 형무소생활도 같이 했습니다만."

어린 초병이 안으로 들어갔다 나왔다.

"지금 청사에 안 계신답니다. 오늘 중으로 오실지는 알 수가 없다는데…."

선임 초병이 명자를 아래위로 훑어보고는 "나중에 정확히 시간 약속을 하고 다시 오시지요"라고 말하는데 갑자기 요란한 사이렌 소리와 함께 동대문 쪽 하늘에서 미군 B29기 두 대가 굉음을 내며 달려왔다. 행인들이 순식간에 사라져버린 길 위에 인민군 보초 둘과 명자만이 눈 하나 깜짝 않고 서 있었다. 해가 기우는 서쪽 하늘에서 쾅 하는 폭음과 함께 검은 연기가 오르면서 후덥지근한 바람이 불어왔다. 쉽사리 접고 돌아설 수도 없는 발걸음이었다. 모처럼 단정히 틀어 올린 머리 아래 목덜미로 땀이 흘렀다.

"저쪽에 서서 좀 기다려도 되겠죠?"

그늘 한 점 없는 길가에 주저앉았다간 영락없는 거지 행색이 될 듯해서 명자는 스탈린 얼굴 아래로 가서 후들거리는 다리를 애써 가누며 서 있었다. 30분인지 한 시간인지 알 수 없는 시간이 지나자 명자는 눈앞이 아득하며 머리가 어지럽고 빈속에서 구역질이 올라왔다. 길 건너 부민관 건물이 가까워졌다 멀어졌다 했다. 명자는 시청 담벼락을 오른손으로 짚으면서 조심조심 발걸음을 옮겼다. 집까지 어떻게 왔는지 정신이 혼미했지만 어느 담벼락에 붙은 벽보의 글귀만은 머리에 똑똑히 박혀 있었다.

"허정숙 문화선전상 대강연. 부민관."

강연은 이틀 뒤였다. 컴컴한 마음 구석에 한 가닥 실오리 같은 빛줄기가 반짝였다.

부민관에는 일찌감치 나갔으나 이미 만원이었고 명자는 몇 바퀴 돌다가 염치 불구하고 어린 학생 하나를 일으켜 세우고는 자리에 앉았다. 명자 나이 내일 모레 오십이었다.

잠시 후 입구로 한 무리 사람들이 밀려 들어왔다. 객석이 웅성댔다. 명자 주변에서도 수군대는 소리들이 들렸다.

"허정숙이 왔나 봐."

"어디어디? 진짜네."

"와, 덩치도 좋다. 만주에서 빨치산 대장이었다며?"

소곤거림은 곧 박수 소리에 묻혔다. 연단에 선 정숙은 약간 피로해 보이는 것 빼고는 2년 전에 비해 혈색도 좋고 활력이 넘쳐 보였다. 정숙은 노련한 솜씨로 서두를 열었다.

"두 시간 전에 서울에 도착했습니다. 1936년에 중국으로 떠났으니 햇수로 15년이군요. 반갑습니다."

박수가 터져 나왔다. 고향에 돌아온 소회담이 간단히 끝난 뒤 본론은 익숙하고 진부한 내용이었다. 미군정과 이승만 도당의 압제 아래 얼마나 고생하셨나. 이승만 매국 도당과 미 제국주의와 싸워 조국을 수호하고 승리로 이끌기 위해 남북조선의 모든 인민이 합심 협력해야 할 것이다. 새로운 내용이 있다면 북조선에서 이루어지고 있는 문화예술의 발전상과 김일성 수상의 배려를 강조한 것 정도였다. 표정과 말투, 제스처가 모두 점령지에 온 문화 선전 책임자의 것이었다. 명자 주위의 학생들은 숫제 두 손을 들고 있다가 한마디씩 끝나기 무섭게 맹렬하게 박수를 쳤다. 한 시간의 절반은 강연, 절반은 박수로 흘러갔다.

강연이 끝나자 명자는 연단 앞으로 총총히 걸어 나갔다. 수행원인지 안내원인지 서넛과 앞서거니 뒤서거니 연단을 내려온 정숙은 명자와 눈이 마주치자 "명자구나, 나중에 보자" 하고는 미처 손잡을 새도 없이 출입문 쪽으로 가버렸다. 그곳에 한 무리 사람들이 그녀를 기다리고 있었다. 명자는 당황스럽고 서운한 마음을 추스르며 정숙의 뒷모습을 바라보았다.

정숙은 문간에 선 채 어떤 나이 든 여자와 이야기를 했다. 얼굴이 낯익다 했더니 분명 춘원 이광수의 부인 허영숙이었다. 허영숙 옆에 둘러선 또 다른 사람들도 심각한 표정이었다. 정숙이 일행과 문밖으로 나서는 것을 지켜보다가 명자는 기대를 접고 부민관을 나왔다. 사태를 알 것도 같았다. 요새 명자가 지나다니며 보니 이광수의 효자동 집과 '허영숙 산원'은 인공기가 걸려 있고 인민군들이 드나들고 있었다. 아마 집을 돌려달라고 호소하러 온 모양이었다. 명자도 정숙을 붙들고 할 이야기가 많았는데 안부인사 건넬 기회조차 얻지 못했다. 나중에 보자고 했는데 언제 나를 찾겠다는 얘길까. 이제 삼월이는 어떡하지.

좁쌀은 진작에 떨어졌고 마당의 채소로 멀건 죽을 쑤어 먹은 지 여러 날이었다. 종일 방에 누웠다 마루에 앉았다 하다 보면 자치대나 여맹에서 집회나 사역 나오라고 소집통고 하러 왔다가 적막강산 같은 집에 유령처럼 앉아서 가타부타 대꾸도 없는 명자를 보고는 그냥 돌아가길 몇 차례 했다. 예전엔 전투기 날아가는 소리에도 자지러졌지만 이세는 가까운 데 포탄이 떨어져 하늘과 땅이 한꺼번에 울려와도 놀라지도 겁나지도 않았다. 밤에 등화관제 사이렌이 울려도 명자는 불을 끄지 않았다. 배 속이 비자 마음도 비었다. 식욕에 대한 기억도 희미해졌고 식욕이 꺼지자 다른 욕망들은 하찮은 것이 되었다. 기억이 흐려지고 애착이 느슨해지자 몸과 마음에 평화가 왔다. 혹독한 식민지시대를 살아 나온 그녀였지만 언제나 저 언덕을 넘어서면 뭔가 있을 거라는 막연한 기대가 있었다. 지난 세월을 밀어온 것이 희망이었던가, 분노였던가, 아니면 젊음이었던가. 젊음이 떠나가자 희망도 분노도 늙어버렸나.

누워서 눈을 감으면 꿈인 듯 현실인 듯 가회동 집이 보이고 어머니가 보였다. 어머니는 딸이 자수를 멀리하고 이상한 책이나 본다고 잔소리를 해댔다. 명자는 불현듯 자리에서 일어나 이불을 갰다. 공산주의자라는 사람이 인공 치하에서 굶어 죽었다면 뒷날 만만한 농담거리나 되고 말 것이다! 마당에 나오니 볕이 화창했다.

아무것도 남은 게 없다 해도 목숨은 남지 않았다. 이제 마흔일곱, 다 산 것 같지만 버리기도 아까운 나이다. 여기서 놓아버리면 지구 위로 몇억 년이 흘러도 영영 돌아오지 못하는 인생이다. 명자는 스스로에게 명령했다.

"보급투쟁에 나서자. 죽을 힘이 있다면 살 힘도 있는 거야."

오빠와 연락 끊고 지낸 지 여러 해였다. 오빠는 일제 때 미두시장米豆市場의 큰손이었는데 그 여동생이 쌀독이 비었다는 게 당키나 한 소린가. 명자는 마당의 무밭에서 겨우 이파리 댓개 돋아난 어린 무 몇 뿌리 뽑았다. 아릿하고 비릿하지만 제법 씹히는 맛이 있었다. 무로 허기를 달랜 뒤 집을 나섰다.

가회동 집은 폭격을 용케 피해 솟을대문이 늠름했다. 명자는 대문간에 걸어놓은 인공기를 보면서 웃었다. 일제 때는 일장기를 내걸었던 오빠였다. 명자에게 신사참배 다니자고 강권하다가 남매가 갈라졌다. 대문을 들어서자 명자는 눈이 휘둥그레졌다. 집은 분명 옛집인데 사람들은 모두 낯선 얼굴이었다. 누런 인민군복 차림도 있고 붉은 완장을 찬 여자도 있었다. 명자가 여자를 붙들고 "이 집 주인은 어디로 갔는지 혹시 아세요?" 하고 묻자 앳된 얼굴의 처녀가 "집주인이 어디 있어요? 다 인민의 재산이지"라 대꾸하곤 돌아서서 신발 신은 채 마루로 뛰어 올라갔다. 그러고 보니 방 안 사람들도 모두 신발을 신고 있었다. 대청마루 아래 까맣고 윤나는 댓돌 하나가 새로 깔려 있는 것이 어딘가 낯익다 싶었는데 자세히 보니 아버지가 법관시험 붙었을 때 할아버지가 비싼 오석으로 만들어 대문 옆에 세워 두었던 장도축원비였다.

오빠는 어디로 갔을까. 조카와 올케와 첩실들은 어디로 갔을까. 집과 재산을 바치고 목숨을 구했을까. 아니면 엄한 데 끌려가고 재산도 몰수당한 걸까. 명자 처지도 딱했지만 그녀는 처음으로 오빠가 불쌍하다는 생각이 들었다.

어쨌든 보급투쟁 방향을 수정해야 했다. 명자는 다음 날 장롱에서 공단 한복 한 벌과 꽃나비 수가 놓인 이불 홑청을 꺼내서 보자기에 싸 들고 길을 나섰다. 옆집이 다녀왔다는 연신내 쪽으로 길을 잡았다. 오랜만에 교외에 나왔더니 곳곳에 도로가 끊겨 있고 밭 가운데 폭탄 구덩이며 부서진 집채며 길가 도랑에 쑤셔 박힌 군용 드럭이며 여실한 전상의 풍경이었다. 명자는 연신내를 따라 파란 벼가 이삭을 패기 시작한 논들을 지나 농가 몇 채가 옹기종기 모여 있는 밭둔덕으로 올라갔다. 길가의 콩밭에서 콩대를 올리고 앉은 중년 여자에게 다가가 보퉁이를 끌러 보였다. 여자는 보퉁이는 보지도 않고 손을 내저었다.

"아이고. 이게 웬 호사런가. 손목시계 벽시계 괘종시계 은비녀 옥비녀 사대문 안에서 나온 물건들이 온 동네 지천이네. 우리 집도 반닫이 안에 공단치마 비단치마 그득 들어찼수. 우리 동네는 시내 사람들이 벌써 다 훑어갔어요. 구파발이나 일영 쪽으로 올라가면 묵은 잡곡이라도 좀 남아 있을라나. 쯧쯧."

벌써 20리 넘은 걸음이었다. 구파발은커녕 돌아갈 길도 아득했다. 명자는 북한산 자락의 초가집들을 샅샅이 훑어 공단 한복값으로 누렇고 꺼실꺼실한 겉보리 한 되를 얻어 돌아왔다.

홍제동쯤 왔을 때 마포 쪽 하늘에서 전투기 두 대가 폭탄을 투하하며 날아왔다. 명자는 두리번거리다 길가 도랑에 뛰어들었다. 가까운 곳에서 천둥 치듯 폭음이 들려왔다. 도랑물에 허리까지 담근 채 엎드려 있다가 비행기 소리가 멀어진 다음 보니 도랑물이라는 것이 똥 덩어리가 둥둥 떠 가는 구정물이었다. 가슴에 품은 보리쌀 자루가 젖지 않았으니 다행이었다.

무악재 일대에 포연이 매캐했다. 영천시장 쪽에서 검은 연기가 오르면서 불길이 치솟는 게 보였다. 무악재를 넘자 사람들의 아우성과 비명이 들려왔다. 폐허가 된 마을에서 어디선가 살려달라는 외침, 누군가 이름 부르는 소리가 들렸다. 명자는 길가에 어느 집 무너진 현관 앞에서 먼지와 핏물을 뒤집어쓴 젊은 여자가 대여섯 살쯤 돼 보이는 여자아이를 끌어안고 울고 있는 것을 보았다. 아이는 막 숨이 끊어진 듯했다. 잠시 멈추어 섰다 다시 걸음을 옮기는 명자의 귀에 여자의 목소리가 한참을 따라왔다.

"눈 좀 떠봐. 아가야, 눈 좀 떠보거라. 아가야, 제발 눈 좀 한번 떠봐라. 아가야."

명자가 어찌해줄 수 있는 것이 없었다. 그녀 자신도 과연 오늘 해 안에 사직동 집에 돌아갈 수 있을지 아득했다. 사나흘 굶고서 진종일 걸었더니 발걸음이 천근처럼 무거웠다.

사직동에 돌아오니 이 동네도 폭격이 쓸고 가서 안채는 폭삭 주저앉았고 명자네 문간방은 지붕 한 귀퉁이가 날아가서 천장에 커다란 구멍이 나 있었다. 여름이라 다행이었다. 지금 처지엔 가을과 겨울을 걱정하는 것도 사치였다.

보리를 삶고 푸성귀를 넣어 죽을 끓였다. 곡기가 들어가니 장딴지에 힘이 배었다. 이튿날 아침 빗살이 뿌리기 시작하더니 사흘 내내 추적추적 비가 내렸다. 초가을 비에 공기가 삽상해졌다. 사흘째 되는 날 저녁, 비가 그치고 보름달이 둥실 뜨자 며칠 잠잠했던 소집령이 떨어졌다. 늦은 밤 갑자기 판자 울타리 너머로 "사역 나오시오" 하는 고함이 들려왔다. 명자가 못 들은 체 누워 있는데 대문이 열리고 자위대 완장을 찬 중늙은 남자가 들어왔다.

"오늘은 에누리 없어요. 애고 어른이고 한 집에 한 명씩은 반드시 나와야 돼요. 한 집도 빠지면 안 돼요."

"여기는 다 전출 가고 사람이 없어요."

"댁은 사람 아니오?"

"나 혼자예요."

"그럼 혼자 나오시오. 오늘은 안 나오면 바로 영창이오."

살벌한 최후통첩을 던지고 나가던 남자는 대문간에서 고개를 돌렸다.

"오늘은 곡괭이나 삽은 필요 없소. 옷이나 든든히 챙겨 입고 나오시오."

측은지심이 묻어나는 목소리였다.

동회 앞에 모인 서른 명쯤 될까 싶은 사람들이 자위대원을 따라 출발했다. 낮에는 미군 폭격기가 무서워서, 그믐밤에는 너무 어두워서, 사역은 주로 달 밝은 밤에 소집됐다. 요새 사역은 온통 늙은이와 여자들뿐이다. 젊은 남자들은 다 의용대 가거나 도망가거나 아니면 다락이나 마루 밑 같은 데 숨어버렸다.

한 시간쯤 걸었을까. 미아리인지 정릉인지 사위를 분간할 수 없었다. 행군이 멎고 사람들은 어두컴컴한 산자락 아래 흩어졌다. 폭탄 파편과 탄알과 탄피를 주워 구루마에 실어 나르는 일이었다. 길인지 밭인지 비에 젖어 질척대는 진흙탕을 헤매는 동안 바지가 흙투성이가 되었다. 이따금 탄알 대신 돌멩이를 줍기도 했지만 달빛 아래 번들거리는 쇳조각을 찾는 일은 그리 어렵지 않았다. 달밤의 적막한 산자락에 느닷없이 사람들이 웅성대자 어디선가 개들이 나타나 뛰어다니며 컹컹 짖어댔다. 이따금 생쥐들이 발치를 스치고 지나갈 때 명자는 소스라치게 놀랐다. 살찐 쥐들이 달빛 아래 윤기 나는 등허리를 실룩거리며 돌아다녔다. 사람들은 배 곯아 비칠거리는데 전쟁터의 쥐나 개 들은 모두 뒤룩뒤룩 의심스럽게 살쪄 있다. 명자는 쥐를 피해 뒷걸음질 치다가 발에 뭔가 걸리는 바람에 뒤로 나자빠졌다. 빗물에 젖어 물컹해진 짚더미를 두 손으로 짚고 몸을 일으킨 명자는 몸에 묻은 물기를 털어내다가 비명을 질렀다. 달빛 아래 희미하게 윤곽을 드러내는 그것은 짚더미가 아니라 사람 시체였다. 그것도 하나가 아니었다. 자위대원이 달려와서 명자를 보더니 혀를 찼다.

"사람 시체 처음 보시오? 동원 나올 때마다 노다지 발에 채는 게 시체구만."

탄피를 줍는 동안 명자는 줄잡아 스물도 넘는 시체를 보았다. 오래된 시체, 신선한 시체, 국군 시체, 인민군 시체, 민간인 시체, 남녀노소의 시체. 시체 또 시체. 시체들을 자꾸 보다 보면 두 가지 감정이 서로 다투었다.

우선은 생사가 다 하찮은 일, 삶도 죽음도 별거 아니라는 감상이었다. 눈앞이 저승이고 죽음이 지척이며 아이고 어른이고 이유 없이 죄 없이 죽는데 나라고 특별할 게 무언가, 저기 풀섶에서 한 계절 울다 가는 풀벌레보다 사람의 죽음이 더 애통할 이유도 없지 않은가. 하지만 무더운 여름날에 벌써 눈이 텅 하고 비어버린 해골을 보면 한때나마 인간의 존엄성이 깃들었다는 것이 믿기지 않았다. 저 안에 과연 마르크스나 간디나 톨스토이가 들어 있었단 말인가. 숨을 놓으면 순식간에 저 꼴이 된다 생각하니 어떻게든 숨을 붙들고 있어야 하는 것이다.

사역이 끝났을 때 달은 중천을 지나 동쪽 산마루에 걸려 있었나. 돌아오는 길에 노인 둘이 쓰러졌고 사람들 걸음이 느려져서 갈 때보다 시간이 두 배쯤 걸렸다. 동네 아낙들이 수군거렸다. 미군이 충청도까지 치고 올라왔대. 곧 국군이 들어온대. 자위대원들이 들을까 나직나직했지만 어딘가 들뜬 목소리였다. 하지만 희망의 속삭임이 명자에게 와서는 허기진 배 속을 휘저어놓을 뿐이었다. 명자는 발가락 열 마디가 모두 얼었던 지난겨울의 서대문형무소를 떠올렸다. 경찰에 체포돼 청산가리를 삼킨 이래 위장이 습자지처럼 얇아졌는지 가끔은 좁쌀 몇 알갱이 삼키고도 찢겨지는 듯 복통을 느꼈다.

동회 앞에 도착하자 자위대원이 고함쳤다.

"오늘 저녁 다시 모이시오. 우천시엔 어떻게 할지 다시 알려주겠소."

대문간에 들어선 명자는 무너지는 몸을 간신히 추슬러 방으로 기어 올라갔다. 몹시 배고프고 몹시 잠이 왔는데 졸음이 허기를 이겼다. 명자는 흙투성이 바지만 벗어 던지고 이불 위에 쓰러졌다. 명자가 잠을 깼을 때는 한낮이었다. 햇볕은 쨍쨍한데 바람은 선듯했다. 지붕이 날아가고 없는 천장 한 귀퉁이로 하늘이 보였다. 이불이 척척한 것이 자는 사이 빗줄기가 들이친 모양이었다. 명자는 이불을 둘둘 감고 부엌으로 내려가 냄비에 보리 한 줌을 넣고 석유곤로를 켰다. 곤로의 불꽃이 점점 작아지더니 보리죽이 끓기 전에 불이 꺼지고 말았다. 서울 시내에서 입쌀보다 귀한 게 석유였다. 명자는 익다 만 보리알을 입에 조금씩 집어 넣고 씹었다. 며칠 비에 웃자란 상추잎이 먹음직스러워 보였지만 몸이 사시나무처럼 떨렸고 마당이 시베리아벌판처럼 아득했다. 포성이 울리는데 멀리서 들리는 것 같기도 하고 지척인 것 같기도 했다.

명자는 속이 더부룩한 느낌에 잠을 깼고 문간으로 기어가 토했다. 다시 눈을 떴을 때 어두웠고 또 눈을 떴을 때는 밝았다. 판자 울타리 너머 "사역 나오시오" 하는 소리가 들렸고 대문이 벌컥 열릴 때 명자는 놋수저로 방 문고리를 걸어 잠갔다. 다시 대문이 열리고 "국군이 들어왔다"는 고함이 들려왔다. 어디 있더라. 집구석 어디에 인공기가 있을 텐데. 인공기를 들고 나가 만세를 불러야 할 텐데. 아니야, 아니지. 인공기가 아니라 태극기지. 태극기는 어디 있을까. 대문 열린 것이 꿈 같기도 하고 생시 같기도 했다. 공습 사이렌이 들리고 경복궁쯤에 포탄이 떨어지는지 사방 벽이 울었다. 벽에 난 구멍으로 후끈한 바람이 불어왔다. 눈을 뜨면 여름이고 눈을 뜨면 겨울이었다. 볕이 좋은 날 정숙, 세죽과 청계천에서 물에 발 담그고 물장구치던 것이 바로 이맘때, 여름 끝물이었지. 여름인가 싶더니 겨울이고 마당에 상추가 잎을 벌리고 있는데 발가락 열 개가 시리고 사지가 오들오들 떨렸다. 모스크바의 겨울도 이토록 춥지는 않았던 거 같아.

가무룩하니 멀어졌던 정신이 되돌아오면서 마침내 어디 딴 세상이려니 할 때 천장 한가운데서 동그란 알전구가 낮달처럼 해쓱한 얼굴로 내려다보고 있었다. 천장이 이불 위로 바짝 내려왔다. 공기가 무거워 숨 쉬기 힘들었다. 명자가 마지막 숨을 거둘 때였다. 동창으로 새벽 여명이 설핏 깃든 것은. 그때 마흔여섯 해를 머물렀던 한 영혼이 지상을 떠났음을 아는 사람은 아무도 없었다.

평양

식민지 조선에서 기가 센 여자로는 다섯 손가락 안에 들던 허영숙인데 늙고 지친 얼굴에 두 눈만이 분노로 튀어나올 듯했다. 정숙은 부민관으로 찾아왔던 허영숙의 모습이 문득문득 생각났다.

"그 양반도 이제 노인인 데다 폐병3기에 중병 환자인 건 세상이 다 아는데 그런 사람 끌고 가서 대체 어쩌겠다는 요량인지 알 수가 없네. 집에서 책 읽다가 모시 적삼 바람으로 지프차에 실려 갔는데 기껏해야 하루 이틀 조사받고 돌아오려니 했는데 한 달이 지나도록 소식이 감감이니 이이가 살아는 있는지 몸은 성한지 도무지…. 내가 정숙이한테 지금 따지겠다는 건 아니고 마침 서울에 내려왔으니까… 생사라도 좀 알아주십사 부탁하는… 거지요."

허영숙은 정숙 앞에서 끝내 눈물을 보였다. 해방과 함께 그들 부부에게 몰아닥친 간난신고 탓인지 환갑을 바라보는 나이 탓인지 알 수 없었다. 의사인 허영숙은 신문사생활이 정숙보다 나중이었지만 나이는 일곱 살 위였다. 이광수는 당대 최고의 소설가이고 언론인이었지만 정숙의 눈에 그들은 부부라기보다 병약한 아들과 엄한 어머니 같았다. 실제로 병골인 이광수가 의사인 아내 아니었으면 요절하고 말았을 것이라고들 했다.

"정계나 문화계 지도급 인사들을 평양으로 모시고 가는 계획이 있다는 것 정도는 알고 있으나 춘원 선생도 포함됐는지는 몰랐네요. 제가 곧 알아보도록 하지요. 곧 돌려보내드리겠다는 말씀은 못 드리겠지만."

계획을 아는 이상으로 정숙이 개입한 게 사실이었다. 다만 정숙이 해방지구 선전사업을 위해 서울에 내려갔을 때 이미 1차 공작 대상자들이 북송된 다음이었고 춘원은 그들 중 하나였다. 그것은 당 중앙위 지도 아래 내무성이 진행하는 사업이었다.

인민군이 서울을 해방시키고 인민위원회가 남반부에서 전광석화의 속도로 토지개혁과 소비에트 조직사업을 시작할 때만 해도 정숙은 이제 곧 전쟁이 끝나고 수도가 서울로 내려가면 정든 고향에서 새로운 통일공화국 건설사업을 하게 되리라 은근히 설렜었다. 하지만 인민군은 대구까지 달려 내려갔던 것과 똑같은 속도로 평양으로 도망쳐왔다. 처음 조국해방전쟁을 시작할 때는 북조선 전력이 압도적으로 우세하며 남반부 인민들도 봉기해서 전쟁은 3일 만에 끝날 것으로 낙관했다. 미군이 들어올 틈이 없을 거라 여겼고 설령 미국이 개입한다 해도 유엔까지 동원해서 저렇게 대차게 밀고 나올 걸로는 예상치 못했다. 인민공화국 정부가 평양서 석 달 동안 벙커생활을 하다가 마침내 평양을 버리고 여기 강계까지 밀려오자 당과 내각 사람들은 극도로 실망하고 당황한 나머지 공식 석상에서도 입만 열면 "쓸개 빠진 남조선 괴뢰도당들", "미제국주의 쳐 죽일 놈들" 하는 욕설이 튀어나왔다.

미 공군의 융단폭격으로 평양이 잿더미가 됐다는 소식도 지도부 사람들을 공황 상태에 빠뜨렸다. 평양 시내가 한마디로 석기시대로 돌아갔다 했다. 멀쩡한 집 한 채 남지 않고 밤에는 불빛 하나 없는 암흑천지라 했다. 당 지도부나 내각의 상, 부상들 중에 가족을 잃은 사람도 여럿이었다.

불과 몇 달 전 내각회의에서 선제공격 운운할 때는 화통하게 의기투합했던 사람들이었다. 남조선해방을 논의할 때 의기충천했던 이들이 실제 전쟁을 겪고 나서는 속에서 쓴 물이 올라오는 표정들이었다. 총알이 우박처럼 떨어지는 사이를 헤쳐 나오기도 하고 피가 튀고 살점이 튀는 현장에서 피붙이를 잃기도 하고 피란길에 이상한 음식을 입에 넣었다가 설사도 하고 그렇게 여러 달을 지낸 사람들은 하나같이 누렇게 뜬 얼굴에 핏발 선 눈을 하고 있었다. 그녀 자신도 컨디션 최악이었다. 내각이나 당 사람들에게 누구랄 것 없이 짜증이 나고 수상이나 현영을 만나면 눈길을 피했다. 화가 부글부글 끓어 화풀이 상대를 기다리는 건 남들도 마찬가지인 것 같았다. 평양 폭격으로 노모와 동생을 잃은 어느 부상에게 상이 위로의 말을 건넸다.

"츳츳, 안되었구려. 식구들 데리고 후퇴하지 그랬소?"

"뭐요? 가족들은 두고 지도부부터 먼저 퇴각하자고 똥 마려운 개처럼 나댄 자식이 누군데?"

"뭣이라? 딱한 심정은 알겠지만 말이 너무 심한 거 아닌가?"

"아, 송구합니다. 제가 한 정신 나가서. 그놈의 미 제국주의 돼지 새끼들이 대포알을 쏟아붓는 바람에 이 지경이 되지 않았습니까."

"에이, 썩어빠진 이승만 매국 역적 놈들. 우리 힘으로 조국해방 전쟁을 수행하는데 저 괴뢰도당 놈들 꼬락서니 보라고. 아버지 나라 군대가 득달같이 달려들잖아."

"그러게 말씀입니다."

상과 부상은 미 제국주의와 이승만 괴뢰도당을 사이좋게 비난하면서 일촉즉발의 위기를 넘기고 있었다. 전쟁이 장기화되면서 틀어져버린 문제가 한두 가지가 아니었다.

춘원의 일만 해도 그렇다. 7월에 서울서 정계 문화계 요인들 상대로 '모시기 공작'을 개시할 때만 해도 서울서 답삭 들어다 평양에 데려다 놓고 재교육시키면서 활용 방안을 궁리할 계획이었다. 하지만 백 명 가까운 요인들을 끌고 미군기의 무차별 폭격에 쫓겨 엎어지고 자빠지며 적유령산맥 넘어 압록강변까지 오게 될 줄은 몰랐다. 춘원은 험한 여행에 위독한 지경이 되어 절친인 홍명희 부수상이 강계에서 가까운 인민군 병원에 입원시켰다 했다. 정숙은 문화선전성의 국장에게 수시로 병원을 들여다보고 용태를 보고하도록 지시해놓았다.

정숙은 내무성 임시사무실로 내무상 박일우를 찾아갔다.

"일우 동지. 서울서 데려온 인사들은 어떻게 되는 거야?"

"나도 골치 아파. 현지에서 처결할 자는 처결하고 왔어야 했어."

"춘원은 왜 데려온 거야? 병자라서 그대로 둬도 얼마 못 갈 사람인데."

"그놈은 파렴치한이야. 누구 손에 죽어도 죽을 놈이야. 그런데 느닷없이 춘원은 왜? 허 여사하고 막역한 사이였나?"

"뭐? 나 원 참. 나도 그를 옹호할 생각은 없어. 하지만 공화국과는 세계관이 도무지 맞지 않는 사람을 억지로 끌어다 뭐에다 쓰겠다는 거야? 중병 환자인데 여기서 죽으면 그야말로 송장 치고 살인 만나는 꼴 아냐. 원로들 데려다 학살했다는 소리나 듣고 말이야."

"분명히 해두겠는데 명단은 내가 만든 거 아니야. 당신도 알 텐데 왜 그래?"

"근데 저들은 언제까지 끌고 다닐 거야?"

"어이, 허 여사. 지금 전시야. 당신도 나도 내일이 어떻게 될지 몰라. 죽고 사는 거 간단한 문제야. 남조선 늙은이들 몇십 명 죽는다 해도 표시도 안 나."

정숙은 그를 10년 동안 보아왔지만 이처럼 성마른 모습은 처음이다. 급격한 패퇴 국면에서 보안과 안전을 책임지고 있는 내무상의 머릿속도 폭격 맞은 평양 시내 같을 것이다. 그는 대화 자체를 짜증 내고 있었다. "미안하지만 지금 나가봐야 돼서" 하고 일어서던 그는 다시 앉더니 정숙에게 몸을 기울이며 목소리를 낮췄다.

"내 당신 생각을 전혀 이해 못 하는 건 아니지만 당 중앙에서 하는 사업인데 너무 시비 가리려 들지 마. 수상이 지시한 사항이야. 다시 얘기하지만 지금은 전시야. 전시라고."

만주벌판에서 건너오는 북풍을 그대로 맞는 고원지대라 강계는 10월에도 개울에 살얼음이 얼었다. 남조선군대가 평양에 들어왔다더니 이따금 쿵쿵 대포 소리가 들려왔다. 6월 25일 이후는 하루 앞을 알 수 없는 날들의 연속이었다. 평양에서 살림을 차리자 전쟁이 터졌고 선전사업차 서울에 내려갔다 돌아오니 신혼집이 폭격으로 반토막 나 있었으며 강계에서 작은 기와집 한 채를 받았지만 피차 업무가 분주하다 보니 남편 얼굴을 못 보는 날도 있었다. 내각이 곧 다시 압록강 건너 만주로 옮긴다는 소문이 있었다. 이러다 북조선정부가 그대로 망명정부가 돼버리는 건 아닌가. 그녀도 앞날을 생각하면 심란했다.

채규형은 저녁 늦게 집에 돌아왔다. 발그레한 얼굴에서 술냄새가 훅 끼쳤다.

"요새도 늦게까지 영업하는 술집이 있나 보죠?"

"아니, 친구 집에서."

"이 피란지에서 술 챙겨놓고 사는 집도 있나 보네."

모처럼 살갑게 말을 부비는데 남편이 대답 없이 방으로 들어가버렸다. 너나없이 힘든 시절이지만 남편은 요새 극심한 정서불안 상태다. 소련 이민가정의 역사도 결코 안락하지는 않았겠으나 어쨌든 그곳에서 대학 나오고 검사가 되어 평탄한 생활을 해온 그로서는 지금 이 상황이 견디기 힘들 것이다. 그녀도 요새 심신이 피폐해져 있지만 그래서 더욱 집에서는 말조심하는 중이다.

방에서 옷 갈아입고 나오면서 채규형이 중얼거렸다.

"쳇, 무슨 꼴이야. 또 짐보따리 싸게 생겼네. 언제는 남조선해방이니 뭐니 큰소리 땅땅 치더니."

"글쎄 말예요. 하루 앞을 알 수가 없으니 사는 게 사는 게 아니네요."

정숙이 맞장구쳤다. 채규형은 손가락만큼 굵은 시가를 입에 물고 성냥불을 댕겼다. 전쟁 와중에도 그는 어디서 구해오는지 용케

쿠바제 시가를 조달해서 피웠다. 그는 담배 연기를 한 모금 깊게 삼켰다가 한숨 쉬듯 허공에 뱉으면서 중얼댔다.

"다들 무식한 주제에 목소리만 커서. 도대체 제대로 되는 일이 없어."

남편의 불평이 귀에 거슬렸지만 그녀는 애써 외면하고 반짇고리를 찾아와 양말을 꿰매기 시작했다. 좁은 집 안이 금세 독한 니코틴 향으로 그득 찼다. 남편의 불평은 끊겼다 이어졌다 하면서 계속됐다. 우리말과 러시아어가 뒤섞였다.

"우리 소련에서는 있을 수도 없는 일이야. 내가 미쳤지. 무슨 영화를 보자고 난데없이 평양에는 들어와서."

이쯤에서 참다 못한 정숙이 한마디 쏘아붙여주려고 꿰매던 양말을 내던졌다. 하지만 남편 얼굴을 쳐다본 그녀는 입을 다물고 말았다. 그의 얼굴에 드리워진 검푸른 그늘이 섬뜩했다.

"당신 무슨 안 좋은 일 있어요?"

그녀는 불길하고 심란했다.

정숙은 전시 출판보도사업에 대해 지시를 받거나 당 중앙과 협의하기 위해 수상이 있는 만포를 드나드느라 자주 문화선전성을 비웠다. 문화선전성이라 해봐야 강계 인민위원회 사무실 한 칸을 얻어 쓰고 있었고 상실相室도 따로 없었다. 어느 날 만포에서 돌아오니 국장이 심각한 표정으로 맞았다.

"이광수 동지, 아니 이광수 선생이 어제 사망했다 합니다."

놀랄 일은 아니었다. 오늘내일하던 터였다. 정숙은 잠시 허영숙을 생각했다. 그녀에게 남편의 죽음을 알릴 방법은 없었다. 남편의 생사를 몰라 눈물 바람 하던 그녀가 가여웠다.

"이광수도 이광수지만 노인들 중에 오늘내일하는 이들이 여럿이라. 김규식 선생도 오래가지 못할 것 같다 하고 정인보 안재홍 조소앙 그런 이들도 상태가 안 좋다 합니다. 이번에 들은 바로는 이 양반들이 북행 중에 미군 전투기 폭격으로 사상자가 여럿 났다 합니다. 폭격 맞아 죽은 사람 중에 방응모 같은 자는 친미주의자인데 썩어빠질 미 제국주의 놈들은 저희 친구도 몰라보고…."

정숙은 머릿속이 복잡해져 눈을 감았다. 국장이 흥분을 가라앉히면서 한마디 덧붙이고 돌아갔다.

"이광수 선생의 뒤는 홍명희 부수상께서 수습하셨다 합니다."

두 사람의 우정은 시작과 끝이 수미일관首尾一貫했다. 한일합방 날 자결한 금산 군수의 아들로 유서 깊은 양반 가문 출신인 홍명희와 지지리도 가난한 집 아들로 양친 모두 콜레라로 잃고 열한 살에 고아가 된 이광수. 일본 유학 시절 이래 이광수는 홍명희에게 친구이자 친형처럼 의지했고 번갈아가며 동아일보 편집국장을 했고 이광수가 어마어마한 작품을 양산하는 동안 홍명희는 〈임꺽정〉 하나를 썼고 이광수가 친일전선에 발가벗고 나선 일제 말기를 홍명희는 은둔과 침묵으로 보냈고 서로 인생관과 정치관이 엇갈려 꽤 긴 시간을 멀찍이 바라보는 사이였지만 결국 이광수의 최후를 홍명희가 거두었다. 이광수는 잘나갈 때도 노심초사 불행해 보였고 홍명희는 풍족할 때나 궁핍할 때나 느긋한 한량이었다. 정숙은 춘원에 대해 늘 안간힘 쓰며 최선을 다하는 천재로 기억했다. 소설 쓸 때도, 친일할 때도, 그랬다.

그 무렵 정숙에게 이광수의 죽음보다 더 충격이었던 건 모택동 주석의 아들 모안영 소식이었다. 러시아어 통역장교로 내려와 있던 그가 미군기의 네이팜탄 공습에 폭사했다는 것이었다. 어머니가 국민당군대에 처형당하고 아버지는 혁명전선에 있는 동안 모스크바의 혁명가자녀보육원에서 자란 아이였다. 정숙이 북경에 가서 모택동에게 파병해달라고 요청했지만 주석이 자기 아들을 항미원조군으로 보낼 줄은 몰랐다. 그가 아들의 전사 소식을 보고받았을 걸 생각하니 정숙은 죄스러운 마음에 가슴이 저렸다.

따뜻한 남해에서 병사들이 해수욕으로 피로를 푼다더라 하다가 불과 두 달 만에 찬바람 부는 압록강 코밑까지 쫓겨와 가쁜 숨을 몰아쉬던 당과 내각의 지도부는 중국 인민해방군이 밀고 내려오고 미군의 공세가 꺾이면서 한숨 돌리는 분위기였다. 북조선과 중공 연합군의 작전지휘권이 중국 쪽 총사령관 팽덕회에게 넘겨졌으니 전황 관리라는 것도 내각의 현안에서 슬쩍 멀어졌다. 남쪽의 연합군 총사령관은 맥아더였으니, 팽덕회와 맥아더의 싸움이었다. 이제 전쟁은 명백히 중국과 미국의 대결이 되었다.

이즈음부터 전쟁 책임 운운하며 여기저기서 수군대기 시작했다. 전쟁을 밀어붙인 수상에 대한 노골적인 불평들이 터져 나왔다. 계파마다 말들이 달라서, 소련파 가운데서도 수상이 무모했다는 쪽이 있는가 하면 인민군이 밀고 내려가면 남반부 지하당원이 봉기할 거라던 남로당의 판단 착오를 거론하는 쪽이 있고, 남로당파는 박헌영 부수상이 아무 실권 없이 수상에게 끌려갈 수밖에 없었다거나 몇 가지 전략적 실수가 패인이고 그 책임은 최고사령관인 수상에게 있다는 식으로 얘기했다. 연안파는 수상의 야심이 불을 내고 남로당이 부채질해서 조국 강산을 잿더미로 만들었다고 싸잡아 비난했다. 김두봉 위원장은 자신은 처음부터 전쟁에 반대했노라 했다.

그런데 내각과 당 중앙에서 한 발짝만 벗어나면 일반인은 물론 식자층에서조차 이승만군대가 북침해서 전쟁이 벌어졌다고 알고 있었다. 라디오방송과 벽보를 곧이곧대로 믿는 것이다.

사흘 간의 속전속결은 일찍이 글러버렸고 압록강 두만강 이북으로 축출당하는 처지를 간신히 면했지만 중국과 유엔이 붙어버렸으니 전쟁은 어느 세월에 끝날지 예측불허가 되어버렸다. 무수한 인민을 희생시키고 북반부 도시들을 잿더미로 만든 책임을 누군가는 져야 할 것이다. 전쟁을 발의한 것도, 밀어붙인 것도 수상이라는 사실은 분명했다. 또한 전쟁은 단기간에 끝날 것이며 미국은 개입하지 않을 것이라고 스탈린과 모택동을 설득했지만 수상의 예견은 어긋났다. 스탈린이 시골 청년 하나를 발탁해 국가권력을 안겨놓았더니 이 젊은이가 기고만장한 나머지 전쟁을 벌여 파국을 자초한 셈이다. 정숙은 수상이 마흔만 넘었어도 전쟁은 일어나지 않았을 것이라 확신했다.

전쟁이 끝나면 지도체제에 큰 변화가 올 것은 명백했다. 수상이 무모했다고 수군대는 사람들 얼굴에서 정숙은 어떤 야비한 희색을 간파했다. 소련이 김일성에 대한 후견을 철회하고 나면 박헌영은 박헌영대로, 연안파는 연안파대로, 소련파는 소련파대로 기회가 생기는 것이다. 전쟁을 주도한 양대 세력, 김일성 수상과 박헌영 부수상이 어떤 식으로든 책임을 져야 할 것이고 그러면 연안파로서는 후일을 기약해볼 수 있을 것이다. 중국에 혁명정부가 들어서고 모택동이 파병 요청에 응해오면서 연안파가 은근히 목청을 높이고 있었다. 중국 쪽에서 총사령관으로 내려와 있는 팽덕회는 연안파와 절친했다. 위기는 기회이고 파괴는 건설의 어머니, 전쟁이야말로 그 모든 것이다. 잃는 쪽이 있으면 얻는 쪽도 있는 한 차례 격렬하고도 전면적인 정치게임인 것이다.

중국 인민해방군이 파죽지세로 평양까지 밀고 내려갔지만 북한 지도부는 뒤숭숭했다. 승전의 공을 다투는 것에 비해 패전의 책임을 떠넘기는 일은 필사적일 수밖에 없다. 강계 시내에서 어두컴컴한 밤길에 서로 다른 파벌 사람들이 삼삼오오 몰려다니다 어색하게 조우하기도 했다. 전시의 임시수도는 일촉즉발의 전선이었다.

사전 예고 없이 노동당 중앙위원회 전원회의 소집통고가 날아든 것은 정숙이 신문방송 기관들의 피해 상황을 둘러보고 사무실로 들어왔을 때였다. 전원회의는 대개 수상 보고만 몇 시간이라 한두 달씩 준비하는 것이 보통이다. 아무리 전시라도 수상이 전원회의를 불시에 소집한다는 건 좋은 징조는 아니었다.

12월의 중앙위 전원회의는 수상이 머무는 만포에서 열렸다. 회의장에 들어선 수상은 딱딱하게 군은 표정이었고 특유의 떠들썩한 인사 나누기도 없었다. 그가 '현 정세와 당면과업'을 보고하면서 네 가지 과업을 열거할 때 주석단의 박헌영과 홍명희 등 몇몇을 빼고 참석자 전원이 연필심에 침을 묻혀가며 노트 필기에 열을 올렸다. 패주하는 적에게 공세를 더욱 강화하자, 미 제국주의자들이 침략전쟁에서 저지른 죄악을 전 세계에 폭로하자, 해방된 지역에서 질서를 확립하고 경제를 복구하자는 세 개의 과업에 이어 "당의 규율을 더욱 강화해야 한다"는 네 번째 과업에 이르자 회의장은 삽시간에 얼어붙었다.

"당 규율을 약화시키는 온갖 경향들과 무자비한 투쟁을 전개하며 그 누구를 막론하고 당 규율을 위반한 자는 엄격히 처벌하여야 하겠습니다. 이번 전쟁을 통하여 누가 진정한 당원이며 누가 가짜 당원인가 하는 것이 명백히 드러났습니다. 전쟁은 당내의 불순분자, 비겁분자, 이색분자들을 무자비하게 폭로하였습니다. 이러한 분자들을 당 대열에서 내쫓고 당을 강화하여야 하겠습니다."

정숙은 진땀으로 척척해진 손바닥을 치마에 닦았다. 수상의 보고는 한 시간 넘게 계속됐다. 수상의 보고가 끝나고 현안들에 대한 토론이 있은 뒤 불순분자 책벌에 대한 국가검열위원회의 보고가 이어졌다. 군대 내 불순분자에 대한 조사 보고에서 무정의 이름이 나오자 정숙은 현기증을 느꼈다.

무정은 평양방위사령관으로서 유엔군에 평양을 내주고 도망쳤다는 것이 가장 큰 죄과였고 전시에 야전병원 의사를 총살하는 등 봉건 군벌처럼 행동했다는 비판을 받았고 그 외에 몇 가지 비리 비위 사실들이 지적됐다. 정숙이 듣기에 그럴 듯한 것도 있고 터무니없는 것도 있었다. 수상은 무정에게 큰 권한을 준 적이 없었고 화려한 경력에 비하면 2군단장이라는 보직도 왜소한 것이었다. 평양방위사령관이 인민군 퇴각에 전적인 책임을 져야 할 이유도 없었다. 수상이 군인으로는 무정을, 정치인으로는 박헌영을 최고의 적수로 여기고 있음은 비밀도 아니었다. 무정은 팔로군 시절 팽덕회의 참모장이었고 팽덕회가 전시 총사령관으로 들어와 있는데 무정을 칠 수 있는 건 당과 보안을 장악하고 있다는 자신감이었다. 그것은 평양에 스탈린식 소비에트체제를 인큐베이팅 하면서 소련 고문관들이 김일성에게 가르친 통치술이기도 했다.

회의는 긴급 소집됐지만 용의주도하게 준비됐음이 틀림없었다. 전쟁 책임 운운하며 끼리끼리 모여 뒷담화를 즐기는 사이 수상이 비상한 출구전략을 고안해낸 것이다. 장군들과 당 간부들이 단칼에 줄줄이 불순분자 비겁분자가 되어 나락으로 떨어지는 동안 감히 이의를 제기하는 사람은 없었다. 수상의 기습적인 선제공격이 성공하고 있었다.

회의는 종일 계속되었다. 숙청 행렬은 점점 길어졌고 연안파뿐 아니라 소련파, 남로당파 심지어 김일성파까지 망라되었다. 무정 일로 뒤통수 한 대 맞고 얼얼해하던 정숙의 머리에 곧 대형폭탄이 떨어져 무정의 기억을 깡그리 날려버렸으니, 국가검열위원장 서휘가 보고한 불순분자 명단에 남편 이름이 맨 앞에 오른 것이다. 채규형이 최고검찰소 부소장의 권력을 이용해 국내에서 생산되는 숯을 홍콩에 팔아 거금을 챙겼고 이 돈으로 사회안전상 방학세, 당 중앙위원 남일 등 소련파 인사들과 매일 트럼프놀이를 했다는 것이었다. 사람들이 정숙을 힐끔힐끔 돌아보았다.

얼굴이 빨갛게 달아오른 방학세가 일어나더니 주석단을 향해 "채 동무네 집에서 한두 번 저녁 먹으며 트럼프를 한 적은 있지만 어디까지나 오락이었지 결코 노름은 아니었습니다" 하면서 고개를 숙였다. 채규형이 덜덜 떨리는 목소리로 "제가 발언을 좀 해도 되겠습니까" 하면서 엉거주춤 자리에서 일어났다. 주석단에 앉은 박헌영이 가차없이 잘랐다.

"지금 여기가 이 문제로 시비를 가릴 자리가 아니오. 검열위원장은 더 자세히 조사해 나중에 보고하도록 하시오."

전쟁 같은 마라톤회의가 끝났을 때 회의장에는 산송장이 즐비했고 살아남은 자들도 얼굴이 거무죽죽했다. 정숙은 생존자라고도 전사자라고도 할 수 없었다. 무장군인 둘이 들어오더니 무정을 연행해갔다. 참석자들은 곧 만포와 강계, 평양 등지로 흩어지겠지만 작별인사는 아무런 소리가 나지 않았다. 회의장을 나온 정숙은 고개를 숙이고 복도를 걷다가 창밖으로 헐렁한 흰 셔츠 차림의 무정이 군용 지프에 태워지는 것을 보았다. 군복이 벗겨진 무정은 작은 키가 더 작아 보였다. 그때 누군가 팔을 잡아당기며 그녀를 창가에서 떼어놓았다. 최창익이었다. 그는 말없이 그녀와 나란히 걸었다. 정숙은 문득 정식 혼인은 신중히 생각하라던 그의 말이 떠올랐다. 그때 이미 뭔가 알고 있었던 걸까.

채규형은 가택연금에 처해졌고 인민군 병사 둘이 대문 앞을 지켰다. 정숙은 채규형과 한집에서 잠을 잤지만 부부 관계는 이미 망가져 있었다. 정숙은 국가검열위원장이 보고한 남편의 혐의 사실을 절반쯤 믿었지만 남편의 변명도 절반밖에는 믿을 수 없었다. 남편은 처음엔 딱 잡아뗐다.

"음모요. 전쟁에 실패해놓고 희생양이 필요한 거요. 빨치산파와 남로당파가 전쟁은 벌여놓고 엉뚱하게 생사람 잡는 거요.”

그러던 그도 체념했는지 “다 사실이라곤 할 수 없고 용돈을 좀 받아 쓴 것뿐이오” 하고 시인했다. 채규형은 기분파에 씀씀이도 헤펐다. 그가 밀무역으로 거액을 챙겼다는 건 무리였고 약간의 뒷돈을 챙겼을 수는 있었다. 하지만 푼돈이라 해도 정숙은 용납하고 싶지 않았다. 엄혹한 시국에 분별없는 행동을 해서 피멸을 자초하고 자신과 아버지의 명예까지 더럽힌 건 참을 수 없었다.

채규형은 어느 날 밤 잠자는 정숙을 깨웠다.

“서휘한테 말 좀 넣어주시오. 당신은 박헌영 부수상하고 수상 동지하고도 친하잖소. 말 좀 잘해주시오. 내 이렇게 빌겠소.”

그는 이불 위에 무릎을 꿇고 두 손을 싹싹 비볐다.

“내 남편 체면 남자 체면 다 내던지고 솔직한 심정으로 이렇게 부탁드리겠소. 지금 같은 전시에 군사재판에 회부됐다 하면 끝장이오. 나는 여기서 죽고 싶지는 않소. 여보, 국외 추방이라면 달게 받겠소. 실제로 내가 뭐 죽을 죄를 지은 건 아니잖소?”

정숙은 남편의 비굴한 모양을 더 이상 참을 수 없었다. 그녀는 이불을 뒤집어쓰며 돌아누웠다. 잠시 후 등 뒤에서 남편의 울음소리가 들려왔다.

정숙은 아침이 밝아올 때까지 한숨도 잘 수 없었다. 그녀는 출근하자마자 헌영을 찾아갔다. 잠든 아내를 깨워 무릎 꿇고 목숨을 구걸하는 사람이 남편일 수는 없었다. 다만 어수선한 시국에 희생양이 된 한 남자를 구제할 수 있다면 구제해보자는 생각이었다. 수상파와 남로당파가 전쟁 실패의 희생양으로 채규형이나 무정을 고른 건 사실이었다. 그의 죄가 사형을 받을 정도는 아니라는 말도 일리가 있었다. 지금까지 헌영과 애증이 엇갈린 역사를 쌓아왔지만 둘 사이에 최소한의 신뢰와 의리는 지켜져왔다고 믿었다. 헌영은 합리적인 사람이었고 게다가 정숙이 어떤 부탁을 하는 것도 처음이다. 세죽의 일로 서먹한 감정이 남은 건 사실이지만 또 그 때문에 헌영이 정숙에게 마음의 빚이 남았다면 빚 갚을 기회가 생긴 걸 달가워할 수도 있다.

헌영의 집무실에 도착할 때까지 정숙은 헌영을 설득할 수 있는 말들을 입속으로 되뇌어보았다. 가장 온당하고 논리적인 어법으로 설득해야 한다. 절대 비굴하거나 측은해 보여서는 안 된다. 정숙은 응접실에서 기다리면서 조금 뒤에 할 말의 순서를 다시 정리해보았다. 회의를 마친 헌영이 정숙을 불렀다. 그는 자리를 권한 다음 "무슨 용건이오?" 하고 물었다. 악수도 안부인사도 없었다. 그 딱딱하고 사무적인 태도에 정나미가 떨어졌다. 모든 건 전쟁 탓이다. 요새 당이나 내각에서 웃으며 인사하는 사람은 눈 씻고 찾아봐도 없다. 정숙은 마음을 차분히 가라앉히고 준비해온 말들을 곡진히 이어나갔다. 제법 길어진 이야기를 마치자 헌영은 물끄러미 정숙의 얼굴을 쳐다보더니 내뱉듯 한마디 던졌다.

"그러니까 남편 얘기요? 정숙 씨도 참 안 변하는구려."

딱하다는 말투였다. 그 경멸의 시선은 20여 년 전 경성에서의 일들을 떠올리게 했다. 정숙은 무참해져서 잠시 말을 잊고 앉았다가 벌떡 일어나 문을 쾅 닫고 나와버렸다.

채규형과의 불편한 동거는 오래가지 않았다. 박헌영에게 다녀온 이틀 뒤 자정도 지난 시각에 퍼붓는 폭설을 뚫고 무장군인 넷이 찾아와 남편에게 군사재판에 회부됐다면서 즉각 소지품을 챙겨 나오라고 했다. 그는 정숙 앞에서 옷을 갈아입으면서 수상이며 부수상이며 닥치는 대로 욕을 해댔다. 현관까지 따라 나간 정숙이 들은 마지막 말은 "개새끼들"이었다. 전시에 군사재판에 회부되는 그의 운명은 불을 보듯 훤했다. 눈보라 속을 설어가는 그의 축 늘어진 어깨를 바라보면서 정숙은 작별인사조차 건네지 않았다는 걸 깨달았다.

해가 바뀌고 전선이 38이남으로 다시 밀고 내려가면서 조용한 후방 도시가 된 강계에 며칠 간의 폭설이 그치고 흰 설경 위로 시디신 겨울 햇빛이 빛나던 날이었다. 정숙은 남편이 군사재판에서 사형판결 직후 총살됐다는 통지를 받았다. 좌고우면도 심사숙고도 없이 속전속결이었다. 단두대를 만든 사람이 단두대에서 죽었다던가. 북조선 법정을 설계한 그가 건국 이래 첫 총살형의 희생자가 된 것이다. 정숙은 사무실 창밖으로 흰 눈에 덮인 거리를 바라보았다. 정들 시간조차 없었고 그나마 정을 떼고 가버렸지만 한때 한 이불 속에서 살을 부비던 남편이었다. 눈물을 머금은 그녀의 얼굴에 희미한 웃음이 떠올랐다.

"그러니까 개새끼들이 마지막 유언인가."

박헌영이 검열위원장 서휘의 최종보고를 받고는 군사재판에 넘기라 지시했다는 얘기를 정숙은 나중에 전해 들었다. 전시의 당기강을 바로잡기 위해 시범 케이스로 총살시켰다는 후문이었다.

정숙은 열부烈婦였던 적도 없고 슬픈 미망인은 더더욱 아니지만 박헌영이 미워서 견딜 수 없었다. 정숙은 고통스러운 불면의 밤들을 보냈다. 전쟁으로 일상은 깨지고 모든 것이 뒤죽박죽되면서 늘 시시각각 바뀌는 상황에 적응하고 또 적응해왔지만 이제 남편이 불명예스럽게 처형됐다는 사실과 빈집에서 혼자 잠드는 것에 익숙해져야 했다. 무서운 고독과 번민이 잠을 삼켜버렸다. 애증의 역사도 30년 쌓이면 육친의 끈끈함이 생기는 법이다. 하지만 그것은 그녀 혼자 생각이었던 모양이다. 박헌영은 채규형에게 그의 죗값 이상의 가혹한 형벌을 안겼고 남편을 구명하러 간 정숙에게 모욕을 주어 돌려보냈다. '나를 허접스럽게 만든 것과 똑같이 네게 상처를 돌려줄 만큼의 힘은 내게 있어. 내가 가진 권력을 다 털어서 너를 파멸시킬 수도 있다구.' 불면이 길어지는 새벽에는 복수를 꿈꾸기도 했다.

하지만 정숙은 잡념을 접었다. 그리고 최소한의 공식 업무 빼고는 집에 틀어박혔다. 정치 동료들의 번잡한 시선도, 그들과의 대화도 피곤했다. 헌영과 마주칠 때 정숙은 눈길도 주지 않았다.

대신 강계 초산리에 피란 와 있는 아버지를 자주 찾았다. 아버지는 최고인민회의 의장, 조국통일민주주의전선 중앙위 의장에다 김일성종합대학 총장까지 맡고 있었지만 직함이 거창한 데 비해 한가했고 더구나 전시라 대학이 문을 닫아 집에 머무는 시간이 많았다. 아버지는 병색이 짙었고 숨이 차서 몇 번씩 끊어가며 말을 했다. 부쩍 과거 이야기가 많아지는 건 노화의 표식일까. 예순 해가 넘는 기억의 창고에서 아버지는 유독 3·1만세에서 신간회까지

10년의 기억들을 즐겨 꺼내곤 했다. 아버지는 김병로, 이인과 의기투합해 동분서주하던 시절을 요순시대나 되는 듯 그리움에 차서 회고했다.

기력이 쇠잔해진 요즘 아버지는 부쩍 옆구리가 시린 모양이었다. 가인 김병로와는 정치적 선택은 달랐지만 가장 말이 잘 통하는 친구였고 고이로 지란 아버지에게 친형제나 다름없었다. 정수도 가인의 인품을 존경했고 그를 대법원장에 앉힌 걸 보면 이승만한테도 괜찮은 구석이 전혀 없지는 않은 모양이라 생각하고 있었다. 남조선에서 김병로는 대법원장, 이인은 법무부 장관이었다. 월북 직전 허헌이 수배령으로 은신해 있을 때 과도정부 사법부장이었던 가인이 찾아와 정치적 입장을 바꿀 수 없겠냐며 눈물을 보였다고 했었다.

"아버지, 혹시 후회하고 계신 건 아닌지요?"

"뭘?"

"38선 넘어오신 거."

"그럴 리 있겠냐."

"혹시 저 때문에."

"물론 너가 아니었더라면 내가 과연 이리로 왔을지 알 수 없는 일이지. 하지만 북행은 어디까지나 내 선택이었다. 남조선은 희망이 안 보였어. 이승만은 미국에서 독립운동 했다고는 하지만 자기 잇속부터 차리는 사람이야. 김일성은 어쨌든 목숨 걸고 싸운 사람이고. 나라 만들기는 혈기방장한 청년보다 교활한 노인이 나을지 모르지. 하지만 나는 청년 쪽을 택한 거다. 이승만보다는 김일성이

질이 낫다고 생각했으니까."

"지금도 그렇게 생각하세요?"

"기본은 그렇다마는….."

말꼬리를 흐리는 아버지의 표정에 복잡한 대답이 숨어 있었다.

"내 나이 벌써 육십여섯이구나. 오래도 살았네. 애비가 세상에 난 것이 갑신년 정변 이듬해였으니 조선 땅에서 개화의 역사하고 같이 나이를 먹은 거야. 내 생전에 나라가 풍전등화 아닌 적 없었고 더구나 식민통치까지 갔으니 명색이 동경서 근대 법체계를 공부했다는 자한테 이 현실이란 건 잠시 넋 놓고 쉴 틈도 허락지 않더란 말이지. 눈에 보이느니 모순투성이고 당장 팔 걷어붙이고 나서야 할 일들뿐이었으니. 권태롭고 나태한 인생보다는 살 만하지 않았나 싶다마는 돌이켜보면 내가 한 일들 중에 태반은 안 해도 좋은 일 아니었나 싶구나. 지금 하는 짓이 무엇인지 모르는 게 사람의 일이라."

정숙은 평양체제에 이따금 환멸을 느꼈지만 아버지에게는 감추었다. 아버지 역시 마찬가지였을 것이다. 아버지와 그녀는 서로 말 안 해도 속이 훤히 들여다보이는 사이였고 그럴수록 더 교묘하게 잘 감추어야 했다.

"정숙이 너는 패기가 만만해서 늘 치고 나갔지. 하지만 이젠 견디는 걸 배워야 한다. 김일성 수상과 한 배를 탔고 지금 그가 선장이니 그도 좋은 뜻에서 출발한 사람이라 생각하고 그를 믿어라."

허헌은 의협심이 강했지만 상식적이며 온정적인 사람이었다. 이승만체제와 타협하기 힘들었겠지만 김일성체제와 어울리는 사

람도 아니었다. 허헌에 대해, 딸 때문에 공산주의에 가담하고 38
선을 넘었으며 그 때문에 많은 것을 희생했다고 말하는 사람들도
있었다. 하지만 분명한 건 그가 인생의 기로에서 핏줄의 정리만으
로 어떤 선택을 할 위인은 아니라는 사실이다. 그가 남로당 당수
를 맡았을 때는 스스로를 공산주의자라 생각했기 때문이었을 것
이다. 조선공산당 사건이 그의 운명의 지침을 돌려놓았을지 모른
다. 또한 그가 방문했던 쿨리지시대의 풍요로웠던 미국이 대공황
으로 무너지는 걸 목격한 영향도 있지 않았을까.

1951년 6월, 허헌의 생일잔치는 김일성의 제안으로 성대하게
베풀어졌다. 당과 내각의 간부들이 모두 참석한 연회에 김일성의
지시대로 나이만큼 66개의 촛불이 켜졌다. 김일성의 애정 표현에
는 저항하기 힘들었다. 그는 증오를 표현할 때도 애정을 표현할
때도 열정적이었다.

생일잔치 두 달 뒤 허헌은 홍수로 범람한 대령강 뗏목 위에서
생을 마쳤다. 정부가 평양으로 돌아오고 김일성종합대학이 개교
하자 허헌은 학교로 가기 위해 차를 탄 채 뗏목으로 강을 건너다
사고를 당했다. 인민군과 경찰이 대대적인 수색을 벌인 끝에 16일
만에 정주 앞바다에서 시신을 찾아냈고 9월 7일 모란봉 지하극장
에서 장례식이 거행됐다. 전시임에도 김일성은 군대를 투입하고
바닷속을 뒤지게 해 시신을 찾아냈다.

커다란 인공기가 덮인 관의 앞 모서리 한쪽을 김일성이, 다른
쪽을 박헌영이 들었다. 정숙은 헌영이 흘러내리는 눈물을 검은 양
복 옷소매로 연신 닦고 있는 것을 보았다.

헌영은 아버지와 30년이었다. 부자관계에 가까운 우정이었다. 정숙은 두 사람이 같은 아버지를 잃었음을 알았다. 채규형이 처형당한 후 그녀의 밤잠을 앗아갔던 증오가 그의 눈물에 녹아 사라졌다.

'공개 석상에서 눈물을 보이다니. 심약해진 거야. 여러 가지로 힘들 테지.' 막 깨지기 시작한 살얼음 위에 서 있는 그가 위태로워 보였다. 이즈음 박헌영이 혼자 결정할 수 있는 일은 거의 없었다. 그는 내각회의에서 "수상 동지의 입장을 전적으로 지지하며 몇 가지 덧붙이겠습니다" 하는 어법을 썼다. 전쟁에 지고도 김일성은 그다지 흔들리지 않는 것처럼 보였다. 전쟁책임론의 칼자루가 그의 손에 들려지자 그는 날렵하게 호신용으로 휘둘렀다. 권력은 피라미드의 꼭대기로 급속히 쏠리고 있었다.

장례식에서 조객들이 김일성 장군의 노래를 불렀다.

> 장백산 줄기줄기 피어린 자욱
> 압록강 굽이굽이 피어린 자욱
> 오늘도 자유조선 꽃다발 위에
> 역력히 비춰주는 거룩한 자욱
> 아아 그 이름도 그리운 우리의 장군
> 아아 그 이름도 빛나는 김일성 장군

모스크바

흰 웨딩드레스를 입고 백장미 부케를 든 비비안나는 세죽을 바라보며 미소 지어 보였다. 짧은 미소에 쓸쓸함이 감돌았다.

"아버지를 이해해요. 전시라 움직이기 힘드시겠죠. 결혼식에는 꼭 오라고 몇 번이나 다짐하셨는데. 지난번 모스크바 오셨을 때 주신 다이아 반지가 결혼 선물이 되어버렸네."

아버지 모르고 자란 아이지만 결혼식장에서 아버지의 빈자리를 쓸쓸해하고 있었다. 아버지가 신부를 데리고 입장하고 피로연에서 신부와 춤을 추는 게 서양의 관습이었다. 붉은 넝쿨 장미가 피어 있는 작은 정원에서 이제 막 파티가 시작됐다. 신랑 빅토르가 신부의 손을 이끌고 정원 가운데로 나가서 왈츠를 추었다. 모이세예프악단에서 온 바이올린 연주자 둘과 첼로 연주자 하나가 빠른 템포로 연주하는 춤곡은 차이콥스키 〈호두까기 인형〉에서 〈꽃의 왈츠〉였다. 세월의 무게에 눈꼬리가 처진 나이 오십의 고려인 여자가 차이콥스키 선율을 타고 향수에 빠져들었다. 아스라한 옛일이지만 그녀도 언젠가 음대생이었던 적이 있었다. 빠른 템포의 왈츠곡을 따라 신부가 흰 드레스 자락을 날리며 잔디밭 위를 새처럼 날아다니고 있었다. 눈을 감으면 왈츠 선율이 아름다웠고, 눈을 뜨면 딸의 몸짓이 눈부셨다.

한 곡이 끝나자 하객들이 정원으로 나와 함께 춤을 추었다. 아버지 이야기에서 잠깐 어두워졌던 비비안나의 얼굴은 그늘 한 점 없이 행복에 겨워 보였다.

'정말 세대가 다른 것 같아. 혁명 후 세대도 건설의 시기에 나름대로 고난을 겪었고 굶주림도 알며 자랐지만 그래도 이렇게 즐겁게 춤추고 놀잖아. 우리 때는 다들 심각하고 진지하고 뭐든 복잡하게 생각하고 그랬는데. 하기야 나는 조선 사람이고 이 아이는

러시아 사람 아닌가. 그게 국민성일까.'

비비안나는 혁명가자녀보육원을 집으로 알고 자랐고 국가원수
는 만고불변 스탈린인 줄 알고 어른이 되었다. 스탈린 생일에 축
하편지 경연대회에서 상도 받고 전시에는 국가시책으로 점심 한
끼 굶으면서도 아버지 대원수의 보호 아래 행복한 미래가 기다린
다고 믿었다. 블라디보스토크에서 아이를 낳았을 때는 잠시 장소
를 빌렸다 생각했는데 결국 아이는 이 나라 사람으로 남았다. 이
제 러시아 남자와 결혼하니 완벽한 러시아인이 된 것이다. 세죽은
사위가 마음에 들었다. 빅토르는 귀염성 있는 남자였다. 무용수와
화가, 어울리는 한 쌍의 예술가 부부였다.

음악은 어느새 하차투리안의 〈가면무도회〉 왈츠로 바뀌었다. 잔
디밭은 모이세예프무용단의 젊은 남녀 무용수들이 총출동해서 하
나의 갈라쇼 무대가 되었다. 그 중심에서 비비안나가 빅토르와 왈
츠를 추고 있었다. 세죽은 스물넷에 신부가 된 딸이 행복한 인생
을 살고 있다는 것을 눈으로 귀로 피부로 느꼈다.

"딸이라도 행복하니 얼마나 다행인지."

중얼거리다가 세죽은 문득 놀랐다. '행복'이라는 낱말을 혀 위에
굴려보기도 얼마 만인가. 신분계급이 없어진 이제는 사람 사는 게
다 거기서 거기라지만, 행복해 보이는 사람에게도 알고 보면 다
말 못 할 고통이 있다지만, 유복하고 평탄하게 굴러가는 인생들도
있다. 크질오르다만 해도 강제이민 온 고려인이나 유형수들은 처
지가 불행하기로 거기서 거기지만 카자흐족 이웃들 중에는 웬만
큼 먹고 살면서 전쟁 나가 죽은 식구도 없이 자식 손자 오순도순

모여서 곱게 늙어가는 노인네들도 많다. 비비안나는 10대부터 유명한 무용수였고 세죽은 모스크바에 오면 간혹 "훌륭한 딸을 두셔서 자랑스럽겠다"는 칭송을 들었다. 하지만 크질오르다에선 잘났든 못났든 아들딸 손주 다 끼고 한마을에 모여 사는 카자흐 사람들이 부러웠고 그들 쪽에선 자식 대신 보드카 병을 끼고 사는 세죽을 측은해했다.

　세죽에겐 함흥에서 어린 시절부터 늘 그랬다. 사는 건 고달프고 힘든 일이었다. 겨울이면 춥고 배고프고 여름이면 덥고 배고팠다. 게다가 고향도 조국도 잃고 남편을 두 번 잃고 아들도 잃고 낯선 나라에서 유형수로 홀로 늙어가다니, 상상도 못 한 불운이 끝없이 밀려왔다. 남편이 감옥에서 고문당해 미치면서 마음자리가 한 번 깨지고 난 이후론 밑 빠진 독처럼 행복이 고이질 않았다. 사랑이 두려웠고 희망은 슬펐다. 단야와의 결혼생활도 언제 깨질지 몰라 늘 불안했고 결과는 걱정한 대로였다. 어쩌면 그녀 인생에서 가장 행복했던 건 신혼의 훈정동 시절인지 모른다. 좁은 방에서 버글버글한 객식구들에 시달리며 끼니 걱정하고 밥해대느라 손이 마를 날 없었던 시절을 생각하자 세죽은 슬며시 웃음이 나면서 마음이 따스해졌다.

　세죽은 잠깐 명자 얼굴을 떠올렸다. 예쁘고 귀여운 아가씨, 그렇게 타고난 사람은 그렇게 살게 되어 있다. 대갓집 고명딸이니 지금쯤은 십중팔구 자기 엄마처럼 부잣집 마나님으로 살고 있겠지. 십장생 병풍이 쳐진 아랫목에서 손주들을 무릎 위에 올려놓고 젊은 한철의 객기를 동화처럼 들려주며.

모이세예프의 바이올린과 첼로 연주자 들도 악기를 테이블 위에 올려놓고 쉬러 간 모양이었다. 뚱뚱한 중년 남자가 출렁거리는 뱃살 위에 아코디언을 올려놓고 좌우로 몸을 흔들며 연주하고 있었다. 젊은 남자들 넷이 나와 코사크 춤을 추었다. 세죽은 자리에 돌아와 손수건으로 목덜미의 땀을 닦고 있는 딸에게 레모네이드를 따라주었다.

"30년 전이구나. 네 아버지하고 결혼식을 할 때 교회 마당에서 밤새도록 놀았는데 남자들이 아코디언 치면서 코사크 춤을 췄지. 여운형 선생이라고 우리가 아버지처럼 따르던 어른이 계셨는데 그분이 결혼식을 마련해주셨어. 평양에서 허정숙 아줌마 봤다 그랬지? 엄마하고 친자매처럼 친했지. 그때는 결혼식에서도 인터내셔널가를 불렀단다."

비비안나가 웃었다.

"우리 단원들 춤 잘 추죠?"

"춤도 좋고 연주도 근사하구나. 엄마가 옛날에 음악공부한 거 아니?"

"아니요."

"그런 시절이 있었지. 네 아버지 만나면서 다 틀어져버렸다마는. 오늘 너 결혼식, 정말 최고다. 엄마 일생에 이렇게 행복한 날은 처음이야. 팔자 기박한 사람이 딸 덕분에 웬 호강인가 싶다."

세죽은 할 수 있는 한 최고의 언사로 딸의 결혼을 축복하고 싶었다. 딸에게 그동안 한 번도 표현 못 한 고마움을 전하고 싶었다. 하지만 세죽은 몇 마디 러시아어로 마음이 충분히 전달됐는지 의구심을 떨칠 수 없었다. 자식하고 외국어로 이야기하는 건 장갑 끼고 악수한달까, 또는 구두 신은 발을 긁는 기분이다. 하지만 그 또한 무슨 당치 않은 불평이란 말인가.

해준 것도 없지만 딸은 잘 자랐고 이젠 더 이상 바랄 것이 없다 생각하자 그녀는 마음이 편안해졌다. 모처럼 푸짐한 음식이 차려져 있고 살갗에 와 닿는 늦은 봄의 볕이 따사롭고 정원 울타리에 흐드러지게 핀 붉은 장미넝쿨이 아름다웠다. 정말 좋은 계절이구나. 살아서 이 모든 것 가운데 있다니.

"아버지는 어떻게 만나셨어요? 같은 학교 다녔나요?"

비비안나가 이런 질문을 하다니! 부모가 어떻게 사랑했는지 궁금해하고 있구나. 이렇게 반갑고 고마울 수가!

"음…. 엄마가 상해라는 곳에 가지 않았겠니? 그 시절엔 거기가 말이다…."

세죽은 마음이 부산해졌다. 그녀는 비비안나의 유리잔에 레모네이드를 다시 가득 채워 따랐다. 딸이 잔을 비우고 일어나기 전에 상해에서 경성으로 해서 모스크바까지, 적어도 세 식구가 단란했던 시절까지는 이야기를 마쳐야 할 텐데….

또다시 엿새간의 열차여행을 거쳐 크질오르다로 돌아온 뒤 세죽은 몸져누웠다. 모스크바에서부터 기침을 시작해서 크질오르다에 도착할 즈음에는 고열이 나고 숨 쉬기 힘들었다. 비비안나 낳고 시베리아를 횡단하면서 폐결핵을 얻었다가 흑해 휴양소에서 나았다 했는데 스무 해 전의 결핵이 돌아온 것인가. 병원에서는 충분한 휴식과 영양만이 치료제라 했지만 하루에 배급받는 감자 두 알과 흑빵 한 개, 우유 300cc는 결핵균을 잠재울 만큼 충분한 영양이 되지 못했다.

모스크바 여행의 후유증을 털고 일어날 때쯤 그녀는 딸의 편지를 받았다. 딸은 이것저것 이야기가 많았다. 언제나 짤막했던 몇 줄짜리 편지가 그녀를 헛헛하게 했는데 이번엔 긴 편지를 보내왔다. 남편 이야기를 늘어놓으면서 살짝 흉도 보았다. 혼인신고 하면서 이름을 비비안나 마르코바가 아니라 비비안나 박으로 그대로 두었다 했다. 이미 비비안나 박으로 널리 알려져 있어서라 했다. 분명 아버지에 대한 자부심도 있었을 것이다. 세죽은 '박' 씨 성을 그대로 쓴다는 소식이 반가웠다.

"돌아오는 겨울 휴가에는 빅토르와 함께 크질오르다에 갈 생각이에요. 그곳 날씨는 따뜻하니까. 엄마 사는 곳을 꼭 한 번 가보고 싶어요. 그리고 카자흐스탄 민속무용을 좀 더 배우고 싶어요. 엄마도 젊었을 때 음악을 했다 하셨죠? 제가 예술을 하게 된 건 엄마의 피가 흐르고 있기 때문인 것 같아요."

세죽은 마지막 문단을 읽고 또 읽었다.

16

내가 죽게 되더라도
그 죽음이 말을 할 것이오

-1952년 평양, 모스크바

*

평양

휴전회담은 지지부진하고 평양 하늘에는 여전히 미군 폭격기가 날았다. 문화선전성이 제작한 전시영화 시사회가 열린 모란봉 지하극장은 후덥지근했다. 시사회 중에 때때로 벽이 쿵쿵 울렸는데 폭격이 벌어지는 곳이 현실인지 스크린인지 헷갈리기도 했지만 당과 내각 간부들은 눈 하나 깜짝 않고 열심히 손부채를 부쳐가며 영화를 감상했다. 전쟁도 2년을 넘기자 일상이 되었다.

영화의 주인공은 인민군 병사였다. 한쪽 다리를 잃고 병상에 누워 있는 병사는 부근의 학교가 미군 공습에 무너지자 목발을 짚고 군의관에게 다가가 소리친다.

"군의관 동지, 내게 총을 주시오. 전선에 내보내주시오. 저 악랄한 미 제국주의 놈들이 후방의 평화적 시설을 무차별 포격하는 것을 더 이상 두고 볼 수 없습니다."

군의관이 그의 어깨에 손을 얹는다.

"참으시오, 동무. 전쟁은 곧 끝날 거요. 최고사령관 김일성 수상 동지의 영도하에 전 세계 인민의 영원한 벗 소련의 탱크와 중국의 군대가 우리의 정의로운 전쟁을 물심양면으로 지원해 미 제국주의와 이승만 도당을 38선 이남으로 쫓아내고 북조선 인민민주주의공화국의 위력을 세계만방에 알리고 저들이 제발 살려달라고 애원하여 수상 동지께서 휴전을 검토하라고 지시하시었소."

병사는 두 주먹을 불끈 쥐고 "이 제국주의 놈들을 이 손으로 끝장내고 싶었는데"하며 흐느낀다. 그는 이윽고 눈물을 닦고는 결연한 표정으로 외친다.

"김일성 수상 동지의 영도를 따르겠습니다. 김일성 수상 만세!"

배경으로 인민항쟁가가 힘차게 울려 퍼진다. 전쟁 내내 귀에 길이 나도록 들려온 이 노래는 김순남 곡에 임화가 가사를 붙였다.

> 원쑤와 더불어 싸워서 죽은
> 무리의 죽음을 슬퍼 말어라
> 깃발을 덮어다오 붉은 깃발을
> 그 밑에 전사를 맹세한 깃발

영화가 끝나자 객석에서 박수가 터져 나왔다. 부수상들이 돌아가며 논평을 했다. 영화는 내각 시사회에 앞서 대성산 지하벙커에 있는 최고사령부 김일성 집무실에서 먼저 상영했는데 수상은 퍽 만족한 듯했다. 그는 영화 창조성원들과 가족들을 좀 더 안전한 후방으로 소개하고 설비도 제대로 갖춰 작업하라고 지시했다. 그는 제작진을 잘 먹이라고 미역과 쌀을 보내왔다.

시사회가 끝나고 극장을 나서면서 그녀는 헌영에게 다가갔다.

"아주머니 몸 풀 때가 된 것 같은데."

"아들이라오. 어제 모스크바에서 연락이 왔소."

만삭의 아내와 어린 딸을 비비안나에게 보내놓았다는 이야기는 그녀도 들어서 알고 있었다.

"축하해요. 딸 히니, 아들 하나."

하지만 득남 인사받는 사람의 흔쾌한 얼굴이 아니었다. 그가 내각 사무국 방향으로 길을 건너는 뒷모습을 정숙은 잠깐 서서 지켜보았다. 그가 관용차를 박탈당해 걸어 다닌다는 소문이 사실인 모양이었다. 전시 물자절약 차원이라지만 다른 부수상들은 빼고 그의 관용차만 회수됐다. 아내를 모스크바에 보낸 것이 국외로 탈출하려는 사전 포석이라는 소문도 있었다.

전쟁의 책임을 따지는 일은 사이좋게 소련과 중국을 다녀온 두 거두 사이의 공방이 될 수밖에 없었다. 패전 책임이란 나눠 가질 수 있는 게 아니었다. 루저가 책임을 모두 뒤집어쓰고 어쩌면 목숨까지 내놓아야 하는 게임이라 이것도 하나의 전쟁이었다. 만포 피란 중에 소련대사관에서 열린 볼셰비키혁명 44주년 파티가 김일성과 박헌영이 대판 싸워 난장판 됐을 때 정숙은 전쟁이 시작됐구나 싶었다. 당과 내각과 소련 대사가 모두 모인 자리였는데 술에 취한 김일성이 "남로당 지하당원들이 봉기한다더니 어떻게 됐냐"며 먼저 도발했고 박헌영이 "인민군 주력부대를 서울서 빼내 낙동강까지 보낸 건 누구 명령이었냐?"고 되받아치자 김일성이 "개자식아" 하면서 잉크병을 던지고 서로 쌍욕들이 오갔다.

정부 수립 이래 아슬아슬하게 유지되어온 평화는 깨져버렸다. 살얼음이 깨지자 파벌들 사이의 깊고 넓은 골이 수면 위로 드러나고 그 밑에서 노골적인 불평불만들이 튀어나왔다. 다른 파벌 사람들과 합종연횡 하는 화통한 술자리도 사라지고 뻔한 덕담이나 농담을 건네는 미덕도 자취를 감췄다. 사람들은 참을성이 없어지고 말도 거칠어졌다.

퇴각하는 유엔군을 따라 북조선 인민 수백만이 월남해버리고 미군 공습으로 도시 농촌 할 것 없이 쑥밭이 되면서 민심이 어지러워지자 바빠지는 건 문화선전성이었다. 당 중앙 선전선동부로부터 사업 지시가 쏟아졌다. 모두 수상의 지도력을 보위하는 사업들이었다.

정숙은 봄 내내 평양과 갑산 보천보 사이를 동분서주했다. 수상의 생가가 있는 평양 만경대와 빨치산전투 전적지인 보천보 두 군데에 김일성기념관이 지어졌다. 노동신문에서는 4월부터 김일성 탄신 40주년을 맞아 전기를 연재하기 시작했고 이 공식 전기를 둘러싸고 말들이 많았다. 항일운동은 수상 혼자 다 했고 조선의용군이나 독립동맹은 일언반구 없다고 연안파 사람들이 모이면 볼멘소리를 했는데 조선공산당과 남로당도 실종되기는 마찬가지였다. 이 바람에 패전 책임 논란은 잠잠해졌으니 수세를 공세로 전환한 수상의 역공이 먹힌 셈이다. 폭격의 잔해들이 볼썽사납게 널려 있는 평양 시가지 위로 김일성 찬가만이 우렁찼다.

문화선전성 부상인 조두원이 어느 날 정숙에게 "아무래도 개인숭배가 지나친 거 아닙니까" 하고 입바른 소리를 했다. 박헌영과 동서 지간으로 남로당의 대표적 이론가였던 그는 정숙보다 한 살 아래로 조선공산당 시절부터 알고 지내온 사이였다. 정숙을 상식이 통하는 상대라 여겨서 하는 말일 터였다.

"조 부상, 한번 생각해보세요. 스탈린 1인체제가 무리가 전혀 없었다고는 하지 않겠어요. 하지만 또 그것 때문에 오늘날 소련이 성립된 것도 부인할 수 없는 사실 아닌기요. 혁명동지 집단지도체제가 이상적이긴 하나 트로츠키는 트로츠키대로 스탈린은 스탈린대로 부하린은 부하린대로 각기 떠들었으면 소독전쟁에서 소련이 버티지 못했을 거요. 오늘날의 강력한 소연방도 없었겠지요. 목하 소련이 있어서 미 제국주의하고 싸우면서 세계 공산주의를 지도하는데 우리가 인정할 것은 인정해야 합니다. 소비에트 건설기에 강력한 지도력은 필수이지요."

김일성지도체제 선전사업을 실행하는 정숙의 공식 입장이었다. 그녀의 솔직한 생각이기도 했다. 조두원이 일순 당황했다.

"아, 예. 상 동지 말씀이 옳습니다."

"보천보에 비해 만경대는 자료라는 게 부실해서 작가들이 나서 줘야 하는데 진도가 더딥니다. 대책을 강구해야겠어요."

조두원이 잠시 시간을 둔 뒤 대답했다.

"알겠습니다."

이후 조두원은 정숙 앞에서 업무상 꼭 필요한 말 외에는 입을 닫았다. 내각회의에서 헌영 역시 의례적인 발언 외엔 침묵했다.

불편한 평화와 이상한 침묵은 곧 깨졌다. 10월 17일, 소련혁명 경축대회에서 박헌영이 연단에 오를 때만 해도 정숙은 옆자리의 소련 공사와 러시아어로 스탈린의 근황에 대해 이야기를 나누고 있었다. 스탈린이 뇌졸중으로 쓰러졌다는 소문이 있었다. 그도 이제 칠십 줄 노인이었다. 헌영이 위대한 러시아혁명의 역사를 되새기면서 그것이 전 세계 인민에게 어떤 의미를 가져다주었나를 역설할 때까지도 정숙은 소곤소곤 담화 중이었다. 소련에서 스탈린 건강 문제는 국가 일급비밀이었다.

"티토 때문에 스트레스가 많으시겠지요."

"워낙 강건한 체력이라 최근에 주치의가 구십까지도 끄떡없다 했답니다."

박헌영이 "소련의 10월혁명이 조선 민족해방운동에 새로운 지평을 열었다"고 할 때까지도 무난했다. 하지만 그 영향으로 1919년 3월 조선 인민이 봉기했고 농민 노동자들이 계급적 자각을 했다고 말할 때 정숙은 이야기가 이상한 쪽으로 흐르고 있음을 직감했다. 이어서 헌영이 1925년 조선공산당 창당의 역사를 입에 올리자 정숙은 간담이 철렁 내려앉았다. 그는 마르크스레닌주의의 사상적 토대 위에서 조선공산당이 창건돼 민족해방운동의 선두에 섰다고 말했다. 수상이 만주에서 소학교나 다니던 코흘리개 시절 일찍이 경성에서 조선공산당을 창당해 그것이 오늘날 북조선공산당의 뿌리가 되었노라는 맥락이었다. 당과 내각 사람들이 앉아 있는 본부석에 술렁거림이 일었다.

그것은 일종의 선전포고였다. 전쟁 끝물의 뒤숭숭한 정세 속에 납작 엎드린 평양 정치권에서 김일성 공식 전기에 대한 최초의 반격이었다. 전후체제를 손에 넣기 위한 권력투쟁은 역사 쟁탈전으로 시작했고 수상의 역사원정歷史遠征이 일방적인 승리를 거두는가 싶을 때 헌영이 포문을 연 것이다.

불굴의 혁명가 박헌영은 평양에 온 이래 김일성의 오른편에 앉아 점점 순한 양이 되어갔다. 남자는 김일성 하나로 족했고 그 주위에서 모든 왕년의 혁혁한 혁명가들이 조금씩 거세되었다. 박헌영 역시 현실정치의 매너를 배우던 끝에 굴종에 이르는가 싶었다. 하지만 지금 한때 불굴의 청년혁명가였던 자의 자존심이 다시 일어서고 있었다. 헌영의 카랑카랑한 목소리가 귓전을 때리는 동안 정숙은 상해에서 경성, 평양에 이르는 지난 세월이 한꺼번에 되살아오고 박헌영과 김일성 두 남자에 대한 애증이 뒤엉키면서 두통이 밀려왔다. 헌영이 칼을 뽑아들었는데 그것이 역사 논문 쓰는 것으로 그치지는 않을 것이다. 정숙은 그다음에 기다리는 것이 무엇일지 궁금했다. 모종의 군사행동을 예비해둔 것일까. 아니, 작전이 이미 시작된 건지도 몰랐다.

1952년 가을의 평양은 뒤숭숭했다. 하늘에는 여전히 미군기가 먹이를 찾는 독수리처럼 배회했고, 땅에는 은근한 땅울림이 곧 다가올 지진을 예고하고 있었다. 내각회의에서 사람들은 너나없이 눈에 핏발이 서 있었다. 모두들 한밤에도 깊이 잠들지 못하는 야생동물들이었다. 누군가 평양 시내 복구건설현장에서 작업복 차림의 무정을 보았다고 했다. 만포 회의장에서 무정이 연행돼 나갈 때 분위기라면 즉결처형되고도 남았다. 하지만 수상으로서는 북경을 의식하지 않을 수 없을 것이다. 더구나 아직 중국 항미원조군이 들어와 있었다.

수상파와 남로당파 사이에 전운이 감도는 가운데 최창익이 부수상으로 승진해 연안파 사람들이 쉬쉬하며 창익의 집에 모였다. 승진 파티라고는 하지만 화제는 단연 수상과 박헌영의 대회전이 앞으로 어떻게 진전될 것인가였다. 관전 태도는 조금씩 달랐지만 대체로 '굿이나 보고 떡이나 먹자'였다. 굿은 이미 벌어졌고 부수상 자리가 연안파에 굴러 들어온 떡 아닌가. 대회전에서 1인자와 2인자가 모두 치명상을 입는다면 최선일 것이다. 어쨌든 챔피언 자리가 한 발짝 가까워지는 것만은 분명했다. 무정과 절친이었던 박일우가 전쟁 뒷수습으로 한창 바쁜 시기에 개인숭배사업이 지나치다면서 "똥 싸놓고 매화타령 아닌가" 했지만 별로 신경 안 쓰는 분위기였다. 노골적으로 들뜨는 목소리들 사이에서 헌영과 오랜 역사를 간직한 그녀만이 깊은 번민을 견디고 있었다. 권력투쟁이라면 당과 군과 정보계통을 누가 쥐고 있는가의 문제이고 김일성과 박헌영의 승부는 해보나 마나였다.

김일성은 박헌영의 도발에 곧 응답했다. 12월 15일, 수상은 당 중앙위 전원회의를 소집했고 두 시간이 넘는 장황한 기조연설을 했는데 30분에 걸쳐 당내 종파분자들에 대한 공격에 열을 올렸다.

> 일부 당 지도일군들 속에는 무원칙한 불평만 부리며 당의 결정과 혁명의 이익에는 복종하지 않고 자기 의견만 제일이라고 생각하며 말공부만 하는 분자들도 있습니다. 특히 미 제국주의 무력 침범자들과 가열한 전쟁을 하고 있는 오늘 이 종파분자들을 내버려둔다면 결국 적의 정탐배가 되고 만다는 것을 명심해

야겠습니다. 일부 당원들 중에는 당의 노선과 당 조직에 의거하지 않고 어떤 개인을 믿고 의거하려는 경향이 있는데 이것은 결국 개인영웅주의자들에게 이용될 수 있을 것입니다….

종파분자들이 남로당파이고 어떤 개인은 박헌영을 지칭한다는 길 모르는 사람은 없었다. 내연하던 권력투쟁이 바야흐로 불꽃을 튀기기 시작했다.

해가 바뀌었다. 남로당파 요인들의 운전기사와 가정부들이 교체됐다는 소문이 돌았다. 새로 투입된 기사와 식모는 물론 감시요원이었다. 1952년 한 해 내내 미군의 민간시설 무차별폭격이나 세균전, 포로 학대에 대해 유엔과 국제사회를 상대로 항의성명을 발표하고 정전협상과 관련한 외교활동을 해온 박헌영의 외무성은 1953년의 시작과 함께 활동이 정지됐다.

대신 박헌영 친위대인 강동정치학원 출신 유격대가 평양 외곽에 운집했다느니 이승엽이 휘하병력을 전방에서 빼내 평양으로 이동시키려 했다느니 하는 일급기밀들이 정숙의 귀에 들어왔다. 미군이 북조선 요인들의 거처를 찍어서 폭격했는데 고위급에 미제 첩자가 있는 게 분명하다고도 했다. 수상 관저에 자객이 들었다는 첩보도 있었다. 대개 수상파나 연안파 사람들이 귀엣말로 흘려주었는데 정치공작 냄새를 물씬 풍기는 첩보들이었다.

정숙은 실제로 남로당파에서 모종의 군사행동을 시도했을 거라는 심증이 갔다. 아직은 군과 정보계통에 남로당계 인사들이 제법 남아 있었으니 수상에 정면 도전하겠다면 마지막 기회였다.

소련혁명 기념일에 발발한 모종의 전쟁이 냉전과 열전 사이를 오가며 몇 달째 계속되고 있었다. 정숙의 오른쪽과 왼쪽에서 용과 호랑이가 으르렁거리는 형국이었다. 알 수 없는 것은 정숙의 마음이었다. 헌영과는 긴 세월이 있었고 수상과는 공고한 신뢰관계가 있었다. 헌영은 애틋하지만 불편했고 수상은 친절하지만 두려웠다. 두 사람을 저울질하기는 쉽지 않았다. 하지만 정숙은 무의식중에 자신이 수상을 응원하고 있음을 깨닫고서 놀랐다.

정숙은 어느 쪽이 이기든 자기가 내놓아야 되는 것이 자리 정도지 목숨은 아닐 거라는 믿음이 있었다. 그녀는 자리라면 언제든 던져버릴 수 있다. 그럼에도 수상 쪽으로 기우는 마음을 들여다보면 거기에는 수상이 일관되게 보여주는 호의 외에 다른 것도 있었다. 판을 깨고 다시 짤 때 생기는 혼란이 싫다는 마음, 이건 무엇인가. 변화를 싫어하다니, 이미 나는 혁명가가 아니란 말인가.

그녀는 적이 당황스러웠다. 내 나이 오십, 귀찮은 것이 많아지는 나이로구나. 아니, 사람에 대한, 사람들 집단에 대한 기대가 사라져버린 것 아닌가. 누가 잡든 권력의 속성은 똑같다는 생각, 어느 개인이 더 현명하든 덜 현명하든 집단이 되면 어리석을 수밖에 없다는 생각, 그렇다면 권력을 포식한 집단이 권력에 굶주린 집단보다 낫지 않을까. 굶주린 이리떼보다 배부른 사자 떼가 낫지 않을까. 이건 가장 저급하고 비겁한 보수주의자의 사고방식인데 자신이 어느 결에 이토록 회의주의자가 되었던가, 하고 정숙은 길게 한숨을 내쉬었다. 사람에 대한 믿음, 역사에 대한 믿음, 한때 태산도 옮길 것 같았던 그 믿음이 어디로 가버린 것인가.

3월 초순 어느 날이었다. 정숙은 당 정치위원회가 박헌영만 빼고 소집됐다는 첩보를 입수했다. 정숙은 그것이 무엇을 의미하는지 직감했다.

그녀는 하룻밤을 번민에 싸여 지샜다. 다음 날 아침 출근하자마자 그녀는 열흘 뒤로 다가오는 조소경세문화협조협정 체결 4주년 관련 서류들을 대충 집어 들고 헌영의 집무실을 찾아갔다. 문화선전성에서 해외업무는 시시콜콜 외무성의 협조를 구하도록 되어 있기 때문에 외무성을 찾아가는 것이 이상한 일은 아니었다. 다만 상이 직접 간다는 게 이례적이었다.

공식 석상에서 헌영은 드물게 모습을 보였고 그에게 말을 거는 사람은 없었다. 10월혁명 기념 축사 이래 그의 연설을 들을 기회는 더 이상 없었다. 헌영은 요주의 인물이었다. 파벌 상관없이 두루 편하게 지내는 정숙은 당과 내무성 쪽으로부터 몇 차례 '박헌영과의 접촉은 피하라'는 경고성 조언을 들은 바 있었다.

전시의 외무성 임시청사는 작고 허름한 판잣집이었다. 따발총을 든 사병 둘이 판잣집 입구를 지키고 있었다. 그 따발총들은 십중팔구 외무성을 지키는 쪽이 아니라 경계하는 쪽일 것이다. 헌영의 집무실 현관 앞에 책상을 놓고 앉아 있던 남자 비서가 정숙을 보더니 일어나 인사했다. 어떤 용무냐 묻는 그 남자 역시 비서보다는 감시원일 게 분명했다.

정숙이 집무실 문을 열고 들어가자 헌영이 말없이 눈인사를 건네왔다. 그의 책상 위는 서류 한 장 없이 깨끗했다. 텅 빈 책상 앞에 앉아 그는 무엇을 하고 있었을까. 부수상 겸 외무상의 집무실은 몇 해 전 해주의 연락사무소보다 더 썰렁했다.

헌영은 충혈된 눈등을 문지르며 일어났다. 그녀처럼 그 역시 어제 밤을 지샜는지도 몰랐다. 어쩌면 지난 한 주일, 아니 지난겨울 내내 잠을 이루지 못했는지도 몰랐다. 정숙은 테이블 위에 조소협정 서류를 꺼내놓고 이야기를 시작했다. 그러나 허튼소리 할 마음의 여유가 없었다.

"상황이 안 좋은 거 같아요."

"알고 있소."

"탈출할 생각 없어요?"

헌영은 대답 대신 서류를 뒤적거렸다.

"중국 쪽으로 빠져나가는 것, 어쩌면 내가 방법을 찾을 수 있을지도 모르겠어요."

"지금 여기 온 것만으로 당신이 위험할 수 있소."

그녀도 모르지 않았다. 다만 이 상황에서 뭔가 하지 않을 수는 없었다.

"나는 조소문화협정 문제로 의논하러 왔다고 돼 있어요."

"정숙 씨, 말씀은 고맙지만 그렇게 되면 당신은 내가 탈출에 성공해도 실패해도 다 위험해져요."

정숙이 아랫입술을 깨물면서 밭은 숨을 쉬었다.

"당신이 그대로 있으면… 당신이 여기 남으면… 내가 당신에 대해 불리한 증언을 할 수도 있어요."

헌영이 짧은 침묵 끝에 그녀를 쳐다보았다. 희미한 미소에 체념의 빛이 어렸다.

"가면 내가 어디로 가겠소. 피할 곳이 없소. 북조선에서 도망자가 되면 나를 받아줄 곳은 없소. 큰 싸움 작은 싸움 다 졌으니 내게 무슨 선택이 있겠소."

그는 잠시 쉬었다가 말을 이었다.

"이 역사의 외길에서 비켜날 수 없소. 내게 오는 독배는 내가 받을 수밖에. 내가 죽게 되더라도 그 죽음이 말을 할 것이오. 당신이 어떤 증언을 하게 된다 해도 이해할 것이오. 당신 역시 피할 수 없는 상황이 있으니까. 다만 그 모든 것이 역사에 남을 것이오."

그녀와 그 사이의 테이블 위로 침묵이 쌓였다. 이윽고 그가 말문을 열었다.

"부탁이 있소. 혹시 여력이 된다면 내 아내와 두 아이를 보호해 주오."

정숙은 대답을 찾지 못했다. 부인은 아이를 낳아서 평양으로 돌아왔다. 작정하고 아주 내보낸 줄 알았는데 아닌 모양이었다.

"나는 지금 혁명가도 아니고 이건 혁명이라 할 수도 없지만 혁명가는 가정을 가지면 안 된다는 원칙을 저버린 걸 요새 뼈저리게 자책하고 있소."

그렇게 말할 때 헌영의 핏발 선 눈에 붉은 눈물이 비친 것 같기도 하고 아닌 것 같기도 했다. 순간 정숙의 기억이 과거의 어느 장소를 더듬었다. 그렇게 말하던 청년혁명가가 있었지. 낡은 외투 한 벌을 친구와 번갈아 입고 호주머니에는 달랑 만두 사 먹을 동전 한 닢뿐이었지만 어떤 열정으로 몸이 달아올라 추위도 허기도 스

며들 틈이 없었는데… 상해였고 30년 전이었다. 그 30년은 그에게
무엇일까. 열정이 환멸로 바뀌는 시간이었을까. 낙관이 냉소로 바
뀌는 시간이었을까.

다음 날 문화선전성 청사에서 조두원 부상이 내무서원들에 연
행되어 갔다. 이승엽, 이강국, 임화도 체포됐다. 중국 대사 권오직
도 소환돼 왔다. 그리고 일주일 뒤, 박헌영이 체포됐다.

매일 출근하면 남로당파 누군가 어제 또는 그제 체포됐다더라
는 뉴스가 기다리고 있었다. 모두 내무성 지하감옥에 감금됐다 하
고 가족들은 평양 교외 어딘가에 수용됐다 했다. 모스크바 차이콥
스키음악원에 유학 가 있던 김순남이 소환돼 오고 종군작가로 인
민군에 복무했던 김남천이나 정치와는 거리를 두어온 이태준 같
은 월북 작가들이 체포됐다는 소식에 정숙은 현기증을 느꼈다. 월
북 예술인들인 김순남과 김남천, 이태준의 체포 소식은 문화선전
성 제1부상인 정상진이 당에서 듣고 와서 정숙은 뒤늦게 알게 됐
다. 예술인들의 일인데 문화선전성이 몰랐다는 게 황당했다.

"문학예술총동맹에서 위원장 한설야가 리스트를 작성해서 수상
하고 직거래했다 합니다. 부위원장 안막도 나중에 알았답니다. 문
화선전성이 월북 작가들을 비호한다고 한설야가 최근 어느 자리
에서 말했다는 얘기 상 동지도 들으셨습니까?"

한설야도 그들과 카프활동 같이했던 왕년의 동지 아닌가. 월북
작가들을 특별히 대우하고 말고 할 것도 없었다. 중앙 무대에서
활동하던 작가들이라 북조선 토박이들과는 위상이 비할 바 못 되
었다. 정숙은 남로당파와 월북 예술인들에 대한 일제 검거에 당황

하고 명색이 문화선전상으로서 아무런 사전정보가 없었다는 데화나 있다가 점차 자신도 숙청 대상으로 분류돼 있을지 모른다는데 생각이 미쳤다.

그 모든 뒤숭숭한 사건과 흉흉한 소문들 끝에 마침내 허리에 권총을 찬 내무성 간부 둘이 정숙을 찾아왔다. 단도직입적으로 용건을 꺼냈다.

"박헌영과는 친분이 오래시라 유용한 정보들을 갖고 계실 것으로 믿습니다만."

사회안전성이 내무성에 통합되기 전부터 방학세 밑에서 일해온 남자였다.

"1920년도에 상께서 박헌영과 〈여자시론〉에서 같이 일하지 않으셨습니까."

"그렇지요."

"친미분자 차미리사하고 미국인 선교사 언더우드가 잡지에 관여했다는데 언더우드라는 자가 사무실에 자주 나왔습니까."

"가끔 나왔지요."

"그때 박헌영의 행태에 이상한 점은 없었는지요. 가령 둘이 밀담을 나누거나 하는 걸 보신 적 있습니까."

"글쎄요. 남들이 보는 데서 밀담을 나눴다면 그건 밀담이 아니겠지요."

"박헌영이가 YMCA영어학원에서 영어를 배우면서 미국 선교사들하고 어울려 다녔다는데 공산주의자라면서 제국주의 언어를 공부하는 데 유난을 떨었다는 게 이상하지 않았습니까. 상해에서도 하필이면 YMCA 학원에서 친미파들하고 어울렸는데."

"그때는 영어 가르치는 데가 YMCA뿐이었소. 그리고 영어뿐 아니라 에스페란토어도 열심히 했어요."

간부 요원은 기대했던 정보를 얻지 못하자 실망과 분노를 누르려 애쓰는 모습이 역력했다. 전직 KGB 정보장교 방학세의 부하답게 그는 심문기술자로서 회심의 카드를 꺼냈다.

"지난 3월 4일 박헌영을 찾아가셨는데 무슨 일로 만났습니까."

정숙은 조소협정 문제로 협의할 것이 있어 만났다고 대답했다.

"내각사무국에 35분간 머무르셨는데 협의한 결과는 무엇입니까?"

이런 정도의 협박에 대한 대응 요령은 있었다. 은근한 협박이 먹히지 않자 노골적인 협박으로 나왔다.

"미 제국주의와 남조선이 우리 북조선을 뜯어먹으려고 호시탐탐 노리고 있습니다. 조국해방전쟁에서 우리 인민들이 흘린 피를 헛되이 하지 않으려면 쥐새끼 소굴을 소탕하는 데 주저함이 없어야 할 것이라고 수상 동지께서 말씀하셨습니다. 이제 남로당이 미 CIA의 간첩 조직이었다는 게 밝혀진 이상 저놈의 종파분자 그룹 빠들은 이불에 빈대 털듯 털어서 빗자루로 싹 쓸어버려도 찍소리할 수 없게 돼 있습니다. 사실 우리는 상 동지를 해코지할 생각은 없소. 우리가 뽑아내려는 건 미제 간첩의 수괴 박헌영이하고 그 일당들이오. 그러니 상 동지는 박헌영의 간첩질에 대해 증언만 하면 됩니다. 그놈이 언더우드 만나서 무슨 얘길 했는지 지금 알 게 뭐요. 상께서는 그 양놈하고 둘이 쑥덕거리는 걸 봤다고만 말씀하면 되는 거요."

방학세의 부하는 성마름 탓인지 충성심 탓인지 순식간에 당국의 남로당 숙청 시나리오를 공개해버렸다. 정숙이 짧은 한숨을 내쉰 다음 간단히 대답했다.

"아무리 그래도 내가 보지 못한 걸 봤다고 할 수야 없잖소?"

남자는 정숙을 노려보더니 오른손으로 허리춤의 권총 자루를 한 번 스윽 문지르고는 자리에서 일어섰다. 정숙은 가슴께에 총알의 서늘한 감촉을 느꼈다. 수상파가 쓸어버리려는 종파분자 그루빠가 남로당 언저리에서 그치는 게 아닐지도 몰랐다. 조선중앙방송은 매일같이 종파주의와 자유주의 경향을 비난하는 보도들을 쏟아내고 있었다. 문화선전성 간부들이 내무성의 소환을 받아 교대로 자리를 비웠다. 그들 자신이 종파주의에 가담한 혐의로 조사받는지, 박헌영이나 임화, 조두원에 대한 증인으로 불려 갔는지, 아니면 내무성이 그녀의 뒤를 캐는 것인지 알 수 없었다.

임화의 아내 지하련이 만주에 피란 가 있다가 남편 소식을 듣고 평양으로 돌아왔는데 요새 머리를 산발하고 고함을 지르며 거리를 돌아다닌다 했다. 지하련은 매일같이 내무성을 찾아가 남편을 만나게 해달라고 애원하다 끝내 만나지 못하고는 정신이 이상해졌다는 것이다. 정숙은 상상이 가지 않았다. 그 험한 소문은 이지적인 미모의 소설가와 좀처럼 섞이지 않았다.

평양 거리에는 멀쩡한 건물이 드물었고 멀쩡해 보이는 사람도 드물었다. 깡통도 없이 때가 긴 맨손으로 동냥하는 거지나 그 거지가 손을 내미는 행인이나 행색이 남루하기는 마찬가지였다. 무너진 건물 서까래 아래에는 대낮에도 누워 자는 사람들이 있었다.

정숙은 아침에 일어나면 내각 청사에 출근할 일이 아득했다. 권력의 자리라는 게 행복한 적 있었던가. 정치판은 밑도 끝도 없는 전쟁판이라 불안 속에 하루가 시작되고 불안 속에 하루가 끝나면 밤새 비몽사몽 간에 불길한 꿈들을 꾸었다. 검은 관용차에 타고 남루한 거리를 가로지르며 차창 밖을 내다볼 때 정숙은 길바닥에 주저앉아 동냥을 구하고 무너진 서까래 밑에서 낮잠을 자는 저 이름 없는 무리들이 부러웠다. 그들에겐 생존의 조건이 훨씬 단순할 것이다.

어느 날 평양 교외의 고아원을 방문하고 돌아오다가 정숙은 옆구리에 심한 통증을 느꼈다. 요새 신열이 있고 간간이 기침이 나서 감기 몸살인가 보다 했더니 늑막염이 재발한 게 분명했다. 의사는 수술과 요양을 권했다.

이 지긋지긋한 병증은 서대문형무소에서 만삭의 그녀를 기습했고 풍찬노숙 끝에 연안에 들어간 그녀를 앓아눕게 했으며 해방 나던 해 겨울 귀국 행군의 여독에 시달리던 그녀를 죽음 직전까지 몰고 갔다. 이번에 그녀를 무너뜨린 건 무엇일까. 조국해방전쟁인가. 해방전쟁이 끝나는가 싶을 때 시작된 종파전쟁인가. 남편 잃고 아버지까지 잃은 겹흉사인가. 피로와 환멸이 농익어 허파에 고름주머니가 된 것인가. 그 무엇이든 정숙은 이제 평양을 떠날 때가 되었다는 생각이 들었다.

'오십은 넘겼으니 지금 죽어도 요절이라 부를 사람은 없겠네.'

다시 늑막염이 도진 그녀는 자신의 남은 생도 그리 길지 않으리라는 예감이 들었다. 아니, 이번에 찾아온 늑막염에 자신의 생애를 실어 보내버리고 싶었다. 그녀는 아버지 고향인 명천에 내려가 요양하면서 책도 읽고 음악도 들으며 홀가분하게 생의 마지막 시간을 보내고 싶었다.

정숙은 수상과 마주치는 것도, 면면이 바뀐 내각회의도 고통스러웠다. 문화신진성의 일도 처음엔 소비에트 시스템을 건설한다는 신념으로 최선을 다했지만 수상 보위를 위한 요즘의 사업들에 대해서는 머릿속이 복잡했다. 더구나 자신이 보호하려는 소비에트 시스템이 동료들의 무덤이 되고 있다는 사실을 견디기 힘들었다.

정숙은 남로당파 체포 선풍이 일단락되고 남북간 포로협정이 조인되면서 휴전협상도 막바지에 이른 어느 날 대성산 벙커를 찾아갔다. 수상은 기분 좋은 일이 있는 듯 호탕하게 웃으며 그녀를 맞았다. 그녀는 간단한 안부인사 뒤에 용건을 꺼냈다.

"수상 동지께 면구스러운 말씀이나 제가 이제 살 날이 얼마 남지 않은 듯합니다. 늑막염 때문에 세 번이나 죽다 살아났는데 그래도 조국 건설에 참여할 기회를 가졌으니 더 바랄 게 없어요. 이제 물러갈 때가 된 것 같습니다. 제가 무능력해서 요새는 간혹 문화선전성 일이 어떻게 돌아가는지 모를 때도 있고 워낙 과문하다 보니 뒷방 늙은이 취급을 받는답니다."

조국해방전쟁 중에 한때 의기소침했던 김일성은 다시 원기 왕성해져 있었다. 지난 3월 남로당파 일제 검거 와중에 스탈린 사망 뉴스가 날아들었을 때 당 내부는 패닉에 빠졌다. 수상도 초조감을 감추지 못했다. 하지만 이제 낙관적인 방향으로 정리했음이 분명했다. 수상으로서는 정치적 후견인을 잃었지만 동시에 성가신 참견꾼도 사라진 것이다. 또한 내부의 가장 강력한 라이벌을 막 소탕한 다음이었다. 마흔 갓 넘긴 그의 목소리가 자신감으로 팽팽했다.

"내무성에서 성가시게 구는 거 아닙니까. 방학세 동지한테 보고받았습니다. 내가 허정숙 상은 절대 괴롭히지 말라고 일렀는데. 그동안 상 동지하고 적조했습니다. 휴전협정 도장 찍고 한숨 돌리고 나면 우리 집에서 조용히 식사하면서 지난 이야기를 나누도록 합시다. 앞으로 일절 그런 소리 하지 마세요. 할 일이 산더미처럼 쌓여 있습니다. 우리가 손잡고 다시 공화국을 재건해야지요."

"말씀 들으니 기운이 납니다마는… 제가 몸이 성치 않습니다. 몸이 아프니 정신이 산란해지고 자꾸 나쁜 마음이 들고 해서. 수상께서 믿고 맡겨주셨는데 제가 소임을 다할 수 없는 신세가 되었으니 송구스럽습니다. 이대로 낙향해서 채마밭이나 가꾸며 살까 합니다."

"허정숙 동지!"

수상은 두 팔을 뻗어 정숙의 두 손을 모아 잡고는 비장하고도 감회 어린 표정으로 그녀의 이름을 불렀다. 허정숙 동지라는 호칭도 오랜만이었다.

"제 자신 지금까지 살아온 것도 끊임없는 투쟁, 또 투쟁의 역사였습니다. 우리 조선의 철천지 원쑤 왜놈들을 이 땅에서 몰아내자고 죽어라고 투쟁하고 나니 또 흉악한 미제 무력침범자 놈들에 맞서서 북조선인민공화국을 사수하느라 죽도록 투쟁했고 이제 반제 반봉건 민주혁명의 과업을 완수하겠다고 불철주야 동분서주 아닙니까. 돌이켜 보면 모든 것이 위기의 연속이었어요. 왜놈 토벌군들이 벌 떼처럼 달려들어 북만주벌판이 쑥밭 되고 백두산 천지가 피바다 되고 마침내 이 사람이 만주를 버리고 노령으로 넘어갈 적엔 우리의 투쟁도 여기서 끝장나는구나 생각했습니다. 부하들 생목숨 숱하니 왜놈들 아가리에 처넣어주고 몇 날 며칠을 풀뿌리 씹으면서 강백선 줄기를 타 넘을 때 어느 이름 모를 산자락에 화전민이 되어 범부의 인생을 살까 생각도 했었소. 하지만 그때 나약한 선택을 했다면 장차 이 북조선의 운명이 어떻게 되었겠습니까. 생각만 해도 모골이 송연하오."

수상은 웅변조로 일장연설을 했고 마지막 한마디에선 격정에 겨운 듯 목소리가 울렁거렸다. 그는 눈을 감고 잠시 숨을 고른 뒤 정숙의 손을 놓고는 차분한 어조로 말했다.

"문화선전성 일이야 별 탈 날 것도 없으니까 걱정 말고 쉬면서 몸이나 돌보시지요. 내가 모스크바에 좋은 병원 하나 맞춰놓으라 하겠습니다. 상 동지가 그렇게 몸이 상하시도록 몰랐구려. 부친도 안 계신데 내가 살피지 못해서 미안합니다. 요새 정신이 통 없어놔서."

그는 이야기 끝에 "종파분자들만 다 처결하고 나면 일 없습니다"라고 한마디 던지면서 슬쩍 그녀의 눈치를 살폈다.

그는 이미 노회한 정치인이었다. 그동안 그녀는 혈기방장한 청년이 빠른 속도로 교활해져가는 것을 지켜보았다. 그것이 빨치산에서 정치인으로 진화하는 과정일까. 김일성 아니라 다른 누구였다 해도 마찬가지였을까. 북조선 건국의 모델이 스탈린체제라는

데서 이미 운명은 정해졌다. 칠십 노인 스탈린의 역할 모델을 30대 청년이 학습하는 건 쉬운 일이 아니었겠으나 학습은 얼추 끝나가는 듯했다.

초여름으로 접어들고 있었다. 어느 날 수상이 불러 모스크바에 병원을 주선해놨으니 치료하고 돌아오라 했다. 병원에 입원해 있는 동안 정숙은 수상으로부터 수술이 잘 끝났는지, 의료진은 만족스러운지 묻는 전화를 받았다. 수상은 국내 돌아가는 사정을 설명하고 두루두루 안부를 전하는 다정한 편지도 보내왔다. 짬이 나지 않아 여러 날에 걸쳐 이어서 쓴 편지라 했다.

7월 말 퇴원해 귀국했을 때 평양의 공기가 사뭇 달라져 있었다. 평양 상공에서 미군기가 사라진 것도 그렇지만 피란지에서 귀환한 이래 내내 매캐하고 산만했던 당 분위기 역시 포연과 함께 사라진 듯했다. 깔끔하게 포장된 도로를 달리듯 모든 일이 쾌속으로 진행돼나갔다.

7월 27일 판문점 평화의천막에서 휴전협정이 조인되었고, 7월 30일 이승엽 이강국 임화 조두원 이원조 등 남로당파 열두 명이 반역 및 간첩죄로 기소되었고, 8월 6일 이 가운데 열 명이 최고재판소에서 사형 및 전 재산 몰수 판결을 받았고, 8월 5일부터 닷새간 열린 노동당 중앙위 전원회의에서 당과 국가를 배반한 박헌영 등 종파분자들이 제명되었다. 한편에서 조국의 자유와 독립을 수호하는 조국해방전쟁의 승리에 특출한 공훈을 세운 김두봉 홍명희 최용건이 국가훈장을, 최창익은 노력훈장을 받았다.

휴전협정에는 김일성과 중공군 사령관 펑더회, 유엔군 총사령관 마크 웨인 클라크가 서명했다. 이승만은 여전히 북진통일을 주장하며 휴전협상을 보이콧했다. 휴전협정으로 국경이 다시 그어졌는데 북측은 38선으로 원위치시키자 했고 유엔군은 현재의 군사대치선으로 하자 해서 유엔군 주장대로 되었다. 전쟁 포로에 대해 북측은 강제송환을, 유엔군은 자유송환을 주장했는데 역시 유엔군 주장대로 되어서 포로들은 남이냐 북이냐 선택을 했고 어떤 이들은 남도 북도 아닌 제3국을 택했다.

전쟁은 3년하고도 한 달 만에 끝났다. 6·25전쟁의 단초는 1945년 2월 얄타에서 루스벨트가 스탈린에게 태평양전쟁 참전을 요청한 일이다. 미국은 태평양전쟁이 한참 더 갈 거라 보아 소련을 끌어들였지만 전쟁은 소련이 파병한 지 일주일 만에 끝났다. 사실상 히로시마와 나가사키에 투하한 미국 핵폭탄이 결정타였으니 소련은 다 된 밥에 숟가락만 얹은 셈이다. 한반도에 대해 권한을 갖게 된 두 나라 미국과 소련은 38선 이북과 이남을 임시 분할점령 하기로 했고 미군 대령 둘이 38선 아이디어를 짜내는 데 30분 걸렸다 했다.

전쟁의 결과는 전쟁의 목적과는 정반대였다. 민족의 통합이 목적이었지만 분단의 골은 더 깊어졌고 증오의 벽이 단단해졌다. 남조선 인민을 해방시키겠다고 시작했지만 전쟁을 거치면서 남조선은 이제 토지개혁도 친일파 청산도 물 건너가고 좌익은 물론 중도파도 숨 쉴 수 없는 곳이 되었다. 북조선은 더 말할 것도 없었다. 전쟁의 죄업을 덮자니 더 강고한 철권통치가 필요했다.

청일전쟁 후 약 50년 만의 전쟁이었는데 전투기의 등장은 전쟁이 더 이상 군인들 사이의 전쟁이 아니며 전선이 따로 없게 되었다는 걸 의미했다. 도시 하나가 순식간에 잿더미가 됐고 민간인이 많이 희생됐다. 무너진 다리와 부서진 공장은 복구됐지만 죽은 사람은 돌아올 수 없었다. 전선이 낙동강과 압록강 사이를 오르내리면서 인민군 치하와 국방군 치하로 거듭 뒤바뀌는 동안 신체적 정신적 린치를 당하면서 살아남은 이들에게 행복한 인생은 실종되었고 전쟁은 트라우마로 남았다.

한국전쟁에서 남과 북 어느 쪽도 승자는 없었다. 양쪽 모두 어마어마한 피해를 입었고 군대를 보낸 중국과 유엔 회원국 모두 희생을 치렀다. 이 전쟁에서 아무런 희생 없이 막대한 이득을 취한 게 일본이었으니, 일본은 전쟁물자를 조달하는 군수기지가 되면서 패전 후 미국의 점령지정책으로 침체와 해체에 들어갔던 경제가 반전의 기회를 만났다. 도요타나 미쓰비시가 한국전쟁 덕분에 발딱 선 대표적인 재벌기업이었다.

한국전쟁은 한반도 안에서 일어났지만 결과는 세계대전 스케일이었다. 2차대전의 동지였던 소련과 미국이 적이 되어 이후 30년의 세계를 냉전체제 아래로 밀어넣었다. 이 전쟁을 일으킨 업보였지만 한반도는 전 세계를 통틀어 냉전이 가장 오래 계속되는 지역으로 남았다.

전쟁이 끝난 뒤 맞은 첫 8·15에는 해방 경축행사가 대대적으로 거행됐다. 휴전협정 후 가설한 임시 교예극장에서 서커스 공연이 열렸다. 창립한 지 한 해 남짓인 평양교예단은 허정숙의 작품이었다. 북조선 어딜 가나 고아원에 전쟁고아들이 넘쳤고 정숙은 이 아이들을 데려다 중국, 소련과 같은 서커스단을 만들었다. 평양 교외의 버려진 초가집들에 수용된 전쟁고아들을 그녀가 직접 찾아가 단원을 선발했다.

공중그네 위에서 물구나무선 두 아이를 바라보다가 정숙은 눈시울이 뜨거워졌다. 아찔하게 높은 그네 위에 사내아이가 거꾸로 섰고 그 아래 가느다란 여자아이가 매달려 있었다. 소년 소녀의 팔다리는 대동강 철교처럼 단단해 보였다. 그녀가 처음 보았을 때 눈물 콧물 흘리며 징징대던 아이들이었다. 얼굴은 묵은 때와 허연 버짐으로 얼룩덜룩했고 까치집 머리에는 이가 버글거렸었다. 고된 훈련에 적응 못 해 고아원으로 돌아간 아이들이 더 많았다. 하지만 지금 저 공중그네에 매달린 아이들은 각기 설산을 넘고 장강을 건너 저들만의 고독한 대장정을 치러낸 아이들이었다. 전쟁으로 부모를 잃고 막막한 세상에서 자신과의 고독하고 무시무시한 싸움을 이겨낸 아이들이었다. 정숙은 공중그네 위의 아이들이 모택동이나 주은래처럼 위대해 보였다.

교예 공연이 끝나고 어린 배우들이 무대인사 할 때 김일성이 자리에서 일어나 박수를 쳤다. 수상이 일어나자 당과 내각의 간부들이 일어났고 곧 객석 전체가 일어났다. 수상이 눈자위가 붉게 물들어 있는 정숙을 돌아보았다.

"미제 침략군 놈들에게 부모를 잃은 아이들이 우리 인민에게 즐거움을 주는 창조일꾼이 되었다니, 허정숙 동지 대단하오. 참말로 대단하오. 교예극장을 짓는다고 하셨지요. 서둘러 진행하도록 하시오. 평양에 국립예술극장도 있고 고전예술극장도 있는데 교예극장만 없잖소."

모스크바

크질오르다 역에서 모스크바행 열차를 탈 때 눈발이 날리고 있었다. 세죽은 커다란 트렁크를 들고 잔기침하며 열차에 올랐다. 지난 10월 첫 겨울 추위와 함께 들어온 감기가 좀처럼 나가지 않고 있다. 긴 열차여행은 무리다 싶지만 피할 수도 없었다.

며칠 전 〈프라우다〉지를 보다가 그녀는 심장이 멎을 듯 놀랐다. 휴전협정 이후 뜸했던 북조선 뉴스가 간만에 눈에 띈 것인데 제목이 "박헌영 부수상 체포"였다. 그가 반국가 반당 혐의로 체포되었으며 국가전복 및 미제 간첩활동 증거를 포착했다고 했다. 도대체 지금 북조선에서 무슨 일이 일어나고 있는가.

작년 여름 그의 젊은 아내가 모스크바에서 아들을 낳아 돌아간 이후 세죽은 내내 불안했다. 비비안나는 아버지가 관용차를 빼앗기고 걸어 다닌다는 그녀의 말을 전했다. 그가 만삭의 아내와 딸을 모스크바로 보내면서 돌아오지 말라고 했다니 보통 일이 아니었다. 그녀는 갓 태어난 아들을 안고 평펑 울더라 했다. 그리고 비비안나가 극구 말렸음에도 남편을 혼자 둘 수는 없다며 평양으로 돌아갔다 했다.

세죽은 〈프라우다〉를 읽고는 허둥지둥 하루를 보냈다. 가만히 있을 수도 없지만 그렇다고 할 수 있는 일도 없었다. 헌영은 애증의 저편에 있는 이름이고 기억 속에 머물러 있는 사람이고 20년

동안이나 서로 찾지 않았다. 더구나 이제 그녀와 아무런 관계도
아니어서 그가 북조선에서 일급정치범이 된다 해도 그녀가 다시
유형 보내지는 일은 없을 것이다. 하지만 운명의 끈이란 게 있어
서 그에게 비운이 닥칠 때 그 비릿한 고통의 냄새가 그녀의 코끝
에 닿았다. 그날 밤 잠들기 위해 세죽은 한동안 끊었던 보드카를
다시 입에 댔다. 미몽사몽의 하룻밤을 보내고 이튿날 아침 세죽은
공장 소비에트로 가서 여행 허가를 신청했다.

'모스크바에 가야 해.'

문제는 비비안나였다. 헌영은 아이의 아버지이고 소련과 북조
선 당국에 공식적으로 알려진 부녀관계였다. 소련과 북조선은 다
른 나라였지만 또한 같은 나라였다. 아버지가 미제 간첩인데 딸이
무사할 수는 없는 것이다. 세죽은 1937년의 악몽이 되살아났다.
한 남편은 일제 스파이였는데 다른 남편은 미제 스파이가 되었다.

카자흐스탄에 와서 세죽은 사람 목숨 질기다는 생각을 자주 했
다. 남편이 총살당하고 아들이 죽었는데 그녀는 살아 있었다. 앞이
캄캄했다가도 다시 밝아졌고 영영 웃음을 잃은 줄 알았더니 바보
처럼 히히덕거리는 일도 생겼다. 하지만 지금 비비안나에게 무슨
일이 생긴다면 그녀 인생은 그 순간 마감이다. 단 하루도 더 붙들
고 있지 않을 것이다. 그녀는 무슨 일이 닥치든 딸 곁에 함께 있어
야겠다고 마음먹었다.

카자흐스탄 수도 알마티에서부터 이틀 동안 달려온 열차의 이
층침대에 누운 세죽은 카자흐어와 러시아어 숲에서 벙어리처럼
입을 봉한 채 창밖만 내다보았다. 열차는 사르다리아강을 따라 북

서쪽으로 달렸다. 눈발이 굵어졌고 잿빛 하늘은 오후 5시에 벌써 컴컴해졌다.

세죽은 딸이 가여웠다. 부모의 품이 무엇인지 모르고 자란 아이였다. 스무 살에 되찾은 아버지인데 이렇게 다시 잃어버리고 마는 건가. 딸은 이제 어떻게 될 것인가. 스탈린은 죽었지만 연방보안위원회도 류반카도 KGB도 그대로다.

기차가 흔들릴 때마다 껌뻑껌뻑 졸고 있는 흐릿한 실내등 아래서 세죽은 긴 한숨을 내쉬었다. 헌영의 새 아내는 아름답고 착한 여자랬는데 어린아이 둘은 이제 어찌 될까.

다음 날 아침 열차는 사르다리아강 하구를 끼고 달렸다. 갈대숲이 흰 눈에 잠겨 있고 그 위로 눈이 내리고 있었다. 침대칸 통로 가운데 난로에 장작이 훨훨 타는데도 이층침대에선 발끝이 시렸고 유리창에 성에가 끼었다. 어깨가 떡 벌어진 카자흐 남자가 난로 옆에서 손도끼로 장작을 패고 있었다. 자세히 보니 땔감처럼 검고 딱딱한 그것은 흑빵, 홀레브였다. 남자는 혼자 말없이 앉아 있는 그녀가 측은해 보였던지 도끼로 쪼갠 홀레브 한 조각을 그녀에게 내밀었다. 그녀는 우유통에서 찬 우유 한 컵을 따라 홀레브와 함께 먹었다. 남자가 몇 날 며칠 베고 잤을 흑빵은 껍질이 반질반질 윤이 나고 바싹 말랐지만 속살은 부드러웠고 입 안에서 금세 녹았다. 그제야 세죽은 어제저녁부터 아무것도 먹지 않았다는 데 생각이 미쳤다.

퍼붓는 눈보라 사이로 회색의 바다가 보였다. 아랄해였다. 해안을 따라 달리던 열차는 이제 우랄산맥 자락을 타고 오르기 시작

했다. 열차가 덜컹댈 때마다 실내등이 깜빡거렸고 세죽은 기침이
났다.

오르스크 역에 오니 가슴에 검은 리본을 단 사람들이 눈에 띄었
다. 스탈린 애도 기간은 끝났는데 애통함이 남은 사람들일까. 아니
면 오르스크 시는 아직 애도 기간 중인 걸까. 지난 3월 5일 스탈린
이 죽었을 때 그릴오그다에신 고려인이나 카자흐인이나 까닭 없
이 싱글벙글했다. 끼리끼리 모이면 쉬쉬하면서 스탈린 욕을 했다.
내 아들 죽이고 15년을 더 살았구나. 썩을 놈. 우리를 이 중앙아시
아벌판에 패대기쳐놓더니. 제명에 죽은 거 아닐 거야. 누가 수프에
독을 탔겠지. 지 마누라도 그렇게 죽였잖아.

그 무렵 세죽은 딸의 편지를 받았다. 비비안나는 며칠 동안 눈
이 퉁퉁 붓도록 울었다고 했다. 딸은 자애로운 아버지를 잃은 효
녀처럼 슬퍼했다.

"이제 5차 5개년계획은 어떻게 될까요. 스탈린 아버지 대원수가
안 계시는데 이제 5개년계획은 누가 할까요. 소련이 부강해질수록
자본주의 제국들의 공세가 심해질 텐데 대원수가 돌아가셨으니
적들이 이때다 하고 쳐들어오지 않을까요? 미 제국주의 놈들이 이
번에는 모스크바에 핵폭탄을 떨어뜨릴지도 몰라요."

스탈린의 죽음은 비비안나를 슬픔을 넘어 충격과 공포에 몰아
넣었고 세죽의 몇 마디 말로 진정될 수 있는 수준이 아니었다. 비
비안나 세대에게 스탈린은 정치지도자가 아니라 아버지이고 유일
신이었다. 스물이 넘고 결혼을 하고 아이도 낳았지만 비비안나는
언제나 스탈린 앞에서는 혁명가자녀보육원 원생이었다. 세죽은

딸을 이해했다. 아이 아버지는 박헌영이 아니라 스탈린이었다. 박헌영은 낳아놓고 달아났는데 스탈린이 먹이고 입히고 키워준 것이다. 사실 세죽 자신이 바랐고 또 자초한 바였다. 그녀는 딸이 스탈린체제에 유아처럼 순종하길 바랐다. 그녀는 스탈린에 대한 증오를 딸이 눈치챌까 봐, 증오가 전염될까 봐, 운명이 대물림될까봐, 철저히 감추었다. 유형 온 사실조차 숨겼다. 하지만 더 깊은 곳에 숨겨진 또 하나의 진실이 있었다. 그녀는 아버지 대원수를 험담했다가 딸에게 고발당하는 일만은 피하고 싶었다.

다만, 하나뿐인 혈육에게서 자신의 비운에 대해 공감을 얻지 못한다는 것, 증오와 분노의 감정을 공유할 수 없다는 것이 외로웠다. 스탈린이 죽자 그녀는 허탈했다. 스탈린을 미워하다가 한 시대가 갔고 스탈린이 죽고 나서 돌아보니 자신도 늙어 있었다. 오르스크 역 구내에도 스탈린 동상이 있었다. 두 아동과 이야기를 나누는 인자한 모습의 반신상이었다.

열차는 우랄산맥 옆구리로 달리고 있었다. 동쪽으로 시베리아 벌판에서 방설림을 뚫고 온 눈보라가 유리창에 부딪쳤다. 뿌옇게 때가 앉은 유리창에 다시 하얗게 성에가 끼어 세죽은 수시로 유리창에 입김을 불고 옷소매로 성에를 닦아내고서 바깥을 내다보았다. 철로변에 줄지어 선 히말라야시다와 전나무들이 눈을 이고 있다가 열차가 지날 때 눈 무더기를 후두둑 떨구었다. 눈 덮인 산간마을에선 간혹 눈썰매들이 사막의 낙타처럼 행렬을 이뤄 장관이었는데 말이나 개가 끄는 눈썰매들 사이에 둥근 뿔을 달고 허리가 굽은 산양이 느릿느릿 끄는 썰매도 있었다.

열차에서 사흘째 접어들면서 기침이 점점 심해졌다. 세죽은 기침 때문에 뜬눈으로 밤을 지샜는데 열차 칸의 다른 사람들도 기침 소리에 잠을 이룰 수 없었는지 카자흐어로 불평하는 소리가 들렸다. 그녀 아래 칸의 마음씨 좋은 카자흐 남자는 다음 번 스베들롭스크 역에서 병원에 가보라고 했다.

눈보라 치는 밤 속으로 열차가 달렸다. 흐릿한 실내등 하니기 남아서 껌뻑거리고 차창을 기웃거리는 달빛도 없이 어둡고 긴 겨울밤이었다. 덜컹거리며 철로 위를 구르는 열차 소음 속에 비스듬히 누워 기침 사이사이 언뜻언뜻 잠이 들 때 세죽은 비탈리를 품에 안고 있었다. 아이는 눈곱이 잔뜩 끼어 눈을 뜨지 못했다. 비몽사몽 간에 〈강철은 어떻게 단련되었는가〉의 작가 오스트롭스키의 얼굴도 떠올랐다 사라졌다. 이 불세출의 소설가는 레닌훈장을 받은 다음 해 우크라이나에서 모스크바로 올라오는 열차에서 죽었다. 고작 서른셋 나이에. 러시아에서는 무수한 사람들이 열차에서 죽었다. 일생의 많은 부분을 열차 안에서 보내다 열차 안에서 태어나기도 죽기도 하는 것이 지구상에서 가장 넓은 영토를 가진 러시아 사람들의 운명이었다. 그래서 간이역 철로변에서는 나뭇가지 십자가가 꽂혀 있는 작은 무덤들을 심심찮게 볼 수 있다.

한겨울의 열차여행은 끔찍하다. 낮은 잠깐이고 밤은 길었으며 객실 침대 위에서 우유가 얼었고 창문을 열면 송곳 같은 찬바람이 들이쳐 공기가 탁해도 창을 열 수 없었다. 겨울 열차 안에서 사람들은 폐렴이나 기관지염에 걸렸다.

내 이번 모스크바에서 돌아오면 이 지긋지긋한 열차여행을 다시는 하지 않을 테다. 당장 다시 복권 소송을 내고 카자흐스탄생활을 청산하고 말리라. 스탈린도 죽었는데.

다시 해가 뜨고 낮이 오면 기침이 많이 가라앉았다. 어느덧 스베들롭스크 역이었다. 표지판에 예카테린부르크라는 차르시대 이름도 함께 적혀 있다. 우랄산맥 자락에 올라앉은 이 도시는 시베리아에서 모스크바로 넘어가는 문턱이었다. 또한 유럽의 시작이었다. 유럽풍 석조건물들과 반듯한 포장도로가 그것을 말해주었다.

세죽은 열차에서 내렸다. 그녀는 우편국으로 가서 모스크바의 딸에게 열차의 도착 시간을 알리는 전보를 쳤다. 영문 모르는 딸은 깜짝 놀랄 것이다. 그녀는 약국에서 감기약을 사고 잡화점에 가서 손녀를 위한 장난감을 고른 다음 콜호즈 부녀들이 운영하는 간이음식점에서 따뜻한 우유와 삶은 감자를 샀다.

열차는 이제 서쪽으로 달리기 시작했다. 우랄산맥의 고원은 넓어서 가도 가도 평원이다. 자욱한 설무雪霧 사이로 우랄의 연봉들이 언뜻언뜻 모습을 드러냈다. 이제 이틀 후면 딸을 만나게 된다. 세죽은 한편으로 두려웠고 한편으로 설렜다. 늘 엄마를 밀어내기만 하던 딸이었는데 결혼하더니 갑자기 철이 들었고 아이를 낳더니 부쩍 살갑게 다가왔다. 아버지를 만난 다음부터 세죽에게 이따금 아버지와 어머니의 젊은 날에 대해 묻기도 했다. 자기가 근사한 부모를 가졌다 생각하는 것 같았고 세죽을 대하는 시선에도 호감이 느껴졌다. 그녀는 이번엔 딸에게 모든 것을 이야기할 생각이다. 스탈린이 내게 무슨 짓을 했는지. 이제는 김단야에 대해 이야기할 수 있을 것 같다. 불우하게 태어나 불우하게 죽은 이부동생에 대해서도.

세죽의 침대 아래 칸에는 카자흐 사람이 내리고 타타르인 부부가 들었다. 부부의 이야기는 한마디도 알아들을 수 없었다. 열차는 설원을 지나고 철교를 건너고 서쪽으로만 달렸다. 창밖으로 눈벌판이 햇빛을 받아 빛난다 싶더니 다시 눈이 퍼부었고 설원 위로 황혼이 물들다가 다시 눈보라가 몰려왔다. 세죽은 이따금 정신이 까무룩히 멀어졌다 돌아오곤 했다. 사방에서 사람들 떠드는 소리가 들려왔다. 서로 다른 언어들이 들어와서 싸우느라 그런지 머리가 빠개질 듯 아팠다. 불덩이 같은 비탈리를 안고 있다 싶은데 정신이 들고 보니 자신의 몸이 불덩이였다. 입 안이 마르고 목구멍이 따가웠다.

세죽은 크질오르다를 떠난 지 엿새 만에 모스크바에 도착했다. 유형 떠날 때는 열흘 길이었는데 경제5개년계획이 세 바퀴 도는 사이 열차와 철로 상태가 좋아진 것이다. 세죽이 기차에 오를 때보다 열 배쯤 무거워진 짐가방을 들고 중앙역 플랫폼에 내려설 때 찬바람이 갈퀴처럼 얼굴을 훅 긁고 지나갔다. 기침이 연달아 터졌고 옷소매로 입을 가리자 흰 소매 끝에 붉은 피가 묻어났다. 온몸이 후들후들 떨렸다. 짐가방도, 두 다리도 쇳덩이처럼 무거웠다.

'이놈의 모스크바! 37년 대학살 때 겨울도 오지게 추웠는데. 남자들이 길가에서 오줌을 누면 고드름이 되어 떨어졌지.'

세죽이 짐가방을 바닥에 내려놓고 휴, 한숨을 내쉬었다. 입김이 하얗게 얼어 싸락눈처럼 흩어졌다. 사위 빅토르가 달려와 세죽의 손을 잡았다. 그녀가 두리번거렸다.

"비비안나는?"

"지방공연 갔답니다. 다음 주에 돌아와요."

빅토르는 연신 기침을 해대는 세죽을 부축하며 전차역을 향해 걷다가 안 되겠다 싶었던지 택시를 불렀다. 택시 뒷좌석에 타자 세죽은 젖은 빨래처럼 늘어졌다. 며칠간 퍼붓던 눈이 그치고 하늘이 파랗게 갰다고 빅토르가 말했다. 그녀는 무거운 눈꺼풀을 들어 올려 창밖을 보았지만 흰 눈에 덮인 거리도 파랗게 갰다는 하늘도 분간이 가지 않았고 온통 흐릿한 회색뿐이었다.

집에 도착하자 빅토르는 세죽을 업어서 침대로 옮겼다. 빅토르가 물수건을 세죽의 이마에 올려놓았다.

"긴 여행에 너무 무리하셨어요. 갑자기 무슨 일로?"

세죽은 숨이 가쁘고 정신이 혼미해 말을 할 수 없었다. 그녀는 대답 대신 가방에서 여러 날 지난 〈프라우다〉지를 꺼냈다.

빅토르가 비상전화로 구역 의사를 불렀다. 의사는 폐결핵이라 했다. 체온이 40도였다.

"비비안나에게 전보를 쳤어요. 지금 키예프에 있는데 당장 떠난다 해도 모레 아침에나 도착할 겁니다. 조금만 기다리세요."

세죽은 앰뷸런스에 실려 병원에 옮겨졌다. 빅토르가 병상 옆을 지켰다. 세죽은 자신이 지금 눈을 뜨고 있는지 감고 있는지 분간이 가지 않았다. 잠자고 있는지 깨어 있는지도 분간이 가지 않았다. 사위와 간호사가 부산대는 모양이 어른거리고 뭐라 떠들어대는 소리도 웅웅거렸다. 문득, 어릴 때 자란 함흥 집 마당인데 빅토르와 비비안나가 있고 어머니도 보였다. 어머니는 말씀이 없다. 세죽은 딸과 사위에게 처음으로 외할머니와 외할아버지 이야기를 했다. 아버지와 조선을 탈출해 블라디보스토크에서 딸을 낳은 일, 김단야를 만나 살게 된 이야기도 해주었다. 아주 긴 이야기였다. 이상하다. 조금 전에 함흥 집에서 딸과 사위에게 옛날 얘기를 해주고 있었는데 여긴 또 어딘가. 직십자 갭을 쓴 금발의 간호부가 보이고 빅토르가 상체를 숙인 채 뭐라 말하는데 한마디도 알아들을 수 없다. 애가 도대체 어느 나라 말을 하는 거야. 러시아어로 하라니까. 그런데 비비안나는 왜 안 보이지. 비비안나에게 말조심 몸조심하라 일러야 하는데, 스탈린이 우리 가족을 어떻게 했는지 말해주어야 하는데.

눈앞에서 빅토르의 그림자가 희미해졌고 마침내 어둠이 시야를 가득 메웠다. 어둠이 너무 무거워 세죽은 입술을 들어올리기조차 힘들었다. 그녀는 어렵게 한마디를 마치고 입을 닫았다.

"너무 피곤하구나. 비비안나에게 고맙다고 전해주게."

그날 밤 세죽은 세상을 떠났다.

마지막 순간이 임박했다고 느낀 빅토르가 "누구한테 연락해드릴까요?" 했을 때 그녀는 아무 대답을 하지 않았다. 딸을 지키러 왔다가 딸도 보지 못하고 죽는, 마지막까지도 어긋나는 자신의 운명을 되새기고 있었을까. 전쟁터와 감옥에서 비명횡사하거나 국경을 넘다 객사해 마땅한 험난한 시대에 침대 위에서 자연사를 누리게 되어 감사해하고 있었을까. 그녀는 거친 호흡을 몰아쉬더니 마침내 고요해졌다.

다음 날 비비안나가 돌아왔다. 그녀는 시신이 된 어머니의 모습을 마지막으로 보았을 때 눈물을 흘렸다. 하지만 스탈린 대원수가 돌아가셨을 때처럼 통곡하지는 않았다. 빅토르가 임종 때 어머니의 모습을 전했다.

"어머니는 병원에 옮겼을 때 이미 의식불명이셨어. 혼수상태에서 한국말로 무슨 얘기를 많이 하셨는데 간간이 비비안나 이름을 부르셨지."

딸과 사위는 장례미사를 드렸고 유해는 화장해 모스크바 시내 단스키 수도원 납골당에 모셨다. 작은 몸에 거대한 상처였고 짧은 인생에 긴 사연이었다. 묘비명은 간단했다.

"한베라 1901-1953."

비비안나는 생애 처음으로 크질오르다에 갔다. 결혼하던 해에 어머니에게 가겠다 했지만 곧 임신을 하는 바람에 갈 수 없었다. 크질오르다 주 내무위원회로부터 아파트가 곧 다른 사람에게 배정될 계획이라는 통고를 받고 비비안나는 잠시 망설이다 어머니의 살림을 수습하고 유품을 정리하러 가기로 결정했다.

어머니의 집은 붉은 벽돌로 지어진 낡은 공장노동자 공동주택 안에 있었다. 침실 하나에 작은 거실이 딸려 있는, 7평쯤 될까 싶은 독신자용 아파트였다. 어머니의 거실은 소박했다. 작은 책장에 책은 몇 권 없고 〈프라우다〉지와 지역 당에서 발행하는 월간지들이 쌓여 있었다. 벽에는 액자 세 개가 걸려 있었다. 결혼식장의 비비안나와 빅토르, 무대 위에서 몽골 춤을 추는 비비안나, 그리고 모이세예프무용학교 시절의 비비안나와 어머니. 모두 비비안나 사진이었다. 식탁 한 켠에는 빈 화병과 반쯤 남은 보드카 병이 놓여 있었다. 침실에는 붙박이 장롱이 전부였다. 비비안나는 장롱에서 한복 한 벌만 챙기고 나머지 옷들은 구역 소비에트 사무실에 기증하기 위해 박스에 담았다. 죽을 걸 알고 미리 뒷정리해둔 듯 신두 해가 남긴 흔적은 소략하고 정갈했다.

거실 선반에는 사진첩이 놓여 있었다. 비비안나는 식탁에 앉아 사진첩을 펼쳤다. 어떤 사진들은 절반씩 잘려 있기도 한 것이 필시 신분을 숨겨야 했거나 누군가를 보호해야 했던 시절의 흔적일 것이다. 비비안나는 몇 장의 빛바랜 사진 속에 들어 있는 젊고 아름다운 여성의 얼굴에서 눈을 뗄 수 없었다. 비비안나는 단 한 번도 어머니가 미인이라 생각해본 적 없었다. 친구 어머니들과 달리 노랗고 납작한 아시아 여자일 뿐이었고 말년에는 늙고 지친 고려인 할머니 이상도 이하도 아니었다. 이민족사회에 버려진 가난하고 외롭고 병든 여인의 운명이란 이 젊고 아름다운 여성에겐 당치도 않다는 생각에 비비안나는 고개를 가로저었다. 대리석 조각상처럼 반듯하고 수려한 이목구비에 생기발랄하고도 단호한 눈빛은 체념이나 불우함과는 거리가 멀었다. 이 여인 옆에 어깨를 포개고 앉아 있는 안경잡이 남자는 곱슬머리에 꽉 다문 입매와 완강한 턱이 단단하고 강인해 보이는 인상이었다. 두 사람 앞에 앉아 있는 돌잡이 아기, 아버지 쪽을 더 닮아 오종종하게 생긴 이 아기가 바로 비비안나 자신이었다.

비비안나가 두 분이 어떻게 사랑하게 됐냐고 어머니에게 물은

적 있다.

"네 아버지는 지금도 모르고 있겠지만 먼저 사랑한 건 엄마였단다. 겉으론 강해 보이지만 속은 따뜻하고 여려서 상처가 많은 사람이거든. 내가 보듬어주고 싶었어. 모성애라고 할까."

비비안나는 다른 한 장의 사진에 눈길이 멎었다. 개울에 세 여자가 발 담그고 물놀이하는 사진이었다. 가운데 세일러복의 여자는 어머니가 분명하고 오른쪽은 허정숙 아줌마 같은데 왼쪽의 또 한 여자는 누구일까. 모두 산뜻한 단발인데 지금 내 나이쯤이겠군. 엄마에게도 이런 시절이 있었구나.

"딸인가."

열린 현관문으로 낯선 여자가 들여다본다. 중년의 카자흐 여자였다. 비비안나가 웃으며 인사를 하자 여자가 현관으로 한 발짝 들어섰다.

"베라가 세상을 떠났다면서요? 어쩌나. 좋은 사람이었는데. 이 동네에서 제일 유식한 여자였지. 〈프라우다〉를 읽는 여자는 혼자였으니까. 모스크바의 딸 이야기를 많이 했어요. 그래도 따님이 임종을 했으니 신의 은총이지. 베라가 낯선 땅에 유형 와서 외롭게 지내느라 맘고생을 많이 했지."

"유형이라니요? 어머니는 집단이민 조치로 오셨는데."

여자는 당황해서 말을 더듬었다.

"아, 아니, 무슨 소리유?"

여자는 혼잣소리로 중얼댔다.

"틀림없이 유형수 신분이었는데. 내가 잘못 알았나. 아무렴 딸이 맞겠지. 그런데 어머니는 어디, 모스크바에 모셨수?"

여자는 궁금한 것이 많았다. 비비안나는 사진첩을 접고 짐 정리를 서둘렀다. 공장 소비에트의 공동주택 관리인과 만날 시간이었다.

우리는 결국
미국을 보지 못한
콜럼버스들이었소
-1956년 평양

✳

 박헌영이 지난 연말 재판에서 사형판결을 받은 후 지금 어디 있는지 알 수 없다. 내무성 지하감옥에 있다고도 하고 평북 철산군 산중에 있다고도 했다. 정숙은 지금도 재판정에 선 헌영의 카랑카랑한 목청이 이명처럼 울려오면 마음이 어수선해진다.

 1955년 12월 15일, 남로당파의 마지막으로 열린 박헌영 재판엔 내각의 상과 부상급이 모두 참관했고 그녀도 물론 그 자리에 있었다. 그건 한마디로 이상한 회합이었다. 한때 공화국을 함께 건설했던 내각의 동료들이 모처럼 모였는데, 박헌영 후임으로 부수상이 된 최용건과 내무상 방학세가 재판관으로, 사형선고 받고 이미 처형된 줄 알았던 조두원 이강국 권오직이 증인으로, 허정숙과 최창익은 방청객으로, 그리고 그 모두의 상관이었던 박헌영은 피고인 신분이었다. 옛 남로당원들이 그를 탈출시켜 일본으로 망명했다는 외신보도가 문화선전성에 타전돼오기도 했지만 박헌영은 체포된 지 3년 만에 예전보다 많이 마른 얼굴로 재판정에 나타났다.

꼬박 하루 재판이 진행됐고 반당 종파분자의 두목이자 특급 미제 간첩이라는 죄목에 박헌영은 이의를 제기하고 재판관들과 언쟁을 벌였지만 최후진술에서는 모든 걸 체념한 듯했다.

"그렇소. 나는 미국의 스파이였소. 모든 것은 내가 주도했고 남로당 간부들은 전혀 책임이 없소. 그들은 모두 조국의 해방과 통일, 사회주의혁명 과업을 위해 밤낮으로 일해온 애국자들이오. 내 죄과는 다 받겠으니 남로당 간부들은 면죄해주시오."

특별재판장 최용건이 한 시간에 걸쳐 읽은 판결문의 혐의 사실 목록은 〈여자시론〉으로 시작했다.

> 피소자 박헌영은 1919년경 서울에서 잡지 〈여자시론〉의 편집원으로 있을 때부터 동 잡지를 주간하는 친미분자 차마리사와 기독교 선교사로서 연희전문 교원으로 있던 미국인 언더우드와의 친교를 이용하여 숭미사상을 품게 되었고 1925년 11월 초순 일제 경찰에 체포되자 변절하여 각지의 지하 비밀조직을 고백하고 지도적 간부들을 고발함으로써 일제의 주구로서 조선혁명운동 탄압에 복무하였으며 그 대가로 정신착란이라는 구실 밑에 보석의 명목으로 석방되었고….

사형 및 전 재산 몰수를 선고하는 것으로 재판이 끝났을 때는 밤 10시가 넘어 있었고 방청석의 소련파와 연안파 인사들은 서로 눈길을 피하면서 캄캄한 평양 거리로 뿔뿔이 흩어졌다. 박헌영의 부인과 아이들이 어디로 갔는지는 알 길이 없다. 박헌영이 혐의 내용을 시인하는 대신 아내와 두 아이를 해외로 내보내기로 약속

받았다고 들었지만 그렇게 된 것 같지는 않았다.

평양에 다시 봄이 오고 여름이 왔다. 장마가 시작되고 있었다. 정숙은 내각청사의 문화선전상실에 앉아 창밖으로 대동강을 내려 다보았다. 잿빛으로 흐르는 강물 위에 휘늘어진 짙푸른 수양버들 이 비에 젖고 있었다.

전쟁을 겪고 님편이 총살당하고, 세상 살면서 이보다 더한 일이 야 앞으로 또 있겠는가, 최악의 시련을 겪었고 잘 극복했다 여겼 었다. 그러나 박헌영과 남로당파의 일은 더 지독했다. 새 남편보다 오랜 친구의 비운이 그녀 마음에 훨씬 크고 깊은 파문을 가져왔 다. 하지만 이 역시 견뎌나가는 중이다. 재작년 맏이를 늦장가 보 내고 첫 손주를 품에 안았다. 선택의 여지가 없었다. 살아야 한다 는 것밖엔. 남로당파가 체포될 때 소련으로 유학 갔던 이승엽이나 이강국의 아들들이 줄줄이 불려 들어와 내무성에서 조사받는 걸 보았고 그 뒷소식은 듣지 못했다. 어찌할 수 없는 상황이라면 견 딜 수밖에 없는 것이다. 다만 질풍노도 한가운데서 고독이 깊어질 뿐이다.

올 들어 내각청사에서 연안파나 소련파 간부들을 만나면 하나 같이 생각이 복잡한 표정들이었다. 국제정세 자체가 복잡했다. 30 년 스탈린체제는 이름처럼 강철로 지은 성이라 무너질 때의 소동 은 상상을 넘는 것이었다. 스탈린 사후 3년에 일어난 일들을 생각 하면 정숙은 어질어질했다. 스탈린은 전 세계 공산주의 인민들의 어버이이자 유일신의 자리로부터 격하에 격하를 거듭한 끝에 '학 살자, 독재자 스탈린'으로 낙착됐다. 그리고 소련공산당대회에서 제1서기 후르시초프는 스탈린의 1인독재와 개인숭배를 비판했고 향후 레닌주의에 입각한 집단지도체제를 추진할 것이며 미국을 비롯한 자본주의국가들과 평화공존을 지향하겠다고 선언했다. '미 제국주의 원쑤'들을 내쫓자고 해방전쟁을 했던 북조선으로서는 황당한 일이었다. 스탈린 매뉴얼대로 만든 정치체제는 혼란에 빠졌고 미 제국주의 타도라는 정치목표는 과녁을 잃어버렸다.

2차대전 후 공산주의 세계는 스탈린의 태양계였다. 김일성은 '스탈린 키드'였는데 스탈린의 죽음으로 스탈린 키드들이 도미노처럼 무너졌다. 폴란드, 헝가리 등 동구권 지도자들이 잇따라 교체되거나 1인지배체제를 포기해야 했다. 패전 책임에서 빠져나온 김일성이 새로운 시험에 든 것이다. 하지만 김일성은 스탈린 사후의 혼돈과 후르시초프의 수정주의 바람을 차단하고 자신의 지배체제를 지키는 비책을 발견한 것 같았다. '주체'가 그것이었다.

1955년 12월, 당 선전선동 일꾼들에게 연설하면서 '주체'라는 말을 처음 쓴 이후 김일성은 이 단어를 자주 입에 올렸다.

> 사상사업에서 주체가 똑똑히 서 있지 않기 때문에 교조주의와 형식주의의 과오를 범하게 되며 우리 혁명사업에 많은 해를 끼치게 됩니다. 조선혁명을 하기 위해서는 조선 역사를 알아야 하며 조선 인민의 풍속을 알아야 합니다….

> 소련에서는 국제긴장 상태를 완화하는 방향이니 우리도 미 제국주의를 반대하는 구호를 집어치워야 한다고 합니다. 이런 주장은 우리 인민의 혁명적 경각성을 무디게 하는 것입니다. 미

제국주의자들은 우리 강토를 불태우고 무고한 인민들을 대량
적으로 살육하였으며 지금도 계속 우리 조국 남반부를 강점하
고 있는 천추에 잊을 수 없는 우리의 원쑤가 아닙니까… 어떤
사람들은 소련식이 좋으니 중국식이 좋으니 하지만 이제는 우
리식을 만들 때가 되지 않았습니까.

'주체'는 이제 특별한 사상의 명칭이 되었다. 김일성이 북조선의
생존전략이라 했던 이 신생 이념은 기실은 그 자신과 가계의 생존
전략이 되었다.

1956년 4월 당대회에 소련 대표로 온 당 서기 브레즈네프는 북
조선도 후르시초프의 새 노선에 협력하라고 강력히 요구했다. 뒤
따라 나온 북조선 정치가들의 발언은 구차한 변명이 될 수밖에 없
었다. 최고인민회의 상임위원장 김두봉은 김일성 수상이 집체적
지도체제를 견지해왔는데 박헌영이나 이승엽 같은 종파주의자들
이 방해했던 것이라고 말했다. 수상은 국내 종파주의자들의 영웅
주의 책동에 대한 공격을 퍼부으면서 그 옛날의 화요파, ML파, 서
울파, 서울콤그룹까지 들먹였지만 그의 보고는 갈팡질팡 혼란스
러웠다.

4월 당대회에서 코너에 몰렸던 수상은 6월 1일, 50일간의 해외
순방을 떠났다. 형제국들에 경제원조를 구하러 소련, 동독, 폴란드
등을 방문한다 했지만 차관 빌리는 일보다 정치적인 문제가 급하
다는 건 불 보듯 환했다.

노크 소리와 함께 출입문이 열렸다. 수상실에서 내각회의 소집

통고가 왔다고 국장이 말했다. 수상이 해외순방을 마치고 돌아온 것이 며칠 전이었다.

"수상 동지께서 이번에 성공적으로 9개국 순방을 마치고 돌아오셨는데 성공적인 순방 결과에 대한 보고가 계실 예정이라 합니다."

국장이 회의자료를 정숙의 책상 위에 올려놓았다. 수상실에서 순방의 성공을 강조했던 모양으로 국장은 거듭 성공이라는 말을 사용했다.

"수상 동지께서 종파주의자 박헌영을 즉각 처결토록 지시하셨는데 그 결과에 대해 내무성에서 특별보고가 있을 거라 합니다."

귀국하자마자 처형부터 서둘렀다니 소련과 중국 눈치를 보느라 시간을 끌어오던 수상이 뭔가 확신을 얻고 돌아온 게 분명했다. 박헌영, 그가 이미 이 지상에 없다는 얘기였다. 그가 세상을 떠난 것이 어제였을까, 그제였을까.

음산한 여름이었다. 눅눅한 평양의 공기에서 정숙은 일상적으로 죽음의 냄새를 맡았다. 헌영이 죽은 다음부터 정숙은 이제 여생을 사는 기분이었다.

비서가 부수상께서 오셨다고 알렸다. 최창익이 그녀의 집무실로 들어섰다. 그는 아침에 전화를 해 내년도 예산과 1차 5개년계획에 대해 협의하러 오겠다고 했다. 올해로 인민경제복구발전 3개년계획이 끝나면 내년도 1957년부터 제1차 5개년계획이 시작된다. 예산 협의가 필요한 건 분명했다. 다만 부수상 겸 재정상이 직접 문화선전상을 찾아온다는 게 이례적이었다. 문화선전성 입장에서야 황감한 일이지만 정숙은 뒤숭숭했다.

창익은 제1차 5개년계획의 예산안 내역을 탁자 위에 놓고는 몇 가지 요점을 설명했다. 우선, 수상이 9개국 순방에서 받아온 원조가 소련 차관 3억 루블뿐이라는 것. 후르시초프가 원조를 대폭 삭감하리라는 건 정숙도 예상했던 바였다.

"부득이 예산 규모를 줄여야 하게 생겼소. 최소 20억 루블 이상을 확보하는 걸로 예상해서 예산을 짰났으니까."

"5년에 3억 루블이니 많이 깎였군. 경제복구 3개년 때 10억 루블이었는데."

창익은 수상의 중공업 우선정책에 따라 다른 예산이 축소 조정될 수밖에 없다고 했다. 5개년계획은 전력과 기계, 석탄, 화학, 공업 쪽에 주력해 공장건설, 기술개발, 광업생산에 예산이 집중된다. 전쟁으로 공사가 중지된 독로강발전소와 강계발전소를 완공하는 예산보다 문화선전성 전체 예산이 더 적은 실정이다. 그는 문화선전성의 예산 내역을 비교적 상세히 파악하고 있었고 정숙의 의견을 귀담아듣고는 몇 가지는 반영하겠다 했고 그렇지 않은 부분에 대해서는 수정안을 내놓았다.

업무 얘기를 마친 뒤 창익은 며칠 뒤로 돌아오는 허헌의 기일을 언급했고 정숙은 창익이 환갑잔치를 어떻게 하려는지 물었다.

"글쎄올시다. 어디 잔치한다고 내놓고 말할 수나 있겠소. 요새 분위기가."

"그렇다고 건너뛰면 집에서 섭섭해하실 텐데."

"세월은 가는데 넓적다리에 살만 붙는구려. 유비가 비육지탄髀肉 之嘆이라 하더니."

수상 빼고는 내각에서 최고 막강한 자리였지만 그 자리가 지금 바늘방석이었다. 수상이 지난봄 당대회에서 조선공산당을 종파주의의 온상이라 공격하면서 그 옛날의 서울파까지 끌고 나왔는데 그 서울파의 태두가 최창익이었다.

"지금 국제정세는 얼음이 풀리는 중인데 평양은 거꾸로요. 얼음이 도로 얼어가고 있소."

창익이 갑자기 목소리를 낮추었다.

"브레즈네프 서기가 지난 당대회에 와서 발언하지 않았소. 소련이 북조선에 변화를 요구하고 있소. 북조선으로서는 건실한 사회주의체제를 재정립할 수 있는 기회가 아닌가 싶소."

형제국 형제당들이 서로 당대회를 친선 방문하고 보름씩 한 달씩 머물면서 우의를 다지는 게 프롤레타리아국제주의의 관례지만 지난 4월 브레즈네프의 방문은 친선 수준이 아니었다.

"후르시초프 평화공존 노선이 남북 조선에 하나의 기회가 될 수 있소. 우리는 모스크바 3상회의 결정을 걷어차버렸지만 오스트리아는 4대국 보호통치에 들어갔다가 작년에 10년 만에 중립국가가 되어 독립하지 않았소."

그는 한반도 중립화 통일을 이야기하고 있었다. 탁월한 동시에 위험천만한 발상이었다. 모두 홍수에 휘말린 사람들처럼 넋 잃고 허우적거릴 때 창익은 이따금 그 모든 현실의 중압과 혼돈을 이기고 시원한 탁견을 내놓곤 한다. 창익이 늘 역사를 공부하는 데서 그 분별과 안목이 나오는 것이리라. 그녀는 내심 탄복했다. 하지만 말은 거꾸로 나왔다.

"이상론이에요. 남이나 북이나 현 지도체제가 그걸 원치 않으니까."

1946년이었다면 모르겠지만 한마디로 때늦은 처방이었다.

"알고 있소. 소반산 당 중앙위 전원회의가 있을 텐데 여러 가지로 준비가 좀 필요할 것 같소."

전원회의는 금시초문이었다. 또한 준비라는 말은 의미심장했다. 그가 이렇게 말할 적엔 필경 뭔가 진행되고 있다는 뜻이었다. 4월 당대회 직후 윤공흠이 그녀가 있는 자리에서 최창익에게 "곧 항미원조군이 완전 철수합니다. 그나마 중국군이 잔류하고 있을 때가 기회 아닙니까?"라고 했다. 휴전협정 무렵 박일우가 팽덕회를 만나고 와서 무정이 숙청당한 일로 북경에서도 불만스러워한다고 전하면서 윤공흠과 비슷한 말을 했었다. 중국군도 그렇지만 후르시초프의 수정주의 드라이브는 북조선체제를 흔들 절호의 기회인 게 사실이었다. 수상이 평양을 비운 동안 심상치 않은 분위기를 정숙도 눈치채고 있었다. 하지만 무엇으로 한단 말인가. 전쟁이 끝나면서 군 장성급은 빨치산파 일색이 됐고 조선인민군은 창설 10년에 수상 친위부대로 완전히 정리됐다.

정숙이 또박또박 힘주어 한마디를 던졌다.

"포기하세요!"

이제 둘은 중국어로 대화했다. 사방 벽에 귀가 있었다.

"군대도 보안도 다 수상이 가지고 있어요. 그와 타협하세요."

"당대회에서 당신도 봤잖소. 그쪽에서 먼저 칼을 뺐소. 팔짱 끼고 있다가 속수무책으로 당하냐, 한번 붙어보냐의 차이요. 여보, 이건 권력투쟁이 아니라 생존투쟁이오. 지금 우리 연안 사람들뿐 아니라 소련파나 남로당 쪽도 모두 부글부글 끓고 있소. 승산이 전혀 없는 싸움이 아니오."

창익의 얼굴에 주름살을 따라 피로색이 짙어 보였다. 정숙은 묵묵히 그의 얼굴을 들여다보다가 입을 열었다. 목청을 높였고 다시 한국말이었다.

"브레즈네프는 외모는 스탈린인데 성품은 레닌 쪽에 가까운 것 같아요. 우리 전통무용을 보여줬더니 아주 좋아하더군요."

엉뚱한 논평에 창익은 그녀를 물끄러미 바라보았다. 이윽고 그는 탁자 위의 예산서류를 천천히 추슬러 그녀 앞쪽으로 밀어놓고는 자리에서 일어섰다. 그녀는 말없이 돌아서서 나가는 그의 뒷모습을 바라보았다. 시선이 공연히 허벅지를 향했다.

남로당파가 줄줄이 체포돼 사형선고 받고 당에서 제명될 적에 창익은 부수상으로 승진해 몸을 사렸고 연안파는 수상 쪽에 섰다. 내무상이었던 박일우만이 무정이나 남로당 일을 불만스러워하다가 불충고발로 재판에 회부돼 졸지에 사형당했지만 연안파는 대체로 '아군 피해 없음'의 표정이었다. 권력 서열 1순위가 잘려나가면 그 자리가 우리 것이라는 계산이었다. 하지만 지나치게 낙관적인 계산 착오였다. 권력 서열 1순위가 아니라 숙청 서열 1순위가 됐다는 사실이 점점 분명해지고 있었다.

무정과 박일우는 정숙의 또래라 연안서부터 가깝게 지냈다. 그녀도 문득문득 옆구리가 시려왔다. 친구들이 차례로 곁을 떠나고 있었다. 창익이 다녀간 날부터 정숙은 불면에 시달렸다. 전원회의는 언제 소집될 것인가. 남로당파, 소련파가 차례로 거세되고 이제 우리 차례인가. 연안파가 숙청되는 날엔 그녀도 예외일 수 없었다.

창익이 다녀간 며칠 뒤 당 중앙위원회 전원회의 소집통고기 닐ᄼ았다. 회의는 8월 29일, 바로 내일이다. 50년 12월에도 그랬다. 전원회의를 극비리에 준비해 하루 전에 통고하는 건 불길한 징조였다. 결전의 날이 온 것인가. 아니면 창익이 칼을 칼집에 도로 집어넣고 수상 앞에 순순히 목을 내밀기로 한 것인가.

정숙이 회의장에 들어섰을 때 무덥고 끈끈한 공기가 얼굴에 훅 끼쳐왔다. 창문은 꼭꼭 닫혔고 벽에 매달린 선풍기들에서 맥없는 바람이 불어왔다. 해외순방 결과를 보고하는 김일성의 목소리는 굳어 있었고 회의장 공기는 숨소리 하나 없이 말라붙었는데 이따금 머리 위로 불어오는 희미한 선풍기 바람에서 왠지 쇳소리가 들려왔다. 정숙은 목이 바짝 타들어와 탁자에 놓인 물컵을 들어 목을 축였다.

공식 보고들이 끝나자마자 상업상 윤공흠이 발언 신청을 하고 단상으로 걸어 나갈 때 정숙은 사건이 시작되고 있음을 직감했다. 그러면 능히 고양이 목에 방울을 달겠다고 나설 만했다. 이등비행사였던 그는 식민 시절 테러에 쓸 비행기를 일본 군부로부터 불하받겠다고 도쿄에 가서 협상을 벌이다 체포돼 감옥살이했던 대담무쌍한 위인이었다.

"나는 이번 전원회의에서 반드시 개인숭배 문제를 토론해야 한다고 생각합니다. 이것은 마땅히 중앙위원회에서 제기돼야 하는 문제입니다."

윤공흠 입에서 그동안 쉬쉬했던 모든 문제가 하나씩 까발려지고 있었다. 조국해방전쟁에서 승리를 거두었다는 건 허황된 거짓말이며, 인민들이 당장 먹을 것 입을 것이 없는데 중공업에만 치중하는 것은 오류이며, 수상은 동지들을 멋대로 이용하고 잔인하게 처리해왔다는 것이다. 과거 10년의 금기들이 풍부한 사례와 함께 터져 나오는 동안 회의장은 경악했고 모두 얼빠진 듯했다.

"해방되던 해 조만식의 북조선민주당을 와해시켜버린 수상의 전술도 부도덕했습니다. 최용건 동지를 꼭두각시로 내세워 북조선민주당을 가로챘던 것 아닙니까."

"뭐라고? 말조심하시오."

윤공흠의 일장연설에 제동을 건 사람은 최용건 부수상이었다. 부수상석에 나란히 앉은 최창익이 최용건을 흘끗 돌아보며 점잖게 한마디 던졌다.

"토론은 당원의 정당한 권리요. 그것을 억압하는 것은 당내 민주원칙에 위배되는 거요."

곧이어 최창익이 과도한 중공업정책을 비판하면서 윤공흠을 거들고 나섰다. 소련파의 박창옥도 북조선이 후르시초프시대에 조응해 집단지도체제로 전환해야 한다고 가세했다. 하지만 박창옥의 발언은 바로 야유와 고함에 묻혀버렸다. 휴회가 선언되었다. 다시 회의가 시작됐을 때 윤공흠은 보이지 않았다. 그와 함께 수상을 비판했던 서휘와 이필규도 사라졌다. 더 이상 토론은 없었다.

연안파의 종파적 행위에 대한 집중포화 한가운데 최창익만이 묵묵히 앉아 있었다.

이틀째 회의는 "최창익, 윤공흠, 서휘, 이필규, 박창옥 동무의 종파적 음모행위에 대하여"라는 결정을 채택하고 이들을 제명 처분한 뒤 당 검열위원회에 회부했다. 최창익은 당과 내가의 모든 식채을 박탈당했다. 회의장의 거사는 실패로 끝났다. 8월 전원회의는 북조선 정부 수립 후 공식 석상에서 벌어진 가장 격렬한 노선싸움이었고 연안파와 소련파가 손잡고 수상파를 상대로 벌인 회의장 쿠데타였다.

윤공흠과 서휘는 회의가 중단됐을 때 회의장을 빠져나가 지프를 타고 그 길로 압록강 건너 중국으로 망명해버렸다. 창익도 함께 달아날 수 있었을 것이다. 하지만 그는 혼자 평양에 남았다. 가족 때문인지, 남아서 반란을 마무리하겠다는 것인지, 혼자 순교자가 되기로 한 것인지 알 수 없었다.

곧 소련의 아나스타스 미코얀 부수상과 중국의 펑더회 국무원 부총리가 평양으로 달려왔다. 박헌영 숙청 때는 수차례 반대 의사를 피력하고 말았던 모택동이 이번엔 펑더회를 보내 직접 개입했다. 연안에서의 우정도 우정이었지만 남로당 때와 달리 연안파는 일종의 토론을 시도했을 뿐, 군사행동은 없었던 것이다. 수상은 이례적으로 9월에 전원회의를 다시 소집해 미코얀과 펑더회가 참관한 가운데 '8월 종파사건의 주범들'을 모두 복권시켜야 했다. 수상이 "과오를 범한 동무들도 관대하게 포용해 반성의 기회를 준다"고 말할 때 붉으락푸르락한 얼굴에 애써 미소 지어 보였다. 대신 부수상 겸 재정상이던 최창익은 문화선전성의 문화유물보존관리국장으로 강등당했고 부수상 박창옥은 시멘트공장 부지배인으로 보내졌다. 옛 아내의 부하로 만들어버리는 것이 최창익에 대한 김일성의 복수였다.

문화선전성에 온 창익은 명색이 국장이라고는 하지만 아무런 일이 맡겨지지 않았다. 당 중앙의 지시였다. 직원들은 복도에서 최창익을 마주치면 역병 환자 보듯 종종걸음 치며 달아났다. 최창익을 아는 사람은 아는 사이라서, 모르는 사람은 모르기 때문에 그를 피했다. 정숙은 한때 부부였기 때문에 더욱 그에게서 멀찍이 비켜나야 했다. 그는 24시간 감시 대상이었고 문화선전성 내에 누가 감시원인지는 그녀도 몰랐다. 창익은 사무실과 집 사이를 유령처럼 오갔다. 복권되었다 해도 그의 운명은 수상의 수중에 있었다. 그는 거리를 활보하는 사형수였다. 수상이 목숨을 회수하기로 마음먹을 때까지 집행유예 된 사형수였다.

정숙은 청사에서 그를 볼 때 착잡했다. 하지만 그녀가 해줄 수 있는 건 없었다. 전원회의에서 쿠데타를 기도했을 때 목숨을 내놓을 각오쯤은 돼 있었을 것이다. 그리고 그녀는 그와 한 배를 타기를 거부했다.

8월 종파사건으로부터 1년 후 수상은 분명하게 셈을 치렀다. 1957년 9월, 새 내각 명단이 발표됐다. 연안파의 최창익과 소련파의 박창옥 이름이 사라진 대신 정숙은 사법상으로 영전했다. 종파사건에서 연안파 동료들에게 가담하지 않은 데 대한 보상이었다.

문화선전상이 없어지고 새로 생긴 교육문화상에 소설가 한설야가 임명됐다. 박헌영, 심훈과 경성고보 동창생이었던 한설야는 해방되던 해 〈인간 김일성〉 〈영웅 김일성〉 〈장군 김일성〉 시리즈를 발표하는 것을 시작으로 숭배 문학의 첨단을 달렸고 문예총 위원장 시절 월북 작가 숙청의 길잡이 노릇을 했다. 김두봉이 국가원수 격인 최고인민회의 상임위원장에서 밀려난 것도 뜻밖이었다. 연안파의 어른이지만 8월 종파와는 아무 관련 없었을 뿐 아니라 필요할 때마다 수상에게 협조해온 위인이었다. 최고인민회의 위원장 자리는 최용건이 차지했다.

최용건은 정숙에게 임명장을 주면서 "종파주의에 물들지 않고 공화국과 수상을 위해 일편단심 일해왔다"고 치하했다.

김일성은 2기 내각 출범 피로연에서 그녀에게 건배를 청하면서 큰 소리로 "나는 끼리끼리 몰려다니는 사내놈들한테 완전히 질려버렸소"라고 했다. 그는 육십을 바라보는 나이에 처음 내각에 들어온 한설야에게 빈 잔을 내밀면서 "상 동지, 축하하오. 자, 딱 나를 좋아하는 만큼만 따라보시오" 하고는 호탕하게 웃었다. 한설야가 얼굴이 빨개져서는 술을 따르는데 눈에 띄게 손을 떠는 바람에 술병이 술잔에 부딪치며 달그락거렸고 술이 넘쳐버렸다. 김일성은 다시 한 번 웃음을 터뜨렸다.

"하하하, 사랑이 철철 넘치는구료."

북조선 정부가 처음 출범했을 무렵만 해도 그는 자기 자리에 손님처럼 어색하게 앉아 있었다. 하지만 그는 자기가 가진 권력의 효능을 금세 파악했고 그것을 재주껏 다루기 시작했다. 그리고 도

전자들을 물리치면서 권력게임의 최종 승자가 되는 동안 그는 심리 조종과 통치술의 달인이 되었다. 이제 내각이든 당이든 그의 자리를 위협하는 사람은 더 이상 없었다.

단순 무식했던 빨치산 대장은 독서도 했고 때로 교양인의 대화를 걸어와 정숙을 당황스럽게 했다.

"박지원의 〈양반전〉이야말로 혁명 소설 아니겠소?"

1955년의 연설에서 주체를 세우려면 정약용과 박지원 같은 선진적인 학자와 우수한 작품들을 깊이 연구하고 널리 선전해야 한다고 지적하더니 역사책과 문학책을 집중적으로 읽었다. 기억력이 비상한 그는 나날이 유식해졌다.

최창익과 박창옥은 재판 없이 국가검열위원회의 처분에 맡겨졌다. 사법상의 권한으로 정숙은 넌지시 최창익의 소재를 추적했다. 그는 국가검열위원회의 특별교화소에 수감됐다가 다시 어느 시골 돼지농장에 보내졌다. 김두봉 선생은 평양 부근 어느 협동농장에 갔다고 했다.

내각회의가 새 얼굴들로 채워지고 정숙이 검은 강물이 흐르는 인생의 심연을 헤엄쳐 지나오는 동안 겨울이 가고 봄이 왔다.

58년 3월 6일 아침, 외출 채비를 마친 정숙이 거울 앞에 서 있었다. 거울 속의 여자는 단발머리에 양복 정장 차림이고 커다란 상의 호주머니 두 개는 언제나처럼 불룩했다. 호주머니에 볼펜과 수첩 따위를, 상의 안주머니에 당원증과 지갑을 넣고 다니는 게 오랜 습관이었다. 익숙한 모습이었지만 오늘 아침 그녀는 낯선 뭔가를 느꼈다. 안경 속에서 어른거리는 두 눈이 텅 비어 있는 듯했다. 정숙은 흘러내리는 서너 가닥 머리를 빗어 넘겨 실핀으로 고정시키며 중얼거렸다.

"그때도 최악의 시련이라 했었지. 다음에 또 뭐가 닥쳐오는지도 모르고서. 그러면서 인텔리라고 내각의 상이라고. 당장 코앞에 날아드는 게 총알인지 참새인지도 모르는 주제에."

한 달 만의 외출이었다. 대문 밖에는 어제까지 소총을 메고 서성이던 내무성 감시병들이 철수한 대신 서류가방을 든 비서와 운전기사가 기다렸다. 가택연금이 풀린 정숙은 조선노동당 대표자회의장으로 향했다. 정숙에게 특별한 역할이 주어진 오늘은 대표자회의 사흘째이자 마지막 날이었다.

한 달 전 사법상실로 내무성의 국장이 찾아왔다. 문화선전성에서 옮겨간 친구였다. 남로당파 숙청이 끝나자마자 내무성에서 데려간 걸 보면 문화선전성 안에서 그가 암암리에 어떤 임무를 수행했는지 알 만했다.

"내무성에서 나한테 무슨 볼 일이오?"

정숙이 묻자 그는 굽실거리며 "죄송합니다"라는 말과 함께 용건을 꺼냈다.

"금번에 당 제1차대표자회의는 경애하는 수령 동지께서 이제 우리 당이 과거 종파주의의 때를 씻어내고 영도적 핵심을 형성하여 강력한 정당으로 새 출발하는 계기로 삼아야겠다 하십니다. 제2기 인민회의와 함께 내각도 새 출발하는 마당에 당과 내각이 강철같이 합심 협력하여 다시는 종파분자들이 발붙일 수 없도록 대오의 순결성을 견지해나가기 위해서는 과거 소부르주아적 영웅주의와 공명 출세주의와 반당적 종파주의의 잔재를 폭로 청산해서 종국에는 미 제국주의와 리승만 도배의 압박 아래 테러와 학살이 횡행하는 남조선 인민들을 고통과 불행에서 구해내고 남조선해방의 목표를 쟁취해야 할 것입니다만.”

다소 지루한 서두를 뒤따라 나온 본론은 정숙에게 한 달 후에 있을 당 대표자회의에서 과거의 동료들이 저지른 역사적 죄악을 고발하고 비판해주십사 하는 것이었다. 내무성 국장은 조속히 임무를 완수하고 돌아가고 싶은 간절함으로 정숙의 입을 쳐다보았다. 하지만 튀어나온 건 엉뚱한 질문이었다.

“그래, 요새 내무성 일은 좀 할 만하오?”

“아 예, 워낙 바삐 돌아가는 곳이라 정신 차리기 힘듭니다마는.”

“뭘 걱정이오. 국장 동지야 워낙 빠른 사람 아니오.”

“아, 아닙니다. 제가 문화선전성 있을 때 상 동지께서 제가 느려 터졌다고 부랄 달고 그것밖에 못 하냐고 호통치셨잖습니까.”

10년 동안 내각에 여자 혼자라선지 괄괄한 스타일 때문인지 정숙은 선의든 악의든 과장된 소문에 둘러싸여 지냈다. 그런 소문이 들리면 그녀는 남 얘기 하나 보다 하고 한 귀로 듣고 다른 귀로 흘렸다. 그럼에도 직접 겪은 일조차 과장되게 기억하는 사람을 만나면 황당해졌다.

“내 정확히 기억하는데 그런 상소리는 하지 않았고 사내놈이 그것밖에 못 하냐고 한 건 맞소.”

“저, 상 동지. 그러면 대표자회의에서 발언하시는 걸로 보고하겠습니다."

"아니, 내가 언제 발언하겠다 했소?"

국장이 빈손으로 돌아가자 다음 날 내무상 방학세가 찾아왔다. 정숙은 정색을 했다.

"벌써 교화소에 가서 재교육받고 있는 불쌍한 노인네들을 다시 끌어내고 그릴 섯까지 있겠습니까. 그리고 내 자신도 정확히 그 반당적 음모의 내막을 모르는 입장이라 뭐라 더 이야기할 것이 없습니다."

방학세가 싸늘한 표정으로 돌아갔다.

며칠 뒤 자정도 지난 시각에 집으로 내무서원 셋이 찾아왔다. 그들은 아무런 설명 없이 정숙을 차에 태웠다. 도착한 곳은 유명한 내무성 지하감옥이었다. 지하에 들어서자 정숙은 한기를 느꼈다. 명운이 다했다 예감할 때의 서늘함이기도 했다. 내무성 감옥에 들어왔다면 그 다음은 둘 중 하나다. 검열위원회 교화소거나 특별재판이거나. 어느 쪽이 됐건 그녀 같은 고위급으로선 죽음을 피할 수 없다.

심야열차보다 흐릿한 형광등 아래 걸음을 걸을 때마다 발자국 소리만 콘크리트 벽에 또각또각 울려왔다. 정숙은 지하감옥의 맨 안쪽 독방에 갇혔다. 사법상 겸 최고재판소장이 내무성 감옥에 갇힌 것이다. 하지만 박헌영을 선두로 한때의 부수상들이 줄줄이 이곳을 거쳐 인생의 막장으로 갔다. 권력의 낭떠러지라는 건 공평해서 더 높은 데서 떨어질수록 더 심하게 부서지는 법이다.

사흘 동안 하루 세끼 밥을 넣어주는 내무서원 외엔 아무도 오지 않았다. 침침한 형광등이 늘 켜져 있고 사방 벽을 둘러봐도 스위치는 없었다. 창문 없는 밀실에는 낮도 없고 밤도 없었다. 다만 끼니를 가져오면 아침이구나 점심이구나 할 뿐이었다.

사람의 심리란 묘한 것이다. 정숙에게도 내무성 지하감옥에 대한 공포가 있었다. 공포는 두 가지였다. 하나는 수상에게 버림받고 권력에서 축출당하는 것, 다른 하나는 고문과 죽음에 대한 공포였다. 그래서 동료들이 줄줄이 내무성 지하감옥으로 갈 땐 소환자 명단에 들지 않길 바라는 마음에 몸을 사렸다. 하지만 일단 컴컴하고 서늘한 내무성 지하감옥에 들어오자 첫 번째 공포는 사라졌다.

수상에게 버림받았다고 생각하는 순간, 모든 욕망과 집착이 믿을 수 없을 만치 순식간에 사라졌다. 대신 그동안 참고 참았던 분노와 환멸이 치밀어 올랐다. 지하감옥의 시멘트 바닥에 내동댕이쳐진 뒤에야 정숙은 자신이 그동안 얼마나 막대한 분노를 참고 견뎠는지를 깨달았다. 평양은 참을 수 없는 것투성이었다. 김일성은 점점 몹쓸 인간이 돼가고 있고 근사하고 점잖은 사람은 씨가 말라가는 대신 아첨꾼과 모사꾼들만 살아남았다. 마르크스는 혁명가들이야말로 고귀하고 선량한 인간의 전형이라 했지만 진짜 그런가. 만경대 조성사업 따위는 다 뭐며 역사를 멋대로 뜯어고친다는 게 가당키나 한 일인가. 불행한 조국에 생명의 불을 가져다줄 프로메테우스들이 동족의 손에 총살당하거나 시골에서 돼지나 치고 있구나. 실컷 분노하고 화를 내자 묵은 체증이 가시는 느낌이었다.

이제 두 번째 공포가 그녀를 기다렸다. 옆방에서 누가 고문당하다 죽는다 해도 찍소리도 새나가지 않을 이 육중한 콘크리트 지하 감방에서 남로당 사람들이 어떻게 다뤄졌는지 그녀도 들은 바 있다. 여기서 소리 소문 없이 죽은들 어쩌랴. 윤세주도 진광화도 김학무도 일찍이 죽었고 박헌영도 박일우도 무정도 갔다. 이쪽보다 저쪽 세상에 속한 동지들이 더 많아졌다. 바라건대 육체적 고통 없이 보내주면 좋으련만. 그녀는 고문을 견딜 자신이 없었다. 인간의 탈을 쓴 맹수들이 과연 언제 들이닥칠 것인가.

내무성 감옥에서 나흘째 되는 날 조반을 마치자 첫 손님이 찾아왔다. 당 조직부장 김영주였다. 수상보다 여덟 살 손아래 동생인 그가 요새 당 조직부를 맡으면서 부쩍 활동 반경이 커졌다.

"수상께서 많이 걱정하십니다. 그렇게까지 할 필요가 있느냐 꾸중도 들었습니다. 하지만 어쩌겠습니까. 사실 저는 상 동지께 섭섭한 마음도 있습니다. 수령님께서 상 님을 그렇게 믿고 의지하시는데 그만한 일에 마음을 못 내주신다니. 그까짓 죽어 마땅한 반당분자들이 우리 공화국의 기둥이신 수상 동지보다 더 중요합니까."

맹수의 첫인상은 상당히 부드러웠다. 그는 무데뽀 스타일인 형보다 훨씬 생각이 복잡한 얼굴을 갖고 있었다. 상대가 노회한 정치적 수사를 들고 나온다면 그녀도 얼마든지 똑같은 수사로 화답해줄 수 있다.

"평양에 와서 13년이에요. 그 사이 늑막염으로 두 번 죽을 뻔했는데 두 번 다 수상께서 의사를 보내주고 병원을 주선해주고 해서 목숨을 건졌어요. 이제 수상께서 다시 목숨을 거둬가신다 해도 더 바랄 게 없소. 그때 죽었어야 할 사람인데 너무 오래 산 것 같습니다. 이제 공화국정부에 나 같은 건 필요도 없는데 수상께 짐이 나 되는 거요."

엇비슷한 대화가 몇 바퀴 돌고난 다음 김영주가 의미심장한 한 마디를 떨궈놓고 방을 나갔다.

"생각을 좀 더 깊이 해보시는 게 좋을 것 같습니다."

두 가지는 분명해졌다. 저들이 그녀를 그저 목매달지는 않으리라는 것, 그리고 선택권은 그녀 자신에게 있다는 것이었다.

다시 이틀 동안 정숙은 혼자였다. 생각을 좀 더 깊이 할 수밖에 없는 시간이었다. 고독은 추억을 낳고 추억은 그리움을 낳고 그리움은 증오를 낳고 증오는 인간이며 이념이며 혁명이며 정치며 그 모든 것에 대한 회의를 낳았다. 회의가 휘젓고 지나가자 모든 투명하던 것들이 탁해졌다. 하지만 회색의 거품 아래 침몰해가는 것들 속에서 그녀는 마르크스 엥겔스와 레닌을 건져냈다. 그것이 인류의 절반을 노예 상태에서 구해낸 거 아닌가. 중국, 소련은 50년 전만 해도 황제와 차르의 사회였고 모두 마르크스를 지렛대로 봉건군주제를 뛰어넘었다. 북조선도 출발은 나쁘지 않았다. 토지개혁도 근사했지. 마르크스레닌주의자로서 그 사상 위에 정부를 세우는 일을 해보았으니 행운이었다. 권력이라는 것도 누려보았다. 그녀는 남자들이 그것에 목을 매는 이유를 알 것 같다. 자기가 좋아하는 사람들 팔자를 고쳐줄 수 있는 힘, 싫어하는 사람을 나락에 떨어뜨릴 수 있는 힘이 권력이다. 권력은 권력자로 하여금 그것이 그대로 자신의 인격이라 믿게 만든다. 또 주위에 모여드는 사람들이 자신을 진심으로 좋아하고 있다고 믿게 만든다. 권력은 자아도취에 빠지게 만들고 그 마력이란 때로 목숨과 바꿀 만큼 강력하다. 그녀도 권력의 맛을 보았다. 하지만 이상한 게 묻으면 언제든 버릴 수 있다. 그녀는 땅에 떨어져서 흙이 묻어 있는 것도, 똥이 묻어 있는 것도, 그게 권력이라면 털지도 않고 주워 먹는 남자들을 많이 보았다.

"그래도 나시 선택하라면 서울이 아니라 평양이지."

정숙은 혼잣말을 했다. 김영주가 다녀간 며칠 뒤 내무상 방학세가 나타났다. 방학세에게선 언제나 소련군 정보장교의 냄새가 난다. 집주인답게 그는 음식은 먹을 만한지 잠자리는 어떤지 따위를 물었다. 그리고 최근 정세를 설명하고 최창익의 정부전복 음모와 관련해 적발된 내용들을 알려주었다.

"남로당 때처럼 최창익 도당도 내각의 그림을 그려놓고 있었어요. 쿠데타가 성공하면 한 자리씩 나눠 갖는다는 거지요. 본인들한테 언질을 줬다는데 혹시 상께선 언질받은 바 없습니까?"

"제가 무슨 상이라 하던가요?"

"사법상 동지가 자의로 가담하셨다곤 생각지 않습니다. 하지만 워낙 막역한 사이들이라 귀를 닫고 있기도 힘드셨을 텐데요."

"내각 얘긴 금시초문이에요."

방학세는 최창익의 종파주의 언동에 대해 집요하게 캐물었다.

연안파 사람들은 정숙을 '수상파'라 뼈 있는 농담을 했고 가끔 언쟁에 불꽃이 튀기도 했지만 10년 가까이 한솥밥 먹은 사람들 사이의 끈끈한 우애가 있었다. 김일성에 대해서는 처음부터 불만들이 많았고 못 할 얘기가 없었다. 그 말들을 다 적으면 책 한 권은

될 것이다. 레닌 모택동과 비교해서 건국의 지도자로는 인품이나 학식이나 투쟁경력이나 형편없이 모자란다는 인물평과 뒷담화는 침이 말랐고 1인자에 대한 시기와 질투는 자주 선을 넘었다.

"이승만처럼 늙다리라면 그래도 희망이 있잖아. 곧 죽을 테고 차례차례 기회가 오겠지. 그런데 김일성은 새파랗게 젊었으니 감나무 밑에서 아무리 입 벌리고 누워 있어봤자 저놈의 감이 언제 떨어지냔 말이야. 늙은 우리가 먼저 죽지."

"개인숭배 정도가 아니라 아버지 할아버지에 아내까지 가족 숭배 아닌가. 완전 봉건왕조시대 판박이라. 이러다 나중에 수상이 정일이한테 북조선을 물려주겠다 하는 거 아냐?"

"에끼, 이 사람, 농담도! 천하의 스탈린도 그런 짓은 안 했네. 크게 될 나무는 떡잎부터 알아본다고. 정일이 그 아이 좀 봐. 어디 큰 인물 되게 생겼냐고. 까불까불해가지고서."

"까불거리는 거야 애들이 다 그렇지. 정일이는 둘째 치고 수상이 저렇게 손에 피를 많이 묻혀서 어디 제명에 죽겠어?"

정숙은 방학세에게 "나도 평양 들어오고 나서는 우리 독립동맹 동지들하고 좀 소원해진 감이 있습니다. 이것저것 말들은 많이 했지만 이렇다 할 만한 건 기억나지 않습니다"라고 대답했다. 그는 심문의 초점을 바꾸었다.

"그까짓 종파분자들 비판하고 안 하고는 대수가 아닙니다. 사법상 동지의 당성에 대한 의구심들이 있는 건 아시지요?"

정숙이 물끄러미 바라보자 그가 목소리에 힘을 주었다.

"과거 문화선전성의 사업작풍에 대해 소부르주아적이라는 비판들이 꾸준히 제기됐었소. 상 동지 자신부터가 그렇습니다. 자유주의 잔재를 청산하지 못한 남반부 출신 인사들하고 어울리고 최승희 같은 부르주아를 싸고돈 것도 문제 있는 것 아닙니까.”

말하자면 그녀의 당성을 검토하겠다는 것이다. 두 사람은 지금은 사라진 문화선전성의 사업들에 대해 옥신각신했다.

“그래요. 나는 부르수아 출신이고 자유주의 기질이 있어요. 부인하고 싶지 않소. 하지만 지금의 나는 마르크스레닌주의자요. 자유주의와 부르주아의 찌꺼기를 씻어내려고 부단히 노력해왔소.”

“왜 모르겠습니까. 그래서 수상께서도 허정숙 상을 계속 높이 쓰시는 것 아니겠습니까. 이제 그것을 입증해보일 때가 되지 않았나 싶습니다. 상 동지에 대한 의구심을 단번에 쓸어버리려면 당에 대한 충성심을 보여주십시오. 당 전원회의가 어떤 자리입니까. 거기서 작당들을 해가지고 개인숭배에 대해 토론해보자는 등 하면서 수상 동지를 끌어내리려고 하나에서 열까지 공격해대니 소영웅적 종파주의 아니고 뭣이겠습니까?”

“제2차 인터내셔널대회에서 엥겔스는 종파가 형성되는 것을 막기 위해 토론이 허용돼야 한다고 했어요. 토론 자체를 종파주의로 몰아선 안 되지요. 당은 토론을 통해 발전하는 것인데 토론을 막는다면 어떻게 발전이 있겠소?”

순간 방학세가 ‘쾅’ 하고 탁자를 손으로 내리쳤다.

“허정숙 상은 아직 여기가 어딘지 모르시겠소?”

그녀도 미련 따위는 집어던진 다음, 재고 말고 할 것도 없었다.

“당신은 내가 어떤 사람인지 아직도 모르겠소?”

그녀의 카랑카랑한 목소리가 사방 벽에 울렸다. 방학세가 의자를 박차고 일어나더니 씩씩대며 방을 나갔다.

그날 저녁 늦은 시간에 방학세가 다시 들어왔다.

"자, 우리 협상을 합시다. 당신은 사실 종파사건 때 날릴 수도 있었소. 나는 날리자는 입장이었소. 당신이 최창익과 밀담을 나눈 것도 알고 있소. 당신은 운이 좋았소. 하지만 언제까지나 행운이 따라줄 거라 기대하진 마시오. 당신의 옛 동료들은 수상께서 몇 차례나 관용을 베풀고 목숨을 살려주었는데도 배은망덕하게 수상을 배신했소. 최창익은 수상께 충성하겠다고 발바닥이라도 핥을 것처럼 비굴하게 굴던 놈 아니오. 은혜를 모르는 인간은 죽어 마땅하지 않겠소. 아주 죽여달라고 목을 빼고 들이미는데 어쩌겠소. 이런 쥐새끼들이 들락거리면서 모스크바에다 북경에다 비밀연통을 넣고 하는 한에는 우리 공화국이 안전할 수 없소. 이 쥐새끼들을 쓸어버리라는 건 주체를 갈망하는 우리 인민의 소원이오. 다만 수상께서 허 동지를 특별히 총애하여 선택의 기회를 주셨소. 당신이 선택하시오. 그들하고 같이 무덤으로 들어갈 것인가, 살아남아 조국의 영광을 함께할 것인가. 당신이 무덤으로 들어가길 택한다면 당신 혼자가 되지는 않을 것이오."

방학세는 소나기처럼 일장연설을 퍼붓고 나서 잠시 시간을 두었다가 한마디 덧붙였다.

"당신 식솔들도 안전할 수 없을 것이오."

문제의 당 대표자회의 일정이 임박해져가고 있었다. 이제 사느냐 죽느냐, 양자택일의 문제였다. 수상은 이 전쟁을 어디까지 끌고 나가려는 걸까. 당과 내각에 빨치산파만 남을 때까지 피를 보 겠다는 걸까. 자신의 충직한 부하들, 오직 하나의 계파만으로 철 혈의 일당독재를 밀고 나가려는 걸까. 처음 평양에 들어와서 연안 파 사람들은 주로 김일성이 한 말이나 행동을 화제로 삼았다. 그 러다 언제부턴가 수상의 머릿속에 무엇이 들어 있을까가 주제가 되었다. 그것이 미래에 자신과 자신의 그룹에 어떤 영향을 미칠지, 그의 표정이나 기분, 사적 공적 정보를 총동원해서 추리들을 내놓 았다. 하지만 지금 정숙은 혼자 수상의 머릿속을 짐작해볼 수밖에 없었다.

이튿날 오후 노크 소리가 들렸을 때 그녀는 그저 담담했다. 방 학세에게 더 할 얘기도 없었다. 문이 열리자 그녀는 깜짝 놀랐다. 큰아들이 손주를 안고 들어섰다. 이제 갓 네 살이 된 손주였다. 반 가움이 울컥 밀려 올라왔다. 하지만 그녀는 의자에 앉은 채로 버 럭 역정을 냈다.

"여기가 무슨 좋은 데라고 아이를 데려왔느냐. 지하실 썩은 공 기를 아이한테 맡게 하고 싶냐. 당장 데리고 나가지 못하겠니?"

할머니의 고함에 놀란 아이가 울음을 터뜨렸다. 정숙은 아들을 등지고 돌아앉았다. 아이를 추스르느라 부스럭거리는 소리가 등 뒤에서 들렸다. 아이가 울음을 그치자 정적이 찾아왔다.

"어머니."

아들의 목소리가 떨려 나왔다. 떨리는 음성에 간절함이 배어 있 었다. 다시 침묵이 흘렀다. 지하실의 찬 공기 때문인지 아이가 딸 꾹질하는 소리가 들렸고 한참 뒤에는 그 또한 조용해졌다. 이윽고 그녀의 등 뒤에서 문이 열리고 닫히는 소리가 들렸다. 창문도 없는 콘크리트 독방은 다시 정적에 잠겼다.

아들이 어머니, 하고 부를 때는 무슨 말인가 하려 했을 것이다. 이 아이가 늘 이렇다. 살려달라고 매달리든지, 이기적이라고 비난을 하든지, 아니면 나는 괜찮으니 어머니 뜻대로 하시라든지, 이도 저도 못 하고 머뭇대다가 그냥 나가고 말았다. 드센 엄마의 기에 눌려서 참고 양보하고 늘 이런 식이다. 뭘 꼭 해달라 하는 법도 없고 화내거나 원망하는 일도 없다. 서울에 내버려두고 떠났더니 새해와 어머니 생일에 꼬박꼬박 '어머니 전상서'를 보내오고 평양으로 오라니 오고 모스크바 유학 가라니 가고 조용히 살라니 조용히 살고 있는 중이다.

정숙은 눈물이 났다. 이 지하감옥에 와서 메마른 분노만 차오르더니 처음 터진 눈물이었다. 흐느껴 울다가 어느 결에 통곡이 되었다. 완벽하게 방음이 되는 콘크리트 지하감옥에서 그녀는 아버지 죽음 이후 7년 만에 마음 놓고 통곡했다. 저 깊은 곳에서 울려 나오는 통곡은 분노와 증오, 그리움, 죄책감이 뒤섞여 뜨겁고 붉었다.

다음 날 아침밥을 가져온 내무서원에게 정숙은 "내무상 동지 좀 뵙자 한다고 전하게"라고 말했다. 바로 위층에 근무 중이었던지 방학세는 금세 내려왔다. 반가움에 환하게 핀 얼굴이었다.

지난 1월 말 마지막으로 보았을 땐 얼어 있던 대동강물이 풀려서 넘실댔다. 강가에 보송보송 움트는 버들개지를 보니 봄은 봄이었다. 내무성 감옥과 가택연금까지 한 달 남짓 동안 계절이 바뀌어 있었다.

"그러고 보니 오늘이 경칩이네. 대동강물도 풀린다는 경칩이구나."

대표자회의가 열리는 극장 입구에 당 조직부 사람들이 기다리고 있었다. 조직부장 김영주가 회의장 앞에 있다가 정숙을 보더니 히리를 굽혀 인사했다. 그녀는 김영주에게 다가갔다.

"내가 뭘 읽을 게 있다 허셨지요?"

김영주가 대표자회의 자료 책자를 건네주었다. 책자 안에 다섯 장짜리 인쇄물이 끼워져 있었다. 가리방으로 긁은 인쇄물 맨 앞장에는 "최창익의 역사적인 죄악 폭로 제강"이라는 제목이 적혀 있었다. 그녀는 선 채로 문안을 한번 훑어보았다.

"여기 말예요. '쥐꼬리만 한 권력이라도 손에 쥐면 개나 소나 자기 당파 사람들을 끌어다 앉히는 버러지보다 못한 놈들', 이 대목은 빼겠어요. 그리고 '인민을 현혹하는 종파주의자 놈들'은 놈들을 빼고 그냥 종파주의자라 하지요."

연단에 선 정숙은 돋보기안경을 꺼내서 걸치고는 폭로 제강을 읽어 내려갔다. 무표정한 얼굴에 무미건조한 어조였다.

정숙이 연단에서 내려온 뒤 뒤쪽 어디선가 함경도에서 왔다는 한 당원이 발언 신청하는 것을 들었다. 그는 들릴 듯 말 듯 나지막하고 떨리는 목소리로 말했다.

"우리가 빨치산투쟁을 할 적엔 사흘 도리로 굶으면서도 어디서 보리나 좁쌀 한 홉만 생겨도 동지들이 모여서 한 솥에 끓여서 나눠 먹고 했습니다. 그래서 고생도 고생인 줄 모르고 죽을똥 살똥

투쟁을 했습니다. 그런데 지금 잘 모르긴 하지만 서로 생각들이 좀 달라도 옛날 그 혁명투쟁 때 정신을 되살려서 서로 이해하고 서로 손잡고 누가 실수를 해도 너그럽게 감싸주면서…."

그 대목에서 "무시기 개소리야" 하는 고함이 터져 나오고 남자의 목소리는 야유에 묻혔다. 한바탕 후다닥거리는 소동에 정숙이 돌아보니 그 남자가 내무서원들에게 끌려 나가고 있었다. 그녀 등 뒤에서 비아냥거리는 소리가 들렸다.

"한심한 놈, 잠꼬대 같은 소릴 하고 있어."

"빨치산 영웅이 돌아오셨구만."

그녀는 의자에 몸을 푹 묻고 고개를 숙였다. 함북 당에서 온 남자는 최창익을 "북해도 수캐 같은 놈"이라고, 신천군 협동농장관 리위원장이라는 여자는 "그놈을 칼탕 쳐서 돼지에게 먹이겠습니다"라고 해서 박수갈채를 받았다. 전남편이 젊은 처녀들을 밝히는 호색한이자 업무 제쳐놓고 술만 좋아하는 주정꾼에다 이권이라면 물불 안 가리는 파렴치한이 되어가는 동안 정숙은 고개를 숙인 채 중얼거렸다.

"나도 함경도 출신이라 쌍욕이 귀에 익은 사람이지만 공식 석상에서 놈들 새끼들 하는 풍토가 큰 문제일세. 빨치산파 핵심들이 입이 험하니까 요새는 그걸 너도 나도 본뜨는 판국이야. 상스럽게 말해야 당성이 인정되는 줄 알고 말이지. 그래도 우리 조선의 초기 마르크스주의자들은 휘트먼이나 푸시킨의 시 한 편 정도는 원어로 읊을 줄 아는 멋쟁이들이었는데 말이야."

두 달 뒤 정숙은 평양역에서 내각과 당 간부들의 환송을 받으며 신의주행 열차에 올랐다. 1958년 5월 3일이었다.

　그녀는 이틀 뒤 개막하는 중국공산당 제8차 당대회에 북조선 대표단장으로 참석할 예정이었다.

　출국을 앞두고 수상실로 인사 갔더니 수상은 "우리 허정숙 동지는 북경 사람늘하고 오랜 친분을 갖고 있으니 우의를 더욱 돈독히 하고 돌아오십시오. 그리고 모 주석께 제 안부를 전해주십시오"라고 말했다. 말하지 않아도 정숙은 자신의 소임을 잘 알고 있었다. 정숙이 대표단장으로 북경에 간다는 것 자체가 중요했다. 연안파라 해도 종파주의에 휩쓸리지 않은 양심적인 인사는 여전히 수상의 정치적 동지로서 고위직에 남아 있다는 증거를 보여주기만 하면 되었다.

　중국혁명이 몇 년만 빨랐다면 어떻게 되었을까. 1943년 11월 카이로의 회의 테이블에 루스벨트, 처칠과 함께 장개석 대신 모택동이 앉았다면 어땠을까. 스탈린이 아니라 모택동이 건국의 산파 역할을 맡았다면 어떻게 달랐을까. 김일성이 아니라 최창익이 수상이 되었을까. 정숙이 마지막으로 창익의 소재를 탐문했을 때 그는 이미 돼지농장에 없었다. 다른 곳으로 재배치되지도 않았다. 정숙은 그것이 무엇인지 알았다. 그는 조용히 처리된 것이다.

　플랫폼에서 외무성 부상의 환송사를 들으며 정숙은 북경에 가면 왕부정王府井 거리나 유리창琉璃廠에서 손주에게 줄 선물을 사야겠다고 생각했다. 어떤 선물이 좋을까, 귀뚜라미 통이나 패왕별희 가면, 아니면 비파를 사다 줄까.

열차가 출발하기 전 객차에 따라 올라온 외무성 부상은 두 손을 배 위에 모으고는 공손히 인사를 차렸다.

"지난번에 뜻하지 않은 고초를 겪으셨단 얘긴 들었습니다. 수상 동지께서 특별히 상 동지만은 공화국에 헌신한 공로를 보아 사면하라 말씀하시고 상 동지께서도 뜨거운 감사의 눈물을 흘리셨다고요. 수상 동지께서 상 동지를 생각하시는 마음은 저희로서는 감히 헤아리기 힘들 정도입니다. 아무쪼록 원로에 몸 건강히 잘 다녀오십시오."

역사가 그렇게 쓰여지고 있었다. 정숙은 웃으면서 다만 "고맙습니다"라고 했다.

덜컹거리는 북행열차 차창 밖으로 산과 들이 온통 분홍빛으로 피어나고 있었다.

"진달래의 계절엔 조선 반도가 참으로 눈부시게 아름답거든."

정숙은 50년 인생인데 한 5백 년은 산 것 같았다. 인생이 너무 길구나. 앞으로 또 무슨 일을 만나게 될까. 죽는 건 쉽다. 사는 게 어렵지. 20년 전 창익과 함께 탔던 북행열차가 아득한 과거의 풍경처럼 머릿속을 가로질러 덜컹대며 달렸다. 문화선전성에 출근하던 시절의 창익은 과묵하다 못해 입이 없는 사람이었다. 정숙 앞에서 창익이 단 한 번 입을 열었을 때 한 말은 이런 것이었다.

"조선에서 우리는 공산주의의 시작과 끝을 모두 보았구려. 이제 북조선은 마르크스레닌주의사회가 아니오. 그것이 어쩌면 김일성이나 스탈린 같은 특정한 개인의 문제만은 아닐지도 모르겠소. 이상적인 제도를 감당하기에 우리 인간이 너무 이기적인 존재인지도. 또한 우리가 유물론이라 믿었던 것이 어쩌면 일개 관념론이었는지도. 우리는 결국 미국을 보지 못한 콜럼버스들이었소."

북경은 유라시아 동쪽 끝에서 서쪽 끝까지 각국의 공산당 대표들로 북적거렸다. 모택동 주석은 볼 때마다 이마가 점점 훤해지고 있었다. 연안을 떠난 이후 북경 방문 때마다 보았고 작년 가을 소련혁명 40주년에 모스크바에서 만나고 반년 만이었다. 정숙이 "선생님" 하고 인사를 하자 그는 "허정숙 학생" 하면서 손을 잡았다. 정숙이 "점점 미남이 되신다"고 하자 "지금 개인숭배 하는 건가?" 하며 웃는다.

문득 정숙은 항미원조전쟁 때 북조선에 내려왔다 전사한 모 주석의 아들 생각을 했다. 아들을 사지에 보낸 아버지의 마음을 헤아릴 것도 같고 도저히 헤아릴 수 없을 것도 같았다. 정숙은 아들 살리자고 타협을 하지 않았던가.

모 주석은 정숙의 소개를 받으며 북조선 대표단과 한 사람씩 악수하고 인사를 나누었다. 모택동과 김일성은 여러 가지로 다르지만 같은 점 한 가지는 비상한 기억력의 소유자여서 공사석에서 한번이라도 본 사람은 반드시 이름과 직책을 기억한다는 것이다. 하지만 이번 북조선 대표단은 거의 새 얼굴들이라 일일이 정숙의 소개가 필요했다.

"정숙 양, 요새 지내기 어떠시오?"

"하늘과 땅 사이가 석 자 세 치입니다."

모택동이 대장정 때 쓴 시 〈산〉의 한 구절이었다.

안장에 앉아 말에 채찍질하다
돌아보고 깜짝 놀랐네
하늘과 땅 사이가 석 자 세 치

모 주석 역시 〈산〉의 한 구절로 화답했다.

"멧부리는 푸른 하늘을 떠받치면서도 닳거나 무뎌지지 않는다네."

연안의 요동에서 헌옷 속에 이와 더불어 살던 시절의 정겹고 허물없던 조선 혁명가 동지들 얼굴이 하나둘 사라져가니 그가 정숙의 손을 잡고 흔들 때 반가운 빛이 역력했다. 헤어질 때 늘 하는 인사조차 의미심장했다.

"짜이찌엔再見!"

1991년 평양

*

　허정숙은 아흔을 바라보는 나이에도 허리가 꼿꼿하고 말이 날카로웠다 한다.

　"혁명의 선구자로서 연로하고 고독하게 살고 계시는데 잘 돌봐주라"는 김일성의 지시가 있어 당에서는 해마다 두 차례 설과 추석에 허정숙에게 사람을 보내 명절인사를 했다. 우리로 치면 국회의원에 해당하는 최고인민회의 대의원 L씨가 늘 명절 방문을 담당했다 한다. 소설 쓰는 동안 L씨를 어렵사리 만날 수 있었다. 그는 1991년 설에 마지막으로 허정숙을 방문했다 한다.

　허정숙은 대동강변 백전백승아파트에 살고 있었다. 바로 앞에 당창건기념탑이 있고 당 간부들과 고위층이 주로 사는 15층 아파트였다. L씨는 당 통일전선부의 젊은 직원 둘과 동행했고 두 사람이 선물 박스를 들고 따라왔다. 바나나와 귤, 중국제 분탕(올이 가는 당면) 한 박스씩이었는데 모두 북한에서는 귀한 물품들이었다. 당에서 그녀의 기호를 알아서 선물을 정했다. 엘리베이터가 가동

되지 않아 일행은 계단으로 걸어 올라갔다. 허정숙의 집은 9층이 있었는데 베란다에서 대동강 건너로 만수대와 김일성 동상이 내려 다보였다. 중심가의 고급 아파트였지만 오래되어 낡았는데 허정숙의 집만은 당에서 내부 수리를 해주어 깨끗했다.

L씨 일행이 박스를 내려놓으면서 "장군님의 선물입니다" 하자 허정숙은 "조직해서 가져오는 선물 좀 그만두라요" 했다. 방 네 칸짜리 아파트에서 그녀는 마흔쯤으로 보이는 간호부와 둘이 살고 있었다. 허정숙은 여느 북한 할머니들 같은 파마는 하지 않았고 늘 단발머리였는데 그즈음에는 반백이었다.

집에는 책이 많았고 그녀는 소련 당기관지 〈프라우다〉와 잡지 〈오르뇩〉을 구독하고 있었다. 거실 축음기에서 러시아 작곡가 미하일 글린카의 오페라 〈이반 수사닌〉이 흘러나왔는데 음반 여섯 장을 하나씩 옮겨다 떨어뜨리는 앤티크 축음기였다. 북한에서는 외국 신문 잡지를 구독하려면 특별 승인을 받아야 하고 소련 음악 듣는 것도 사대주의 또는 수정주의로 비판받을 수 있어 일반인들은 엄두 내지 못했다.

간호부가 사이다를 내왔다. 서른 살 연상의 어른이라 말씀 낮추시라 해도 허정숙은 꼭 공대를 했다. L씨가 "장군님이 허정숙 여사님의 건강을 염려하고 계십니다" 하고 인사하자 허정숙은 "장군님은 건강하십니까" 하며 화답했다. 허정숙은 제3차 7개년계획(1987~1993)이 어떻게 되어가고 있는가 물었다. 몇 개의 명예직외엔 공직에서 은퇴하고 바깥출입도 드물었지만 소련 신문 잡지를 구독하는 그는 세상이 어떻게 돌아가는지 보통의 당 간부들보다 더 밝았고 북한 경제가 그즈음 바닥을 치고 있다는 것도 알고 있었다. 당에서는 7개년계획이 성공하고 있다고 발표하고 있었지만 허정숙은 실상을 알고 싶어 했다. 하지만 L씨도 정확한 내용은 잘 알지 못했고 안다 해도 말할 수 없었다.

사실 그 무렵 제3차 7개년계획은 차질을 빚는 정도가 아니라 수습 불능의 난관에 봉착해 있었다. 연료와 전력난으로 공장들은 태반이 가동을 멈췄고, 생필품과 식량 부족으로 하루 두 끼 먹기를 의무화하고 있었으며, 압록강 두만강 건너 북한 주민의 탈북이 시작됐다. 허정숙의 아파트에 엘리베이터가 운행되지 않았던 것은 십중팔구 전력난 때문이었을 것이다. 1980년대 내내 서방세계는 최고의 호황이었는데 과학기술문명의 세상에서 외딴 섬인 북한은 소련으로부터 석유 공급이 중단되고 동유럽 국가들과 교역이 줄면서 파산 상태로 몰리고 있었다.

소련에 고르바초프라는 50대의 젊은 서기장이 등장해 개혁개방 드라이브를 걸면서 동구권 국가들의 공산주의체제가 도미노로 무너지는 중이었고 이삼십 년씩 장기 집권했던 김일성 또래 지도자들의 말로가 특히 처참해서 루마니아의 차우셰스쿠는 부인과 함께 공개처형 당했다.

스탈린이 죽고 후르시초프가 1인지배체제를 개선하라고 압력을 가할 때 김일성이 찾아낸 출구가 '주체'였는데, 고르바초프가 개혁개방을 강요하던 이즈음 김일성이 내놓은 것은 '우리식 사회주의'와 '우리식대로 살자'는 구호였다. 김일성은 국가재정을 쏟아부어 국민들을 기아로부터 구제하는 대신 자신과 북조선의 건재를 과시하는 대대적인 이벤트를 벌였는데, 89년 여름 청년학생축전에는 당시 북한의 연간 대외 무역량에 맞먹는 40억 달러 예산이 들어갔다.

1972년 김일성의 예순 번째 생일에 높이 20미터의 김일성 동상이 세워졌고, 1982년 일흔 번째 생일에는 10만 석 규모의 김일성 경기장과 개선문과 세계에서 가장 높다는 150미터 주체탑이 세워졌는데, 이제 여든 번째 생일을 앞두고 김일성은 나이 오십의 아들에게 국방위원장이라는 직책을 주어 나라를 상속하는 헌법개정을 준비하고 있었다.

"수령도 인간인데 동지의 비판을 받아야 발전하는데 장군님한테 바른 소리 하는 사람이 없어 걱정입니다. 장군님 주위에 아첨꾼들이 너무 많아서 문제입니다. 장군님을 도우려면 아첨하면 안됩니다. 아첨하면 나라가 망합니다. 장군님도 힘들겠습니다."

허정숙이 그렇게 말했다고 L씨는 전했다. 수령은 절대 잘못하는 법이 없다는 '수령의 무오류성' 원리에 위배되는 위험천만한 발언이었다. 그런 얘길 할 수 있는 사람은 허정숙뿐이었다. 그럼에도 국제적인 신망이 있고 국제공산당에서도 존경받는 인물이라 당에서도 대접하면서 그대로 둔다고 했다. 그는 허정숙이 원칙이 강하고 이론이 정연하고 정치적으로 깨끗하고 자기 생각을 굽히지 않는 스타일이라고 했다. 한국전쟁 직후 허정숙의 문화선전상 시절 그 아래서 부상을 했던 정상진이나 국장을 했던 박갑동의 회고담과 엇비슷하다.

허정숙은 이른바 8월 종파사건에서 연안파 중 혼자 살아남았지만 2년 뒤인 1960년 최고재판소 소장에서 해임되고 1961년 당 중앙위원에서 물러나면서 실각했다. 허정숙 개인의 숙청이라기보다 방학세까지 포함해서 김일성과 함께 건국에 참여한 인사들이 정치 일선에서 물러나는 일종의 세대교체였다. 그 후 허정숙은 중앙도서관 관장을 했다고 L씨는 증언한다. 그녀가 관장을 하면서부터 영어 서직이 공개됐나 한다.

그녀는 1972년 남북대화 무드 속에서 조국통일민주주의전선 서기국장이 되어 대남사업의 얼굴로 등장했다. 한 세대 아래인 여운형의 딸 여연구가 뒷날 허정숙 후임으로 서기국장이 되었다. 허정숙은 1972년 9월 평양에 간 남쪽 기자들과의 회견에서 "손자와 손녀가 반반씩이다. 언론일을 하는 아들과 집안일 하는 며느리와 함께 산다"고 말했다.

허정숙은 1980년 팔순 가까운 나이에 당 중앙위원으로 복귀했으며 다음 해 중앙위 대외사업 담당비서가 되어 주로 해외 관련 활동을 했다. 1983년에 이탈리아공산당 당대회에 북한 대표로 참가했다는 기록이 있고 88세까지도 공식 행사에 모습을 드러냈다 한다. 5개 국어를 하는 허정숙은 북한 사회에서 드문, 그리고 건국 세대 생존자 중에서 공인된 최고의 인텔리였다.

L씨가 설에 명절인사를 다녀온 네 달 뒤 허정숙은 세상을 떠났다. 아흔 나이였다. 스무 살부터 늑막염을 달고 살았던 사람으로는 믿어지지 않는 장수를 누렸다. 1991년 6월 5일, 북한 당국은 조국평화통일위원회 부위원장 허정숙이 사망했다고 발표했다. 그녀의 유해는 평양의 애국열사릉에 묻혔다.

그녀는 말년에 〈태양의 품에 안기여 빛내인 삶〉 등 두 권의 자서전을 남겼는데 제목이 말해주듯 허정숙 개인사라기보다는 '내가 만난 김일성―허정숙 편'에 가깝다. 본인이 구술은 했겠으나 다른 사람 손에 집필됐다. 그녀가 세상을 떠난 다음인 1994년 북한 당국이 역사인물영화 시리즈 〈민족과 운명〉의 하나로 허정숙 편을 내놓았다. 자서전이나 영화나 똑같이 김일성 영웅전을 완성하느라 허정숙 개인사의 주요 사실이나 역사적 고증은 무시했다. 예를 들어, 허정숙이 중국으로 떠난 것은 만주에서 민족해방투쟁을 이끌고 계시는 수령님 가까이 가겠다는 일념이었다 했는데 김일성이라는 이름을 처음 국내에 알린 보천보전투는 그녀가 중국으로 떠난 다음의 일이었다.

허정숙은 고명자와 주세죽이 죽은 뒤 거의 40년을 더 살았다. 세 여자의 엇갈린 운명이 간택하는 여자와 간택당하는 여자의 그것이었을까. 어쨌든 세 여자 중에서 유일하게 허정숙은 자신의 남자를 스스로 캐스팅했고 때로 비운이 감돌긴 했지만 끝까지 활기찬 인생을 살았다.

고명자와 관련한 가장 마지막 기록은 〈여운형―시대와 사상을 초월한 융화주의자〉(이정식, 2008)의 부록 편에 실린 이란의 증언이다. 여운형의 최측근이자 후원자였던 이임수의 아들인 이란은 6·25전쟁 발발 며칠 뒤 서울이 인공 치하에 들어간 직후 인민당사에서 고명자를 만났다고 했다. 고명자가 해방 후 사직동 단칸방에서 윤동명과 동거했다는 것은 이란, 그리고 기자 출신으로 〈여운형 평전〉을 쓴 이기형의 증언이다. 전쟁 중에 그녀에 관한 기록은 끝나 있고 어떻게 죽었는지는 알려진 바가 없다.

한때 주세죽은 1930년대에 시베리아에서 죽은 것으로 알려져 있었다. 김단야는 1930년대 말에도 경성에 잠입해서 지하활동을 한 것으로 일본 경찰 문서에 나와 있고 〈한국공산주의운동사〉(전 5권, 김준엽·김창순 공저, 1986)는 그가 8·15해방 후 소련과학원 한 림학사로 해외보급용 이론서의 한국어 감수를 맡았다고 썼다. 이 국을 유랑하다 비명에 간 홍길동이었던 만큼 김단야에 관해선 추 측성 소문들이 무성했다. 1990년의 한소수교 후 소련 정부 자료들 이 공개되고 비비안나 박이 서울을 방문하면서 주세죽의 유형 사 실과 김단야의 비극적인 최후도 밝혀졌다. 주세죽과 김단야는 고 르바초프 정권 아래서 복권됐다.

대한민국 정부는 2005년 8·15광복절을 맞아 214명의 순국선열 과 애국지사에 대한 서훈을 발표했는데 명단에 김단야도 포함돼 있 었다. 이로써 김단야는 소련에 이어 국내에서도 복권됐다. 2007년 8·15에는 주세죽이 건국훈장을 받았다. 모스크바 주재 한국대사 관이 당시 80세였던 비비안나 박에게 훈장을 전달했고 6년 뒤엔 그녀도 세상을 떠났다.

이런 사람들이 20세기 초반 이곳에 살았다. 혁명이 직업이고 역 사가 직장이었던 사람들.

1910년, 세 여자는 글자를 깨치기 시작한 어여쁜 소녀들이었지 만 어느 결에 공중 납치된 나라의 국민이 되어 있었다. 누군가 우 리 집 마당을 쑥밭으로 만들어버리고 구둣발로 내 침실을 휘젓고 다닌다면 일상은 이미 깨지고 생활은 투쟁이 될 수밖에 없다. 그래서 세 여자와 남자들은 삶을 역사에 '올인'했다. 한겨울 영하 20도에 허술한 차림으로 서울서 블라디보스토크까지 걸어서 갔다. 재산을 챙기기는커녕 있는 재산도 버렸고 애인과 가족도 버렸고 더 버릴 것이 없을 때는 목숨을 버렸다.

그들은 한 나라가 다른 나라를 착취하면 안 된다고 믿었다. 그리고 한 계급이 다른 계급을 착취하면 안 된다고 믿었다. 농부는 자기 땅을 가져야 한다고 생각했다. 누구나 아프면 돈이 있건 없건 치료를 받아야 한다고 생각했다. 그들은 사람이 평등해야 존엄할 수 있다고 믿었다. 그래서 마르크스주의자가 되었다.

이들은 공산주의라는 이데올로기의 흥망성쇠를 자신의 생애로 겪어냈고 과학이라 믿었던 역사법칙의 오작동에 목숨을 잃기도 했다. 그들은 온전히 시대의 자식들이었다. 폭격 맞은 나라에서 파편처럼 주변으로 튕겨나간 사람들, 그것은 절박하고도 다급한 디아스포라였으며 슬프고도 고난에 찬 글로벌 라이프였다.

그들 대부분은 무덤조차 남기지 못했다. 그들 부류의 삶 전체가 하나의 실수로 취급되었고 뒷날의 사람들은 그 얼룩을 지우고 싶어 했다.

1848년의 팸플릿에서 시작된 19세기의 이론은 20세기에 세계적 규모의 이데올로기투쟁으로 전개됐지만 세기가 바뀌기 전에 종료되었다. 한반도 북쪽의 소비에트 실험은 일찍이 공산주의 트랙에서 튕겨나와 해괴한 파시즘으로 가버렸다. 21세기로 넘어와서 마르크스주의는 체제나 혁명이나 이념의 문제가 아니라 철학과 태도와 정책의 문제로 남았다.

자본주의와 공산주의 대경합의 시대에 자본주의는 공산주의에서 많은 것을 배웠다. 마르크스의 이론과 레닌의 혁명은 그들을 추종한 공산주의 세계를 행복하게 만드는 대신 반대편의 자본주의 세계를 더 인간답게 만드는 데 결정적인 도움을 주었다. 그것은 하나의 역설이었다.

작가의 말

내가 이 소설을 시작한 것이 2005년이었다. 처음 소설의 실마리가 된 것은 허정숙의 발견이었다. 냉전시대를 통과하면서 우리 세대에 독립운동은 김구뿐이었던 것처럼 신여성은 나혜석뿐이었는데 허정숙을 처음 알았을 때 놀라웠다. 허정숙에 흥미를 갖고 들여다보니 또 다른 매력적인 신여성 군상이 눈에 들어왔고 그들 주변에 공산주의운동에 목숨을 걸었던 비운의 남자들이 보였다.

하지만 소설 쓰기는 계획대로 되지 않았다. 허정숙과 주세죽, 고명자에 관한 자료를 찾아 읽으면서 막 집필에 들어가려던 2006년 9월, 어쩌다 3년짜리 공직을 맡게 되었다. 나는 역사책과 평전 따위의 서적들은 책장 선반에 갈무리하고 자료(대부분 국회도서관에서 신문과 잡지, 단행본을 복사해온 것들이었다)와 노트들을 라면박스 두 개에 넣고 청테이프로 봉한 뒤 한국영상자료원에 출근했다.

3년 후 집에 돌아와 박스를 열고 책을 꺼내 보았는데 황당하게도 내가 3년 전에 읽었던 20~30권쯤 되는 책의 내용이 거의 기억에 남아 있지 않았다. 용량도 작은 내 두뇌에 낯선 직장의 새로운 업무 파일이 대량 업로드되면서 기존의 파일들을 무차별 덮어쓰기 해버린 것이다. 하지만 3년 시차의 피해를 벌충하고도 남을 만한 이점들이 있었는데, 그사이 인터넷 검색 기능이 놀랄 만치 진화해서 웬만한 옛날 책보다 위키백과가 더 유용했고 국회도서관에서 복사가드 사 가지고 A4, A3 용지에 하염없이 복사하던 신문 잡지를 집에서 네이버 뉴스라이브러리로 볼 수 있게 되었다. 그사이 역사소설 쓰는 환경에 그야말로 산업혁명이 일어나 있었던 것이다.

하지만 초고를 쓴 다음 수정하고 또 수정하면서 이제 마무리하면 되겠다 싶을 때 다시 뜻하지 않은 변수가 생겼다. 서울문화재단 일 때문에 〈세 여자〉는 다시 4년 반 뒤로 미뤄지게 되었다. 지난해 9월 재단을 그만둔 다음 컴퓨터에 저장된 파일을 열어보니 황당했다. 4년 전에는 더할 것도 뺄 것도 없이 완벽했던 소설 원고가 이제 보니 엉성하기 짝이 없었다. 원주 토지문화관에 두 달 머문 것은 공직생활에서 작가로 모드전환 하는 데 결정적인 도움이 되었다.

온 우주가 나서서 방해하는 듯했던 집필의 과정이 나쁘지만은 않았던 것 같다. 그렇게 늘어지는 동안 세 여자의 인생이 내 머리와 가슴속에서 사과처럼 천천히 익어갔다. 그사이 내가 40대에서 50대가 되었고, 이번에 세 여자의 말년을 다룰 때는 예전에 비해 훨씬 마음이 편해졌다는 걸 느꼈다.

이 소설에서 주인공 세 여자를 비롯해 이름 석 자로 나오는 사람은 모두 실존인물이다. 등장인물들에 관한 역사기록을 기본으로 했고 그 사이사이를 상상력으로 메웠다. 역사기록에 반하는 상상력은 자제했고 '소설'이 '역사'를 배반하지 않도록 주의했다.

소설은 세 여자와 그들 남자들의 인생과 함께 1920년대에서 1950년대에 걸쳐 한국 공산주의운동의 탄생부터 소멸까지를 다뤘다. 나는 1955년 주체사상이 나오고 1956년 연안파가 숙청되는 것으로 한국의 공산주의는 종료됐다고 보았다.

세 여자는 20대를 함께 보낸 후 유라시아 대륙의 다른 장소로 흩어졌지만 늘 우리 근대사의 극명한 현장 한가운데 있었다. 가령, 주세죽이 스탈린 치하에서 한인 강제이주의 참담한 현장에 던져졌을 때 허정숙은 연안에서 모택동에게 혁명전략을 배우고 있었고 고명자는 경성에서 친일잡지의 기자 노릇을 했다. 해방공간에 허정숙과 고명자는 38선의 북쪽과 남쪽에 있었고, 허정숙은 김일성의 측근이었고, 고명자는 여운형 옆에 있었다.

이 소설은 세 여자가 주인공이지만 역사는 또 다른 주인공이다. 한 사람의 인생처럼 역사에도 실수가 있고 착오가 있고 우연이 있고 행운도 있다. 목적과 정반대의 결과가 빚어지고 우연한 실수가 운명을 바꾸기도 한다.

얄타회담에서 루스벨트가 소련을 태평양전쟁에 끌어들인 건 실수였다. 제국주의 일본의 침략이 분단의 근본적인 원인이었다면 얄타회담의 실책이 분단의 직접적인 동기가 되었고 그것을 돌이켜보려는 헛수고들, 되풀이되는 시시포스 중노동이 우리 민족의 운명이 되었다. 하지만 미국과 소련은 38선 임시분할을 끝내는 방안도 내놓았는데 그것을 받아들이지 않은 건 한국의 정치가들이었다. 나도 한반도가 강대국들에 의해 분단됐다고 학교에서 배웠다. 그렇게 피해자 코스프레 하고 있으면 자책도 필요 없고 머리도 덜 복잡하겠지만 우리 자신의 어리석음은 개선되지 않을 것이다.

소설을 시작하던 12년 전에 비해 한국 사회도 많이 달라졌다. 알파고, 4차 산업혁명의 시대가 되었지만 여전한 것은 한국 사회가 해방공간, 한국전쟁의 연장선에 있다는 점이다. 2017년에도 여전히 분단의 결과는 악몽으로 돌아오고, 한반도를 둘러싼 주변국들의 노골적인 이권투쟁은 제국주의시대의 데자뷔이고, 해방공간의 트라우마는 정치적으로 쉽게 격앙되고 이념으로 편 가르는 습성 속에 살아 있다.

한국 사회가 그 같은 외상후 스트레스 증후군을 졸업하려면 한번은 좌우를 확 섞어야 하는 거 아닌가 싶다. 그래서 노무현 대통령이나 안희정 씨가 대연정을 이야기했을 때 나는 굉장히 진지하게 받아들였었다.

이 소설을 쓰고 나니 해방공간에 못 볼 꼴 다 보고 한국전쟁을 직접 겪은 듯하다. 그래서 이따금 어수선한 시국에 원로들이 뭔가 걱정스러운 논평을 하면 내 생각과 흡사해 내가 노화 과정을 월반한 건가 당황하기도 한다.

세 여자가 태어난 것이 20세기의 입구였는데 나는 그녀들과 함께 백 년 넘게 산 기분이다. 이 소설의 세 여자가 살았던 때는 역사의 가장 음침한 골짜기, 비유나 풍자가 아니라 말 그대로 '헬조선', 조선이라는 이름의 지옥이었다. 하지만 세 여자의 인생도 그저 지옥은 아니었다. 여자들은 씩씩했고 운명에 도전했고 드라마틱한 인생을 살았다. 우리는 지금 연봉이나 승진 문제를 따지다가 우울해하지만 이 여자들은 현실의 것들을 그닥 개의치 않았고 목숨조차 가벼이 여겼으며 혼자 몸으로 역사를 상대했다. 새로운 사상과 이념이 애드벌룬처럼 떠오르던 20세기 초반에 그들의 인생은 지옥 속에서도 가끔 봄날이었다.

소설을 쓰는 동안 한 시대를 탐사하느라 즐거웠지만 비통한 일들에 많이 울었다. 흔히 작가들이 작품을 쓰고 나면 주인공을 이제 내보낸다고 말하지만 나도 이제 세 여자를 떠나보낸다. 세 여자는 내 안에서 무려 12년을 살았다. 그분들의 삶을, 그분들 세대의 삶을, 그 시대의 역사를 위로하며 보내드린다.

2017년 6월
조선희

세 여자 2

ⓒ 조선희 2017

초   판 1쇄 발행 2017년 6월 22일
초   판 7쇄 발행 2020년 12월 10일
개정 1판 1쇄 인쇄 2023년 5월 25일
개정 1판 1쇄 발행 2023년 6월 1일

지은이 조선희
펴낸이 이상훈
문학팀 최해경 김다인 하상민
마케팅 김한성 조재성 박신영 김효진 김애린 오민정

펴낸곳 ㈜한겨레엔 www.hanibook.co.kr
등록 2006년 1월 4일 제313-2006-00003호
주소 서울시 마포구 창전로 70 (신수동) 화수목빌딩 5층
전화 02-6383-1602~3
팩스 02-6383-1610
대표메일 munhak@hanien.co.kr

ISBN 979-11-6040-525-5 03810